GODS OF CHICAGO

J.T. SHERIDAN

Black Edition

Eine explizite Triggerliste findest du im Buch auf der letzten Seite.

GODS · OF · CHICAGO ·

J.T.
SHERIDAN

Black Edition

Black Edition by Versum Verlagsgruppe GmbH

Gods of Chicago
1. Auflage

unser Verlagshaus befindet sich im Norden von München:
Am Lenzenfleck 17A
85737 Ismaning

Coverdesign: Caroline Keller Kommunikationsdesign
Umschlaggestaltung: Jinx Valent unter
Verwendung des Covers von Caroline Keller Kommunikationsdesign
Lektorat: Franziska Schenker
Korrektorat: Rieke Conzen
Satz: Stefanie Patzwahl
Bildmaterial: Midjourney

Druck und Verarbeitung:
FINIDR, s.r.o. Lípová
Printed in
Tschechische Republik
ISBN 978-3-9894272-0-4

Weitere Informationen unter:
www.black-ed.de
TikTok: black.edition.verlag
Instagram: black.edition.verlag

Kontaktadresse nach EU-Produktsicherheitsverordnung:
liebesbrief@black-ed.de

Für alle Mauerblümchen.

Denn auch in dir steckt eine Göttin.

VORWORT

Ihr Lieben, dieses Buch spielt in einer Welt, in der alte Götter das Sagen haben. Sie gehen nicht zimperlich miteinander um und schon gar nicht mit Menschen, die weit unter ihnen stehen.

PLAYLIST

Warnhinweis: Die folgende Playlist könnte
female rage in dir entfesseln.

Harbinger – Kiki Rockwell
I Had A Heart – Sia
Doomsday Blue – Bambie Thug
Halloweenie V: The Moss King – Ashnikko
Feeding The Dark – Evanescence
Far From Haven – Evanescence
Look What You Made Me Do – Taylor Swift
No – Meghan Trainor
Girl's Girl – April Jai
Me Too – Meghan Trainor
Little Girl Gone – Chinchilla
Secrets – Mary Lambert

Seine Abwesenheit hinterließ Kälte.
Als hätte ich zum ersten Mal wirklich Wärme gespürt.

KAPITEL EINS

»Jemand wird heute Nacht sterben«, sagte ich.

»Ach, Alice, du bist viel zu nett, um solche Gedanken zu haben.« Meine beste Freundin Linda nahm meinen Mantel vom Haken im Flur und hielt ihn mir hin. »Wir werden diese vier Wände verlassen und es uns gut gehen lassen. In der Zwischenzeit kann dein bescheuerter Ex seinen Kram hier herausholen. Wir werden ihm überhaupt nicht begegnen.«

Trotzdem lag mir ein schwerer Stein im Magen. Das war der Abend, vor dem ich mich seit Tagen fürchtete. Seit dem Moment, als Miles endgültig Schluss mit mir gemacht hatte. Nach drei Jahren.

Gut, wir hatten nie zusammengewohnt. Er hatte stets darauf geachtet, in mir keine falschen Hoffnungen zu wecken. Zunächst kam seine Karriere. Er war Jurist, hatte eine gute Stelle in einer großen Kanzlei angenommen. Er musste sich erst noch beweisen, die Karriereleiter nach oben klettern. Das war verbunden mit vielen Überstunden, endlosen Meetings und wenig Zeit für eine Beziehung. Generell hatte er kaum über eine gemeinsame Zukunft mit mir geredet. Es ging immer nur um ihn und seine Karriere.

Der Stein in meinem Magen schien einen flüssigen Kern aus Säure zu besitzen, ein Teil davon kroch meine Speiseröhre hinauf. Ich presste meine Lippen fest aufeinander. Wie hatte ich nur so blind sein können?

Denn komischerweise war plötzlich für Miles alles anders gewesen, als Helena in sein Leben trat. Die wunderschöne Helena mit ihren langen Beinen und langen schwarzen Haaren. Sie war bereits bei ihm eingezogen und man unkte von einer bevorstehenden Verlobung. Und ich Idiotin hatte die beiden einander auch noch vorgestellt.

»Ich hätte den Kram einfach in eine Kiste packen und in den Michigansee kippen sollen«, grummelte ich.

Meine beste Freundin und Mitbewohnerin legte liebevoll einen Arm um meine Schultern. »Ach Quatsch. Der Typ soll seinen Kram abholen und gut ist. Am Ende müsstest du ihm noch Schadenersatz leisten. Du weißt doch, wie kleinlich diese pissigen Juristen sind.«

Ich musste widerwillig lächeln. Linda war toll. Ich ließ mir von ihr in den Mantel helfen und seufzte mit einem Blick zurück auf Miles' Kram, der sich in der Mitte des Wohnzimmers auf dem Teppich häufte.

Alles war sorgfältig sortiert, gefaltet, gestapelt.

Ich hatte so geheult, als ich den Scheiß zusammentrug.

»Ich glaube, ich brauche Tequila. Eine Menge Tequila.«

»Das ist genau die richtige Medizin.« Linda lachte. »Und

dazu ein heißer Flirt und Miles ist für alle Ewigkeit vergessen.«

Wir verließen unsere Wohnung und das Hochhaus, in dem sie lag. Ein kalter Februarwind wehte durch die Straßen Chicagos. Ich kuschelte mich in meinen Mantel und hakte mich bei Linda ein. Die Bar, die wir für unseren Mädelsabend auserkoren hatten, war nur zwei Blocks entfernt.

Die Wärme, die uns dort entgegenschlug, und der Dunst von Alkohol und Körpern waren mir äußerst willkommen. Das Innere der Bar war eher rustikal als modern eingerichtet mit dunklen Holzmöbeln, abgewetzten Sitzpolstern und einem Billardtisch, der die Mitte des Raumes einnahm.

Normalerweise bevorzugten Linda und ich schickere Lokale. Wir befanden uns schließlich in unseren Zwanzigern, wir waren jung, hübsch anzuschauen, hatten gute Jobs und konnten uns auf eine aussichtsreiche Zukunft freuen.

Normalerweise. Heute Abend war es anders.

Man hatte mich ausgenutzt, drei Jahre meines jungen Lebens vergeudet. Ich kam mir so dämlich vor. Naiv. Hässlich.

Dabei war ich im Grunde immer ganz zufrieden mit meinem Äußeren gewesen: Ich war eins achtundsechzig groß, weder zu schlank noch zu füllig, mein dunkelblondes Haar fiel mir in leichten Wellen über die Schultern. Mein Teint hätte etwas mehr Sonne vertragen können, aber da ich die meiste Zeit im Büro hockte, bekam ich den Leuchtkörper unseres Planeten eher selten zu Gesicht.

Alles in allem war ich wirklich okay. Aber vermutlich war genau das das Problem: Ich war okay.

Durchschnittlich. Langweilig.

»Hallo, da sehe ich doch schon einige leckere Flirtkandidaten«, stellte Linda fest, als wir unsere Mäntel auszogen. »Schau dir mal den da drüben am Billardtisch an. Sein Bizeps und sein Knackarsch machen den Chippendales Konkurrenz.«

Das Objekt der Begierde trug ein blaues T-Shirt und eine Cargohose in einem etwas dunkleren Blau. Die anderen Herren am Billardtisch hatten ähnliche Outfits an. Das rote Abzeichen verriet sie: Chicago Fire Department.

»Das sind Feuerwehrmänner!«, quiekte Linda begeistert in mein Ohr. »Besser kann es doch gar nicht sein.«

»Mhm«, stimmte ich zögerlich zu. Ich war nicht so der Typ Frau, der gerne den ersten Schritt auf einen Mann zu machte.

Linda steuerte auf einen Tisch zu, von dem man den ganzen Raum im Blick hatte. Die weibliche Bedienung notierte unsere Bestellung und schlenderte danach sehr nah an dem von Linda auserkorenen Mann vorbei. Ihre Hüfte streifte seinen Arm und der Typ zwinkerte ihr grinsend zu.

»Die Jungs sind anscheinend heiß begehrt«, bemerkte ich belustigt.

»Wen wundert es. Seit *Chicago Fire* wünscht sich wohl jedes weibliche Wesen ein kleines Abenteuer mit einem Feuerwehrmann. Welcher gefällt dir am besten?«

Ich fühlte mich überrumpelt. »Lass uns doch erst mal was essen.«

Linda zog einen leicht enttäuschten Schmollmund. »Na gut, aber du kommst hier nicht ohne Flirten raus, Schätzchen.«

Die Bedienung brachte uns unsere Burger und Flaschenbier. Ich nahm sofort einen tiefen Schluck und biss herzhaft in meinen Cheeseburger. Verdammt, das tat gut.

»Also, die Burger sind fantastisch«, bemerkte ich mit vollem Mund.

Linda nickte und aß selbst, ohne zu reden. Sogar beim Essen sah sie aus wie ein kleines hübsches Reh. Dass hinter Bambi mit dem seidigen braunen Haar und den großen braunen Augen eine knallharte Brokerin steckte, war für die meisten verblüffend, für Linda war es eine Karte, die sie gerne ausspielte.

Als mein Magen voll war, lehnte ich mich satt und zufrieden zurück. Ob Miles wohl schon im Appartement war? Er hatte einen Schlüssel, den er nach getaner Arbeit in den Briefkasten werfen sollte.

»Hey, Süße, woran denkst du gerade?« Auch Linda hatte ihren Burger bis auf den letzten Krümel verspeist und spülte mit Bier nach.

Ich sah verlegen auf meine Hände.

»Oh nein. Du denkst jetzt nicht an diesen Loser«, ermahnte mich meine Freundin. Sie deutete mit der Bierflasche auf die Feuerwehrmänner. »Fokussiere dich auf das heutige Angebot. Ist das nicht ...« Sie hielt inne, als sich die Tür der Bar öffnete und weitere Gäste hereinkamen.

Zwei Männer traten in unser Blickfeld: einer blond und Typ Surferboy, einer dunkelhaarig und mysteriös.

Jede Person stoppte mit dem, was auch immer sie gerade tat, und starrte die Neuankömmlinge an. Für einen Moment stand die Welt still. Die Aura der beiden Kerle beherrschte den Raum.

Der Blonde war mindestens genauso sportlich wie die Feuerwehrmänner. Seine graue Lederjacke und die abgewetzten Jeans verliehen ihm einen verwegenen Look. Sein Teint war von der Sonne geküsst, seine blauen Augen leuchteten wie ein Sommertag. Als er lächelte, schien die Sonne selbst aufzugehen.

Sein Begleiter war noch etwas größer, ebenfalls durchtrainiert und trug einen schwarzen Wollmantel, dazu schwarze Jeans und Boots. Sein dunkles Haar steckte in einem lockeren Zopf. Seine Augen waren finster wie eine Nacht ohne Mond und Sterne. Beide Männer waren mit markanten Gesichtszügen gesegnet.

Linda fand als Erste ihre Sprache wieder. »Verdammt, vergiss die Jungs von der Feuerwehr. Das hier ist ein ganz anderes Kaliber.«

Langsam kehrte die Normalität zurück in die Bar. Die Neuankömmlinge begaben sich direkt zum Tresen. Die anderen Gäste nahmen ihre Gespräche wieder auf und die Feuerwehrmänner spielten weiter Billard.

Doch immer wieder verirrten sich die bewundernden Blicke, besonders der weiblichen Anwesenden, zu den beiden Männern an der Bar. Insbesondere als diese sich ihrer Jacken entledigten.

Der Blonde trug ein weißes T-Shirt, unter dessen rechtem Ärmel ein Tattoo hervorblitzte, der Dunkelhaarige ein graues Henley-Shirt, unter dem sich seine breiten Schultern abzeichneten. Sie saßen mit dem Rücken zu uns.

Auffordernd deutete Linda auf die beiden Männer.

Ich schüttelte entsetzt den Kopf. »Das ist doch nicht dein

Ernst. Meine Güte, Linda. Sehe ich aus wie Angelina Jolie oder Scarlett Johansson?«

»Hey, es kann doch kein Zufall sein, dass sich ausgerechnet heute Abend diese beiden Sahneschnitten hierher verirren.«

Mir rutschte das Herz in den Schoß. Schon allein bei dem Gedanken daran, sich in ihre Nähe zu begeben, wurden meine Knie weich. »Komm schon, Linda. Verlang das nicht von mir. Das sind doch keine normalen Männer ... das sind irgendwelche Rockstars ... oder Models.«

Linda legte den hübschen Kopf schief und betrachtete die Männer ausgiebig. Dabei leckte sie sich unwillkürlich über die Lippen. »Nein, keine Models. Rockstars vielleicht, aber sie kommen mir nicht bekannt vor.«

»Whatever. Drei Nummern zu groß für mich. Sorry.«

Linda hob die Schultern. »Wie du meinst.« Sie winkte die Bedienung herbei und bestellte Tequila und Bier. »Vergiss die Männer. Lass uns einfach Spaß haben.«

Ich lächelte erleichtert. »Yep, damit komme ich klar.«

Nach zwei Tequila und etwas mehr Bier spürte ich den Ruf der Natur. »Bin gleich wieder da«, versicherte ich meiner Freundin und begab mich auf den Weg zu den Toilettenräumen. Bier und Tequila zeigten bereits ein klein wenig Wirkung. Ich fühlte mich herrlich beschwingt und lächelte vor mich hin.

Die Männer am Billardtisch grölten ausgelassen. Ich sah kurz zu ihnen hinüber, bemerkte dabei nicht, wo ich hinlief, und prallte gegen ein riesiges Hindernis.

»Ups«, entrang sich mir angeheitert. Doch jedes weitere

Wort der Entschuldigung blieb mir in der Kehle stecken. Hätte mein Gegenüber mich nicht stützend an den Schultern gepackt, wäre ich wahrscheinlich vor Scham zu Boden gesunken.

Er war so verdammt groß. Seine schwarzen Augen ruhten ernst auf mir. Seine kräftigen Hände hielten meine Schultern.

Wie konnte man nur so gut aussehen?

Das war nicht fair!

Und wie gut er roch!

Er sah mich an, als wollte er in die Tiefen meiner Seele blicken. Meine Wangen glühten. Mein Herz schlug schneller.

»Geht es Ihnen gut?«, fragte er schließlich mit einer Stimme, die rau und samtig zugleich war.

»Ich ... ich ...« Reden. Ich musste etwas sagen. Etwas Intelligentes am besten. Oder etwas Lustiges. Nichts davon wollte mir einfallen. Mist! Ich musste mich räuspern und richtete mich auf. »Danke«, sagte ich schließlich heiser.

Ein leichtes Zucken umspielte seine sinnlichen Lippen. »Keine Ursache. Können Sie wieder stehen? Dann lasse ich Sie jetzt los.«

Ich nickte benommen.

»Gut.« Er lächelte mir verwegen zu und neigte leicht den Kopf. Sein Mund war nun nah an meinem Ohr. Sein Atem glitt über meine Haut und ließ mich leicht erschauern. »Trinken Sie besser nicht zu viel.«

Dann ließ er mich los und ging weiter. Seine Abwesenheit hinterließ Kälte. Als hätte ich zum ersten Mal wirklich Wärme gespürt. Ich schüttelte mich leicht und widersetzte mich dem Drang, dem mysteriösen Mann hinterherzuschauen.

Im Toilettenraum musste ich mir erst einmal kaltes Wasser ins Gesicht spritzen. Meine Wangen glühten noch immer.

Himmel, so etwas hatte ich noch nie erlebt. In meinen ganzen achtundzwanzig Jahren nicht.

Ich ließ mir im Waschraum mit allem Zeit. Vor dem Spiegel puderte ich meine Nase, legte etwas Lipgloss auf und war dann irgendwann wieder in der Lage, zurück in den Hauptraum zu gehen.

Linda saß nicht an unserem Tisch. Überrascht sah ich mich um. Meine Freundin beugte sich gerade über den Billardtisch, einen Queue etwas ungeschickt in der Hand, und einer der Feuerwehrmänner war ihr bei der richtigen Haltung behilflich.

Linda lachte herzhaft und der Feuerwehrmann wirkte sehr glücklich. Ich seufzte. Auch Linda war derzeit Single. Sie blieb jedoch selten lange allein.

Unwillkürlich schwenkte mein Blick zum Tresen. Die Rockstars waren ebenfalls nicht mehr allein. Drei junge Frauen hatten sich zu ihnen begeben, die für eine Bar wie diese viel zu aufgetakelt wirkten. Eine davon trug ein äußerst knappes schwarzes Minikleidchen und schmiegte sich an den dunkelhaarigen Hünen.

Er sah kurz auf und unsere Blicke trafen sich. Frech zwinkerte er mir zu, bevor er seiner Bewunderin demonstrativ eine Hand auf den wohlgeformten Hintern legte. Sein blonder Kumpel hatte dafür in jedem Arm die Freundinnen von Miss

Minikleidchen und lachte über etwas, das man ihm gerade ins Ohr geflüstert hatte.

Scheiße. Ich war viel zu nüchtern, um ein solches Szenario zu ertragen. Zögerlich begab ich mich zum Billardtisch.

Linda stieß gegen die weiße Kugel und versenkte damit zwei andere in den Löchern, was mit Jubel und Klatschen der Feuerwehrmänner bedacht wurde.

»Hey, Jungs«, rief sie ausgelassen. »Das ist meine Freundin Alice. Ihr scheiß Ex ist jetzt mit einer anderen zusammen. Und ich glaube, sie braucht noch mehr Tequila.«

Vier Augenpaare ruhten halb interessiert, halb mitleidig auf mir. »Alice, das sind Sam, George, Henry und Oliver.«

Mister Bizeps und Knackarsch war Sam und derjenige, der Linda mit dem Queue hilfreich zur Seite stand. Er nickte mir freundlich zu. Ein anderer prostete mit der Bierflasche, der Dritte tippte altmodisch zum Gruß an seine Stirn. Der Vierte kam zu mir und legte mir einen Arm um die Schultern. Er war nett anzusehen mit braunen Locken und sympathischem Lächeln, doch er stank bereits gewaltig nach Alkohol.

»Alice, dein Ex ist ein Scheißkerl«, lallte er.

»Ich weiß«, stimmte ich zu.

»Ich bin Henry. Magst du Bier?«

»Jap, ich mag Bier.«

Henry winkte die Bedienung herbei und bestellte eine Runde.

»Warte.« Ich hielt die Bedienung auf. »Wir benötigen auch noch dringend eine Flasche Tequila.«

Sie nickte mir zu und die Männer schienen begeistert von meiner Idee zu sein.

Während wir tranken, wurde die Stimmung immer lockerer. Wir erfuhren, dass die Männer heute ein Feuer in einem Lager am Hafen gelöscht hatten. Sie hatten alle eine Zwölfstundenschicht hinter sich, waren aber noch zu aufgekratzt, um nach Hause zu gehen.

Es wurde spät. Die Bedienung schien bald keine Lust mehr zu haben, wir waren fast die letzten Gäste in der Bar. Als der Nachschub an Tequila auf sich warten ließ, begab ich mich an den Tresen und winkte den Barkeeper herbei.

»Besteht die Möglichkeit, noch eine letzte Runde Tequila zu ergattern?« Ich war begeistert, wie gut mir meine Zunge noch gehorchte, trotz der späten Stunde und des steigenden Alkoholkonsums.

Er nickte. »Das ist dann aber wirklich die letzte Runde.«

»Danke, Sir.« Ich strahlte ihn gut gelaunt an.

»Hallo, Alice, deren Ex jetzt eine Neue hat.«

Ein Schauer lief mir über den Rücken, als eine aufregende Stimme direkt neben mir erklang. Lässig hatte er sich an den Tresen gelehnt und musterte mich, als wäre ich ein leckeres Steak. Sein Blick und der Alkohol in meinem Blut ließen mich schweben.

»Du hast gehört, was Linda gesagt hat«, stellte ich fest.

»War schwer zu überhören.«

Ich sah mich um. »Wo ist Miss Februar?«

Er grinste. Oh verdammt, das machte ihn nur noch attraktiver. Seine Zähne waren ebenmäßig und weiß. »Auf dem Klo.«

Der Alkohol hatte auch seine Zunge gelöst.

»Schön, jetzt kennst du meinen Namen. Wie ist deiner?«

Mir rutschte das Herz in die Fußspitzen, weil ich mich traute, überhaupt mit ihm zu reden.

»V.«

»V? We? Wii?«

»V. Das ist eine Abkürzung.«

»Ach so. Und für was steht das V?«

»Finde es doch heraus.« Er hob beide Augenbrauen und sah mich herausfordernd an.

»Wieso sollte ich? Dahinten steht ein supernetter Feuerwehrmann, der auf meine Rückkehr wartet. Warum sollte ich also meine Zeit mit Kinderspielchen vertreiben?«

Er hatte seine Ärmel hochgekrempelt. Auch er war tätowiert. Eine Sonne zierte die Innenseite seines rechten Handgelenks. Ein Pfeil dagegen war auf der Innenseite des linken Unterarms zu sehen.

»Der Feuerwehrmann hat eine Frau und zwei kleine Kinder, zu denen er heute Nacht zurückkehrt.«

Ich verschränkte finster die Arme vor der Brust. »Woher willst du das wissen?«

»Ich habe ihn mit seinen Kumpels reden gehört.« V hob die Schultern und trank von seinem Bier.

Fasziniert beobachtete ich, wie sich sein Adamsapfel dabei bewegte. Die Haut an seinem Hals schien so zart, so warm. Ich ballte die Fäuste, um dem Drang zu widerstehen, ihn dort zu berühren.

Der Barkeeper stellte ein Tablett vor mir ab mit sechs Tequila, Salz und Zitronenscheiben.

V berührte mich sacht an der Schulter. »Ich meinte es ernst. Du solltest nicht so viel trinken.«

»Ich bin erwachsen, trotzdem danke für den Hinweis.«

Was bildete sich der Typ ein?

»Darling, hast du mich vermisst?«, flötete da die Schönheit im Minikleid. Sie schlenderte zu ihm und schmiegte sich an ihn.

»Ja, es war kaum auszuhalten«, meinte V. Aber er sah mich an, als er die Kleine an sich zog und leidenschaftlich küsste.

In mir brodelte es. Sollte er knutschen, mit wem er wollte. Er hatte mich angesprochen und nicht umgekehrt!

Ohne ihn eines weiteren Blickes zu würdigen, nahm ich das Tablett und kehrte zurück zum Billardtisch. Die letzte Runde war gespielt, die Männer hatten sich bereits ein Taxi gerufen.

Henry kam zu mir und wirkte sehr betreten. »Alice, es gibt da was … was du nicht weißt. Über mich.«

Ich seufzte. »Du bist verheiratet. Und hast zwei Kinder.«

Er rülpste. »Woher …«

Ich tätschelte ihm die Schulter. »Es ist gut. Wirklich.«

Wieder legte er mir freundschaftlich den Arm um. »Dein Ex ist ein Vollidiot. Du hast was Besseres verdient.«

»Vielen Dank, Henry.«

»Also, wenn ich nicht verheiratet wäre …«

Ich musste lachen. »Ist gut. Ich weiß schon.«

Henry gesellte sich zu seinen Kumpels, die bereits ihre dicken Jacken anzogen.

Dafür kam nun Linda zu mir. »Wollen wir auch aufbrechen?«

»Was ist mit Sam?«

Linda sah verlegen zu ihm herüber. Er schenkte ihr einen

glühenden Blick. »Wir haben Telefonnummern ausgetauscht.«

»Er könnte doch mit uns kommen«, schlug ich vor. »Wir können noch was trinken und ich gehe direkt danach ins Bett.«

»Ehrlich?« Sie strahlte bei meinem Vorschlag.

Es wäre nicht der erste Herrenbesuch, den Linda mit nach Hause brachte. Es war mir auch lieber, sie nahm ihn mit zu uns, als dass sie zu ihm mitging. So konnte ich wenigstens darauf aufpassen, dass er keinen Scheiß baute. Allerdings herrschte derzeit Ebbe in unserer kleinen Hausbar. Rasch ging ich noch mal zum Tresen und versuchte, dezent winkend die Aufmerksamkeit des Barkeepers auf mich zu lenken.

»Junge Lady, das war die letzte Runde«, tadelte er mich. »Ich habe die Kasse bereits geschlossen.«

»Scheiße«, fluchte ich leise. »Trotzdem danke«, sagte ich etwas lauter.

V hielt seine Lady im Arm und lachte tief. »Probleme, kleine Schnapsdrossel?«

So, jetzt reichte es aber! Ich stemmte die Hände in die Hüften und funkelte ihn an. »Kannst du nicht mal deine Klappe halten? Mein Leben ist schon scheiße genug, da brauche ich nicht noch deine Kommentare dazu.«

Er lachte lauter. »Amüsant bist du jedenfalls.«

»Danke, du … du …« Mir fiel keine passende Beleidigung ein.

»Hey, V, lass uns gehen. Die Bar schließt gleich. Ich kenne einen Club, der noch offen hat.« Der blonde Surferboy trat an Vs Seite.

Seine Freundinnen tuschelten aufgeregt hinter ihm. Ihre Wangen glühten und ich konnte wetten, dass sie schon ganz feucht in ihren Strings waren.

»Oh, hallo«, merkte er an, als sein Blick auf mich fiel. »Wen haben wir denn da?«

»Alice, deren Ex jetzt eine Neue hat«, erklärte V.

»Scheiß Ex. Wir sollten ihn verprügeln.« Der Blonde hielt mir seine Hand entgegen und lächelte freundlich. Ein Schauspieler aus Hollywood konnte kaum hübscher sein als dieser Kerl. »Hi, ich bin Lonis. Kommst du mit uns?«

»Wohl kaum«, grummelte ich. Trotzdem nahm ich seine Hand. Er hatte einen angenehmen Händedruck und irgendwie konnte ich nicht anders, als ihn direkt sympathisch zu finden. »Mal abgesehen davon, dass ich selten mit Fremden irgendwelche Clubs aufsuche, habt ihr doch genug weibliche Gesellschaft.« Ich war stolz auf meine Worte und fügte noch hinzu: »Gute Nacht und viel Vergnügen, die Herren.« Dann machte ich auf dem Absatz kehrt, beeilte mich, zu Linda und ihrem Feuerwehrmann zu kommen.

»Was wollten die beiden von dir?«, flüsterte Linda aufgeregt.

»Ach, nichts. Komm, lass uns gehen.«

Der Heimweg gestaltete sich schwierig. Linda und Sam gingen Arm in Arm. Oder vielmehr torkelten sie. Zwischendurch hielten sie an, um sich innig zu küssen.

Ich war erleichtert, als wir endlich das Hochhaus erreichten, in dem sich unser Appartement befand. Zu Hause eilte ich direkt ins Bad und danach in mein Bett. Ich hatte genug Alkohol getrunken, um angenehm müde zu sein. Dennoch hörte ich das Lachen und diverse andere Geräusche, die Linda und ihr heißer Kerl von sich gaben. Ich nahm mein Kopfkissen, warf mich auf die Seite und presste es fest auf mein Ohr. Fast wünschte ich, ich hätte das Angebot angenommen und wäre mit den anderen gegangen.

Was waren das nur für Typen? Waren sie wirklich Rockstars oder Schauspieler? Vielleicht waren sie Drogenhändler?!

Oh Himmel!

Diese Augen ... wie konnte man nur so schwarze Augen haben?

Es dauerte Ewigkeiten, bis mich endlich der Schlaf überkam.

KAPITEL ZWEI

Den Rest des Wochenendes verbrachte ich damit, mich in mein Bett zu kuscheln und mich durch das Angebot der Streamingdienste zu zappen. Höchstens für Kaffee und Essen verließ ich mein Zimmer.

Sam blieb das ganze Wochenende. Ich freute mich für Linda. Wirklich. Aber ich fühlte mich gleichzeitig ziemlich beschissen. Vermutlich war es langsam Zeit, eigene vier Wände zu beziehen. Aber dann wäre ich allein. Und diese Vorstellung konnte ich momentan nicht ertragen.

Ausgeruht erwachte ich am Montagmorgen und begab mich früh auf den Weg zur Arbeit. Ich trug ein neues Kostüm aus cremefarbener Wolle, dazu braune Stiefel und meinen Mantel. Mein schulterlanges Haar hatte ich nur etwas seitlich frisiert und ich hatte noch dezentes Make-up aufgelegt.

Unterwegs kam ich an meinem Lieblingscafé vorbei. Der Duft von frischem Kaffee und Donuts war so verlockend, dass ich hineinging und mich an der Schlange anstellte, die sich bereits gebildet hatte. Als ich noch darüber nachdachte, ob ich einen Latte oder einen Cappu bestellen sollte, vernahm ich eine nervige Stimme etwas weiter vor mir.

»Nun ist er endlich frei von dieser dämlichen Ziege. Keine Ahnung, wie er es so lange mit ihr aushalten konnte. Alles an ihr ist so langweilig: ihre Frisur, ihre Klamotten, selbst ihre Wohnung. Echt jetzt, ich habe am Freitag ihre Bücherregale und CDs gesehen. Total langweilig!«

Tränen traten in meine Augen und ich ballte die Hände zu Fäusten, denn die gehässigen Worte galten mir. Die CDs waren wichtige Erinnerungsstücke aus meiner Jugend und ich hing sehr an ihnen.

Drei Plätze weiter vor mir stand Helena mit einer Kollegin aus dem Marketing.

Ein fester Kloß saß in meinem Hals.

Blöde Kuh!

Alles in mir drängte danach, das Café zu verlassen. Aber ich konnte mich nicht bewegen, ich war wie versteinert vor Wut und Entrüstung.

Helena bestellte sich einen Soja-Latte und dazu einen Frischkäse-Bagel. In mir bündelte sich der Zorn. Wenn sie mir schon den Mann klaute, konnte sie dabei doch etwas mehr Würde zeigen und nicht hinter meinem Rücken über mich lästern!

Wer war denn hier die Ziege? Sie natürlich! Sie hatte sich Miles aufgedrängt. Ihn verführt. Sonst wäre er jetzt immer noch bei mir.

Plötzlich lief alles vor meinen Augen wie in Zeitlupe ab.

Helena trug einen wunderschönen hellen Wollmantel

und Wildleder-Stiefel. Sie nahm die braune Papiertüte mit dem Bagel entgegen und suchte mit der freien Hand nach ihrem Portemonnaie in der Louis-Vuitton-Tasche. Die Barista hielt ihr den Becher mit dem Latte hin.

Endlich hatte Helena die Geldbörse gefunden. Sie drehte sich um. Der Becher stieß gegen ihren Ellbogen. Der heiße Kaffee ergoss sich wie die Niagarafälle über den weißen, plüschigen Wollstoff und troff hinab auf die empfindlichen Stiefel. Helena schrie empört auf.

Die Zeitlupe endete und ich atmete langsam aus.

»Das werden Sie mir büßen!«, kreischte Helena. »Holen Sie sofort Ihren Vorgesetzten! Wissen Sie überhaupt, was dieser Mantel und diese Stiefel gekostet haben?! Die Stiefel sind echte *Jimmy Choos*! Dafür müssten Sie zwei Leben lang Kaffee ausschenken, Sie ... Sie ...«

Alle Anwesenden wurden Zeuge, wie Helena die Angestellte beschimpfte, bis endlich der Geschäftsführer erschien und versuchte, die Angelegenheit zu regeln. Eine Kollegin übernahm den Geschäftsbetrieb und so kam ich schließlich zu meinem Cappuccino. Irgendwie hatte ich auf einmal sehr gute Laune und gab ein großzügiges Trinkgeld.

Es war nicht richtig, sich über das Malheur zu freuen. Helenas Klamotten waren sicher schweineteuer gewesen. Die Barista bekam nun Ärger und musste die Reinigung vielleicht aus der eigenen Tasche bezahlen. Trotzdem, ein kleiner Teil in einer Ecke meines Herzens freute sich. Es musste ein sehr finsterer Teil sein, der sich nicht oft zeigte und von dem ich immer gehofft hatte, er würde nicht existieren.

Mit meinem Kaffee to go verließ ich das Café und wurde

direkt von einer eisigen Windböe erfasst, die zwischen den Hochhäusern der Innenstadt hindurchfegte. Ich schlug den Kragen meines Mantels hoch, so gut es mit einer Hand ging. Mein Blick fiel auf die andere Straßenseite. Eine große dunkle Gestalt stand dort seelenruhig und beobachtete mich. Lässig hatte sich der Mann gegen eine Häuserwand gelehnt, die Hände in den Manteltaschen, den Mantel jedoch nicht zugeknöpft. Der kalte Wind spielte mit dem schwarzen Wollstoff.

Hatte ich nun einen Stalker? Verdammt noch mal, ich hatte doch geahnt, dass etwas mit dem Kerl nicht stimmte.

Er stieß sich leicht von der Wand ab, schritt durch die Passanten hindurch und betrat die Straße.

Mir rutschte das Herz in die Fußspitzen. Das konnte er doch nicht einfach so tun!

Er würdigte die Autos, die in der Rushhour durch Chicago fuhren, keines Blickes, seine dunklen Augen hielten mich fixiert. Ein Taxi hupte. Er beachtete es nicht. Er lief über die vierspurige Straße wie Jesus über das Wasser.

Erst als er nur noch zwei Schritte von mir entfernt war, fiel mir auf, dass mein Mund die ganze Zeit offen gestanden hatte.

»Alice, guten Morgen. Welch angenehme Überraschung.«

Wow, selbst bei Tageslicht sah der Mann noch umwerfend aus. Ich musste meinen Kopf in den Nacken legen, um ihm ins Gesicht sehen zu können. »Was um Himmels willen tust du denn hier?!«

»Ich freue mich auch, dich wiederzusehen. Das Sprichwort, dass man sich immer zweimal im Leben begegnet, hat sich diesmal rasch erfüllt.«

Haha, als wäre es Zufall, dass er dort drüben gewartet hatte.

»Und genauso rasch ist das Wiedersehen auch wieder vorbei. Ich muss zur Arbeit. Leb wohl, V.«

Er berührte mich an der Schulter und hielt mich zurück. Wieder fühlte sich diese Berührung wunderbar warm an, selbst durch den Stoff meines Mantels.

»Ich muss mit dir reden.«

Oh, verdammt! Alles in mir geriet in Chaos. Er hatte mir wirklich aufgelauert? Was war er? Ein Triebtäter?

»Hör auf, mich zu verfolgen. Ich will nichts von dir. Wir kennen uns doch überhaupt nicht, außer von einer zufälligen Begegnung vor dem Klo einer drittklassigen Bar.«

»Und bei dieser zufälligen Begegnung habe ich dir in die Augen geschaut.«

Für wen hielt er sich denn? Humphrey Bogart im Film *Casablanca*? Ich runzelte die Stirn. »Ja, und?«

Wieder versank sein Blick in meinem, als wollte er mir tief in die Seele sehen. Meine Knie wurden weich. Ich hatte noch nie jemanden erlebt, der mir so intensiv in die Augen schaute.

»Du bist etwas Besonderes. Weißt du das nicht?«

Der Mann war verrückt. Anders konnte ich mir seine Worte nicht erklären.

»Das ist ein ziemlich dämlicher Anmachspruch. Zu leicht zu durchschauen.« Der Klumpen Zorn in meinem Magen brannte.

Ich wollte nicht, dass er so mit mir sprach. Er sollte sich nicht über mich lustig machen. Nicht ein Mann wie er. Was sollte er davon haben, mich so zu verarschen? Er konnte doch jede Frau haben, die er wollte.

»Das ist kein Anmachspruch«, raunte er leise. »Ich will dich nicht anmachen. Ich will mit dir reden.«

»Über was?«

»Über dich. Deine Zukunft.«

»Das ergibt überhaupt keinen Sinn.«

»Dann lass es mich erklären. Heute Abend. Zeit und Ort bestimmst du selbst.«

Ich widerstand der Versuchung, mir auf die Unterlippe zu beißen. Derart kindische Gesten standen mir nicht.

Das war die ungewöhnlichste Einladung zu einem Date, von der ich jemals gehört hatte. In mir meldete sich die Rationalität, die darauf bestand, sofort abzulehnen. Man sollte sich nicht von einem Fremden zum Essen einladen lassen. Nicht in einer Großstadt, nicht in der heutigen Zeit. Die Ratio kämpfte mit dem vegetativen Teil meines Systems. Mein Instinkt sagte mir, dass ich seiner Einladung folgen sollte. Gerade weil diese so ungewöhnlich war. Ich hatte nichts zu verlieren, wenn ich vorsichtig war.

»Du darfst mich zum Abendessen einladen. Wir treffen uns um acht Uhr in *Melly's Place.*« Ich beschrieb ihm die Lage des kleinen Restaurants und nippte an meinem Kaffee. V sollte bloß nicht denken, dass das eine große Sache für mich war. Ich musterte ihn von Kopf bis Fuß. Abgesehen von seinen schwarzen Augen hatten es mir besonders diese breiten Schultern angetan. Wenn man in diesen Armen lag, würde die Welt brennen, und nicht nur die, da war ich mir sicher.

»Ist das eine Freundin von dir?«

»Ähm, bitte?«

Vs Aufmerksamkeit hatte in den letzten Momenten gar nicht mir gegolten. War auch besser so, sonst hätte er meinen schmachtenden Blick bemerkt. Nein, er sah durch die Schaufenster meines Lieblingscafés auf die verzweifelte Helena.

»Nein, Freundin kann man sie ganz bestimmt nicht nennen. Sie ist nur eine Arbeitskollegin.« Der Stachel der Eifersucht saß noch zu tief in meinem Herzen. Ich spürte, wie er ein weiteres Stückchen vorrückte. Ich räusperte mich. »Und da wir gerade davon reden: Ich muss jetzt zur Arbeit. Bis heute Abend, V.«

Er sah mich amüsiert an. »Bis heute Abend ... Aliki.«

»Alice. Mein Name ist Alice.« Mein Gesicht musste aussehen wie das eines nach Luft schnappenden Fisches, denn V grinste und zwinkerte mir zu.

»Ich weiß.« Dann drehte er sich um und ging mit wehendem Mantel in die entgegengesetzte Richtung.

Fassungslos starrte ich ihm nach.

Worauf hatte ich mich da gerade eingelassen?

Erst als mich ein Jogger anrempelte, kam ich wieder zur Besinnung. »Wie wäre es mit einer Entschuldigung?«, brüllte ich dem übereifrigen Sportler nach, der darauf gar nicht reagierte, was vermutlich besser so war. Außerdem war es mittlerweile so spät, dass ich mich beeilen musste, ins Büro zu kommen. Es blieb keine Zeit, noch weiter über V, den mysteriösen Kerl, nachzudenken.

Die Zentrale der Hotelkette, für die ich arbeitete, befand sich in einem der modernen, gläsernen Hochhäuser Chicagos. Hier lief die komplette weltweite Verwaltung zusammen, von

Personal über Buchhaltung bis Marketing und selbstverständlich die Geschäftsführungsebene. Ich arbeitete in einem Großraumbüro in der siebzehnten Etage und hatte zumindest teilweise einen herrlichen Blick über Chicago.

Es fiel mir heute extrem schwer, mich auf die Zahlen zu konzentrieren. Ständig musste ich meine Berechnungen korrigieren und benötigte fast doppelt so lange für meine Arbeit wie sonst.

Gegen Mittag fragten mich meine Kolleginnen, ob ich Lust auf Pizza hätte, sie wollten welche bestellen. Da ich aber heute Abend sowieso essen gehen würde, ließ ich mir einen Salat mitbringen. Auf dem Weg zu unserem Aufenthaltsraum fing mich Helena ab, die offenbar entschieden hatte, mir noch vor ihrer eigenen Mittagspause ordentlich den Tag zu versauen.

»Alice! Ich muss mit dir reden«, blaffte sie mich mit einem Abstand von dreißig Fuß über den Flur an, sodass es auch wirklich jeder mitbekam. Sie hatte sich umgezogen und trug nun einen eleganten roten Hosenanzug, der ihr noch besser stand als das Kostüm von heute früh. Sie hielt mir eine Mappe mit Unterlagen entgegen. »Diese Zahlen können unmöglich stimmen.«

Möglichst ruhig überwand ich die räumliche Distanz zwischen uns und nahm die Mappe entgegen. Beim Aufschlagen der Unterlagen flatterten mehrere Zettel zu Boden. Die Belege waren komplett durcheinandergeraten. Dennoch erkannte ich, worum es ging. Es waren die Ausgaben und Einnahmen zur letzten Benefizveranstaltung unseres New Yorker Hotels. Und ich war mir sicher, dass die Zahlen stimmten. Ich hatte eine Woche daran gesessen. Vor allem, weil die Unterlagen so chaotisch waren. Ich hatte viel Zeit damit verbracht, sie zu sortieren. Jetzt waren sie wieder in Unordnung. Dank Helena.

»Die Zahlen stimmen«, beharrte ich, hob die Quittungen auf, die auf den Boden gesegelt waren, und hielt meiner Kollegin die komplette Mappe entgegen. »Mr. Horowitz hat die Berechnung gegengeprüft, bevor wir sie der Geschäftsleitung übergaben.« Horowitz war mein direkter Vorgesetzter und Leiter der Buchhaltungsabteilung, was Helena natürlich wusste.

Sie weigerte sich jedoch, die Mappe anzunehmen. »Sie stimmen nicht«, knurrte sie. »Mr. Philipps wünscht eine Neuberechnung. Bis heute Abend.«

Schon allein das Sortieren der Unterlagen würde bis heute Abend dauern. Leider war Mr. Philipps der Vorstandsvorsitzende und stand somit über meinem Chef. Was er wünschte, sollte man schleunigst erfüllen.

»Wie kommt er denn auf die Idee, dass die Berechnung nicht stimmen könnte?«, wollte ich wissen.

Helena musterte mich so, wie man einen unerwünschten Gast auf einer Hochzeit ansah. »Überprüfe einfach die Zahlen!«, fauchte sie, drehte sich um und ging hocherhobenen Hauptes davon.

»Blöde Zicke«, raunte meine Kollegin Angela. »Was ist der nur über die Leber gelaufen? Ein ganzer Läuse-Staat?«

»Keine Ahnung. Die Mittagspause lasse ich wohl besser ausfallen, wenn ich bis heute Abend fertig sein will.«

Angela sah mich voller Mitleid an. »Wenn du Hilfe brauchst …«

»Danke. Ich versuche es erst einmal allein.« Ich nahm meinen Salat von ihr entgegen und brachte ihn zu meinem Arbeitsplatz.

Während ich aß, sah ich mir die Tabelle an. Ich erkannte Mr. Philipps' Handschrift. Er hatte Anmerkungen neben einige Zahlen geschrieben. Ich rechnete sie mit dem Taschenrechner nach. Nein, Rechenfehler gab es keine. Also fing ich an, die Zahlen mit den Belegen zu vergleichen. Es dauerte Ewigkeiten. Ich musste die Belege zunächst sortieren.

Angela half mir schließlich. Gemeinsam brauchten wir keine zwei Stunden. Und dann fiel mir der erste Fehler auf. Eine Zahl in der Tabelle stimmte nicht mit dem Beleg überein. Nur ein kleiner Zahlendreher.

Mist!

Die nächsten Zahlen stimmten wieder. Mr. Philipps hatte nicht alle Fehler markiert, nur einige, die ihm direkt ins Auge gefallen waren.

Aber wie konnte das sein? Wie hatte ich mich so vertun können? Und Mr. Horowitz hatte doch alles noch mal nachgeprüft.

Angela und ich verglichen jeden Beleg mit jeder Zahl meiner Tabelle. Acht Zahlendreher waren es. Verdammt.

Ein schlimmer Verdacht überkam mich. Hatte vielleicht jemand meine Tabelle gefälscht? Jemand, der mich auf der Chefetage reinreiten wollte?

Ich öffnete die entsprechende Datei mit meinem Rechner. Ich konnte nicht glauben, dass ich dermaßen schusselig gewesen sein sollte. Aber es war so. Die Tabelle war diejenige, die ich erstellt hatte. Zwar befand sich jede unserer Dateien auf dem gemeinsamen Laufwerk, aber die waren mit persönlichen Kennwörtern gesichert. An meine Datei kamen nur ich und mein direkter Vorgesetzter ran.

Angela sah mich voller Mitleid an. »Das ist ein ganz schöner Mist.«

»Ja, leider.« Ich seufzte.

»Fehler macht doch jeder mal.«

Trotzdem spürte ich eine schwere Last auf meinen Schultern.

»Schaffst du es, die Zahlen zu korrigieren? Ich würde dir ja gerne noch weiterhelfen ...« Sie sah verlegen auf ihre Armbanduhr.

»Schon okay«, sagte ich leise. »Es sind ja nicht viele Zahlen. Vielen Dank für deine Hilfe.« Ich umarmte sie kurz. »Schönen Feierabend.«

Das Klingeln meines Telefons lenkte mich ab. Mr. Horowitz.

»Ja, Sir?«

»Können Sie bitte kurz in mein Büro kommen?«

»Natürlich, ich bin gleich da.«

»Nein«, sagte er mit einer Bestimmtheit, die mir einen eisigen Schauer über den Rücken jagte. »Ich kenne die tiefste Dunkelheit der Nacht«, fuhr er leise fort. »Die Abgründe der Hölle. Ich kenne den Gestank des Todes, des Verrats, genauso wie den süßen Geschmack der Rache.«

KAPITEL DREI

Nach dem ungemütlichen Gespräch mit meinem Chef blieb mir keine Zeit mehr, mich umzuziehen, so bestellte ich ein Taxi und fuhr direkt zu *Melly's Place*.

Die Sorgenfalten auf der Stirn von Mr. Horowitz während unseres Gesprächs waren mir noch immer vor Augen. Mein Fehler fiel auch auf ihn zurück. Sogar der Vorstand war bereits involviert und wollte wissen, wie so etwas überhaupt passieren konnte. Mr. Horowitz hatte sich immer auf mich verlassen können. Aber selbst ihm war aufgefallen, dass ich in den letzten Wochen nicht dieselbe war.

Wie ein Häuflein Elend saß ich nun im Taxi, kurz davor, mein ganzes Leben infrage zu stellen. Warum entglitten mir sämtliche Fäden? Zuerst meine Beziehung, jetzt mein Beruf. Wieso begab ich mich überhaupt heute zu diesem Abendessen? Es konnte nur in einem Fiasko enden. Mit einem letzten Blitzschlag, um mein Leben komplett zu zerstören.

Ich atmete tief durch. Nein, so durfte ich nicht denken. Fehler konnten passieren und niemand war perfekt. Mein Chef würde mich nicht wegen eines einzigen Schnitzers feuern. Es würde nur eine Weile dauern, bis er mir wieder das volle Vertrauen entgegenbrachte.

Doch ich war niemand, der sich leicht unterkriegen ließ. Und das mit meinem Ex. *Shit happens.* Miles und Helena passten viel besser zusammen. Er war genauso oberflächlich wie sie. Ich hätte schon viel früher erkennen müssen, dass ihm ein hübsches Äußeres wichtiger war als tiefgründige Gespräche oder zweisame Stunden.

Wobei ... möglicherweise tat ich den beiden unrecht. Vielleicht verstanden sie sich besser und auf einer Ebene, auf der Miles und ich es nie vermocht hatten.

Das bevorstehende Date würde meinem angeschlagenen Selbstbewusstsein den wohlverdienten Aufschwung liefern. Ganz bestimmt. Und wenn ich nur ein paar Stunden gegenüber einem absolut sexy Typen verbrachte und daraus nichts weiter wurde. Diese Stunden konnte mir keiner nehmen.

Während der Taxifahrt legte ich noch etwas Make-up auf. Einen Lippenstift hatte ich nicht dabei, daher konnte ich nur Lipgloss verwenden, um meine Lippen ein wenig zu betonen. Dann bürstete ich mir noch das dunkelblonde Haar, bis es in weichen Wellen mein Gesicht umrahmte. Gerade rechtzeitig, als der Wagen vor dem Lokal hielt, wurde ich fertig.

Ich kannte die Besitzerin des Restaurants schon, seit ich vor vier Jahren nach Chicago gezogen war. Linda und ich hatten schon viele Stunden dort verbracht. Mit ihrem kleinen, aber sehr feinen Restaurant hatte sich Melly einen Traum erfüllt. Sie war eine wunderbare Köchin, die ihr Handwerk in den Küchen Europas gelernt hatte.

Kleine Bistrotische unterschiedlicher Art, dazu Stühle aus Eisen, Sitzbänke und Polster in verschiedenen Vintage-Mustern verliehen dem Lokal seinen ganz eigenen Charme. Die Wände waren in dunklem Petrol gehalten. Auf den Tischen standen weiße Keramikkerzenhalter, in denen elfenbeinfarbene Tafelkerzen steckten. Von der Decke hingen elektrische Kronleuchter aus schwarzem Metall. Die Wände zierten Schwarz-Weiß-Fotografien in weißen Rahmen aus allen Städten, in denen Melly bereits gearbeitet hatte.

Melly stand am Eingang, bekleidet mit einem kurzen grünen Kleid, das einen atemberaubenden Kontrast zu ihrem kupferfarbenen Haar bot. Das Restaurant war fast ausgebucht, aber in der Ecke fand sie für mich noch etwas.

»Für Freunde halte ich stets einen Tisch frei.« Sie zwinkerte mir zu und brachte mich zu einem kleinen Tisch mit zwei Stühlen. »Kommt Linda später dazu?«

Ich wurde ein wenig verlegen. »Nein, nicht Linda. Ich erwarte einen ... Herren.«

»Oh, wie schön.« Melly strahlte über das hübsche Gesicht. »Ich bin schon sehr gespannt auf deine neue Eroberung.«

»Da ist er schon«, bemerkte ich. Mir stockte der Atem.

Verdammt, er sah schon wieder so gut aus!

Er trug eine dunkelgraue Designerhose und dazu ein schwarzes Hemd. Sein schwarzes Haar hatte er zu einem Zopf zusammengebunden. Er schaffte es, dass seine Biker Boots zu seinem Outfit passten wie zu einem Rockstar. Er brauchte nicht lange, da entdeckte er mich und kam auf uns zu.

Auch Melly schnappte nach Luft. »Wow, was ist denn das für ein Teufelskerl?! Alice, wo hast du ihn kennengelernt? Und gibt es dort noch mehr von seiner Sorte?«

»Ähm … weiß nicht«, antwortete ich verlegen.

Aber Melly achtete schon gar nicht mehr auf mich. Schwungvoll trat sie V entgegen. »Herzlich willkommen im *Melly's Place*. Ich bin Melly, die Inhaberin. Ihre Begleitung hat bereits Platz genommen. Darf ich Ihnen den Mantel abnehmen?«

Er lächelte zwar nicht, doch der Ausdruck in seinen dunklen Augen war freundlich. »Vielen Dank, das ist wirklich ein sehr hübsches Lokal.«

»Nehmen Sie doch Platz, ich bringe sogleich die Karte.«

Als V weiter auf mich zuging, deutete Melly hinter seinem Rücken mit hochgezogenen Brauen auf seinen Hintern. Offensichtlich traf dieser ihren Geschmack. Ich wurde rot und wandte schnell den Blick ab, direkt in Vs attraktives Gesicht.

»Guten Abend«, begrüßte er mich. Wieder lag eine leichte Rauheit in seiner Stimme.

»Hallo.« Meine eigene Stimme drohte zu versagen.

V setzte sich auf den Stuhl mir gegenüber. Melly brachte die Karten und fragte, ob wir etwas trinken wollten. Ich brauchte etwas Starkes, also fiel meine Wahl auf einen schottischen Whisky. Zwar kannte ich mich mit Whiskys nicht besonders gut aus, aber ich wusste, dass Melly ihn aus der Heimat ihrer Vorfahren mitgebracht hatte. V nickte mir anerkennend zu und nahm den gleichen Drink.

Während seine Aufmerksamkeit der Speisekarte galt, beobachtete ich ihn verstohlen. In seiner Gegenwart fühlte ich mich wie ein Mauerblümchen oder eine graue Maus. Graues Mauerblümchen, ja, das passte zu mir. Was konnte ein Mann wie er von einer Frau wie mir schon wollen?

Plötzlich begegneten sich unsere Blicke über die Karten hinweg. Verlegen sank ich tiefer in den Stuhl.

Vs Blick war finster, sogar irgendwie missbilligend.

»Was ist, stimmt etwas mit meiner Frisur nicht?«, gab ich von mir, bevor ich klar denken konnte.

Er hob die dunklen Augenbrauen und legte die Karte weg. »Ich habe nur gerade festgestellt, dass ich etwas anderes erwartet hatte.«

Was?! Seine Worte ergaben keinen Sinn. Hatte er etwa letzte Nacht so viel getrunken, dass er sich kaum an mich erinnerte? Also bitte, er hatte mir aufgelauert, ich wollte überhaupt nichts von ihm.

»In welchem Sinne?«, hakte ich daher nach.

»Du wirkst so unscheinbar. So normal.«

»Oh, vielen Dank.« Ich seufzte und hatte Mühe, meine Enttäuschung zu verbergen. »Dann lass uns schnell etwas zu essen bestellen, bevor du in Langeweile ertrinkst.«

Nun runzelte er die Stirn. »Du sprichst in Rätseln.«

»Ich? Nee, mein Lieber. Du bist hier das Mysterium. Warum hast du mir heute aufgelauert und mich zum Essen eingeladen? Ich scheine doch nicht dein Typ Frau zu sein.«

Er blinzelte, doch dann lachte er kurz und es klang heiser und sehr sexy. »Das ist kein Date, Aliki.«

»Ich sagte dir bereits, dass mein Name Alice ist. Und wenn es kein Date ist, was ist es dann?«

Er lehnte die Ellbogen auf die Tischplatte und sah mich eindringlich an. »Du hast auch so überhaupt keine Ahnung.«

»Natürlich nicht. Von was denn?«

»Jedenfalls habe ich dich nicht eingeladen, um dich ... zu umwerben.«

»Das habe ich mittlerweile auch begriffen. Vielen Dank.«

»Bei allen Göttern, natürlich bist du eine Frau, die es verdient hätte, eingeladen zu werden. Zu einem Date. Von dem richtigen Mann.«

So viel war verwirrend an dem, was er sagte.

Götter?

Und ich fragte mich umso mehr, was er von mir wollte.

»Was wäre das für ein Mann?«, fragte ich genervt.

»Keine Ahnung. Ein netter, höflicher Mann mit galantem Auftreten.«

Ich prustete amüsiert über seine Ausdrucksweise. »Und das bist du nicht?«

»Nein«, sagte er mit einer Bestimmtheit, die mir einen eisigen Schauer über den Rücken jagte. »Ich kenne die tiefste Dunkelheit der Nacht«, fuhr er leise fort. »Die Abgründe der Hölle. Ich kenne den Gestank des Todes, des Verrats, genauso wie den süßen Geschmack der Rache.«

Oh Gott, die Mafia! Ich hatte recht. Natürlich.

Warum sonst sollte mich ein solcher Mann zum Essen ausführen? Er wusste, dass ich Zugang zu den Geschäftszahlen unseres Betriebes hatte, einer der erfolgreichsten Hotelketten der Welt. Er wollte irgendetwas wissen, was ihm bei seinen finsteren Geschäften behilflich war.

»Okay, also entweder verrätst du mir jetzt, was das hier soll, oder ich rufe die Polizei.«

Wir funkelten uns an wie zwei Duellanten. Wer zuckte zuerst? Wer zeigte ein Zeichen der Schwäche?

»Was darf ich euch zu essen bringen?«, unterbrach Melly unbekümmert unser visuelles Duell. Ich hatte nicht einmal bemerkt, dass sie an den Tisch gekommen war.

»Ich nehme die Penne mit Scampi«, antwortete ich, ohne den Blick von V zu nehmen.

»Für mich den Grillspieß, bitte.«

Melly sah zwischen uns hin und her. »Ähm, gut, ihr Lieben. Darf ich euch dazu einen Wein aus Griechenland anbieten?«

»Ich bestehe darauf«, gab V heiser zurück.

»Gut, wie wäre es mit einem weißen Retsina? Oder lieber etwas süßer? Der Mavrodaphne?«

»Mavrodaphne«, antwortete V knapp. »Für uns beide.«

Ich löste mich von seinem Anblick und sah zu Melly, die fragend eine Augenbraue hob. Ich nickte. Wir hatten hier Wichtigeres zu besprechen, als uns über die Weinauswahl zu streiten. Und doch sagte keiner von uns ein Wort, bis der Wein serviert worden war.

Dann aber wechselte V das Thema. »Fangen wir noch einmal von vorne an. Woher kommst du? Wer sind deine Eltern?«

»Warum sollte ich dir das sagen? Nein, drehen wir den Spieß lieber um. Wofür steht das V?«

Seine Augen blitzten herausfordernd auf. »Finde es doch heraus.«

Er kam sich wohl besonders witzig vor. Oder er versuchte, geheimnisvoll zu wirken. Dabei umhüllte ihn ohnehin schon eine mysteriöse Aura. Die Geheimnistuerei wäre nicht nötig gewesen.

»Dann verrätst du mir eben nicht deinen Namen.« Ich schnaubte und ließ den Blick schweifen, als sei V nicht mehr interessant für mich.

»Mein Name ist Veiovis.«

Mein Blick zuckte zu ihm. Er stützte die Unterarme auf dem Tisch ab und sah mich amüsiert an. Sein Mundwinkel hob sich verräterisch.

Diesen Namen hatte ich noch nie in meinem Leben gehört. »Interessant. Woher stammt der Name?«

»Ich wurde nach meiner Mutter benannt. Veive. Wie ist der Name deiner Mutter?«

»Marion.« Ich wollte aber lieber nicht von ihr sprechen. »Du kommst nicht aus Chicago?«

»Nein, ursprünglich nicht. Wer war dein Vater? Wo bist du aufgewachsen?«

»Simon Miller, ein Arzt aus Hazel Green, Wisconsin. Der liebste Mensch der Welt.«

»Lebt er noch?«

»Ja. Ich besuche ihn oft.«

Wieso erzählte ich ihm das alles? Ich fand es ärgerlich, dass er mir so einfach jede Information entlocken konnte, während er sich in Geheimnisse hüllte.

»Warum bist du hier? Was willst du von mir?«

»Ich brauche deine Hilfe. *Wir* brauchen deine Hilfe.«

Seine Antwort trug nicht dazu bei, die Geheimnisse zu

lichten. Was sollte das werden? Waren wir hier in irgendeiner Veräppelungsshow? Verstohlen sah ich mich nach versteckten Kameras um.

Das Essen wurde serviert. Veiovis wartete, bis wir wieder allein waren, und kostete zunächst ausgiebig das Fleisch auf seinem Teller.

»Wow, ich hätte früher herkommen sollen. Das ist echt lecker. Lonis würde das Lokal lieben.« Er sprach mehr zu sich selbst als zu mir. Dadurch wirkte er fast ... *menschlich.*

»Lonis gehört zu diesem ... *wir?*«

»Ja, das stimmt.«

Seine Aufmerksamkeit galt nun ganz mir und nicht mehr dem Essen. Anerkennend ließ er den Blick über mein Gesicht zu meinem Ausschnitt gleiten. Womöglich hatte ich irgendetwas Kluges gesagt, sodass er seine Meinung über mich überdachte.

Irgendwie hatte ich keinen Appetit mehr. Ich ließ mein Besteck sinken. »Hör mal, ich möchte nicht mit irgendwelchen kriminellen Dingen in Kontakt kommen, okay? Echt nett von dir, mich zum Essen einzuladen. Aber ich möchte nichts mit der Mafia zu tun haben.«

»Mafia?« Er wirkte amüsiert. »Nein, Kleine. Gegen uns ist die Mafia der reinste Kindergarten.«

Ich ließ nicht locker. »Dann sag mir doch, wer *wir* ist.«

Er aß genüsslich weiter und trank einen großen Schluck von dem Wein. »Iss. Wenn es kalt ist, schmeckt es nicht mehr.«

Diese Spannungsschiene war wohl sein Ding, wenn er nicht auf meine Fragen antwortete. Oder musste er noch darüber nachdenken, was und wie viel er mir erzählen konnte?

»Ich bin ein Gott«, sagte er plötzlich unumwunden.

Ich musste laut lachen. Ich konnte nicht anders. Einige Gäste sahen sich bereits tadelnd zu uns um. »Du spinnst ja.« Ich prostete ihm mit meinem Weinglas zu. »Unterhaltsam bist du jedenfalls.«

Der Alkohol war mir bereits ein wenig zu Kopf gestiegen, denn ich war viel entspannter als noch zu Beginn dieses Nicht-Dates. Ich trank etwas mehr Wein, damit die Wirkung bloß nicht nachließ.

KAPITEL VIER

»Das ist mein Ernst«, sagte V. »Ich bin ein Gott. Mein Vater ist Zeus und meine Mutter war die Rachegöttin Veive.«

Entrüstet gluckste ich. »Welche Drogen nimmst du? Ich hätte gerne auch etwas davon.«

Über den Tisch hinweg nahm V meine freie Hand und drückte sie fest.

Alles um mich herum verblasste. Die Farben, die Möbel des Restaurants, die Menschen ...

Und ihre Gespräche verhallten.

Plötzlich sah ich einen Berg, so hoch, dass seine Spitze über die Wolken ragte. Über dem Berg schien die Sonne am blauen Himmel. Und auf diesem Berg stand ein Tempel. Ich erkannte V in einer weißen Toga, die ihm gut stand. Neben ihm stand ein Mann mit einem ähnlichen Gesicht, dessen Locken jedoch goldblond in der Sonne glänzten.

Ich hatte ihn bereits einmal gesehen.

Lonis.

Abrupt ließ V meine Hand los.

»Du erinnerst dich an Lonis?« Seine Frage klang, als würde er von einem Kollegen sprechen, dem man zufällig begegnet war.

Es war eine Überraschung, dass ich überhaupt noch atmen konnte. Mein Verstand hatte noch nicht ganz verarbeitet, was gerade geschehen war, und ich rieb über meine Hand, die mein Gegenüber gerade so fest gedrückt hatte, dass die Abdrücke seiner Finger sich auf meiner hellen Haut abzeichneten.

»Natürlich«, brachte ich schließlich hervor.

Der Wahnsinnige schien bei seiner Geschichte bleiben zu wollen. Seine dunklen Augen blieben jedoch ernst bei dem, was er sagte. »Lonis' wahrer Name lautet Apollon.«

Mir wurde schwindelig. Gleichzeitig brannte meine Hand, die er eben festgehalten hatte. Ich ballte sie zur Faust und legte sie in den Schoß.

»Glaubst du mir?«

Wie sollte ich solch einen Schwachsinn glauben?

Und doch ... wenn ich ihn ansah, *wollte* ich glauben, was er mir da erzählte. V war der außergewöhnlichste Mann, der mir je begegnet war. Diese Finsternis, die er bei all seiner Attraktivität ausstrahlte, wirkte auf sonderbare Weise anziehend auf mich. Seine tiefe Stimme, in der stets ein leises Grollen lag, sprach eine Seite in mir an, die ich noch nicht kannte. Genau deswegen saß ich weiterhin hier und hörte ihm zu, statt die Cops oder eine Irrenanstalt zu informieren oder einfach hysterisch lachend das Restaurant zu verlassen.

»Ich könnte dir von meiner Geburt erzählen«, erklärte er. »Und von der anschließenden Verbannung meiner Mutter aus der Unterwelt. Ich kann dir jeden Stein, jedes Staubkorn und jede finstere Ecke der Unterwelt beschreiben. Von Hades' Thron bis hin zu den elysischen Feldern.« Er hielt inne, sah mich fest an und schien darauf zu warten, dass ich etwas sagte.

Mein Magen fühlte sich schwer an. Daran war nicht das Essen schuld. »Bitte sprich nicht weiter. Ich glaube, ich muss das erst einmal verdauen. Wenn ich noch mehr höre, drehen meine Gehirnwindungen durch.« Oder mein Magen. Es wäre schade um das gute Essen.

Melly kam genau zum richtigen Zeitpunkt und fragte, ob wir ein Dessert wählen wollten. Ich konnte nichts mehr essen. Aber ich brauchte einen Drink. Also bestellte ich ein weiteres Glas Whisky.

Ich hatte gerade den ersten Schluck getrunken, als sich die Tür des Restaurants öffnete und zwei Personen eintraten, an die ich am liebsten nie wieder gedacht hätte: Helena in Begleitung meines Ex-Freundes Miles.

»Na toll, die haben mir gerade noch gefehlt.«

V drehte sich um. »Ist das nicht deine Freundin aus dem Café?«

»Sie ist nicht meine Freundin«, beharrte ich.

Helena entdeckte mich und schenkte mir einen hochnäsigen Blick, bevor sie Miles etwas zuflüsterte. Dieser sah mich ebenfalls mit einem Ausdruck an, der an saure Milch erinnerte. Als er jedoch den Mann in meiner Gesellschaft bemerkte, änderte sich der Blick und zeigte Überraschung.

»Lass mich raten: der Ex, der dich wegen einer anderen verlassen hat.« V grinste, als fände er das witzig.

Bitterkeit stieg in mir auf. »Genau der.«

Wie beschissen konnte dieser Tag noch werden?

V schenkte den beiden keine weitere Beachtung, doch sein Grinsen wurde noch breiter. Es war ein dunkles Lächeln, keines, das von Sonnenschein und guter Laune zeugte, sondern vielmehr von einer finsteren Idee.

»Was hältst du davon, wenn wir den Ort unserer Unterhaltung wechseln?«

Ich wollte nichts lieber, als Miles und Helena aus dem Weg zu gehen. »Sehr gerne. Bitte ein Ort, an dem es viel Alkohol gibt, sonst überstehe ich die weitere Konversation nicht.«

Er nickte. »Das lässt sich einrichten.«

Was folgte, war eine Show, wie sie nur ein Meister der Schauspielkunst hinbekam. V stand auf und sein Gesichtsausdruck hatte sich komplett verändert. Sein Lächeln wirkte nun liebevoll statt finster. Er beugte sich über meine Schulter, sein Atem streifte heiß meine Haut. »Spiel einfach mit«, hauchte er.

Ein wohliges Kribbeln trat an die Stelle, an der sein Atem meine Haut berührt hatte. Fragend sah ich ihn an.

»Wenn jemand etwas von Rache versteht, dann ich«, meinte er zwinkernd. Er legte mir den Arm und die Schultern. Gemeinsam schlenderten wir zu Melly und V bezahlte die Rechnung mit einem großzügigen Trinkgeld.

Der Tisch, an dem Miles und Helena saßen, befand sich in der Nähe der Garderobe. Es war nicht der beste Platz, den

Melly zu bieten hatte. Möglicherweise hatte meine Freundin den beiden genau deswegen diesen Tisch gegeben.

V half mir in den Mantel und war dabei so liebevoll, dass ich kaum wusste, was ich tun sollte. Schließlich drehte er mich zu sich um, sah mir tief in die Augen und senkte den Kopf. Sein Kuss traf mich unerwartet. Für einen Moment war ich starr vor Schreck wie ein scheues Kaninchen. Seine Lippen ruhten sanft auf meinen. Dann umschlangen seine kräftigen Arme meinen Körper und sein Kuss wurde fordernder.

Wer brauchte schon Luft zum Atmen, wenn er diese Lippen küssen durfte? Ich vergaß alles um mich herum. Es war, als gäbe es nur noch uns beide, unsere beiden Körper schwerelos treibend wie in der Tiefe des Meeres. Nein, nicht das Meer. Es war die Schwerelosigkeit des Universums und die Sterne leuchteten allein für uns.

Ich weiß nicht, wie lange dieser Kuss dauerte. Doch als V sich von mir löste, war sein Blick fragend, zweifelnd. Er hatte ebenfalls etwas gespürt und das schien ihn genauso zu überraschen wie mich.

Wir sahen uns an und konnten nicht begreifen, was da eben geschehen war.

»Ach Gott, wie peinlich. Nehmt euch doch ein Zimmer.« Helenas fiese Stimme unterbrach das wohlige Gefühl der Zweisamkeit. Sie grinste abfällig, konnte ihren Blick aber nicht von meinem Begleiter abwenden. Sie sah aus wie ein kleines, verzogenes Mädchen, das sich darüber aufregte, dass ein anderes Mädchen eine viel schönere Puppe bekommen hatte als sie.

Ihren Neid und ihre Häme konnte ich ertragen. Nicht jedoch die Worte, die Miles als Nächstes sprach.

»Wow, ich hätte nicht gedacht, dass du so eine Schlampe bist. In der braven Buchhalterin steckt doch mehr, als sie mir gezeigt hat.«

Ich ballte die Hände zu Fäusten. Wie konnte der Typ es wagen?! Ich hatte drei Jahre meines Lebens an ihn vergeudet und er sprach, als wäre ich eine Highschool-Eroberung gewesen? Die Enttäuschung, der Schmerz, die Erinnerung an den Moment, als er mir mit falschem Lächeln verkündet hatte, er habe »die Richtige« gefunden und das sei leider nicht ich ... Sie ballten sich in meiner Mitte zusammen zu einem heißen Feuerball der Wut.

Miles schien zu erkennen, dass mich seine Worte ärgerten, und setzte noch eins drauf: »Hoffentlich enttäuschst du deinen neuen Kerl nicht. Eine Kanone warst du ja nie im Bett.«

Meine Wut brachte meinen Körper zum Beben. Doch nicht nur ich bebte. Der Kronleuchter über dem Tisch, an dem Miles und Helena saßen, begann zu schwanken. Zunächst ganz leicht, dann immer stärker. Die Menschen im Lokal sahen sich ängstlich um. Miles starrte den Kronleuchter an, unfähig, sich zu bewegen. Helena schrie theatralisch auf.

»Nein.« Vs tiefe Stimme drang zu mir durch. Er legte mir eine Hand auf die Schulter und sah mich ernst an. »Tu es nicht.«

Tränen brannten in meinen Augen und ich senkte den Blick.

V nahm meine verkrampften Hände und zwang mich, sie zu öffnen. »Entspann dich, Aliki.«

Es fiel mir schwer. Das war alles zu viel für mich. Vs Behauptung, ein Gott zu sein, die niveaulosen Worte von Miles ... und dieses Beben. Ich befreite mich von V und verließ fluchtartig das Lokal. V blieb direkt hinter mir.

Die Kälte der Nacht brachte mir ein wenig Linderung. Endlich konnte ich wieder atmen und die Hitze in meinem Inneren kühlte ein wenig ab. Aber mein Herz schlug wild in meiner Brust. Mein Kopf fühlte sich gedämpft an, wie in eine dicke Schicht aus Watte gepackt.

»Was ... was war das?«, brachte ich krächzend heraus.

Doch wollte ich die Antwort wissen? War ich bereit für das, was er mir zu sagen hatte? Mein Hirn brannte bereits jetzt von all den Worten, die er gesagt hatte. Dinge, die ich niemals glauben konnte.

V packte mich an den Schultern und sah mich ernst an. Trotz des kalten Windes, der durch Chicagos Häuserschluchten fegte, war mir heiß. Schweiß bildete sich in meinem Nacken und bahnte sich einen Weg über meinen Rücken.

»Ich habe keine Ahnung, warum du es nicht weißt«, erklärte er. »Deswegen habe ich dich nach deinen Eltern gefragt. Einer von beiden ist sicher menschlich, doch der andere ...« Er hielt inne und schien darauf zu warten, dass ich selbst auf die Antwort kam.

Verärgert machte ich mich von seinen Händen frei. »Du spinnst doch. Das alles ist nur ein ... ein wilder Traum.

Vermutlich hast du mir etwas in den Wein getan, als ich nicht hingesehen habe.«

»Ganz sicher nicht. Was ist mit heute früh? Der Kaffee, den du deiner Kollegin übergekippt hast?«

»Das war ich nicht!«, rief ich entrüstet.

Er schüttelte den Kopf. »Du weißt anscheinend gar nichts über dich selbst und deine Fähigkeiten, Kleine. Du bist selbst ein göttliches Wesen. Woher sonst sollten deine Kräfte stammen?«

Ich wich vor ihm zurück. »Das ist doch Schwachsinn!«

»Nein, ist es nicht. Ich habe es geahnt, doch jetzt habe ich Gewissheit durch das, was du beinahe im Restaurant angestellt hättest. Es gibt keine andere Erklärung für deine Fähigkeiten.«

Mir wurde übel, alles drehte sich um mich. Mein Verstand wollte nicht wahrhaben, was Veiovis von sich gab.

»Ich ... ich glaub das alles nicht.« Ich wandte mich um und rannte los. Nein, das konnte nicht wahr sein.

Meine Füße trugen mich die nächtlichen Straßen entlang, ohne dass ich überhaupt wusste, wo ich hinsollte. Ich rempelte in meiner Hast Menschen an, die sich laut beschwerten, ich entschuldigte mich, rannte weiter.

Schließlich kam ich zu einem Park und bog dort hinein. Auf einer Parkbank ließ ich mich nieder und vergrub das Gesicht in meinen Händen. Nur eine einzelne Laterne erhellte den Weg. Vermutlich war es keine gute Idee, sich mitten in der Nacht in Chicago auf eine Parkbank zu setzen. Aber ich konnte nicht weitergehen, bevor ich nicht wieder klar denken konnte.

Aus rein rationellen Gründen hätte ich zur Polizei gehen sollen. Ein Wahnsinniger verfolgte mich und hatte mir vermutlich auch noch irgendwelche Drogen verabreicht. Warum sonst nahm ich die Welt um mich herum plötzlich so verändert wahr?

Eine kleine Stimme flüsterte jedoch, dass es an mir lag. Etwas stimmte nicht mit mir. Eine Erinnerung aus der Highschool kam in mir auf. Keine Ahnung, wie alt ich damals gewesen war, ich hatte mich bis heute auch nicht an den Vorfall erinnert.

Mein erster Winterball. Wie sehr ich mich darauf gefreut habe. Denn niemand geringerer als Sean Mitchell, ein Spieler des Footballteams, ist heute meine Begleitung.

Wir tanzen ausgelassen. Alle sind fröhlich und haben Spaß.

Sean grinst mich an. »Komm mit, ich habe noch eine Überraschung für dich.«

Neugierig folge ich ihm auf den Flur. Ich bin mir sicher, dass er mich küssen wird. Doch es fühlt sich falsch an. Er presst mich gegen die Toilettentür, seine Finger versuchen, den Saum meines Kleides zu lösen, während er mit der anderen Hand an seinem Hosenschlitz hantiert.

»Hör auf!«

»Komm schon, du willst es doch auch«, flüstert er in mein Ohr.

In diesem Moment explodiert etwas in mir. Etwas, das nicht mehr zu stoppen ist.

Plötzlich liegt Sean fünf Schritte entfernt in einem demolierten Spind. Blut läuft ihm über die Schläfe, und seine weit aufgerissenen Augen sind von purem Hass erfüllt.

»Freak«, stößt er keuchend hervor. Dann rappelt er sich auf und stolpert davon.

Ich richte mein Kleid, atme tief durch und renne nach Hause.

Warum erinnerte ich mich erst jetzt an den Vorfall?

Nach Luft schnappend öffnete ich die Augen.

V stand direkt vor mir, die Arme vor der breiten Brust verschränkt. Seinen Mantel trug er offen, als wäre es eine laue Frühlingsnacht, nicht Februar in Illinois. Ich hatte nicht einmal bemerkt, dass er mir in den Park gefolgt war.

»Du musst erkennen, wer du bist«, sprach er leise. Hatte er meine Gedanken gelesen?

Meine Stimme klang krächzend. »Wie soll ich das herausfinden?«

»Ich habe keine Ahnung, aber ich gehe davon aus, dass es deine Eltern wissen sollten.«

Sehr witzig. »Mein Vater ist nur ein Arzt in einer kleinen Stadt und meine Mutter hat uns verlassen, als ich noch klein war.« Ich sprang von der Bank auf und trat auf ihn zu, sodass ich meinen Kopf in den Nacken legen musste, um ihm ins Gesicht zu sehen. »Wenn es stimmt, was du sagst … wenn diese ganze verrückte Geschichte auch nur einen Tropfen Wahrheit beinhaltet, wer kann mir dann helfen, herauszufinden, wer ich bin?«

Er streckte die Hand aus und schob mir eine wirre Haarsträhne aus dem Gesicht hinters Ohr. Eine unsagbar sanfte Geste, die mir einen wohligen Schauer über den Rücken jagte.

Sein Gesichtsausdruck blieb ernst. »Hier ist nicht der richtige Ort, um sich zu unterhalten. Und ehrlich gesagt ist es auch ein wenig frisch. Ich werde dich nach Hause bringen.«

»Das ist nicht notwendig. Es ist ja nicht weit.«

Er lachte empört und meine Mitte bebte durch die Vibration seiner Stimme.

»Kleines, ich werde dich ganz sicher nicht mitten in der Nacht allein durch Chicago nach Hause laufen lassen.«

Automatisch blickte ich den Weg entlang, über den ich zur Parkbank gekommen war. Niemand war in den letzten Minuten hier entlanggekommen. Wir waren allein.

Wenn V mir irgendetwas hätte antun wollen, so hätte er längst die Möglichkeit dazu gehabt. Und er hatte recht. Allein durch die nächtlichen Straßen Chicagos zu laufen, wäre mehr als leichtsinnig gewesen.

Nickend stimmte ich zu und er legte einen Arm um mich. Seine Nähe spendete mir nicht nur Wärme, sondern auch Trost.

»Mein Auto steht ganz in der Nähe«, erklärte er. »Vertraust du mir?«

Nein, noch kannten wir uns nicht genug, dass ich ihm ganz vertraute. Aber ich wollte mir auch nicht den Hintern abfrieren.

Irgendwie schien er zu wissen, dass ich zögerte. »Du hast erwähnt, dass du mit einer Mitbewohnerin zusammenwohnst.«

Hatte ich das? Ich nickte.

»Gut, dann ruf sie an, sag ihr, dass du bei mir bist. Du kannst ihr auch mein Autokennzeichen durchgeben. Und sie soll sich in fünfzehn Minuten bei der Polizei melden, wenn ich dich bis dahin nicht zu Hause abgeliefert habe.«

Das klang nach einem Plan. Aber ich hatte noch einen besseren. Tatsächlich zückte ich mein Handy. Doch ich rief Linda nicht an, sondern schickte ihr lediglich eine Nachricht. In dieser schrieb ich ihr, mit wem ich unterwegs war, und teilte meinen Standort mit ihr.

»Okay, wo steht dein Auto?«

Keine Ahnung, was ich geglaubt hatte, was für einen Wagen er fuhr. Aber dieser schwarze Dodge Challenger, den er in einer kleinen Seitenstraße geparkt hatte, passte perfekt zu seiner finsteren Ausstrahlung.

V öffnete mir die Beifahrertür und ließ mich einsteigen, bevor er selbst auf dem Fahrersitz Platz nahm. Das Auto roch im Inneren angenehm nach Leder und nach V. Ein wenig herb, ein wenig süßlich. Sehr betörend.

Der Motor surrte und V warf mir ein Lächeln zu. »Sagst du mir noch deine Adresse?«

Er gab die Anschrift des Hochhauses ins Navi ein und fuhr los. Während der Fahrt brachte V das Gespräch zurück auf mich.

»Du solltest in deiner Vergangenheit nach Antworten suchen. Es existieren unzählige Arten von übernatürlichen

Wesen und Mischwesen, die sich unter die Menschen mischen. Wenn du selbst ein übernatürliches Wesen bist, dann wirst du die Antwort bei deinen Eltern finden. Oder in einer der Generationen davor.«

Unmöglich. Alles, was er sagte, ergab überhaupt keinen Sinn. Wer glaubte bitte daran, dass die griechischen Götter wirklich existierten? Ich ganz sicher nicht. Egal, was im Restaurant geschehen war. Für alles gab es eine logische Erklärung. Meine Psyche war nicht im besten Zustand und es wäre einfach für ihn gewesen, mir während des Essens heimlich etwas in den Wein zu kippen. Keine Ahnung, welche Art von Drogen es heutzutage gab, die verrückte Dinge mit der Psyche eines Menschen anstellten.

Kritisch musterte ich sein markantes Profil. Aber hätte er mir etwas ins Essen oder in den Wein getan, hätte er wohl nicht vorgeschlagen, dass ich meiner Mitbewohnerin verriet, dass ich mit ihm unterwegs war.

»Das ... klingt alles so surreal«, gestand ich.

»Verstehe. Das waren ziemlich viele Neuigkeiten, nicht wahr?«

Er bot mir damit einen Fluchtweg, eine Entschuldigung, mich aus der Situation zu lösen. Erleichtert atmete ich durch. »Ja. Ich muss über all das nachdenken, V. Es klingt zu verrückt, um wahr zu sein.«

»Das verstehe ich. Tut mir leid, dass ich dich damit überfallen habe. Aber ich hatte keine Ahnung, dass du nicht weißt, wer du bist.«

Verwirrt starrte ich hinaus auf die nächtlichen Straßen

Chicagos. Den Rest der Fahrt verbrachten wir schweigend. Es war nicht weit bis zum Hochhaus.

Vor der Tür hielt V den Wagen und sah mich fragend an. »Geht es dir auch wirklich gut?«

Seine Frage berührte mein Herz. Anscheinend hatte er gespürt, dass mich das alles überforderte.

»Ich denke, ich brauche einfach Zeit, um einen klaren Kopf zu bekommen.«

Er nickte und tat etwas, was mich noch mehr überraschte. Erstaunlich sanft zog er mich in eine Umarmung und flüsterte in mein Ohr: »Es gibt Schritte, die du allein gehen musst. Wenn du weißt, wer du bist, komm zu mir zurück.«

Sein Körper strahlte eine angenehme Wärme aus. Alles in mir drängte mich dazu, mich einfach an ihn zu schmiegen und mich fallen zu lassen. Doch eine kleine Faser meines Selbst schrak zurück. Mein rationales Ich, das mich vor dem Fremden warnte, der mir diese abstruse Story von Göttern und Mischwesen auftischte.

Ich stemmte meine Hände gegen seine breite Brust. Seine Muskeln waren deutlich durch den Stoff seines Hemds zu spüren. »Lässt du mich bitte gehen?«

Er löste sich von mir und die Kälte ergriff mich. Ich schlang schützend die Arme um meinen Oberkörper.

Eine nachdenkliche Falte hatte sich zwischen Vs dunklen Brauen gebildet. »Natürlich, Alice.«

Er hatte meinen wahren Namen genutzt. Demnach hörte er mir also zu und wusste, dass ich keine Lust auf mysteriöse Spiele hatte.

»Ich danke dir vielmals«, sagte ich erleichtert.

V stieg aus und öffnete mir die Beifahrertür. Als er die Hand nach mir ausstreckte und ich diese erfasste, überkam mich ein angenehmes Kribbeln. Sein Blick hielt den meinen fest. Dieses Lodern in seinen Obsidian-Augen verursachte ein heißes Feuer in mir. Ein Feuer, das ich so nicht kannte. Und so sehr mein rationales Ich mir auch riet, mich nun zu verabschieden, so sehr stand mein Körper längst in Flammen.

»Soll ich dich nach oben bringen?«, fragte V heiser.

Es wäre der perfekte Zeitpunkt für einen Abschied gewesen. Aber ich konnte das Lebewohl auch noch ein wenig hinauszögern.

Ich nickte, da ich nicht mehr dazu in der Lage war, etwas zu sagen. V lächelte und bot mir den Arm an, nachdem er die Autotür geschlossen hatte. Bereitwillig hakte ich mich bei ihm ein und ließ mich von ihm durch die Drehtür unseres Wohnhauses nach innen führen.

Der Concierge am Empfang begrüßte uns mit kritischem Blick. »Mister, es tut mir sehr leid, aber Ihr Wagen steht im absoluten Halteverbot.«

»Ich bleibe dort nicht lange stehen«, erklärte V. »Ich möchte nur diese Lady zu ihrer Wohnung geleiten.«

Der Concierge kannte mich natürlich. »Miss Miller …«

»Es ist alles in Ordnung«, versicherte ich ihm.

V nahm seinen Autoschlüssel aus der Hosentasche und warf ihn dem Concierge zu. »Hier, fahren Sie den Wagen weg, wenn sich jemand beschwert. Ansonsten bin ich gleich wieder da.«

Amüsiert registrierte ich den verwirrten Blick des Rezeptionisten.

»Na gut, wie Sie meinen«, stotterte er.

Wir hatten Glück und es befand sich bereits ein Aufzug im Erdgeschoss, sodass wir direkt einsteigen konnten. Ich drückte den Knopf für das fünfte Stockwerk, in dem sich Lindas und mein Appartement befand. Während der kurzen Fahrt nach oben sprachen wir nicht, doch es lag ein angenehmes Knistern in der Luft.

Unsere Wohnung war die letzte am Ende des Flurs. Seufzend hielt ich vor der Wohnungstür an. »Vielen Dank, V, dass du mich nach Hause gebracht hast.«

»Keine Ursache.« Er verbeugte sich und trat einen Schritt zurück. »Schlaf gut, Kleines.«

»Du auch.« Verdammt, ich war mir sicher, dass ich überhaupt kein Auge zumachen würde. Ich brauchte ganz dringend einen Drink oder zwei.

Vs Schritte entfernten sich über den Teppichboden.

Ich schloss die Wohnungstür auf und verharrte.

Und dann tat ich etwas, was ich früher niemals getan hätte. Ich drehte mich auf dem Absatz um und rief: »V, hast du noch Lust auf einen Drink?«

KAPITEL FÜNF

Linda war nicht zu Hause. Als ich auf mein Handy schaute, stellte ich fest, dass sie mir eine Nachricht geschrieben hatte.

LINDA:

Alles klar, Süße. Sag mir Bescheid, wenn du daheim bist. Ich übernachte heute bei Sam. Hab dich lieb!

V war hinter mir in die Wohnung getreten und schloss die Tür. Interessiert blickte er sich um. »Gemütlich hier.«

In seiner Gegenwart schrumpfte das Wohnzimmer auf die Größe eines Schuhkartons. Dabei hatte der Platz bisher für Linda und mich perfekt ausgereicht.

»Danke. Ähm, setz dich gerne schon mal. Ich besorge uns die Drinks.« Ich legte meinen Mantel und meine Tasche ab und streifte mir die Stiefel von den Füßen. Währenddessen tippte ich eine Nachricht für Linda ins Handy.

ALICE:

Bin zu Hause angekommen. Hab V mit in die Wohnung genommen.

Nachdem ich in der Küche eine Flasche Bourbon gefunden und etwas von dem Inhalt in zwei Gläser gefüllt hatte, warf ich einen weiteren Blick auf mein Handy. Linda hatte drei Feuerflammen geschickt und ein »Viel Spaß« mit Zwinkersmiley.

Mit glühenden Wangen ging ich hinüber zum Sofa. Himmel, meine Freundin ging davon aus, dass ich eine heiße Nacht verbringen würde. Dabei hatte ich das nicht wirklich geplant.

V hatte seinen Mantel über die Sofalehne gelegt, die Ärmel seines schwarzen Hemdes nach oben gekrempelt und die Biker Boots ausgezogen. Seine Muskeln zeichneten sich deutlich unter dem Stoff seines Shirts ab.

Etwas nervös reichte ich ihm eins der Gläser. »Wir haben leider nichts Besseres, was ich dir anbieten könnte.«

V grinste leicht. »Danke dir, Bourbon passt doch immer, oder nicht?«

Ich war mir sicher, dass er einfach nur höflich war.

Mit wackeligen Knien nahm ich neben ihm Platz. Rasch nippte ich an dem bernsteinfarbenen Getränk, um meine Nerven zu beruhigen. Als ich aufblickte, stellte ich fest, dass V mich musterte. Noch immer lag dieses leichte Grinsen auf seinen sinnlichen Lippen.

»Was ist? Habe ich etwas im Gesicht?«

»Weiß dein Ex eigentlich, was er verpasst?«

Das hatte er nicht wirklich gesagt.

Ich räusperte mich. »Ähm, vermutlich nicht. Er hat ja nun eine Schönheitskönigin an seiner Seite.«

V hob die dunklen Brauen. »Tu das nicht.«

»Was denn?«

»Dich mit anderen vergleichen.«

Mir wurde heiß unter seinem Blick. Sehr heiß. Um meine Unsicherheit zu überspielen, trank ich noch einen Schluck und genoss das angenehm warme Gefühl, das der Bourbon in mir bewirkte.

»Du ... hast doch vorhin gesagt, im Restaurant, dass wir kein Date haben«, erinnerte ich ihn.

V fuhr sich durchs Haar und löste das Band, sodass die schwarzen Wellen auf seine Schultern fielen. »Hatten wir auch nicht. Für mich war es vielmehr ein ... Geschäftsessen.«

Er nippte an seinem Glas und ich beobachtete fasziniert, wie er einen Tropfen Bourbon von seiner Unterlippe leckte.

Er bemerkte, dass mein Blick auf seinen Lippen haftete und schmunzelte. »Als ich im Restaurant erwähnte, dass du ganz normal aussiehst, meinte ich damit deine menschliche Ausstrahlung. Das bedeutet nicht, dass ich dich nicht attraktiv finde, Kleines.« Er stellte das Glas auf dem Couchtisch ab und rückte näher an mich heran, ohne mich jedoch zu berühren. »Soll ich dir zeigen, wie heiß du bist und was du in mir auslöst, wenn du da in diesem hübschen kleinen Kostümchen vor mir sitzt?«

Ich stellte mein Glas ebenfalls ab und erwiderte seinen Blick. »Dir ...« Ich schluckte. »Dir gefällt, was ich anhabe?«

Sein Blick sagte mehr als das. Er glühte. Ich war gleichermaßen überrascht und angetan. Ich wollte mehr davon. Mehr von seinem Blick und mehr von dem Feuer, das in mir loderte.

Langsam öffnete ich die Knöpfe des Wollblazers und schob das Kleidungsstück über meine Schultern. Darunter trug ich ein einfaches weißes Shirt.

Vs Blick wanderte von meinem Mund zu meinen vollen Brüsten. »Mir gefällt, was du anhast. Aber mir gefällt genauso gut, was du mir jetzt zeigst.«

Seine Worte klangen nach einer Aufforderung, der ich gerne nachkam. Ich zog das Shirt über den Kopf. Nur noch der helle BH bedeckte meine Brüste. Erwartungsvoll nickte ich ihm zu.

Er knöpfte sein Hemd auf, bevor er es zu seinem Mantel legte. Sein muskulöser Oberkörper raubte mir für einen Moment den Atem. Er war perfekt geformt, als hätte ihn ein begnadeter Bildhauer in Marmor gemeißelt. Nur seine Tattoos zerstörten die Perfektion und ergänzten sie doch in finsterer Weise.

Ein Pfeil ragte von der Innenseite seines Oberarms bis zum Ellbogen. Auf seiner rechten Brust prangten Feuerranken. Ich streckte die Hand aus und zeichnete mit dem Zeigefinger die Linien des Tattoos nach.

Unter meiner Berührung sog er scharf die Luft ein. »Du weißt nicht, was du in mir auslöst, wenn du mich berührst.« Seine Stimme klang heiser. Als müsse er sich beherrschen, nicht die Kontrolle zu verlieren.

Das turnte mich nur noch mehr an. »Zeig es mir.«

Mit einer Hand fuhr er über meinen Oberschenkel. Ich trug noch immer eine Strumpfhose, doch seine Finger hinterließen eine heiße Glut, die mir direkt unter die Haut ging.

Er hob eine Braue und fixierte mich mit seinem Blick. »Wenn ich damit anfange, kann ich vielleicht nicht aufhören. Ich gehöre nicht zu den guten Jungs, Kleines.«

Hitze stieg mir ins Gesicht. »Ich will nicht, dass du aufhörst.«

Er hielt meinen Blick gefangen, während er seine Hand unter meinen Rock schob. Ich sog scharf die Luft ein, als er meine Mitte fand.

Er zögerte. Er hielt tatsächlich inne. V war ein Lügner. Er war doch einer von den guten Jungs, denn anscheinend wartete er darauf, dass ich einen Rückzieher machte.

Zur Antwort legte ich meine Hand auf seinen nackten Bauch. Sein Sixpack fühlte sich fantastisch an. Nur ein schmaler Streifen von Haaren verschwand in Richtung Hosenbund.

Meine Zweifel waren so gut wie vergessen. Das, was ich gerade erlebte, war viel intensiver und atemberaubender als alles, was ich zuvor erlebt hatte.

Ich atmete tief ein. Es war Zeit, jedes Hadern für einen Moment sein zu lassen und die Gedanken auszuschalten. Ich wollte einmal in meinem Leben das genießen, was ich vor mir hatte. Und das war V, der Mann, der mir den Atem raubte, seit ich vor einer Bartoilette gegen ihn geprallt war.

Ich fasste nach seinem freien Handgelenk und stand auf. Ohne Zögern folgte er mir in mein Schlafzimmer. Nebeneinander legten wir uns auf mein Bett und es fühlte sich wundervoll an, mich neben V auszustrecken.

Er streichelte meine Wange, ließ seine Hand dann über meinen Rücken gleiten. Geschickt öffnete er den Verschluss des BHs. Seine Berührung jagte mir einen wohligen Schauer nach dem anderen über den Rücken. Instinktiv schob ich mein Bein über seine Oberschenkel. Vs Hand rutschte tiefer, unter den Bund meines Rocks und die Strumpfhose bis zu jener Stelle, wo mein Rücken endete und das Gesäß anfing. Seufzend hieß ich seine Berührung willkommen.

Mühelos zog er Rock und Strumpfhose nach unten und umfasste eine Pobacke mit seiner kräftigen Hand. Ich umschlang seinen Nacken und hoffte, er würde nicht aufhören.

Doch noch einmal zögerte er und sah mir tief in die Augen. »Wenn ich dich jetzt küsse, werde ich nicht mehr aufhören.«

»Ist das ein Versprechen?«

Seine Lippen trafen meine in einem stürmischen Kuss. V veränderte seine Position und lehnte sich über mich, ich rutschte weiter nach unten und begann, seinen Gürtel zu öffnen. Er half mir mit seiner Hose und ich erkannte, dass Götter nicht unbedingt Fans von Unterwäsche waren. Zumindest nicht dieser Gott. Und noch etwas erkannte ich: Die griechischen und römischen Statuen wurden den Göttern nicht in jeder Weise gerecht.

Sein Schwanz ragte in voller Pracht nach oben. Ich warf die letzte Schüchternheit über Bord und folgte meinen Sinnen. Ich streckte die Hand nach ihm aus und umfasste seinen Schaft.

V sog scharf die Luft ein. »Langsam, Kleines.«

Keck sah ich ihm in die Augen. »Sonst was?«

Ein unmenschliches Grollen drang aus seiner Kehle. Fasziniert bemerkte ich, dass durch seine Obsidian-Augen Lavafunken stoben.

V zog mir Rock und Strumpfhose ganz aus, liebkoste dabei die Innenseite meiner Schenkel, bevor er sich die Zeit nahm, mich in Ruhe zu betrachten. Für einen Moment schloss ich die Lider, weil ich seinen glühenden Blick kaum ertragen konnte.

»Nein«, sagte er bestimmend. »Mach die Augen nicht zu. Ich will sehen, was du siehst.«

Sein Schaft zuckte in meiner Hand, als ich die Augen wieder öffnete. Sein Blick senkte sich auf meine nackten Brüste, deren Nippel hart waren vor Sehnsucht.

»Überlass mir die Führung.« Er nahm meine Hand von seinem Penis und begann, eine Spur aus heißen Küssen von meinem Hals über meine vollen Brüste bis zu meinem Bauchnabel zu legen.

Ich entspannte mich, vergrub meine Hände in seinem Haar und ließ einfach geschehen, was er tat, denn es gefiel mir mehr als alles, was ich je im Bett erlebt hatte. Seine Zunge glitt über meinen Bauch und erreichte meinen Venushügel. Meine Beine öffneten sich wie von selbst unter V.

Er brachte seine Hände unter meinen Hintern und hielt mich fest. »Halt still, Kleines«, knurrte V.

»Ich ... ich mach doch gar nichts«, keuchte ich.

»Du windest dich wie eine Schlange.«

Ich presste fest die Lippen aufeinander und versuchte,

stillzuhalten. Doch was er nun mit seiner Zunge anstellte, trieb mich in den Wahnsinn.

Seine Zungenspitze glitt zwischen meine Schamlippen. Aufreizend langsam und sehr tief. Gleichzeitig krallte er seine Finger in meine Pobacken und hob mich ihm entgegen. Ich war längst nass, zerfloss zwischen der Lust, die er mir bereitete, und dem Schmerz. Genüsslich schloss ich die Augen.

Er zog seine Zunge aus mir heraus und krallte seine Fingernägel noch tiefer in mein Fleisch. »Ich habe dir gesagt, du sollst die Augen offen lassen. Ich will, dass du siehst, was ich mit dir anstelle. Du sollst den Anblick nie wieder vergessen.«

Tapfer nickte ich und sah nach unten. Sein schwarzer Schopf senkte sich wieder über meinen Schoß. Was er als Nächstes tat, ließ mich vor Schmerz und vor Lust gleichermaßen aufschreien. Mit den Zähnen erfasste er meine Klit und biss zu.

»Oh Gott!«, fluchte ich.

Seine Stimme klang heiser. »Genau das wollte ich hören.«

Dann war er wieder zärtlich, küsste die Stelle, leckte sanft über sie. Meine Schenkel zuckten. Ich öffnete sie noch weiter.

»Du schmeckst süß.« Er hob den Kopf und rutschte über mich, wobei er meinen Hintern losließ. Sein Blick traf den meinen. »Wie Kirschsaft.«

Ich legte meine Hände auf seine breiten, muskulösen Schultern. »Willst du weiter von Obst reden oder mich endlich ficken?«

Meine Wangen glühten vor Lust. Erneut funkelte Lava in seine Augen. Ein Grinsen trat auf seine sinnlichen Lippen.

Ohne weitere Vorwarnung, ohne Zärtlichkeit drang er in mich ein. Tief und hart erfüllte er mich. Es schnürte mir die Luft ab und ich keuchte auf. Trotz des Schmerzes hob sich mein Becken ihm entgegen.

»Das gefällt dir, nicht wahr?«, raunte er. »Ich wusste es. Seit dem Moment in der Bar wusste ich, du wirst heiß sein im Bett.«

Ich packte sein Haar und zog seinen Kopf nach hinten. Er lachte auf und befreite sich aus meinem Griff.

Was auch immer ich als Nächstes sagen wollte, V verschloss meine Lippen mit einem gierigen Kuss. Seine Zunge, die eben noch in mir gewesen war, eroberte meinen Mund. Ich schmeckte mich selbst, süßlich, zugleich säuerlich.

V zog sich ein kleines Stück aus mir heraus, doch nur, um noch einmal fest zuzustoßen. Ich keuchte unter seinem Kuss, wand mich unter seinem Gewicht, doch es gab kein Entkommen. Sterne tanzten vor meinen Augen. Ich wagte es nicht, noch einmal die Lider zu schließen.

Mein Becken bewegte sich wie von selbst. Es wollte mehr davon. Ich ließ es langsam kreisen. Jetzt war es V, der aufstöhnte.

Ich legte meine Hände auf seinen Hintern und brachte ihn dazu, in mir zu bleiben, während ich meinen Rhythmus beschleunigte.

V packte meine Hände und hob sie über meinen Kopf, wo er mit nur einer Hand meine Gelenke fixierte. »Halt still, Kleines.«

Er stieß immer wieder in mich. Blitze durchzuckten meine Sicht und ich spürte ein heißes Feuer in mir, das sich in meiner Mitte sammelte. Er bewegte sich stetig schneller. Mein ganzer Körper bebte unter ihm. Alles zerfloss. Ich löste mich aus meiner menschlichen Hülle und schwebte. Diesmal gab es kein Halten mehr. V hörte nicht auf, bis die Sterne um uns herum sich zu einer gleißenden Explosion bündelten.

Erfüllt von seiner Wärme, angenehm entspannt von der vollendeten Lust, schmiegte ich mich schließlich an ihn und fiel in einen erholsamen Schlaf.

KAPITEL SECHS

Das Erwachen am nächsten Morgen glich dem Gefühl, einen wundervollen Traum erlebt zu haben und sich nun wieder der grausamen Realität stellen zu müssen.

V war nicht mehr bei mir. Enttäuscht wickelte ich die Decke fester um mich. Der Wecker zeigte, dass es noch zu früh war, um aufzustehen. Fassungslos betrachtete ich meine weiß getünchte Zimmerdecke.

Der letzte Abend kam mir vor wie ein Fiebertraum.

Veiovis.

Ich.

Veiovis und ich.

Eine heiße Nacht, wie ich sie noch nie erlebt hatte. Meine Mitte pulsierte, fühlte sich auf herrliche Weise benutzt an.

Nein, es konnte nicht nur ein Traum gewesen sein.

Und das davor? Unser Essen im Restaurant. Das Beben und meine Wut, als ich Miles und Helena entdeckt hatte.

Mein Schädel brummte und ich wusste nicht, was ich noch glauben sollte. Eigentlich brauchte ich Abstand von allem und insbesondere Zeit zum Nachdenken. Ich sollte fortgehen, weit fort, um wieder zu klaren Gedanken zu kommen. Und doch konnte ich mich nicht bewegen. Ich stand an einer Schwelle meines Lebens. Ein Schritt und ich würde vielleicht in eine unendliche Tiefe stürzen.

Mein Wecker klingelte und ich richtete mich mühsam auf. Ich hatte wohl viel mehr vor mich hingeträumt, statt wirklich klar zu denken. Nicht nur mein Kopf schmerzte, auch jede Faser meines Körpers.

Fühlte man sich so, wenn jemand einem K.-o.-Tropfen verabreicht hatte? Ich hatte keine Ahnung. Andererseits konnte ich mich an alles erinnern, was am Abend geschehen war. Glaubte ich zumindest.

Mein Blick fiel auf eine Karte direkt neben dem Wecker. Mit zitternden Händen nahm ich sie auf. Eine handgeschriebene Botschaft war darauf notiert:

Hier findest du mich, wenn du so weit bist.
– V.

Zweifelnd drehte ich die Visitenkarte um. Die Vorderseite war ganz in Schwarz gehalten und ein Pfeil in Grünmetallic war darauf eingeprägt. Darunter, ebenfalls in Grünmetallic, der Name eines Clubs: *Arrow*.

Linda hatte mir davon erzählt. Es war der angesagteste Club der Stadt. Die Wartezeit für ein Eintrittsticket betrug mindestens sechs Monate.

Erschöpft schleppte ich mich zur Dusche, um meine müden Glieder mit heißem Wasser zu verwöhnen.

Gegen die Kopfschmerzen nahm ich nach dem Duschen eine Tablette und ich fasste einen Entschluss. Nun, da V fort war, schien ich klarer denken zu können. So leidenschaftlich unsere Nacht auch gewesen war, wagte ich es nicht, mein ganzes Leben zu hinterfragen. Es war besser für mich, das Leben so weiterzuführen, wie ich es kannte, mit meiner gewohnten Routine, die mir Sicherheit bot. Ich wollte nicht abstürzen in die Tiefen der Ungewissheit. Dazu reichte mein Mut nicht aus. Das Erlebnis von letzter Nacht war schon das höchste dessen gewesen, wozu ich fähig war.

Mein Job als Buchhalterin hingegen gab mir Halt. Zahlen und Tabellen waren meine Welt. Nicht mysteriöse Typen, die mir Geschichten über Götter und mysteriöse Welten erzählten.

Mit diesem Entschluss machte ich mich schließlich auf den Weg ins Büro. Diesmal ging ich nicht an meinem Lieblingscafé vorbei. Ich hatte keinen Hunger. Außerdem hatte ich keine Lust, wieder auf Helena zu treffen. Ich begab mich also auf direktem Weg ins Büro und war eine der Ersten an diesem Morgen. Während mein PC hochfuhr, holte ich mir in der Küche einen Kaffee.

Am Vortag hatte ich die Zahlen der New Yorker Benefizveranstaltung korrigiert. Jetzt sah ich mir noch einmal meine Tabelle an. Ja, alles stimmte. Die Belege waren ordentlich in der Mappe abgeheftet. Allerdings fehlte ein Beleg. Eine Restaurant-Quittung, an die ich mich gut erinnerte, weil die Ausgabe für ein Geschäftsessen ungewöhnlich hoch gewesen war. In meiner Tabelle fand ich den Eintrag, aber die Rechnung war fort. Angela und ich hatten sie gestern überall gesucht. Sie musste irgendwo auf dem Weg von Mr. Philipps zu mir abhandengekommen sein. Und wer hatte mir die Unterlagen so charmant übergeben?

Ich speicherte ein letztes Mal die Tabelle ab und zog mir zur Sicherheit eine Kopie auf die Festplatte meines Rechners, bevor ich mich auf den Weg zur bezaubernden Helena machte. Ihre Abteilung, das Marketing, befand sich eine Etage höher. Ich nahm die Treppe statt des Aufzugs und überlegte mir unterwegs, welche Worte ich wählen sollte. Anklagend konnte ich nicht werden, dann reagierte Helena für gewöhnlich mit biestigem Gehabe. Wenn ich jedoch zu nachsichtig und höflich war, hielt sie mich für schwach und sah auf mich herab. Erschreckend, wie gut ich meine Kollegin mittlerweile kannte. Ganz sicher würde sie auch noch mal auf den Vorfall im Restaurant zu sprechen kommen. Sofern ich mir das alles nicht eingebildet hatte.

Jeder Mitarbeiter im Marketing hatte ein eigenes Büro, durch schicke Glaswände von denen der anderen getrennt. Mir wurde ein wenig flau in der Magengegend, als ich die Gänge entlangschritt, denn Helena hatte die Fähigkeit, dass man sich ihr gegenüber dämlich und klein vorkam. Selbst wenn man im Recht war und sie nicht. Keine Ahnung, woher ich auf einmal den Mut nahm, mich ihr direkt zu stellen.

Sie war nicht in ihrem Büro. Ein Kollege, dem ich auf dem Gang begegnete, meinte, sie würde sich gerade einen Kaffee holen. Also nahm ich auf dem grünen Besucherstuhl an ihrem Schreibtisch Platz. Wie hübsch sie es hier oben hatte. Aus ihrem Fenster meinte ich sogar einen Zipfel des Michigansees entdecken zu können. Das ganze Büro war hell und in weißen und beigefarbenen Tönen eingerichtet. Auf ihrem Schreibtisch standen eine Glasvase mit frischen apricotfarbenen Rosen und ein silbergerahmtes Foto. Ich nahm das Bild vorsichtig in die Hand. Ein Selfie von Helena und Miles. Im nächtlichen Hintergrund leuchtete die Spitze des Empire State Buildings.

»Was hast du hier zu suchen?!«

Schuldbewusst zuckte ich zusammen und stellte das Foto zurück an seinen Platz. Helena sah wieder umwerfend aus. Ihr Haar war glatt und glänzend wie schwarze Seide, ihr perfekter Körper steckte in einem schicken beigefarbenen Hosenanzug und die Absätze ihrer Pumps waren so hoch, dass ich mir Sorgen um ihre Knöchel machte. Doch natürlich lief sie darin so geschickt, als hätte sie einfache Sneaker an. Sie stellte ihre Kaffeetasse auf dem Schreibtisch ab, ließ sich energisch auf ihrem Bürostuhl nieder und funkelte mich böse an.

Als ich antwortete, versuchte ich, möglichst gelassen zu klingen. »Ich habe die Abrechnung zur New Yorker Benefizveranstaltung überarbeitet.«

»Super, und nun? Möchtest du dein struppiges Haar gestreichelt bekommen wie ein braves Hündchen?«

Ihre Worte trafen mein Innerstes wie brennende Pfeile. »Warum? Warum bist du so?«, entgegnete ich genervt.

»Wie bin ich denn?«

»So ... gemein. Ich habe dir nie etwas getan.«

»Ich bin nicht gemein. Ich bin nur ehrlich.« Sie musterte mich mit dem üblichen abfälligen Blick.

»Ich verstehe es nicht. Du hast doch alles: ein perfektes Äußeres, tolle Klamotten, einen gut bezahlten Job, ein hübsches Büro ...« Ich machte eine ausladende Geste. »Und neuerdings einen Freund, der sehr gut zu dir passt.«

»Einen Freund, der vorher mit dir zusammen war«, stellte sie pikiert fest.

»Richtig. Aber er hat sich für dich entschieden. Und mittlerweile weiß ich, dass es so am besten ist.« Es war mein Ernst. Sie passten zusammen und ich wollte ihnen das Glück nicht neiden.

»Genau, du hast ja nun einen neuen Lover. Oder war er ein bezahlter Schauspieler, um Miles eins auszuwischen?«

Das dachte sie also? Als hätte ich so was nötig. Offensichtlich in ihren Augen wohl schon.

Wut stieg wie Lava langsam in mir auf. Ich ballte die Hände zu Fäusten. »Er ist kein Schauspieler.«

»Ich bitte dich, Alice. Dieser Kuss. Das war ganz sicher fingiert. Und dieser Typ. Was will so ein Mann mit einer grauen Maus wie dir?«

Ich atmete tief durch, weiterhin darum bemüht, die Fassung zu bewahren. »Was geht dich das an?«

»Sehr viel, wenn du dadurch nur versuchst, Miles zurückzubekommen.«

»Ich will ihn überhaupt nicht mehr!«, rief ich lauter aus, als ich womöglich sollte. Wie schalldicht waren diese Glaswände?

Sie lächelte süffisant. »Der getroffene Hund bellt.«

Über so viel Unsinn konnte ich nur mit dem Kopf schütteln und ich musste mich beherrschen, nicht mit den Augen zu rollen. »Ich wünsche dir und Miles alles Gute. Wirklich. Ihr seid das perfekte Paar und ich möchte ihn nicht zurück. Was ich jedoch möchte, ist, dass du mich fair behandelst und nicht ständig verbale Pfeile in meine Richtung abschießt.«

Sie lachte ein wenig schrill auf. »Ach, wie süß, diese bildhafte Wortwahl. Aber weißt du was? Ich lasse mir nicht den Mund verbieten, ich rede über wen und wie ich will.«

Irgendetwas war in der Erziehung dieser Person erdenklich schiefgelaufen. Ich schloss kurz die Augen.

Nicht wütend werden, nicht wütend werden!

Sie seufzte. »Was ist jetzt mit den Zahlen? Bekomme ich sie noch zu sehen?«

Ich schob die Mappe über den Schreibtisch in ihre Richtung. »Die Zahlen stimmen jetzt. Und die Belege, die sich auf sonderbare Weise aus dem Hefter gelöst haben, sind wieder ordentlich sortiert. Allerdings ...«

Sie hatte die Mappe aufgeschlagen und blätterte lustlos darin herum. Nun sah sie auf. »Ja, was? Bitte bemühe dich doch in meiner Gegenwart um vollständige Sätze. Ich kann mit kryptischen Bemerkungen nichts anfangen.«

»Es fehlt ein Beleg.«

»Dann solltest du ihn wohl suchen.«

Eine Welle der Abneigung überkam mich und ich schluckte meine Wut herunter. Trotzdem konnte ich meine Gefühle kaum noch unter Kontrolle halten. Wie eine wabernde Lavamasse brodelten sie unter der Oberfläche meines Ichs. Bereit, hervorzusprudeln und alles unter sich zu vernichten.

»Der Beleg war da, als ich meine erste Berechnung

erstellte. Der Rechnungsposten ist da, nur die Quittung – ein Restaurantbeleg – fehlt. Sie ist nicht bei mir. Angela und ich haben alles abgesucht.« Den Namen meiner Kollegin zu nennen, sollte ihr deutlich machen, dass ich eine Zeugin hatte.

»Was willst du mir damit sagen? Dass *ich* die Quittung verschlampt habe?« Sie gab einen empörten und gleichsam pikierten Laut von sich.

»Vielleicht«, ich bemühte mich wirklich um einen sehr diplomatischen Ton, »ist die Quittung auf dem Weg von deinem Büro zu meinem aus der Mappe gerutscht. Die Belege waren ja nicht mehr abgeheftet, sondern lose.«

»Dann würde ich vorschlagen, dass deine liebe Kollegin und du eure Suche auf die Flure unserer beiden Etagen ausweitet.«

»Die Rechnung war ungewöhnlich hoch. Soweit ich weiß, finden größere Geschäftsessen stets in unseren eigenen Hotelrestaurants statt. Diese Quittung aber stammte von einem externen Restaurant.«

Helena kniff ihre hübschen Augen zusammen. »Du hast doch überhaupt keine Ahnung von unseren Geschäftsessen. Ihr kleinen Buchhaltungsmäuse habt in euren Löchern zu bleiben.«

»Ohne persönliche Beleidigungen kommst du irgendwie nicht klar, kann das sein?«

Helena lehnte sich in ihrem Bürostuhl zurück und schlug die schlanken Beine übereinander. »Oh bitte, bist du so sensibel, dass du das alles gleich persönlich nimmst?«

»Stimmt, deine Bemerkungen sind natürlich nicht persönlich gemeint. Sie dienen dazu, deine eigenen Schwächen zu verdecken.«

»Ich habe keine Schwächen«, fauchte sie.

»Oh, doch, das hast du«, sagte ich leise und mit dem Gefühl der Genugtuung, da ich einen empfindlichen Punkt bei ihr gefunden hatte. »Jeder Mensch hat Schwächen. Und deine ist, dass du Angst hast, dass jeder unter dieser hübschen Oberfläche nur eine hohle Frucht sieht.«

»Was bildest du dir ein, so mit mir zu reden?« Ihr perfekter Teint färbte sich rötlich.

Das Gefühl der Genugtuung wurde größer und ich wollte mehr davon. »Arme, kleine Helena. Alle mochten dich immer nur wegen deiner Schönheit, nicht wahr? Schon in der Highschool. Alle wollten mit dir befreundet sein, um in deinem Glanz zu scheinen, aber niemand mochte dich wirklich.«

»Halt den Mund.«

Ihre Reaktion verriet mir, dass ich recht hatte.

»Nein, ich fange gerade erst an, schöne Helena. So haben sie dich doch bestimmt genannt. Schöne, dumme Helena. Hübsche Schale, hohler Kern. Und sicher auch noch leicht ins Bett zu kriegen. Vermutlich warst du die Highschool-Schlampe.«

Tränen glänzten in ihren Augen. »Hör auf!«

Die Lava in mir erreichte die Oberfläche und ich konnte sie nicht mehr zurückhalten. Ich stand auf, stützte mich auf der Tischplatte ab und funkelte meine Kontrahentin triumphierend an. Meine Stimme klang selbst in meinen eigenen Ohren spöttisch, doch ich genoss den Moment zu sehr. In meiner Schulzeit hatte ich genau so ein Mädchen wie sie gekannt.

»Dumme, kleine Helena. Hat der Quarterback mit deiner Entjungferung vor der versammelten Footballmannschaft geprahlt?«

Unter meinen Händen spürte ich die Hitze des Zorns, der sich in den letzten Wochen aufgebaut hatte.

»Alice!« Entsetzt fiel Helenas Blick auf die Tischplatte.

In ihrem Gesicht erkannte ich echte Angst und sah hinunter auf den Tisch. Unter meinen Händen stieg leichter Qualm auf und es roch nach angesengtem Holz. Ruckartig wich ich zurück. Auf der weißen Tischplatte hatten sich meine Handabdrücke schwarz eingebrannt.

»Das ... das wollte ich nicht«, stammelte ich.

Helena starrte mich an wie eine Außerirdische.

»Es tut mir leid«, murmelte ich, drehte mich um und verließ fluchtartig das Büro meiner verhassten Kollegin.

Ich hastete über die Flure, rempelte einen Mitarbeiter an, der seine Akten fallen ließ, eilte weiter, bis ich endlich in den Waschräumen dieser Etage angekommen war. Schwer atmend ließ ich mir eiskaltes Wasser über die Handgelenke laufen. Erstaunt betrachtete ich meine Hände. Meine Haut glühte vor Hitze, doch sie war nicht verbrannt.

Erst der Kronleuchter im Restaurant, jetzt die Tischplatte in Helenas Büro. Warum ... warum passierte das alles? Ich konnte mich nicht daran erinnern, dass ich zuvor so etwas erlebt hatte. Warum jetzt?

Ich hob den Blick und starrte mein Spiegelbild an. Entsetzt fuhr ich zurück. Eine monströse Gestalt sah mir entgegen, die Haut grau und von roten Adern durchzogen, das Haar schlohweiß, die Augen glühend wie Absinth. Und hinter ihr lag der Schatten riesiger schwarzer Flügel.

Keuchend schlug ich mir die nassen Hände vor das Gesicht und sank zitternd in die Knie. Woher kam das alles auf einmal? Irgendetwas stimmte mit mir nicht mehr.

Ich wagte es kaum, aufzustehen und erneut in den Spiegel zu schauen. Doch ich musste es tun, um herauszufinden, ob es real war. Mein Herz raste, mein Hals war wie zugeschnürt und meine Hände zitterten. Mit zusammengepressten Lippen nahm ich meinen Mut zusammen, erhob mich vom kalten Fliesenboden und sah in den Spiegel.

Mein Haar hing strähnig vom Kopf, mein Make-up war tränenverschmiert. Ich hatte nicht einmal gemerkt, dass ich geweint hatte. Doch ansonsten sah ich aus wie immer.

Langweilig. Unmonströs.

Aus dem Halter neben dem Waschbecken zog ich ein paar Papierhandtücher und tupfte meine Augen trocken. Dann stützte ich mich auf dem Rand des Waschbeckens ab und starrte mein Spiegelbild an. Das war ich, so wie ich mich kannte. Aber verflucht noch mal, was hatte ich gerade dort gesehen?!

Was auch immer es war, eines war klar: Ich war total am Arsch. Ich brauchte eine Pause. Von meinem Job, von meinem Leben ... einfach von allem.

Ich nahm mir Zeit, richtete meine Haare, tupfte den verschmierten Kajal fort und wartete darauf, dass meine Hände nicht mehr zitterten. Dann ging ich entschlossen zu meinem Boss, Mr. Horowitz, und ließ mich beurlauben. Ich erklärte, dass ich mich nicht wohlfühlte und eine Auszeit brauchte. Nach einem kurzen Blick in mein entschlossenes Gesicht stimmte er zu. Er schien zu bemerken, dass etwas vorgefallen war, worüber ich nicht reden wollte. Mein Chef gab mir jedoch mit auf den Weg, dass ich mir über meine Zukunft in der Firma Gedanken machen sollte, wenn ich wieder einen klaren Kopf hatte.

Für den Nachhauseweg nahm ich ein Taxi, obwohl ich auch hätte laufen können. Doch meine Glieder fühlten sich schwer an, auf meiner Brust lastete ein ganzes Kilo trübsinniger Gedanken. Kaum zu Hause angekommen, legte ich mich ins Bett und versuchte, Schlaf nachzuholen. Doch sobald ich die Augen schloss, erschienen merkwürdige Bilder. Flammen, Feuer ... eine Gestalt mit weißem Haar, grauer Haut und scharfen Krallen.

Ich wälzte mich hin und her, starrte auf die Uhranzeige meines Handys. Es war noch nicht einmal Mittag. Bis Linda nach Hause kam, konnte es noch Stunden dauern.

ALICE:

Hey. Bin früher von der Arbeit heim.

Es dauerte nicht lange, da sah ich, dass sie die Nachricht gelesen hatte und eine Antwort verfasste. Kein Mensch kannte mich so gut wie Linda. Deshalb war ihr sofort klar, dass etwas passiert sein musste, sonst würde ich nie früher nach Hause gehen.

LINDA:

Was ist los?

ALICE:

Ich glaube, ich habe Mist gebaut. Habe mich beurlauben lassen.

Diesmal dauerte die Antwort etwas länger.

LINDA:

Ich komme heim, hab noch Überstunden zum Abbauen. Bin gleich bei dir.

Ein warmes Licht flackerte in meinem Inneren, als ich ihre Worte las. Gleichzeitig packte mich das schlechte Gewissen, weil ich sie nun auch noch von ihrer Arbeit fernhielt. Allein die Tatsache, dass ich wusste, wie oft sie länger im Büro blieb und auch öfter an den Wochenenden Sonderschichten übernahm, beruhigte mich etwas.

Während ich auf sie wartete, schaltete ich die Playlist auf meinem Handy ein und schloss die Augen. Vielleicht konnte mich etwas Musik ablenken oder zumindest beruhigen.

Als Linda nach Hause kam und vorsichtig in mein Zimmer tapste, lief gerade »Wicked Game« in der Version von Ursine Vulpine featuring Annaca und ich ertrank in einem Meer von Tränen.

»Alice!«, rief meine beste Freundin erschrocken aus und eilte sofort zu mir aufs Bett, um mich fest in ihre zierlichen Arme zu schließen, bis meine Tränen versiegt waren und ich mein Schluchzen unter Kontrolle hatte. »Mein Schatz, erzähl mir, was los ist.«

Und so berichtete ich ihr, was im Büro passiert war. Zumindest von der Auseinandersetzung mit Helena und meinem Verhalten – nicht davon, was mit meinen Händen auf der Tischplatte passiert war oder gar, was ich im Spiegel gesehen hatte.

Sie hörte mir aufmerksam zu und streichelte mir sanft über das Haar. »Ach, Alice, das ist doch wirklich ein verbockter Scheiß.«

Ich kicherte tränenerstickt. »So kann man es auch sagen.«

»Kann ich dir irgendetwas Gutes tun? Pfannkuchen backen? Pizza bestellen? Eine Flasche Tequila besorgen?«

»Ich … ich hab keinen Hunger.«

Sie drückte mich noch fester. »Jetzt mache ich mir wirklich Sorgen.«

»Eigentlich würde ich am liebsten abhauen«, gestand ich. »Einfach Chicago hinter mir lassen und mal zur Ruhe kommen, wieder ich selbst werden.« Ich richtete mich langsam auf und wischte mir das nasse Gesicht mit dem Ärmel ab. »Ich glaub, ich will einfach nach Hause zu meinem Dad.«

Sie nickte und dann huschte ein Lächeln über ihr Gesicht. »Sam hat ein Auto.«

Mir war nicht ganz klar, wie sie jetzt auf ihren heißen Feuerwehrmann-Lover kam. »Das ist schön für ihn.«

Ihr Lächeln wurde breiter. »Er hat heute frei. Eine kleine Spritztour nach Hazel Green wird er nicht ablehnen.«

»Das … das kann ich unmöglich verlangen. Mit dem Auto sind es gut drei Stunden.«

»Ach was, ich frage ihn einfach. Das macht er sicher gern, immerhin kann er so Zeit mit mir verbringen.« Sie zwinkerte mir zu und zückte bereits ihr Handy aus der Gesäßtasche ihrer Anzughose.

KAPITEL SIEBEN

Sam fuhr einen schwarzen 1967er Ford Mustang und bewies damit einen außerordentlich guten Geschmack. Linda nahm auf dem Beifahrersitz Platz und ich setzte mich in die Mitte der Rückbank. Sam hatte sein Handy angeschlossen; der USB-Anschluss war das einzige anachronistische Teil am Wagen. Musikmäßig liefen alte Indie-Songs aus den Neunzigern.

Außerdem erwies sich der gut aussehende Feuerwehrmann als angenehmer Gesprächspartner. Er unterhielt sich mit Linda über die aktuellen Kinofilme, beide standen auf Comic-Verfilmungen, wobei Linda DC bevorzugte und Sam die Marvel-Filme.

»Worauf stehst du, Alice?« Damit bezog mich Sam in das Gespräch ein. »Spiderman oder Batman?«

Wie hieß noch gleich der scharfe Typ mit dem Backenbart? »Hmm, ich mag Wolverine. Und Loki.«

»Gute Wahl.«

»Ja, Alice hat neuerdings eine Vorliebe für Bad Boys.« Linda zwinkerte mir zu.

»Die guten Jungs überlasse ich meiner besten Freundin«, feixte ich zurück und deutete unauffällig auf unseren Fahrer. Linda wurde ein wenig rot und widmete sich rasch dem Handy und der Playlist.

Je länger ich Linda und Sam beobachtete, desto sicherer wurde ich mir, dass da mehr daraus werden konnte. Das war keine reine Bettgeschichte. Ich erkannte es an den liebevollen Blicken, die Linda ihrem Sam zuwarf, und an seinen Augen, die leuchteten, wenn er sie ansah. Sie mochten sich wirklich. Linda war ein glücklicher Mensch. Sie war zufrieden mit sich selbst und ihrem Leben. Es schien mir nur mehr als gerecht, dass da nun ein Mann in ihrem Leben aufgetaucht war, der dieses Glück nicht zerstörte, sondern in wunderbarer Weise ergänzte.

Drei Stunden später erreichten wir Hazel Green in Wisconsin, die Stadt, in der ich einen Großteil meiner Jugend verbracht hatte.

»Wow, sehr ... verschlafen«, bemerkte Sam, als wir einige Häuser passierten, die aussahen wie die Kulisse eines romantischen Kleinstadtfilms.

»Ja, recht übersichtlich«, gab ich zu. Im Gegensatz zu Chicago war das hier wirklich ein kleines Nest.

Ich übernahm die Rolle des Navis und lotste meinen Chauffeur durch die Straßen der Stadt. Wir fuhren zunächst zur Praxis meines Vaters. Ich hatte mich zwar telefonisch bei ihm gemeldet, aber ich war mir nicht sicher, ob er schon zu Hause war. Die Praxis war jedoch geschlossen. Also fuhren wir weiter zu seinem kleinen zweistöckigen Haus, das am Stadtrand lag.

Nachdem meine Mutter uns verlassen hatte, war Dad mit mir weg aus Decatur gezogen, raus aufs Land. Zu viele negative Erinnerungen waren mit dem alten Haus verbunden und außerdem brauchten wir zu zweit nicht mehr so viel Platz.

Mit einem Lächeln erkannte ich, dass unser kleines Zuhause vor Kurzem erst frisch angestrichen worden war in einem hellen Blauton. Fensterläden und Tür leuchteten in reinstem Weiß.

Sam parkte direkt vor der Einfahrt. Der alte Volvo meines Vaters stand vor der Garage. Er war also daheim.

»Sollen wir im Auto warten?«, erkundigte sich Sam.

»Nein, Unsinn. Kommt mit rein. Ihr habt doch eine lange Fahrt hinter euch. Da bin ich euch wenigstens einen Kaffee schuldig.«

»Und eine Toilette«, fügte Linda hinzu.

Die Tür war nicht verschlossen. Ein herzhafter Duft begrüßte uns.

»Ist das ein Hackbraten?« Sams Stimme klang sehnsüchtig.

»Eine Spezialität meines Vaters«, bestätigte ich und rief: »Dad? Dad, ich bin da und ich habe Freunde mitgebracht.«

»Alice!« Mit einem strahlenden Lächeln kam er durch die Küchentür in den Flur. Über seinen Jeans und dem hellen Rollkragenpulli trug er eine Schürze mit wildem Blümchenmuster.

Ich erinnerte mich daran, dass sie das Geschenk einer älteren Lady aus der Nachbarschaft gewesen war.

Dad winkte uns mit einem Holzlöffel zu. »Wie schön, dich zu sehen, mein Schatz. Hallo, Freunde von Alice. Kommt in die Küche, ich muss die Soße im Blick behalten.«

Ich zog rasch meine Jacke aus, nahm auch die von Linda und Sam entgegen und hängte sie an den Garderobenständer neben der Tür. »Mein Vater ist ein fantastischer Koch«, erklärte ich.

Linda seufzte. »Ich weiß. Erinnerst du dich an das Thanksgiving in unserem letzten Studienjahr? Ich habe nie wieder so einen leckeren Truthahn gegessen.«

Mein Vater hatte drei weitere Gläser auf der Kücheninsel bereitgestellt, während wir unsere Sachen im Flur ablegten. »Möchte jemand Rotwein?«

»Nein, danke«, lehnte Sam ab. »Ich muss noch fahren.«

»Sehr vernünftig.«

»Das ist übrigens Sam«, stellte ich unseren Fahrer rasch vor. »Lindas ...« Ups. Freund? Waren die beiden schon so weit? Affäre? Das klang nicht gut. Hilfe suchend sah ich zu meiner Freundin.

Diese zuckte mit den Achseln und fügte grinsend hinzu: »Mein Feuerwehrmann.«

Mein Vater lachte leise. »Was für eine nette Überraschung, dass ihr gekommen seid. Hättest du mir etwas mehr Zeit gegeben, Alice, hätte ich besser planen können.« Es war kein Vorwurf. Vielmehr eine Entschuldigung dafür, dass er uns nicht viel anbieten konnte.

»Es war eine spontane Entscheidung, tut mir leid, Dad. Hast du extra für uns die Praxis früher geschlossen?«

»Nein, mein Schatz. Heute hatten wir ohnehin einen

kurzen Tag.« Er ging zu dem großen, zweitürigen Kühlschrank und holte zwei Flaschen aus dem Getränkefach. »Junger Mann, trinken Sie Coke oder Mountain Dew? Sie können bestimmt etwas Koffein nach der Fahrt gebrauchen.«

»Nennen Sie mich doch bitte einfach nur Sam. Coke wäre toll.«

Mein Vater hatte solche Getränke nur im Haus, wenn ich zu Besuch kam. Er musste also noch einkaufen gewesen sein, bevor wir kamen. Mein schlechtes Gewissen meldete sich mit einem Stich in der Magengegend. Ich sollte ihm nicht solchen Stress bereiten. Er kam langsam in die Jahre. Die Schläfen seines dunkelbraunen Haares wirkten noch etwas grauer als vorher. Und ich meinte, dass eine oder zwei Falten auf der Stirn hinzugekommen waren. Sorgenfalten?

Doch mein Vater hielt sich für seine sechzig Jahre noch recht fit. Er war schon immer ein sportlicher Typ gewesen. Nicht von der Art Footballspieler. Eher schlank und drahtig wie ein Tennisspieler.

Er reichte Linda und mir die Weingläser sowie Sam seine Coke, bevor er uns mit seinem eigenen Glas zuprostete. »Auf schöne Überraschungen, ihr Lieben.« Nachdem wir getrunken hatten, warf er einen Blick in den Ofen. Es roch köstlich. Da brutzelte mehr als nur Hackbraten vor sich hin. »Gleich können wir essen«, verkündete Dad gut gelaunt.

Ich ging zum Küchenschrank, in dem er Teller und Besteck aufbewahrte, und deckte mit Lindas Hilfe den Tisch. Währenddessen fragte mein Dad Sam ein wenig über seinen Beruf aus. So erfuhr ich ebenfalls Fakten, die mir vorher nicht bekannt gewesen waren: Er war bereits in dritter Generation

Feuerwehrmann. Seine Schwester war bei der Polizei. Die Vorfahren kamen aus Irland und Polen.

Linda hatte ganz rote Wangen und ich zwinkerte ihr zu.

Mein Vater hatte schon früher sehr darauf geachtet, die Jungs, mit denen wir zu tun hatten, auf ihre Tauglichkeit zu überprüfen. Ob es nun ein Freund von mir oder von Linda war, machte für ihn keinen Unterschied.

Bewaffnet mit roten Kochhandschuhen tischte mein Dad den Hackbraten und eine Auflaufform mit Süßkartoffeln und Möhren auf. Dazu gab es eine kräftig rote Granatapfelsoße. Mir lief schon beim Anblick das Wasser im Mund zusammen.

»Mr. Miller, das ist köstlich«, sagte Sam, als er die ersten Bissen gegessen hatte.

»Wirklich, Sir, das ist so lecker!«, stimmte Linda mit vollem Mund zu.

Mein Vater strahlte über das ganze Gesicht. »Freut mich, dass es schmeckt. Nun esst auf, bevor es kalt wird.«

Während des Essens war Linda an der Reihe, ausgefragt zu werden. Mein Vater interessierte sich dafür, wie es in ihrem Job lief und ob wir beide in unserer WG gut über die Runden kamen. Immerhin war Chicago kein billiges Pflaster. Linda versicherte ihm, dass es uns prima ging. Schließlich hatten wir beide gut bezahlte Jobs.

Ich hielt mich dezent im Hintergrund. Ich hatte keine Ahnung, ob mein Job noch lange mir gehören würde. Aber das wollte ich in dieser Runde nicht groß breittreten. Dad würde mich später unter vier Augen ohnehin ausfragen. Er machte sich bestimmt Gedanken, warum wir so plötzlich hier aufgetaucht waren.

Nach dem Essen war es für Linda und Sam Zeit, aufzubrechen. Sie mussten beide am nächsten Tag arbeiten und deshalb noch heute zurück nach Chicago fahren.

Ich drückte meine beste Freundin fest. »Danke, Linda.«

Sie erwiderte meine Umarmung. »Immer wieder, Alice. Wir halten zusammen, ist doch klar.«

Auch Sam schloss ich in eine feste Umarmung. Er hatte es in der kurzen Zeit geschafft, dass ich ihn wirklich mochte. »Danke für die Fahrt.«

»Hey, kein Ding«, meinte er etwas verlegen. »Kann doch eine hübsche Frau nicht im Stich lassen. Schon gar nicht Lindas beste Freundin.«

Kaum waren beide ins Auto gestiegen, reichte mir mein Vater mein aufgefülltes Weinglas. Die Schürze hatte er abgelegt. Gutmütig lächelnd und doch mit einem Hauch Sorge sah er mich an. »Was ist los, Alice?«

Ich wich seinem Blick aus und nippte an dem kräftigen Wein. »Ach, Dad. Ich weiß gar nicht, wo ich anfangen soll.«

»Hat es mit diesem Miles zu tun?«

»Auch.«

Er seufzte. »Komm, gehen wir ins Wohnzimmer. Ich mache Feuer im Kamin und wir reden.«

Ich war mir nicht sicher, ob ich überhaupt reden wollte. Was sollte ich denn sagen? Dass ich langsam, aber sicher verrückt wurde? Dass mein Leben auf einmal – ohne dass ich etwas dafür tat – ganz schrecklich schieflief?

Ich beobachtete meinen Vater, der mit geübten Handgriffen Holzscheite und etwas Papier in den Kamin schichtete. Ich atmete tief durch und trank von meinem Wein. Dads

Anwesenheit beruhigte mich. Es war eine gute Idee gewesen, nach Hause zu fahren.

Ich wartete, bis er fertig war und ein kleines heimeliges Feuer im Kamin brannte. Dann fragte ich ihn vorsichtig: »Dad, hatte ich als Kind manchmal seltsame Vorstellungen?«

Er nahm in dem Ohrensessel mir gegenüber Platz und betrachtete das Feuer. »Wie meinst du das? Alle Kinder haben seltsame Vorstellungen. Das nennt man kindliche Fantasie.«

»Nein, ich meine nicht die üblichen Fantasien.«

Er wandte den Blick von den Flammen ab und sah in sein Weinglas. »Was ist passiert, Alice? Erzähl mir von der Gegenwart.«

»Ich ... ich weiß nicht, wie ich es beschreiben soll.« Ich schluckte. Würde er mir überhaupt glauben? »Seit Miles mich verlassen hat, passieren merkwürdige Dinge in meinem Leben. Zunächst dachte ich an Zufälle ... oder dass ich mir das alles nur einbilde. Aber dann ist dieser Mann aufgetaucht.«

Nun sah mein Vater doch auf. Was ich in seinen Augen erkannte, machte mir Angst. Simon Miller, der erfahrene Arzt und Rationalist, alleinerziehender und hingebungsvoller Vater, wirkte mehr als alarmiert.

»Welcher Mann?«

»Er ist sehr groß, schwarze Haare, Augen so finster wie die Tiefen der Hölle. Wir sind uns zufällig in einer Bar begegnet. Mittlerweile glaube ich aber, dass es gar nicht so zufällig war.«

Mein Vater ließ den Blick im Raum schweifen, dann stand er nervös auf. »Und alles begann, als Miles dich verließ? Für diese Arbeitskollegin?«

Ich nickte. Natürlich hatte ich ihm davon erzählt. Er war

alles an Familie, was ich hatte, zusammen mit Linda. Aber die Details der Trennung hatte ich bisher weggelassen.

Er blieb stehen und sah mich an, sein Gesicht sprach selbst von Schmerz. Er fuhr sich durch das Haar. »Wie hast du dich gefühlt, als Miles dir von seiner neuen Freundin erzählte?«

»Wenn er mir wenigstens davon erzählt hätte ... Nein, er hat mir nur eine WhatsApp-Nachricht geschrieben. Eine scheiß WhatsApp! Als wäre unsere ganze gemeinsame Zeit eine Pizza-Bestellung, die er nun stornieren wollte.« Ich spürte, wie sich mein Magen zusammenzog. Obwohl ich damit abgeschlossen hatte, dass Miles ein Arsch und unsere gemeinsame Zeit eine Farce gewesen war, taten die Umstände der Trennung noch immer weh.

Mein Vater beobachtete mich aufmerksam. »Was stand in dieser Nachricht?«

Bittere Galle stieg in meinen Hals und ich schluckte. *»Hey, Alice, es tut mir leid, aber ich habe mich in Helena verliebt. Ich kann nichts dagegen tun. War schön mit dir, aber du hast bestimmt auch bemerkt, dass es zwischen uns nicht so ganz gepasst hat.«* Ich prustete undamenhaft durch die Nase.

»Was geschah danach?«

Ich sah verwirrt auf.

»Du hast von merkwürdigen Geschehnissen gesprochen.«

Ich runzelte die Stirn. »Es waren zufällige Begebenheiten.«

»Nein, ich meine, was ist passiert, als du diese Nachricht gelesen hast? Genau in dem Moment?«

Ich versuchte, mich zu erinnern. »Ich ... ich weiß nicht.«

Angestrengt dachte ich nach. Ich erinnerte mich, dass ich kurz vorher von Linda eine Nachricht bekommen hatte, dass sie länger arbeiten müsse. Dann hatte ich mir eine heiße Schokolade gemacht und wollte Popcorn für einen gemütlichen Fernsehabend vorbereiten, als ich die Nachricht von Miles bekam. Aber was war danach? Ich konnte mich nicht erinnern. Es war, als hätte ein schwarzes Loch in meinem Gehirn jene Erinnerung verschluckt.

»Das Nächste, woran ich mich erinnere, ist heißer Tee. Ich lag in meinem Bett und Linda hielt mir eine Tasse an die Lippen.« Ich schluckte schwer und sah hilflos zu meinem Vater. »Dad, ich glaube, ich brauche Hilfe.«

Rasch kam er zu mir, ging vor mir auf die Knie und hielt meine Hände. »Alles wird gut, mein Schatz. Du bist ja nun hier. Ich kümmere mich um dich.«

Seine Nähe tat so gut. Endlich konnte ich mich fallen lassen. Eine Träne rann über meine Wange. »Ich glaube, ich werde wahnsinnig. So richtig.«

Er schüttelte eifrig den Kopf. »Nein, nein, ganz bestimmt nicht. Glaube mir, ich würde das erkennen. Ich bin schließlich Arzt.« Aufmunternd lächelte er mich an. »Du brauchst Ruhe. Das war einfach alles zu viel für dich. Wenn du willst, kann ich dich morgen in der Praxis komplett durchchecken. Heute Nacht aber solltest du einfach nur schlafen.«

»Ich ... ich kann nicht«, krächzte ich, da ein fetter Kloß in meinem Hals saß. »Wenn ich die Augen schließe, sehe ich furchtbare Dinge. Ich weiß nicht, warum. Ich sehe Feuer. Und ein Wesen mit langen spitzen Krallen ...«

Er drückte meine Hände noch fester. »Du wirst keine Albträume haben heute Nacht, versprochen.«

Vielleicht hatte er recht. Ein Funken Hoffnung machte sich in mir breit. Chicago war weit weg, ebenso Miles und die Erinnerung an all die verwirrenden Ereignisse. Ich war zu Hause bei meinem Dad. In Sicherheit. So, wie es früher gewesen war. Zu Hause würde sich mein gequälter Geist erholen, sodass ich endlich in Ruhe schlafen konnte.

Ich war unendlich erschöpft. »Dad, ist es okay, wenn ich direkt ins Bett gehe?«

»Natürlich, mein Schatz. Geh ruhig schon nach oben. Ich bringe dir gleich noch eine warme Milch, was hältst du davon?«

Seine Stimme klang so voller Wärme und Zuversicht, dass ich mich wieder so beschützt und geborgen fühlte wie als kleines Mädchen.

Mit schweren Gliedern schleppte ich mich nach oben in mein Zimmer. Dad hatte es nicht in ein Arbeitszimmer oder Gästezimmer umfunktioniert. Mein weiß getünchtes Bett dominierte den Raum. Daneben stand das weiße Ikea-Regal mit den Jugendbüchern, die ich früher gerne gelesen hatte. Ein paar meiner Kuscheltiere saßen ordentlich auf dem Quilt meines Bettes und hießen mich willkommen. Und an den türkisfarbenen Wänden hingen Zeichnungen, Erinnerungsfotos und ein Poster von Channing Tatum, den ich immer noch toll fand.

Als ich meinen Pyjama angezogen und die Zähne geputzt hatte, schlüpfte ich unter die Decke. Selbst die Bettwäsche roch noch wie früher nach dem zitronigen Waschmittel, das mein Vater so gern benutzte. Mit zwei Teddys im Arm wartete ich auf Dad.

Er trug ein Glas mit Henkel in mein Zimmer. »Nichts ist besser zum Einschlafen als eine warme Milch.«

»Ich hab doch schon die Zähne geputzt«, protestierte ich.

Er zwinkerte mir zu. »Ich erzähle es nicht der Zahnfee.«

Ich lachte und nahm die heiße Tasse entgegen. Mit geschlossenen Augen sog ich den Duft warmer Milch mit Honig ein. Und von noch etwas, das ich nie hatte ergründen können. Alles war genau wie früher.

Ich nippte vorsichtig daran und genoss die Wärme, die sich sofort in mir ausbreitete. »Dad, hast du da Bourbon reingekippt?«

Nun war er es, der lachte. »Natürlich nicht.« Doch er wich meinem Blick aus.

Er verheimlichte mir etwas. »Dad, was ist da drin?«

»Nur ein leichtes Beruhigungsmittel. Es hilft dir beim Einschlafen und verhindert Albträume. Trink die Milch aus, dann kannst du sehr gut schlafen.« Er setzte sich zu mir auf das Bett und drückte mir einen festen Kuss auf die Stirn. »Gute Nacht, mein Schatz. Ich werde alles dafür tun, dass es dir bald besser geht.«

Wohlig seufzte ich auf. Er war nicht nur mein Vater, sondern auch Arzt. Er wusste, was er tat.

»Gute Nacht, Dad.«

KAPITEL ACHT

Er hatte recht. Bald darauf schlief ich tief und traumlos. So sorglos hatte ich lange nicht mehr geschlafen.

Es war schon sehr spät am Morgen, als ich wieder aufwachte. Durch den Spalt zwischen den geschlossenen Vorhängen fiel strahlend helles Licht. Ich streckte mich und ging zum Fenster, um die Vorhänge zu öffnen. Die Sonne stand hoch am Himmel. Es würde ein sonniger Spätwintertag werden.

Rasch machte ich mich frisch und schlüpfte in Jeans und einen weißen Wollpulli.

In der Küche erwarteten mich duftender Kaffee und eine handgeschriebene Nachricht meines Dads.

Bin in der Praxis. Ruf mich an, wenn was ist.
Im Ofen sind Pancakes. Früchte und Ahornsirup im Kühlschrank.

Hungrig machte ich mich über das Frühstück her. Mit meinem Kaffeebecher schlenderte ich in Dads Arbeitszimmer, das außerdem seine kleine Bibliothek beherbergte. Ich fühlte mich schon sehr viel besser. Diese Auszeit war genau die richtige Idee gewesen, um mich wieder in die Realität zurückzuholen. Ein paar Tage Ruhe und ich wäre wieder ganz die Alte.

Das glaubte ich in diesem Moment wirklich. Als ob ich vergessen könnte, was V zu mir gesagt hatte. Und genau weil ich es nicht vergessen konnte, stöberte ich durch Dads Bücher. Die medizinischen Werke würden mir gewiss nicht weiterhelfen. Die historischen Fachbücher wohl eher. Ich griff nach dem Lexikon der griechischen Mythologie und setzte mich an den antiken Schreibtisch.

Natürlich war in dem Buch ein ausführlicher Artikel über Apollon zu finden, den griechischen und römischen Gott des Lichts, der Heilung und der Künste. Er gehörte zu den zwölf Hauptgöttern des Olymp. Ich kicherte unwillkürlich. Sollte Vs Story stimmen, war der blonde Surferboy, der ihn an jenem Abend in der Bar begleitet hatte, eine ganz große Nummer unter den Göttern.

Ich blätterte weiter. Weder unter Veiovis noch unter Veive fand ich einen Eintrag. Aber wenn er gar nicht Grieche, sondern Römer war? Vermutlich hätte ich doch das Buch über die römische Mythologie nehmen sollen.

Als ich das Buch zurückstellen wollte, fiel es mir aus der Hand und der Einband löste sich. Zwischen Buch und Umschlag steckte eine Karte. Ich hielt es zumindest für eine Karte.

Neugierig zog ich sie hervor. Es war eine kleine Bleistiftzeichnung von einem weiblichen Wesen mit krallenartigen Händen, der Körper dürr, die Haare standen in alle Richtungen ab. Die schwarzen Augen waren weit aufgerissen, von Schatten unterlaufen. Flügel, fedrig, grau, nicht hell wie die der Engel, ausgebreitet wie die Schwingen einer überdimensionalen Fledermaus vor dem Ergreifen der Beute.

Ein Zittern ergriff meinen Körper. Und gleichzeitig stieg mir die Hitze ins Gesicht. Auf der Rückseite der Karte war der Name dieses Wesens abgedruckt.

Alekto, die niemals Rastende

Die Karte fiel mir aus den bebenden Händen. Hastig blätterte ich im Lexikon zum Buchstaben A.

Alekto, so stand es dort geschrieben, war eine der drei Erinnyen, jene Wesen, die bei den Römern Furien hießen.

Ruckartig klappte ich das Buch zu und stellte es zurück in das Regal. Es war nur ein Zufall. Ganz gewiss. Die Karte hatte nichts zu bedeuten. Und es hat schon gar nichts damit zu tun, dass ich mich in ganz ähnlicher Weise im Spiegel gesehen hatte.

Und doch waren das allmählich zu viele Zufälle, die sich in meinem Leben tummelten.

Veiovis hatte gesagt, ich sei ein göttliches Wesen. Nein, nicht nur göttlich. Ein Teil von mir gehörte zur Unterwelt.

Und nun fand ich zufällig diese Zeichnung?

Meine Brust schnürte sich zu, sodass ich kaum atmen konnte. Die Kreatur auf dem Bildnis hatte Erinnerungen geweckt. Ich hatte das Wesen schon einmal gesehen. Nicht nur nach dem Vorfall mit Helena, als ich in den Spiegel gesehen hatte. Die unterlaufenen Augen, die grauen Linien entlang der Adern im Gesicht und schließlich die Flügel. Ich kannte sie.

Entschlossen presste ich die Lippen aufeinander und tat das, wovor ich mich am meisten fürchtete: Ich schloss die Augen und versuchte, mich zu erinnern.

Mom.

Das Gesicht meiner Mutter war nicht mehr als eine zarte Erscheinung. Sie war hübsch gewesen, mit blonden Locken und lebhaften grünen Augen. Wenn sie gelacht hatte, hatte sie das Haus mit Licht erfüllt.

Ich war sechs, als meine Mutter aus unserem Leben verschwunden war. Den Grund dafür kannte ich bis heute nicht. Sie hatte uns verlassen. Vater hatte gesagt, sie habe nicht mehr in unser Leben gepasst. Das war auch der Grund, weshalb es keine Bilder meiner Mutter in unserem Haus gab.

Denn normalerweise, wenn man einen geliebten Menschen verlor, so versuchte man, die Erinnerung an ihn zu bewahren, mit Bildern oder Erinnerungsstücken. Ob es die bunt gestreifte Häkeldecke meiner Großmutter war, die auf dem Sofa im Wohnzimmer lag, oder der Drache aus Pappmaché, den ich in der dritten Klasse gebastelt hatte und der nun eines der Bücherregale in Vaters Arbeitszimmer zierte. Die Fotos von Dad und mir neben dem Pinguin-Maskottchen im Zoo, von meinem Highschool- und College-Abschluss. Selbst Fotos von Linda und mir standen im Wohnzimmer auf dem Kamin.

Doch kein einziges Foto oder Erinnerungsstück an meine

Mutter war in unserem Haus zu finden. Ich hatte Dad nie gefragt aus Angst, ihn unglücklich zu machen. Er sollte nicht das Gefühl haben, er sei nicht genug. Er hatte sich so viel Mühe gegeben, dass es mir an nichts fehlte.

Und doch hatte ich mir früher öfter die Frage gestellt. Warum hatte Mom uns verlassen? Mein Vater war der liebste Mensch der Welt. Ich konnte mir daher nicht vorstellen, dass es zwischen ihnen Zwist gegeben hatte. Hatte es also an mir gelegen? War ich der Grund gewesen?

Ein Punkt wurde jedoch langsam in mir zur Gewissheit: Alle Antworten auf jede Frage, die ich mir je gestellt hatte, lagen in meinen eigenen Erinnerungen. Genau so, wie Veiovis es gesagt hatte. Nur ... wo steckten diese Erinnerungen?

Hilflos blickte ich mich in der Bibliothek um. Hier würde ich wohl nicht weiter fündig werden. Aber womöglich gab es noch irgendeinen Hinweis, irgendetwas, was mich weiterbrachte, auf dem Dachboden in irgendeiner der vielen Kisten, die dort lagerten.

Ich ließ meine Tasse auf dem Kaminsims stehen, weil der Kaffee ohnehin mittlerweile kalt war, und ging hinauf ins obere Stockwerk. Die Stange zum Öffnen der Dachbodentür fand ich in der Abstellkammer hinter dem Staubsauger. Behutsam öffnete ich die Speicherklappe damit und zog die Holzleiter nach unten. Die Sprossen knacksten unter meinen Schritten.

Das Licht, das durch die Scheibe der Dachluke fiel, war angenehm warm. Staub tanzte goldglitzernd in den Sonnenstrahlen. Rechts von mir befanden sich die Kartons mit Christbaumschmuck. Links von mir waren jene Kisten, in denen

Dad unsere Erinnerungsstücke aufbewahrte. Ich wandte mich nach links und arbeitete mich durch jede einzelne Kiste, entdeckte Halloweenkostüme meiner Kindheit, ebenso wie Kuscheltiere, alte Klamotten, die Dad noch nicht wegwerfen oder weggeben wollte, weitere Basteleien meiner Grundschulzeit.

Verdammt, hatte er jeden einzelnen Fetzen Papier aufgehoben, den ich in meinem Leben je vollgekritzelt hatte? Mein Herz wurde ganz warm. Ich hatte immer gewusst, dass mein Dad mich liebte. Das hier war ein weiterer Beweis dafür. Warum sonst hatte er den ganzen Kram aufgehoben? Ich fand sogar eine Mathearbeit mit meiner ersten Eins.

Oh, und dort war die Medaille, die ich mit meiner Soccer-Mannschaft in der siebten Klasse gewonnen hatte!

Zwischen all den Andenken fand ich jedoch keinen einzigen Gegenstand, der eine Verbindung zu meiner Mutter hergestellt hätte. Enttäuscht packte ich die Kindheitserinnerungen zurück in Kisten und erhob mich, um wieder nach unten zu gehen. Die Diele unter meinem rechten Fuß knackste.

Himmel, Dad musste wirklich mal nach dem Dachboden schauen lassen. Nicht, dass die Leisten noch einbrachen.

Das Ende der Holzdiele stand ein wenig ab. Das war gefährlich. Was, wenn man im Halbdunkel darüber stolperte? Ich stellte mir meinen Vater vor, der verletzt und allein hier oben lag, und niemand war da, um ihm zu helfen. Kopfschüttelnd ging ich zu dem Ende der Diele und drückte sie mit meinem Fuß runter. Sie knackste erneut protestierend.

»Mistteil. Soll ich 'nen Hammer holen, damit du

gehorchst?!«, fluchte ich missgelaunt und komplett unsinnig vor mich hin.

Ich ging in die Knie, um zu schauen, ob etwas zwischen die Dielenbretter gerutscht war und sie blockierte. Meine Vermutung stimmte. Irgendetwas klemmte unter der Diele. Stirnrunzelnd griff ich unter das Brett in der Hoffnung, dass keine fette Monsterspinne darunter wohnte. Meine Finger ertasteten kühles Metall. Ich musste meinen Arm noch etwas weiter in den Spalt stecken, damit ich den Gegenstand ganz ergreifen konnte. Beim Herausziehen schürfte ich mir das Handgelenk auf, hielt dann jedoch triumphierend und staunend zugleich eine Zinnbox in den Händen. Ich pustete den Staub vom Deckel, ein hübsches Ornament kam zum Vorschein. Mit Herzklopfen öffnete ich langsam die Box.

Dad hatte also *nicht* alles von meiner Mutter entsorgt. Zwei Gegenstände befanden sich in dieser kleinen Schachtel. Ein Foto, leicht verblichen und geknickt, die Ecken teilweise eingerissen. Darauf zu sehen war eine Frau, die lächelnd ein Baby in den Armen hielt, den Blick auf den Winzling gerichtet, die blonden Locken verdeckten einen Teil ihres Gesichtes. Das Baby hatte kaum Haare und war in eine gestreifte Häkeldecke eingewickelt. Es war Großmutters Häkeldecke.

Ich hielt den Atem an. War ich dieses Baby? War diese glücklich lächelnde Frau auf dem verblichenen Foto meine Mom?

Vorsichtig legte ich das Bild zurück in die Box, um den zweiten Gegenstand hervorzuholen. Ein Medaillon. Die goldene Fassung glich einer Apfelhälfte und war gefüllt mit kleinen Steinchen aus Granat.

Ein Granatapfel? Ich schloss die Hand um das Schmuckstück und drückte es an mein Herz. Es fühlte sich *warm* an.

Mit geschlossenen Augen atmete ich tief ein.

Und wie eine Welle überkam mich die Erinnerung.

Die Frau von dem Foto. Der Granatapfel hängt an einer zarten Goldkette um ihren Hals. Sie lacht, fasst mich an den Händen und tanzt mit mir durch das Wohnzimmer. Dreht sich immer weiter, bis wir nicht mehr können und zu Boden taumeln. Ihr süßer Duft, den ich tief einatme, wenn sie mir vor dem Schlafengehen die Haare kämmt und mir sagt, wie hübsch ich sei. Ihr kleines, hübsches Menschenmädchen.

An vielen Tagen lacht sie jedoch nicht. Sie streitet mit meinem Vater in endlosen verbalen Kämpfen.

Und dann ist er da: der Tag im Oktober, kurz nach meinem sechsten Geburtstag. Sie streiten über irgendetwas, der Grund ist eigentlich egal. Es gibt immer Grund zum Streiten. Sie sind in der Küche. Mom ist mit Spülen beschäftigt. Sie wirft mit dem nassen Geschirr nach meinem Vater, sodass die Scherben durch den Raum fliegen. Vater hebt schützend den Arm vor das Gesicht. Doch mit einer Kaffeetasse trifft sie ihn schließlich an der Schläfe. Blut läuft über seine Seite.

Ich habe alles aus einem sicheren Ort hinter der Tür mit angesehen und weine leise vor mich hin. Das Blut ändert alles. Ich komme aus meinem Versteck und stelle mich schützend vor meinen Vater.

»Hör auf damit!«, brülle ich meiner Mutter entgegen.

»Geh aus dem Weg«, knurrt sie.

»Nein! Du wirst ihm nicht mehr wehtun! Und mir auch nicht! Ich hasse dich! Du bist ein Monster! Geh weg und komm niemals wieder!«

Sie brüllt in einer Stimme, die alles in mir in Angst versetzt. Schrill und laut, wie nicht von dieser Welt. Und dann legt sie den Kopf in den Nacken und ihre Gestalt verändert sich.

Niemals in meinen schlimmsten Albträumen habe ich zuvor ein solches Monster gesehen. Ihre Haut wird grau wie die Asche eines Vulkans, marmoriert mit dem Rot der glühenden Lava. Ihr schönes blondes Haar wird zu dicken weißen Strängen, ihre grünen Augen leuchten unnatürlich hell, ihre Fingernägel formen sich zu Krallen. Doch am schrecklichsten sind die Flügel, die sie plötzlich aufschlägt, schwarz und ledrig wie die einer Fledermaus. Sie hebt vom Boden ab, schlägt mit den Flügeln und zerstört dabei alles, was um sie herum steht.

Man sagt, dass der kindliche Verstand all das aus der Erinnerung verbannt, was der gesunden Entwicklung des Geistes entgegensteht.

Ich hatte diesen Tag vergessen. Den Tag in meiner Kindheit, an dem meine Mutter ihr wahres Gesicht gezeigt hatte.

Meine Mutter, die Furie.

Bis heute.

Nun erinnerte ich mich.

»Ungeheuerlich? So nennst du meine Mutter?«
Ich schnaubte verächtlich.
»Dann bin ich wohl ein halbes Ungeheuer.«

KAPITEL NEUN

Mein Vater kam in ein dunkles Haus. Ich saß auf dem Ohrensessel im Wohnzimmer, die Zinnbox auf meinem Schoß. Äußerlich mochte ich ruhig wirken, doch mein Innerstes brodelte. Er hätte es mir sagen sollen. Irgendwann in den letzten Jahren hätte doch der passende Moment da sein müssen. Ich war erwachsen, mit mir konnte man reden!

Er schaltete das Licht im Wohnzimmer an und zuckte zusammen, als er mich dort sitzen sah. »Alice, Schatz, was ist los?« Dann fiel sein Blick auf die Box, die ich auf meinem Schoß hielt, und er ließ den Kopf sinken.

»Du …« Ich musste mich räuspern. Meine Stimme drohte sich zu überschlagen. »Du hast gewusst, wer … *was* sie war.«

Er nickte betrübt. Dad wusste also genau, was ich meinte.

»Wieso?« Ich erhob mich langsam. »Wieso hast du es mir nie erzählt?«

Er schüttelte den Kopf. »Wann denn? Wie denn? Diese Geschichte ist zu ungeheuerlich, um sie zu glauben.«

»Ungeheuerlich? So nennst du meine Mutter?« Ich schnaubte verächtlich. »Dann bin ich wohl ein halbes Ungeheuer.«

»Nein, Alice!« Er kam zu mir, wollte nach meinen Händen fassen, doch ich wich zurück. »Ich wollte dich beschützen.«

»Wovor? Vor ihr?« Ich atmete tief ein. »Oder vor mir selbst?«

Alarmiert schaute er auf. »Was meinst du damit?«

»In jenem Moment, als ich zu dir kam und dir sagte, dass etwas in meinem Leben nicht stimmt, wusstest du genau, was los war! Doch statt mir die Wahrheit über mich zu erzählen, hast du so getan, als könntest du alles in den Griff bekommen. Als hätte ich nur eine ... schlechte Zeit ... oder eine Krankheit. Ja, genau. Als wäre der andere Teil meines Selbst eine Krankheit, die du heilen könntest. Verdammt, du hast mir sogar Beruhigungsmittel verabreicht. Weißt du, wie ich mich gefühlt habe? Als wäre ich reif für die Klapse!«

Er hob beschwichtigend die Hände. »Beruhige dich doch, mein Kind.«

»Ich bin ruhig!«, brüllte ich ihm entgegen. Die Metallbox in meinen Händen begann zu glühen. Erschrocken ließ ich sie fallen und starrte auf meine Hände.

Schon wieder ... es passierte schon wieder.

»Warum jetzt?«, flüsterte ich mehr zu mir selbst. »Warum ist das früher nie passiert?«

Mein Vater hob behutsam die Schachtel vom Teppich auf, darauf bedacht, sie so schnell wie möglich auf dem Couchtisch abzustellen. »Ich glaube, es hat mit Miles zu tun«, sagte er leise.

»Miles?« Ich fuhr auf. »Was hat er damit zu tun?«

Er sah mich forschend an. »Du hast es selbst gesagt. Seit er dich verlassen hat, spürst du die Veränderung in deinem Leben.«

Fassungslos sah ich ihn an.

Er deutete auf das Sofa. »Setzen wir uns und ich erkläre es dir.«

»Was genau willst du mir jetzt noch erklären?« Ich war außer mir. »Du hattest zwanzig Jahre Zeit dazu! Jetzt ist es ein wenig zu spät!«

»Hör mir doch zu, Alice. Ich wollte dich nur beschützen. Ich hatte Angst, dass du einen Teil deiner Mutter in dir trägst. Ich wollte, dass du eine ganz normale glückliche Kindheit verbringst.«

Mein Blick ruhte kalt auf ihm. »Was hast du getan, Dad? Als ich ein Kind war? Außer mich anzulügen über Mom. Wie hast du es geschafft, dass ich sie vergesse?«

Mein Zorn stieg unermesslich. Es war ein Wunder, dass ich mich nicht in Flammen des Zorns auflöste.

Er wich meinem Blick aus. »Ich musste verhindern, dass du dich erinnerst. Ich habe dich … hypnotisiert und nur einige wenige gute Erinnerungen an sie übrig gelassen.«

Das konnte er nicht ernst meinen!

Er war mein Dad, mein lieber, sanfter Dad.

Wieso hatte er mich dermaßen manipuliert?

Nein, ich musste mich verhört haben. »Du hast mich hypnotisiert?«

»Ja.« Er wich weiterhin meinem Blick aus. »Du warst ein liebes Mädchen. Aber auch das liebste Mädchen wird einmal wütend. In der zweiten Klasse hat ein anderes Mädchen deine Puppe Elsa gestohlen. Du bist in der Schule auf sie losgegangen.« Mit Tränen in den Augen sah er zu mir auf. »Verstehst du, warum ich es tun musste? Die Gefahr, dass du dich eines Tages in ein Wesen wie deine Mutter verwandeln würdest, war einfach zu groß.«

Ich konnte nicht ertragen, wie er mich ansah. All die Liebe und Zuneigung, die ich in seiner Gegenwart gespürt hatte, beruhte auf einer Lüge. Und ich konnte mich nicht an die Wahrheit erinnern.

»Wie oft hast du es getan? Mich hypnotisiert?«, verlangte ich zu wissen.

»Zu Beginn waren tägliche Sitzungen nötig. Diese reduzierte ich auf wöchentliche Sitzungen. In der Pubertät waren noch zusätzliche Sitzungen nötig. Aber du wurdest ruhiger mit dem Erwachsenwerden. Ich war mir sicher, dass du nichts von deiner Mutter in dir hast. Also ließ ich die Sitzungen weg, als du zur Uni gingst.« Er wich weiterhin meinem Blick aus, drehte nervös den Ring, den er am linken Zeigefinger trug.

»Gibt es noch etwas, das du verschweigst?«, fragte ich kühl. Seine Worte waren wie Splitter aus Eis, die in mein Herz drangen. Sie schmerzten so sehr. Jeder Atemzug tat weh. Und doch wollte ich alles wissen. Alles, was er mir mein ganzes Leben lang verschwiegen hatte.

»Ich habe dir Beruhigungsmittel verabreicht. Besonders in kritischen Phasen, wenn du Stress in der Schule und mit Freunden hattest.«

Er sprach so leise, dass ich ihn kaum verstand. Doch es war laut genug. Genug, um mir den Rest zu geben. Ich nahm die Kiste mit den letzten beiden Erinnerungen, die mir an meine Mutter – und damit an die andere Hälfte meines Selbst – geblieben waren.

Alarmiert blickte Dad auf. »Was hast du vor?«

»Ich werde gehen«, sagte ich bitter. »Denn ich ertrage es nicht, auch nur einen Moment länger hierzubleiben.«

»Ich wollte doch nur dein Bestes«, flüsterte er mit flehentlichem Blick.

Ein verächtlicher Laut entrang sich meiner Kehle, der mir selbst im Herzen wehtat. War mein Verhalten ihm gegenüber fair? Das konnte ich in diesem Moment nicht beurteilen.

Ich hatte fast die Haustür erreicht, neben der bereits meine gepackte Reisetasche stand, als er mir hinterherrief: »Der Anhänger sollte der Auslöser sein. Ich wollte ihn als Trigger benutzen, um dir eines Tages deine Erinnerungen wiederzugeben.«

Das erklärte, weshalb ich mich an jenen Tag in der Küche erinnert hatte, in dem Moment, als ich den Anhänger berührt hatte.

»Mach's gut, Dad«, sagte ich über meine Schulter. »Ich brauche jetzt Zeit.«

»Wenn du so weit bist, komm zurück. Dann werde ich dir alles erklären.«

Ich schüttelte den Kopf. Für Erklärungen war es längst zu

spät. Alles, was zählte, war, dass er mich mein Leben lang belogen hatte. Mehr noch, er hatte mir als Kind Betäubungsmittel verabreicht, um mich ruhigzustellen, und mich hypnotisiert.

Mein Vater hatte mir die Hälfte meines Lebens gestohlen.

Das würde ich ihm niemals verzeihen.

KAPITEL ZEHN

Der nächste Bus nach Chicago fuhr erst in zwei Stunden. Ich blieb in einem Diner in der Nähe der einzigen Busstation des Ortes und stopfte mich mit Sandwiches und Kaffee voll.

Die Fahrt dauerte noch mal vier Stunden.

Mein Ziel stand fest. Mitten in der Nacht erreichte ich mit meiner Reisetasche und bekleidet mit Sneakern, Jeans, Wollpulli und Mantel den Club mit dem merkwürdigen Namen *Arrow*.

Die anderen Partygäste hatten sich schick in Schale geworfen, ich sah High Heels, Paillettenkleidchen und geschminkte Gesichter, die sich neugierig mir zuwandten, als ich dort vor dem Eingang stand und nicht wusste, ob ich mich in dieser Schlange wirklich anstellen wollte.

Im Vergleich zu den aufgehübschten Clubbesuchern kam ich mir wie ein Straßenköter vor. Außerdem war ich müde. Sehr müde. Mein Körper sehnte sich nach meinem Bett.

Meinen Verstand aber dürstete es nach Antworten. Echten Antworten, nicht den Entschuldigungen meines Vaters. Ich wollte erfahren, was V zu sagen hatte. Über die Welt, aus der er kam. Über die Unterwelt. Über meine Mutter. Über *mich*.

Noch während ich zweifelnd und leicht elend vor dem schicken Club auf eine Erleuchtung wartete, löste sich einer der Security-Männer aus der Menge. Mist. Bestimmt würde ich nun weggeschickt werden, da ich nicht im Geringsten zum Style des Clubs passte.

Stattdessen nickte mir der Anzugträger mit den breiten Schultern eines Boxers höflich zu. »Miss, man erwartet Sie. Wenn Sie mir bitte folgen würden.«

Ich sah ihn entgeistert an. Woher ... woher wusste V, dass ich hier war? Das konnte doch unmöglich sein! Über welche Fähigkeiten verfügte dieser Gott eigentlich?

»Ähm, ja, natürlich«, stammelte ich und sah mich nochmals um. Einige neidvolle Blicke folgten mir. Sie konnten ja nicht ahnen, dass ich überhaupt nicht hier war, um zu feiern.

Der Sicherheitstyp machte mir den Weg frei durch die Anstehenden bis hin zur Tür. Galant hielt er sie mir offen, tippte an sein Ohr und murmelte: »Sie kommt jetzt.« An mich gerichtet fügte er hinzu: »Die Bar ist links zu finden. Er erwartet Sie dort.«

Schon wandte er sich ab und schob einen neugierigen Kerl fort, der versuchte, einen Blick in den Club zu erhaschen.

Irgendein RnB-Song schallte mir entgegen. Die Luft roch angenehm, nicht so stickig, wie ich es erwartet hätte. Das sprach für eine gute Klimaanlage. Allerdings war es richtig voll. Kein Wunder, dass die Schlange dort draußen so lang war. Hier passte kein Kaninchen mehr zwischen die Füße der Tanzenden.

Mit tausend Entschuldigungen und unbeabsichtigten Remplern erreichte ich schließlich die Bar. Sofort hielt ich Ausschau nach dem dunkelhaarigen Gott, doch niemand sah ihm ansatzweise ähnlich. Er wäre mich auch in einem gut gefüllten Footballstadion bestimmt sofort aufgefallen. Doch eine andere Gestalt fiel mir ins Auge. Nicht ganz so groß wie V, durchtrainiert, von der Sonne geküsst und mit einem strahlenden Lächeln, das tatsächlich mir galt.

Ich kämpfte mich zu Vs blondem Begleiter aus der Bar durch, der bereits einen Barhocker neben seinem für mich frei hielt.

»Guten Abend, Alice. So ist doch dein Name, nicht wahr?«

Ich nickte. Himmel, wie sollte ich ihn ansprechen? Hatte ich es wirklich mit dem Gott des Lichts und der Künste zu tun? Wie sprach man einen Gott an?

Er lachte, als könne er meine Gedanken lesen, was vermutlich an meinem schrägen Gesichtsausdruck lag. »Nenn mich einfach Lonis. Es tut mir leid, dass ich nicht der bin, den du hier erwartet hast. Was möchtest du trinken?«

War mir das so leicht anzumerken? »Scotch«, antwortete ich knapp.

»Hm, die Entscheidung kam prompt.« Er gab dem Barkeeper entsprechende Anweisungen und kurz darauf standen zwei Gläser mit bernsteinfarbener Flüssigkeit vor uns.

Obwohl noch zahlreiche andere Gäste gerade auf ihre

Bestellungen warteten, war die des blonden Schönlings sofort erfüllt worden.

Ich brauchte nur eins und eins zusammenzuzählen. »Das ist dein Club.«

Er nickte grinsend. »Stimmt. Gefällt es dir hier?«

Nochmals sah ich mich um. Weder die Musikrichtung war meins noch das Publikum. Aber der Club wirkte ordentlich und für jene ausgerichtet, die sich teure Designerkleidung leisten konnten. Die Preise auf der Karte waren vermutlich unermesslich hoch.

»Hat Stil.«

»Hmm, du bevorzugst wohl andere Locations? Woran liegt es? An der Musik?«

»Ich denke, ich bin eher der Typ gemütliches Pub oder kleines Restaurant.«

Er betrachtete mich nachdenklich. »Interessant.«

Interessant war ich ganz sicher noch nicht genannt worden. Andere würden mich eher langweilig nennen. Der Blick von Lonis war nicht abfällig, sondern tatsächlich interessiert. Was mich noch unsicherer machte.

»Woher wusstest du, dass ich komme?«

Er hob die Schultern und nippte an seinem Drink. »Ich wusste es nicht im Voraus. Ich war gerade in meinem Büro und habe dich durch die Überwachungskamera gesehen, wie du dort recht verloren vor dem Club herumstandst. Also habe ich meinen Leuten gesagt, dass sie dich reinlassen sollen.« Sein Blick wanderte über meinen einfachen Pulli zu meiner Jeans. »Ich gehe mal davon aus, du bist nicht hier, um eine wilde Partynacht zu erleben?«

»Tut mir leid, dass ich so abrupt das Thema wechsle, aber ich würde wirklich gerne wissen, wo ich V finden kann. Er hat mir die Visitenkarte vom *Arrow* in die Hand gedrückt und gesagt, ich würde ihn hier finden, wenn ich ihn suche.«

»Ach, hat er das?« Er hob beide Augenbrauen. »Eigentlich treibt er sich selten hier herum, obwohl er mein stiller Teilhaber ist.«

Enttäuschung breitete sich in mir aus und ich trank noch einen Schluck von dem Scotch, der mein Innerstes auf angenehme Weise wärmte und mir den Mut gab, weiterzuforschen. »V hat mir eine fantastische Geschichte erzählt. Über euch beide.«

»Und du weißt nicht, ob du ihm glauben sollst?« Lonis klang verständnisvoll.

»Mittlerweile bleibt mir wohl nichts anderes übrig, als ihm zu glauben.« Ich lachte leicht überreizt und sah meinen Gesprächspartner zweifelnd an.

Dieser seufzte, drehte sich auf seinem Hocker um, sodass er den Club und seine Gäste im Blick hatte. »Menschen sind Zweifler. Das Zweifeln ist ihnen angeboren.«

»Diese verrückte Geschichte ist also ...« *Wahr?*

Ich schluckte die Worte runter, unfähig, es auszusprechen.

»Kommt darauf an, welche der vielen verrückten Geschichten er dir erzählt hat.« Lonis zwinkerte mir zu.

Sein lockeres Wesen stand ganz im Gegensatz zu der düsteren, beinahe melancholischen Art von V, der doch sein Bruder sein sollte. Der Gott des Lichts, des Frühlings und der Künste. Irgendwie passte das sehr gut zu dem Mann, der vor mir saß.

Dennoch schien er meiner Frage auszuweichen. Womöglich war alles eine Farce. Das wäre die einfachste Erklärung. Die logischste. Seit der Nacht unserer ersten Begegnung befand ich mich in einem unsinnigen Fiebertraum. Irgendwann würde ich erwachen und mich über mich selbst kaputtlachen. Es sei denn, ich fand Antworten. Diese Antworten hatte ich mir von V erhofft.

Ich leerte den Rest des Glases in einem Zug. »Kannst du mich zu V bringen?«

»Nein, das werde ich ganz sicher nicht tun.«

Ich runzelte die Stirn. »Warum nicht? Er hat gesagt, dass ich ihn hier finden werde.«

»Weil er nicht hier ist. Das sagte ich doch schon. Er ist bei der ... Arbeit.«

Schon wieder so eine kryptische Aussage. Darauf hatte ich keine Lust mehr. »Sorry, tut mir leid. Ich denke, ich werde jetzt einfach nach Hause gehen.«

Ohne seine Reaktion abzuwarten, rutschte ich vom Hocker. Doch ich kam nicht weit. Schon spürte ich eine warme Hand auf meiner Schulter, die mich zwar nicht besonders fest, aber doch sehr bestimmend davon abhielt, weiterzugehen.

»Du kannst in meinem Büro auf V warten.«

Ich schüttelte den Kopf. »Nein, ist schon okay. Ich bin echt erledigt und muss Schlaf nachholen.«

Wobei ich wohl weiterhin nicht wirklich schlafen würde. Nicht, wenn mich endlose Albträume heimsuchten, sobald ich die Augen schloss. Ohne Dads Medizin würden sie sicher zurückkehren.

»Du solltest wirklich hier auf ihn warten. In meinem Büro gibt es ein bequemes Sofa.«

Warum hatte ich das Gefühl, dass er mir etwas verheimlichte? Genau wie mein Dad. Genau wie Veiovis. Aber ich hatte endgültig die Nase voll von Geheimnissen. Ich wollte Antworten.

Ich streifte seine Hand ab. »Hör mal, du machst wirklich einen netten Eindruck. Aber entweder du sagst mir jetzt, wo ich V finde oder ich lasse diesen Club und eure verrückten Storys für immer hinter mir.«

Es hatten sich bereits Gäste in der Nähe umgedreht und sie beobachteten neugierig die Auseinandersetzung.

Ein Security-Typ kam zu uns. »Alles okay, Boss?«

Lonis nickte. »Wir werden das Gespräch in meinem Büro fortsetzen.«

»Nein, werden wir nicht«, gab ich wütend zurück.

Sein markanter Kiefer spannte sich an. Der Ausdruck in seinen strahlend blauen Augen wurde finster. »Also gut, ich bringe dich zu V.«

Hoffnung machte sich in mir breit. »Du weißt also, wo er steckt?« Das hätte er mir auch gleich sagen können.

»Ich weiß immer, wo V ist.« Er grinste schief. »Aber er wird mich dafür hassen, dass ich dich zu ihm bringe.«

»Den Zorn ziehe ich gerne auf mich. Erkläre ihm einfach, dass ich darauf bestanden habe.«

Er lachte leise. »Das werde ich, keine Sorge.« Lonis nickte seinem Angestellten zu und nahm mich dann an der Hand.

Unter den neugierigen Blicken der Gäste zog mich der blonde Hüne durch die Menge. Wie von selbst öffnete sich ein

Weg vor Lonis. Die Menschen wichen automatisch vor ihm zurück und in ihren Gesichtern bemerkte ich teilweise ungläubiges Staunen und Bewunderung. Sicher erkannten ihn einige als den Chef des Clubs. Oder lag es an seiner Ausstrahlung?

Ich musste zugeben, dass Lonis mehr als attraktiv war. Und doch verglich ich ihn innerlich stets mit seinem Bruder, der allein mit einem Wimpernschlag mein Herz zum Rasen brachte.

Er zog mich zu einem Bereich hinter der Bar, hier führte eine Wendeltreppe zu einer Galerie. Nur wenige Gäste standen dort oben, tranken, unterhielten sich und hatten den besten Blick auf das Treiben in der Bar.

Lonis nickte dem ein oder anderen zu, zog mich unbeirrt weiter zu einer Tür am Ende der Galerie. Ich war mir sicher, er würde mich in sein Büro führen, wo wir uns ungestört unterhalten konnten. Doch die Tür führte auf einen Balkon. Die frische Luft schlug mir kalt entgegen. Ich machte mich von ihm los und verschränkte schützend die Arme vor der Brust. Unter dem Balkon breitete sich ein friedlicher, einsamer Garten aus. Skulpturen aus weißem Marmor waren von Bodenstrahlern erleuchtet.

»Bist du schwindelfrei?«, erkundigte sich Lonis wie nebenbei und sah nach rechts und links, als würde er abschätzen, ob uns jemand beobachtete.

»Für gewöhnlich ja«, antwortete ich irritiert.

»Gut.« Er drehte sich zu mir um und zeigte dieses schiefe Grinsen, das bei anderen Frauen ganz sicher zu feuchten

Höschen führte. Vermutlich nicht nur bei Frauen. »Ich schlage vor, dass du dennoch die Augen schließt.«

»Warum sollte ich?«

Er neigte den Kopf. »Bist du immer so schnippisch?«

Seine Frage brachte mich auf die Palme. »Weil ich hinterfrage, was du vorhast? Willkommen im einundzwanzigsten Jahrhundert, in dem Frauen durchaus daran interessiert sind, ein Mitspracherecht an ihrem Schicksal zu haben.«

Er hob die goldfarbenen Brauen. »Ich gönne V jede einzelne Diskussion, die ihr noch haben werdet.« Er atmete tief durch. »Dir wird möglicherweise nicht gefallen, was wir gleich sehen.«

Die kryptischen Aussagen konnte er sich sparen. »Ich bin ein großes Mädchen, bring mich einfach zu ihm.«

Er ließ den Blick ernst über seinen Garten wandern. »V wird mir den Hintern aufreißen«, murmelte er.

Diesmal packte ich ihn am Ellbogen. »Bitte«, sagte ich leise. »Ich brauche Antworten. Noch heute Nacht. Sonst drehe ich durch.«

»Und du bist bereit, was auch immer du erleben wirst?«

»Mein Leben liegt ohnehin in Scherben.«

Er nickte, atmete tief ein und zog mich in eine warme Umarmung.

»Ähm«, protestierte ich. Lonis roch nach Sommer, betörend und warm. Ich widerstand nur mit Not dem Bedürfnis, meine Wange an seine breite Brust zu schmiegen.

»Keine Sorge, ich will dich nicht anmachen.« Er lachte leise. »Halt dich fest, wenn du schon nicht die Augen schließen möchtest.«

»Festhalten?«, fragte ich skeptisch.

»Genau das sagte ich.«

Mein Atem stockte, als sich die Luft um uns herum bewegte. Immer schneller wirbelte sie um uns herum. Mein Magen hob sich in beunruhigender Weise. Ich kniff die Augen so fest zu, wie ich konnte. Plötzlich spürte ich keinen Boden mehr unter meinen Füßen. Fest klammerte ich mich an Lonis. Schade, dass er so überhaupt nicht mein Typ war, denn sein durchtrainierter Körper fühlte sich sehr gut an.

»Lass mich bloß nicht los«, brachte ich hervor.

»Wir sind schon da«, meinte er belustigt und tatsächlich berührten meine Füße schon wieder festen Boden.

Überrascht öffnete ich die Augen, ohne Lonis loszulassen. Rasch nahm ich die dunkle Gasse wahr, in der wir uns befanden, irgendwo zwischen mehrstöckigen Gebäuden und Mülltonnen.

Idyllisch.

Es war feucht, ein Gullydeckel qualmte.

»Du kannst dich gerne weiterhin an mir festhalten«, sagte der Gott des Lichts belustigt.

Verwirrt ließ ich ihn los und trat einen Schritt zurück. Wie zum Teufel hatte er mich hierhergebracht? Er hatte weder sichtbare Flügel noch so einen Roboteranzug wie *Iron Man.*

Bevor ich meine Frage aussprechen konnte, legte er mir einen Finger auf die Lippen und schüttelte den Kopf.

Nicht reden.

Verstanden. Ich nickte.

Dann nahm er meine Hand und zog mich zum Ende der

Gasse, die hier gar nicht zu Ende war, wie ich nun merkte, sondern um eine Biegung führte.

Nun hörte ich auch die wohlbekannte Stimme, die mir gerne einen Schauder über den Rücken laufen ließ. Diesmal geschah es wieder. Nicht vor Aufregung, eher vor Anspannung.

Vs Stimme klang wie das Knurren eines Wolfes. »Gestehst du endlich, was du getan hast?«

»Ich ... ich habe der Schlampe nichts angetan.« Eine weitere Stimme, halb abgewürgt.

An Lonis' Seite spähte ich um die Ecke. V stand dort, einen etwas kleineren Mann hielt er am Kragen gegen die Hauswand gepresst.

»Du weißt nicht, was du dir selbst gerade antust«, sprach V drohend. »Wenn du gestehst, werde ich dich der Polizei übergeben und du wirst den Rest deines Lebens hinter Gittern verbringen.«

»Es gibt keine Beweise«, erwiderte der Mann, dessen schwarzes Haar feucht und fettig um sein Gesicht hing.

»Ich brauche keine Beweise. Denn wenn du nicht gestehst, werde ich dir einen Arschtritt in die hinterste Ecke der Unterwelt verpassen. Und glaube mir, dagegen wirkt jeder Knast wie ein Kinderspielplatz.«

Fassungslos hörte ich zu, nicht fähig, mich zu bewegen. Es zeigte mir, wie wenig ich V kannte. Dies war die Seite, die ich erahnt, aber noch nicht selbst erlebt hatte. Und es war erst der Anfang.

Der Mann, den er am Kragen hielt, zeigte sich noch wenig

beeindruckt, sondern lachte nur und spuckte ihm ins Gesicht. V knurrte, stieß ihm mit der Stirn gegen das Nasenbein, sodass der Mann vor Schmerz aufjaulte. Dann ließ er ihn abrupt los und wich einige Schritte zurück, den verächtlichen Blick auf sein Opfer gerichtet.

»Du leugnest also noch immer, was du getan hast?«

Der Mann zog sich den Ärmel übers Gesicht und verschmierte damit das Blut, das aus seiner Nase lief. »Was willst du tun, Cop? Mich verprügeln? Damit gefährdest du deine Dienstmarke.«

»Oh, ich bin kein Cop«, sprach V und ging einen weiteren Schritt zurück. Langsam hob er den Arm, die Hand zu einem offenen Griff geformt.

»Kein Cop.« Der Mann lachte dreckig. »Was dann? Ein Jedi-Ritter?«

Das Lachen verging ihm. V stand drei Schritte von ihm entfernt, doch der Mann begann zu würgen und fasste sich hektisch an den Hals, als wolle er sich aus einem unsichtbaren Griff befreien.

Vergebens. Sein Körper streckte sich, als die nicht erkennbare Macht ihn langsam vom Boden hob. Die Augen des Mannes quollen hervor, sein Gesicht rötete sich, panisch versuchte er, sich aus dem Griff zu befreien. Seiner Kehle entrang ein qualvolles Gurgeln.

»V, nein!« Ich merkte erst, dass ich inmitten der Gasse stand, als V mich entsetzt und zornig zugleich anstarrte.

»Wie kommst du hierher?!«

Ich schluckte. Sein Gesicht war so anders ... Er hatte

schon immer einen finsteren Eindruck auf mich gemacht. Doch was ich nun sah, ließ mich frösteln.

»Lass ihn los«, bat ich flehend.

»Du weißt nicht, was er getan hat!«

»Nein, das weiß ich nicht. Aber was immer es war, er verdient eine Gerichtsverhandlung und dann eine angemessene Strafe.«

V schüttelte den Kopf. Sein Blick fiel auf Lonis, der sich dezent hinter mir gehalten hatte. »Bring sie hier weg. Sofort.«

Der Mann in Vs Griff kämpfte würgend um sein Leben. Bevor mich Lonis anfassen konnte, stürmte ich nach vorn und packte V mit beiden Händen am Oberarm.

»Bitte, lass ihn gehen«, flehte ich.

Irgendetwas löste meine Berührung bei ihm aus. Im Augenwinkel bemerkte ich, dass der Fremde zu Boden plumpste, und hörte, wie er nach Luft japste.

Vs kalte Aufmerksamkeit galt nun allein mir. Feuerflammen tanzten in seinen Obsidian-Augen. »Wag es nicht, mich zu unterbrechen.« Seine Stimme war kein Knurren, es war ein heiserer Hauch. Ein Drohen und ein Befehl zugleich.

»V, so bist du nicht«, beschwor ich ihn.

Seine Brauen hoben sich. »Doch, genau so bin ich.« Er schüttelte meine Hände mit Leichtigkeit ab und kümmerte sich wieder um sein Opfer. Der Mann hatte versucht, sich kriechend aus dem Staub zu machen. V streckte die Hand nach ihm aus und erneut flog der Kerl in die Luft, noch heftiger als zuvor. »Keine Regung, Wurm!«

»Bitte«, bettelte der Mann krächzend. Er war gebrochen, erfüllt von Angst.

Ich spürte es wie ein kaltes Kribbeln unter meiner Haut. Er würde alles tun, was V von ihm verlangte, wenn er dadurch nur am Leben bliebe.

»Dein Flehen hat ein Ende«, flüsterte V eisig. »Mit besten Grüßen von Familie Catalano.«

Die Finger an der ausgestreckten Hand von V bewegten sich und auf der Kleidung seines Opfers erschienen tiefe Kratzspuren, wie von einem wilden Tier. Einem sehr großen Tier. Der Mann schrie vor Schmerz, als Blut durch die zerrissenen Fetzen drang. Es blieb nicht allein bei Blut.

Erstarrt, unfähig, noch irgendetwas zu sagen oder einzuschreiten, musste ich mit ansehen, wie aus den Fleischwunden blutige Wulste hervortraten. Die Luft war erfüllt von dem Gestank nach Kot, Blut und Urin. Mir schnürte es die Kehle zu, als ich begriff, dass dies die Gedärme des Mannes waren. V weidete ihn bei lebendigem Leibe aus. Darmschlingen fielen zu Boden, in einem Gemisch aus roter Masse und dunklen Exkrementen.

Mir wurde übel, als der Geruch beißend in meine Nase stieg. »Veiovis«, flüsterte ich. Doch meine Stimme schien ihn nicht zu erreichen. Er war ganz darauf konzentriert, sein Werk zu vollenden.

Erst als der Körper seines Opfers erschlaffte, ließ er ihn mit einem verächtlichen Geräusch zu Boden fallen. Und dann wandte V sich mir zu.

Instinktiv wich ich vor ihm zurück. »Wag es nicht«, japste ich. Er sollte mir nicht zu nahe kommen. Doch der Fluchtweg war versperrt. Mit dem Rücken prallte ich gegen die breite

Brust von Lonis. Hilfe suchend drehte ich mich zu ihm um. »Lass mich gehen«, flüsterte ich.

Er schüttelte mit einem bedauernden Lächeln den Kopf. »Tut mir leid.«

V packte mich von hinten, einen Arm um meine Taille geschlungen, und hielt mir den Mund zu, sodass ich nicht um Hilfe schreien konnte. Dann nahm ich nichts mehr um mich herum wahr außer erlösender Dunkelheit.

Dein Leben wird nie wieder normal sein.
Das war erst der Anfang.

KAPITEL ELF

Die Dunkelheit hatte sich um mich gelegt, mich in eine überraschend warme Decke gehüllt. Meine Angst war vergessen, ebenso der Horror, den ich gerade durchlebt hatte. Keine Ahnung, wie lange ich mich in diesem Zustand befand. Doch als ich daraus erwachte, war die erste Empfindung Bedauern. Bedauern darüber, dass ich das Vergessen hinter mir lassen musste.

Blinzelnd versuchte ich zu erkennen, wo ich mich befand. Nicht mehr in der feuchten, dunklen Gasse, so viel war klar. Ich war in eine Wolldecke eingehüllt und lag auf einem schmalen Polsterbett. Neben dem Bett stand ein Nachttisch, auf dem eine kleine Lampe brannte. Die Glühbirne erhellte kaum mehr als den Raum bis zu meinen Fußzehen.

Ich richtete mich auf und versuchte, mehr zu erkennen. Die Wände waren in einem dunklen Blau gestrichen. Nein, nicht gestrichen. Meine Hände ertasteten kühlen Stein. War das Marmor? Ich nahm die kleine Nachttischlampe, um die anderen Ecken des Raumes zu beleuchten. Groß war er nicht. Vielleicht sechs mal zehn Fuß. Die Wände waren kahl und schimmerten bläulich. Der Boden glänzte dunkelgrau.

Versuchsweise stand ich auf. Man hatte mir die Schuhe ausgezogen. Meine Füße steckten nur noch in den Wollsocken, die ich heute Morgen angezogen hatte. Als meine Fußsohlen den Boden berührten, spürte ich eine angenehme Wärme.

»Wenigstens hat der Wichser eine Fußbodenheizung«, murmelte ich.

Ich lief die wenigen Schritte zum anderen Ende des Raumes. Hier erreichte nicht nur das Kabel der Lampe ihr Ende, sondern auch meine Freiheit.

Gitterstäbe. Silbrig glänzend.

»Das kann doch wohl nicht wahr sein«, knurrte ich und rüttelte an den Stangen. »Du kannst mich nicht einfach so einsperren!« Meine Stimme überschlug sich vor Zorn.

Jenseits der Gitterstäbe befand sich ein weiterer dunkler Raum. Schritte näherten sich. Ich wich nicht zurück. Der Mistkerl sollte meine volle Wut abbekommen.

Aber es war nicht V, der im Lichtschein der Lampe auftauchte, sondern sein Bruder. Er wirkte etwas in sich gesunken und sein linkes Auge wies eine dunkelblaue Schwellung auf.

»Du bist wach«, stellte er überflüssigerweise fest.

»Bin ich. Und verdammt sauer. Wo steckt dein Bruder?«

Er grinste schief. »Es geht dir also gut genug, um herumzubrüllen. Sehr schön.«

»Du antwortest nicht auf meine Frage«, knurrte ich.

»Stimmt. V ist ... beschäftigt. Er hat noch etwas zu tun. Aber er bat mich, auf dich aufzupassen. Hast du Durst? Hunger?«

»Mich dürstet es nach Rache.« Meine Hände umklammerten die Stäbe meines Gefängnisses noch fester. Hitze breitete sich unter meiner Haut aus.

Lonis hob die unverletzte Braue. »Interessant. Du klingst genau wie er.«

Ruckartig ließ ich die Gitterstäbe los und trat einen Schritt nach hinten. »Ich bin ganz und gar nicht wie er. Er ist ein Monster. Ein Mörder.«

»Ich hatte dir gesagt, es ist keine gute Idee, ihn bei der Arbeit zu stören.«

»Bei der Arbeit?!« Das war wohl ein Witz. »Ist es Vs Arbeit, wehrlose Menschen zu töten?«

»Das erklärt er dir besser selbst nachher.« Er fuhr sich durchs blonde Haar und schüttelte den Kopf. »Ich hätte dich wirklich nicht hinbringen sollen.«

Ich deutete auf sein Veilchen. »Hat er das verursacht?«

Lonis hob die Schultern. »Eine kleine Auseinandersetzung unter Brüdern.«

Die Beziehung der beiden leuchtete mir nicht ganz ein. »Bist du nicht der Ältere von euch beiden? Der Mächtigere? Wieso lässt du zu, dass er dich verprügelt?«

Lonis lachte leise. »Er hat mich nicht verprügelt, er hat mir nur einen Denkzettel verpasst.« Dann atmete er tief durch. »V und ich sind wie zwei Seiten einer Medaille. Er steht für die Dunkelheit ... ich stehe für das Licht.«

Das ergab für mich keinen Sinn. Von Apollon, dem Gott

des Lichts, hatte man viel gehört. Er gehörte zu den zwölf Göttern des Olymps. Doch von V hatte man nie etwas gehört. Ich zumindest nicht. Und außerdem ... Hatte Apollon nicht eine Zwillingsschwester?

»Ich sehe die Zweifel in deinem Gesicht«, sagte er ruhig. »Aber vielleicht solltest du dir nicht zu viele Gedanken machen.«

»Sehr witzig. Ich wurde von deinem Bruder eingesperrt. Keine Ahnung, was er als Nächstes mit mir vorhat! Und du rätst mir, mir nicht zu viele Gedanken zu machen?«

»Er wird dir nichts tun«, sprach er weiter und lächelte geheimnisvoll. »Sonst hätte er dich längst getötet.«

Ich schnappte nach Luft, doch diesmal fiel mir keine passende Antwort ein. Denn in diesem Punkt hatte er recht: Hätte V mir etwas antun wollen, hätte er längst die Chance dazu gehabt. Zum Beispiel, als ich ihn mit zu mir genommen hatte. Hitze stieg mir ins Gesicht, als ich mich an die Leidenschaft erinnerte, die wir geteilt hatten. Es war der beste Sex meines Lebens gewesen. Und jetzt stellte sich heraus, dass ich mit einem mordenden Monster geschlafen hatte. Ein Monster, das Menschen ausweidete, das kein Mitleid, keine Nachsicht empfand.

Mein Magen drehte sich um. Ich schaffte es noch, mich von Lonis abzuwenden, und übergab mich neben dem Nachttisch, eine Hand gegen die Wand gestützt. Viel kam nicht raus, denn ich hatte seit Ewigkeiten nichts gegessen. Verdammt, ich wusste nicht einmal, wie spät es jetzt war.

»Keine Sorge, ich hab schon Schlimmeres gesehen«, sagte Lonis seelenruhig.

»Es interessiert mich einen Scheiß, was du alles gesehen hast. Lass mich einfach in Ruhe. Oder noch besser: Lass mich hier raus.«

»Letzteres wird leider nicht gehen. Aber ich besorge dir ein paar Sachen, damit du dich frisch machen kannst.«

Seine Schritte entfernten sich und ich ließ mich erschöpft auf das schmale Bett sinken. Der saure Geschmack von Galle lag mir auf der Zunge. Angewidert wischte ich mir mit dem Ärmel meines Pullis über den Mund.

Wie konnte es sein, dass ich von einer schlimmen Situation in die nächste geriet? Gönnte mir das Schicksal denn keine Pause? Jeder Versuch, Licht in mein Leben zu bringen, zog mich noch tiefer in die Dunkelheit. Jeder Schritt, den ich glaubte, voranzugehen, führte mich in die Tiefe. Würde ich den Weg jemals wieder zurückfinden? Würde ich irgendwann wieder ein normales Leben führen?

Dein Leben wird nie wieder normal sein. Das war erst der Anfang.

Meine Gedanken wurden von Lonis unterbrochen, der mir ein Glas durch die Gitterstäbe reichte. Zögernd ging ich zu ihm und nahm das Wasser entgegen. Ich trank ein paar Schlucke und bemerkte, dass ich verdammt durstig war.

»Wie lange bin ich schon hier?«

»Etwa fünfzehn Stunden. Du hast lange geschlafen.«

Kein Wunder, dass ich Durst hatte. Und dann knurrte auch noch mein Magen, obwohl ich mich gerade erst übergeben hatte.

Lonis hob einen Jutebeutel empor. »Ich habe dir ein paar Kleinigkeiten zusammengestellt. Bananen, Sandwiches, einen

Muffin und eine Flasche Orangensaft. Am Boden der Tasche findest du außerdem eine Packung Erfrischungstücher.«

»Ähm … danke.«

»Nichts zu danken. Es ist ja auch irgendwie meine Schuld, dass du hier festsitzt.«

»Ein Umstand, den du leicht beheben kannst«, merkte ich an.

»Nope, leider nicht.«

Kopfschüttelnd nahm ich die Tasche und begab mich damit zurück auf das Bett. Von Lonis durfte ich keine weitere Hilfe erwarten. Im Moment jedenfalls nicht. Ich war bisher aber auch nicht sonderlich klug vorgegangen. Hätte ich mehr auf die Tränendrüse gedrückt und um Hilfe gefleht, wäre er vielleicht weich geworden. Vielleicht aber auch nicht. Und Betteln und Flehen waren mir zuwider. Ich wollte meinem Zorn freien Lauf lassen, nicht am Boden kriechen.

Er verschwand kurz und kehrte mit einer Schüssel zurück.

»Wozu ist das jetzt? Als Toiletten-Ersatz?« Ich würde mich ganz sicher nicht auf diese winzige Plastikschüssel setzen.

»Nein, das ist, um dein Erbrochenes wegzuwischen.« Er stellte die Schüssel vor die Gitterstäbe und legte einen Lappen auf meiner Seite der Absperrung ab.

»Fick dich«, brummte ich.

»Hey, ist mir egal, wenn du es lieber stinkend haben möchtest.« Offensichtlich war auch die Geduld des Lichtgottes irgendwann ausgereizt. »Etwas mehr Würde könntest du dir jedoch erhalten.«

»Macht die Kleine Ärger?«

Die Stimme, die zu diesen Worten gehörte, war mir wohlbekannt. Sie jagte einen Schauer über meinen Rücken. Was mich noch mehr aufbrachte. Er sollte nicht diese Wirkung auf mich haben. Von allen Männern ... und Göttern auf dieser Welt sollte es nicht *er* sein.

»Sie ist eingesperrt. An ihrer Stelle wären wir genauso verärgert«, erklärte Lonis seinem Bruder, der noch irgendwo außerhalb des spärlichen Lichts verweilte.

Zornig sprang ich auf, wobei die Tasche auf den Boden fiel und sich der Inhalt auf dem Boden verteilte. Mit wenigen Schritten erreichte ich die Gitterstäbe. »Zeig dich, du Mistkerl!«, brüllte ich in die Dunkelheit.

Ein Schatten löste sich aus der Finsternis, dunkler als die Dunkelheit selbst. Wenn es noch einen Funken Licht gab, so wurde dieser von ihm verschluckt. Der Schatten nahm Umrisse an und wurde zu dem groß gewachsenen Mann, dem meine ganze Wut galt.

»Du mieser Abschaum, lass mich frei!«

»Du hast sie wütend gemacht«, sagte V zu Lonis.

Sein Bruder lachte und verschränkte die Arme vor der Brust. »Nein, Kumpel. Ihre Wut gilt allein dir.« Lonis atmete tief durch. »Nun, ich denke, ihr beiden habt einiges zu besprechen. Ich lasse euch dann mal allein.«

Als Lonis in der Dunkelheit verschwand, blieb ein ungutes Gefühl zurück. Jetzt war ich V voll und ganz ausgeliefert. Sein Bruder war nicht hier, um mich vor seiner Brutalität zu schützen. Andererseits hatte sich der Gott des Lichts ohnehin nicht sonderlich beschützend gezeigt. Also konnte ich genauso gut auf seine Anwesenheit verzichten.

V trat an die Gitterstäbe heran und blickte finster auf mich nieder. Er war mir so nah, dass ich nur die Hand ausstrecken müsste, um ihn zu berühren. Wie gern hätte ich ihn am Kragen gepackt und seinen Schädel gegen die verdammten Eisenstäbe geschmettert. Stattdessen umfasste ich mit beiden Händen die Stangen, so fest, dass meine Knöchel hervortraten.

»Lass mich frei, du Monster«, fauchte ich.

»Nein.« Er verschränkte die Arme vor der breiten Brust, genauso wie sein Bruder zuvor. Er hatte sich umgezogen. Ein schwarzer schlichter Pulli spannte sich über seinen muskulösen Oberkörper und seine langen Beine steckten in perfekt sitzenden Jeans.

»Was hast du vor? Willst du mich ausweiden wie den Mann zuvor? Willst du mich ausbluten lassen?« Schon allein die Vorstellung ließ den ekelhaften Geschmack von Galle in mir aufsteigen.

»Wieso sollte ich das tun?«

»Keine Ahnung. Vielleicht weil du auf diese Art von Folter stehst? Die blutige, unnachgiebige, brutale Art?«

Er lachte heiser. »Ich stehe auf viele Dinge, aber ganz sicher nicht auf das.«

»Warum hast du es dann getan?«

»Weil der Kerl diese Art von Strafe verdient hatte. Genau diese und keine andere.«

»Es hätte ganz sicher eine andere Möglichkeit gegeben.«

»Kleines, ich mache meinen Job seit Tausenden von Jahren. Es gab keine andere Möglichkeit.« Er beugte sich ein wenig herunter, sodass sich sein Gesicht meinen näherte. »Ich bin ein Rachegott. Was dachtest du denn, was ich tue? Autoreifen zerstechen und Puppen verstecken?« Seine Stimme triefte vor Gehässigkeit.

»Keine Ahnung, was ich gedacht habe. Irgendetwas mit mehr Erbarmen.«

»Erbarmen? Der Mensch hatte kein Erbarmen verdient.«

Erneut kochte Wut in mir hoch. »Jeder Mensch hat Erbarmen verdient. Egal, was er angestellt hat.«

»Kleines, du hast keine Ahnung, was er angestellt hat.«

»Dann erzähl es mir!« Ich umklammerte die Gitterstäbe so fest, dass die Innenflächen meiner Hände brannten.

Vs Blick senkte sich auf meine Hände. »Das ist interessant.«

Irritiert folgte ich seinem Blick und stellte fest, dass das Metall orangefarben glühte. Ruckartig ließ ich die Stäbe los und rieb meine Handflächen. Man hätte Brandblasen oder Ähnliches erwartet. Dem war nicht so. Meine Haut war rosig und von normaler Temperatur.

»Was hast du herausgefunden?«, wollte V wissen.

Ich wich vor ihm zurück. »Du wechselst jetzt einfach so das Thema?«

»Ja, tue ich. Du hast nach mir gesucht. Ich habe dir gesagt, du sollst zu mir kommen, wenn du herausgefunden hast, wer du bist. Also?«

»Ganz sicher werde ich dir nichts davon erzählen. Ich habe mich in dir getäuscht und ich möchte nichts mehr mit dir zu tun haben.« Ich verschränkte die Arme vor der Brust und wich noch weiter zurück, sodass ich gegen die Lampe stieß, die zu Boden gefallen war. Das Licht erlosch und wir befanden uns im Dunklen.

»Du bist zu mir gekommen, weil du weißt, dass ich der Einzige bin, der dir helfen kann«, vernahm ich Vs tiefe Stimme. Er sprach nun leiser. Beinahe sanft.

Es ärgerte mich, dass er mein Verhalten bereits so gut einschätzen konnte.

»Ich habe mich umentschieden, ich will deine Hilfe nicht.«

»Ganz wie du meinst, kleine Furie.«

V wusste es.

Er wusste, was ich war.

Und er hatte mir nichts gesagt.

»Lass mich frei, du Mistkerl«, brüllte ich in die Finsternis.

Die Antwort war nur ein leises Lachen. Schritte entfernten sich und ich blieb allein in der Dunkelheit zurück.

KAPITEL ZWÖLF

Keine Ahnung, wie lange ich diesmal allein in dem Verlies hockte. Je mehr Zeit verging, desto zorniger wurde ich. Warum hielt er mich gefangen? Er hätte auch kurzen Prozess mit mir machen können.

Weil die Lampe nun defekt war, musste ich mich durch Herumtasten orientieren. Ich fand die Banane, die aus dem Beutel gefallen war, und beruhigte damit meinen Magen.

Als ich das Warten nicht mehr ertragen konnte, tastete ich mich vor zu den Gitterstäben. »Es reicht jetzt!«, brüllte ich. »Lass mich frei!«

Keine Antwort.

»Veiovis! Hörst du mich?«

Weiterhin keine Antwort.

Ich wusste nicht, was mich mehr aufregte: dass er mich eingesperrt hatte oder dass ich so dumm gewesen war, ihm zu vertrauen.

Ich umklammerte die Gitterstäbe so fest ich konnte. Und

als ich wieder das Brennen unter meiner Haut spürte, ließ ich nicht los. Ich schloss die Augen und konzentrierte mich auf den Zorn, erinnerte mich an alles, was mir in den letzten Wochen passiert war. Nein, nicht einfach so passiert war. Was mir andere Menschen angetan hatten. Miles, Helena, mein Vater, meine Mutter ... und V. Ich hatte zugelassen, dass sie mich täuschten, mich nach ihrem Willen ausnutzten.

Damit war jetzt Schluss. Niemals wieder würde mich irgendwer einsperren oder die Wahrheit vor mir verschleiern.

Ich öffnete die Augen. Die Wut und die Entschlossenheit flossen aus meinem Inneren in meine Finger und ließen sie dunkelorange leuchten. Die Hitze übertrug sich auf das Metall der Gitterstäbe, sodass sie ebenfalls glühten. Sie fühlten sich plötzlich nicht mehr hart und unnachgiebig an, sondern weich und biegsam. Mit all der Kraft, die in mir steckte, bog ich die Stangen auseinander. Die so entstandene Lücke reichte gerade so aus, dass ich mich hindurchquetschen konnte.

Triumphierend lachte ich auf, als ich mich aus der Zelle befreit hatte. Doch vor mir lag noch immer Dunkelheit. Prüfend tastete ich mich zu der Wand neben den Gitterstäben hin. Sie fühlte sich ebenso an wie die Wände innerhalb der Zelle. Irgendein bearbeitetes Gestein. Und auch auf der anderen Seite befand sich diese Wand. Der Abstand zwischen beiden betrug gerade mal drei Schritte.

»Ein Flur«, flüsterte ich mir zu. »Und jeder Flur führt irgendwohin.«

Mein Herz schlug mir bis zum Hals, während ich mich mit der rechten Hand an der Wand entlang orientierte und die linke Hand nach vorn richtete, damit ich nicht gegen ein unerwartetes Hindernis stieß. Langsam setzte ich einen Fuß vor den anderen. Der Boden unter meinen Socken fühlte sich nicht mehr warm an, eher kalt und eindringlich. Als würde die Kälte direkt in meine Knochen steigen. Mir fröstelte, doch ich ließ mich nicht davon abhalten, weiterzugehen. Innerlich zählte ich meine Schritte. Zum einen, um ein Gefühl dafür zu bekommen, wie weit ich bereits gegangen war, und zum anderen, weil mich das Zählen beruhigte. Zahlen waren schon immer meine Freunde gewesen.

Sechsundsiebzig Schritte später erreichte ich das Ende des Ganges, der nichts weiter bot als Dunkelheit und eine kahle Steinwand. Tastend erfasste ich, dass sich nunmehr eine Tür vor mir befand. Eine Tür aus Holz mit einem Knauf. Ich spielte bereits mit dem Gedanken, das Hindernis mit meinem Zorn in Brand zu setzen, ruckelte aber argwöhnisch an dem Knauf.

»Fick doch die Henne«, murmelte ich, als sich die Tür einfach nach außen öffnete. Ungläubig blinzelnd versuchte ich, den Raum zu erfassen, der nun vor mir lag.

Ich hätte mit vielem gerechnet. Mit einem dreckigen Keller, einer triefenden Höhle oder einer hochtechnischen Gefängniseinrichtung. Nicht aber mit einem modernen Wohnzimmer, das in warmes indirektes Licht getaucht war. Der dunkelgraue Boden war auf Hochglanz poliert. Rechts befand sich ein moderner Kamin, in dem ein Feuer hinter einer Glaswand prasselte. An der linken Seite stand eine Kommode aus dunklem Holz, die als Bar fungierte, da eine Auswahl an Getränken darauf angerichtet war, zusammen mit den passenden Gläsern. Die Mitte des Raumes wurde von einer ausschweifenden Sitzgruppe aus petrolfarbenem Samt dominiert.

In einem der Sessel saß der Mann, der mich gefangen hielt. Breitbeinig, das dunkle Haar fiel ihm offen auf die Schultern. Sein Blick war auf mich gerichtet. Lässig führte er ein Glas mit bernsteinfarbener Flüssigkeit zum Mund.

»Du Hurensohn«, brachte ich hervor und ballte die Hände zu Fäusten, gewillt, die bevorstehende Konfrontation nicht kampflos hinter mich zu bringen.

V schloss genießerisch die Augen, während er sein sicher sehr kostbares Getränk die Kehle hinunterlaufen ließ. Als er die Augen wieder öffnete, schmunzelte er. »Eine große Auswahl an Beschimpfungen beherrschst du jedenfalls nicht.«

»Mehr hast du nicht zu sagen?« Unglaublich. Wie konnte er so ruhig bleiben?

V stellte sein Glas auf einem überdimensionalen Couchtisch ab und erhob sich, wobei er mich von oben bis unten musterte. »Ich hätte gedacht, du würdest dich schneller aus der Zelle befreien, kleine Furie.«

Vor Fassungslosigkeit wusste ich nicht, was ich antworten sollte.

Der Rachegott schlenderte hinüber zur Bar. »Du kannst jetzt sicher einen Drink vertragen. Was möchtest du haben?«

Er hatte mich gerade stundenlang eingesperrt, mich der Dunkelheit und meinem Zorn überlassen und fragte mich jetzt, was ich trinken wollte, als hätte er mich zu einem Date eingeladen?

»Ach, scheiß drauf.« Ich begab mich zu der Sitzgruppe

und ließ mich auf ein weiches Sofa fallen. Es war mir egal, ob ich das Polster mit meinen stinkenden Klamotten ruinierte.

V stand noch immer an seiner Kommode und wartete mit hochgezogenen Brauen auf meine Antwort.

»Ich nehme das, was du hast«, sagte ich schließlich resignierend.

Er brachte mir einen Tumbler, dessen bernsteinfarbener Inhalt angenehm nach Karamell und Rauch roch.

»Danke«, murmelte ich und nahm das Glas entgegen. Ich trank sofort einen großen Schluck davon und bemerkte zu spät, wie scharf das Getränk war. »Whisky«, brachte ich heiser hervor.

»Ein dreißigjähriger Scotch aus Kintyre.« Er schlenderte zurück zu seinem Sessel und setzte sich so, dass wir uns direkt ansehen konnten.

Den nächsten Schluck nahm ich etwas vorsichtiger und ließ ihn langsam die Kehle hinunterlaufen. Mit Whisky kannte ich mich nicht besonders gut aus. Aber selbst mir war klar, dass das hier ein kostbarer Tropfen war. Seine Wärme breitete sich auf sehr angenehme Weise in mir aus. Was auch daran lag, dass mein Magen fast leer war.

»Warum hast du mich eingesperrt?«, wollte ich schließlich wissen.

V lehnte sich in seinem Sessel zurück und nippte an seinem Drink. »Nun, ich hatte noch etwas zu erledigen und ich wollte nicht, dass du einfach wegläufst, bevor wir ein paar Punkte zwischen uns geklärt haben.«

»Du hättest einfach deinem Bruder sagen können, dass er mich nicht gehen lassen soll.«

»Lonis ist ziemlich weichherzig und hätte dich gehen lassen, egal, worum ich ihn gebeten hätte.« Er hob eine Braue. »Und Lonis lernt selten aus seinen Fehlern.«

Er spielte sicher auf das blaue Auge an, das er seinem Bruder verpasst hatte.

»Du denkst also, ich würde nun einfach mit dir hier plaudern, nach alldem, was ich mit ansehen musste?« Der Kerl hatte Nerven.

»Du bist auf der Suche nach Antworten, oder etwa nicht?« Er breitete beide Arme aus. »Hier sitze ich und bin bereit, dir Antworten zu geben.«

Verdammt. Ich presste fest die Lippen aufeinander, mit mir selbst hadernd. Ich wollte V nicht vertrauen. Aber er war im Moment meine einzige Chance, irgendetwas über mich und meine Herkunft zu erfahren.

»Wusstest du die ganze Zeit, dass ich eine …« Ich wagte es nicht einmal, das Wort auszusprechen.

»Dass du eine Furie bist?« Er schüttelte den Kopf. »Nicht genau. Obwohl es deine Fähigkeiten erahnen ließen. Die Kräfte der Erinnyen sind ziemlich einprägsam.« Wieder musterte er mich prüfend.

Der Blick seiner schwarzen Augen ließ mich erschauern, als würde er mich tatsächlich berühren. Ich senkte die Lider und starrte auf mein halb leeres Glas.

»Wie hast du es herausgefunden?«

Ich schüttelte den Kopf, unfähig zu antworten.

Er seufzte. »Verstehe. Du kannst nicht darüber reden. Hast du herausgefunden, welche von ihnen deine Mutter ist?«

Ich nickte, den Blick noch immer gesenkt haltend.

»Es ist Alekto, nicht wahr?«

Überrascht blickte ich auf.

V lächelte. »Das dachte ich mir. Zuerst tippte ich auf Meg, da ihre Fähigkeiten auf Neid und Eifersucht beruhen und deine Fähigkeiten im Zusammenhang mit deinem Ex und seiner neuen Flamme auftraten. Tisi hingegen ist eine klassische Rächerin. Du hättest mich in dem Fall direkt angegriffen, als du mit angesehen hast, wie ich den Mafiatypen erledigte. Stattdessen wurdest du aber in jenem Moment von Angst beherrscht.«

Er machte eine kurze Pause, um von seinem Scotch zu trinken. »Dein Antrieb ist Zorn. Pure Wut. Genau wie bei deiner Mutter Alekto.« Er lachte leise. »Hätte ich mir auch früher denken können, denn du hast ihre Farben, in abgeschwächter Form.«

Stirnrunzelnd versuchte ich zu begreifen, was er da sagte. »Ihre Farben?«

»Ihr aschblondes Haar und die giftgrünen Augen«, erklärte er. »Dein Blond ist wärmer und das Grün deiner Augen ist mit Braun vermischt.«

Jetzt erst ging mir ein Licht auf.

Meg ... Tisi ...

Er kannte die drei Schwestern also persönlich.

»Du bist meiner Mutter begegnet?«

Er lachte laut. »Mehr als einmal. Wir arbeiten immerhin in derselben Branche. Nun, hin und wieder zumindest.«

Ich spürte, wie ich mich schon wieder von seinen Worten einlullen ließ. So sehr wollte ich mehr herausfinden. Dabei hatte ich am eigenen Leib erfahren, dass ich ihm nicht trauen durfte.

Ich fuhr mir durchs Haar, blieb aber hängen, weil sich bereits feste Knoten gebildet hatten. Genervt von mir selbst trank ich den ganzen Rest des Whiskys in wenigen Zügen leer, sodass ich heftig husten musste.

»Was hältst du davon, wenn du dich ein wenig frisch machst? Ich besorge uns in der Zwischenzeit etwas zu essen. Danach fühlst du dich sicher besser und wir können uns in Ruhe unterhalten.«

Seine Stimme klang ungewohnt sanft. Misstrauisch sah ich ihn an. »Was willst du eigentlich von mir?«

»Die Frage hast du mir bereits einmal gestellt.« Er erhob sich und kam zu mir, sodass ein riesiger Schatten auf mich fiel. »Wir können uns gegenseitig helfen. Jetzt, da ich weiß, welche Kräfte in dir schlummern, bin ich mir sogar mehr als sicher.«

Wie so oft sprach er in Rätseln. Aber ich war zu erschöpft, um mich jetzt mit ihm auseinanderzusetzen. Er hatte recht. Ich brauchte etwas zu essen. Und eine heiße Dusche, denn ich hatte das Gefühl, dass meine Klamotten und meine Haare an mir klebten. Er bot mir seine Hand an, doch ich ignorierte sie und stand aus eigener Kraft auf.

»Hier entlang«, sagte er förmlich und ging voran zu einer Glastür, die mir zuvor nicht aufgefallen war. Sie befand sich in derselben Wand wie auch die Holztür, durch die ich in das Wohnzimmer gekommen war. Jetzt bemerkte ich auch weitere Türen, alle aus Glas.

»Ist das deine Wohnung?«, fragte ich.

Er wandte sich zu mir um. »Ist es.«

»Sind wir auf dem Olymp?«

Erneut lachte er. »Nein. Ich gehöre nicht zu den Olympiern.« V klatschte zweimal in die Hände und die gegenüberliegende Wand hob sich.

Es war keine Wand, sondern Jalousien in derselben Farbe. Mir stand sicher der Mund offen bei dem Anblick, der sich mir nun bot. Hinter den Jalousien war eine deckenhohe Fensterwand verborgen gewesen.

Staunend trat ich darauf zu. Die Skyline, die sich vor mir ausbreitete, war atemberaubend. »Wir sind immer noch in Chicago«, stellte ich tonlos fest.

»Richtig. In meinem Penthouse.«

Überrascht drehte ich mich zu V um. »Du hast ein Verlies in deinem Penthouse?«

»Ja, habe ich. Ist eine Sonderausstattung.«

Seinem ernsten Gesicht konnte ich nicht ansehen, ob er mich auf den Arm nahm. »Welche *Sonderausstattung* hast du hier noch versteckt? Muss ich Angst haben, irgendwo falsch abzubiegen?«

»Der Pool mit den Piranhas befindet sich direkt unter deiner Zelle.« Diesmal zuckte ein Muskel in seiner Wange und er verschränkte die Arme vor der breiten Brust.

Ich deutete mit dem Zeigefinger auf seine Nasenspitze. »Du verarschst mich doch.«

Erneut dieses Zucken in seiner Wange. »Vielleicht ein bisschen.«

»Und du verlangst trotzdem, dass ich dir irgendetwas von dem glaube, was du mir hier erzählst?«

»Ich verlange nichts von dir. Ich biete lediglich an. Eine heiße Dusche zum Beispiel und frische Kleidung.«

»Dein Humor ist sehr merkwürdig.« Und doch ging ich zu der Glastür, die zuvor unser Ziel gewesen war.

»Mancher würde behaupten, dass ich überhaupt keinen Sinn für Humor besitze.« Er überholte mich ohne Anstrengung und öffnete die Tür für mich.

»Ach ja? Den Menschen, der das behauptet, würde ich gerne kennenlernen, denn ich bin mir sicher, dass ich mich gut mit ihm verstehen würde.«

»Werde ich Hermes ausrichten. Wobei er es dir sehr übel nehmen würde, wenn du ihn *Mensch* nennst. Da ist er etwas empfindlich. Genau wie die anderen Bewohner des Olymps.«

Seinen Worten nach zu urteilen, war er ein großer Fan seiner olympischen Verwandtschaft. Es brannte mir auf der Zunge, ihn über seine Herkunft und die anderen Götter auszufragen. Stimmte all das, was in den Büchern über sie zu lesen war? Und wieso lebten V und sein Bruder in Chicago, statt es sich auf dem Olymp gut gehen zu lassen?

Meine Gedanken rasten so durcheinander, dass ich kaum darauf achtete, wo wir lang gingen. Wir befanden uns in einem schmalen Flur. Ähnlich wie dem, aus dem ich gekommen war. Nur war dieser mit warmem Licht erleuchtet und wies mehrere Türen auf. Sie waren weiß gestrichen.

Vor einer davon hielt V an und öffnete sie. »Das Gästezimmer ist mit einem Bad en suite ausgestattet. Du solltest alles vorfinden, was du benötigst.«

Er trat zur Seite, sodass ich an ihm vorbeigehen konnte. Ein dunkelgrauer Teppich breitete sich unter meinen Füßen aus. In der Mitte des Zimmers mit den weißen Wänden befand sich ein French-Size-Bett mit einer türkisfarbenen Tagesdecke. Wer auch immer dieses Appartement eingerichtet hatte, bevorzugte eher kühlere Farben.

Ich drehte mich noch einmal zu V um. »Danke.«

Innerlich biss ich mir auf die Wange. Wieso bedankte ich mich jetzt auch noch bei ihm? Er hatte mich in eine Zelle gesperrt, verhinderte, dass ich nach Hause ging, und hegte irgendeinen finsteren Plan, für den er mich benötigte. Mal abgesehen von dem ausgeweideten Mann, dessen Blut noch immer auf meinem hellen Pulli klebte.

V grinste schief. »Das erste nette Wort, seitdem wir uns wiederbegegnet sind.«

»Gewöhne dich nicht dran. Mistkerl.«

»Werde ich nicht, kleine Furie. Viel Vergnügen unter der Dusche.« Anzüglich ließ er den Blick über mich gleiten. »Oder möchtest du, dass ich dir dabei Gesellschaft leiste?«

Meine Vagina zog sich sehnsuchtsvoll zusammen. Verdammte Scheiße. »Nein, das möchte ich nicht!«

V verbeugte sich spöttisch vor mir. »Wie du wünschst. Aber falls du mich brauchst …«

Mit einem wilden Schrei griff ich nach dem erstbesten Gegenstand, um ihn nach V zu werfen. Ich hielt inne, als ich erkannte, dass es meine eigene Reisetasche war.

V schloss lachend die Tür und ließ mich allein mit meinem Frust zurück.

Du bist zu mir gekommen, weil ich der Einzige bin,
der dir helfen kann, Antworten zu finden.

KAPITEL DREIZEHN

Erst als ich unter dem dampfend heißen Wasserstrahl in der Dusche stand, entspannte ich mich ein wenig. Das Badezimmer war mit allem möglichen Komfort ausgestattet. Geldsorgen hatte der verfickte Penner also nicht, wenn er sich diesen Luxus leisten konnte.

Außerdem fand ich in einem Korb neben dem Waschbecken eine beeindruckende Auswahl an Drogerie- und Körperpflegeartikeln. Das Shampoo, mit dem ich mir gerade zum zweiten Mal kräftig die Kopfhaut massierte, duftete dezent nach Kakao und Weihrauch.

Das Badezimmer war in feuchten Nebel gehüllt, als ich aus der Dusche trat. Auch hier gab es eine Fußbodenheizung und ich wackelte vergnügt mit den Zehen. Das Frotteetuch, in das ich meinen nassen Körper hüllte, war weicher als alles, was ich jemals auf der Haut gespürt hatte. Mit einem anderen Handtuch wischte ich den Spiegel frei, der die ganze Wand über dem Waschbecken einnahm.

Meine Haut wirkte sauber und rosig. Endlich. Blut und Gedärme waren besonders hartnäckig, wenn sie getrocknet waren, wie ich hatte feststellen müssen.

Kopfschüttelnd betrachtete ich mein Spiegelbild. »Lass dich nicht von weichen Frotteetüchern täuschen. Der Kerl ist ein Mörder.«

Immerhin hatte ich es geschafft, mich selbst aus der Gefängniszelle zu befreien. Und ich hatte V die Stirn geboten. Er machte mir keine Angst mehr. Egal, was mich noch mit ihm erwartete. Ich würde mich mit allem wehren, was mir zur Verfügung stand.

Entschlossen griff ich zu Föhn und Bürste, um das struppige Zeug, das sich als meine Haare ausgab, zu bändigen. Wenn ich mich an das Bild erinnerte, das ich innerlich von meiner Mutter in Furiengestalt abgespeichert hatte, war es ein Wunder, dass es sich überhaupt kämmen ließ und schließlich in sanften Wellen über meine Schultern fiel.

Meine verdreckten Klamotten ließ ich auf dem Boden im Badezimmer liegen. Sobald ich einen Mülleimer fand, würde ich sie entsorgen.

Zurück im Schlafzimmer nahm ich frische Unterwäsche aus der Reisetasche und eine saubere Jeans. Statt Pulli entschied ich mich für ein einfaches weißes T-Shirt, das sich ganz unten auf dem Boden der Tasche befand und recht zerknittert war. Etwas Schickeres hatte ich ohnehin nicht dabei und benötigte ich auch nicht.

Was allerdings fehlte, war mein Handy. Ich war mir sicher, dass ich es zusammen mit meiner Geldbörse in das

Seitenfach der Tasche gesteckt hatte. Das Portemonnaie war dort, mein Handy aber nicht.

Angezogen und ungeschminkt begab ich mich zurück ins Wohnzimmer. V stand mit dem Rücken zu mir vor der Fensterfront und betrachtete die nächtliche Skyline Chicagos. Ich erkannte mein Spiegelbild in den Fenstern, als ich neben ihn trat.

»Besser?«, fragte er und grinste mich über unsere Spiegelung an.

Das Grinsen konnte er sich sparen. »Hast du zufällig mein Handy gesehen?«

Er grinste weiter. Aus der Hosentasche nahm er mein Telefon und reichte es mir. »Es nützt dir hier ohnehin nichts.«

Zähneknirschend nahm ich es entgegen und stellte fest, dass es keinen Empfang hatte. Wie konnte das sein? Wir befanden uns immerhin mitten in Chicago und standen vor deckenhohem Glas.

»Die Wohnung ist speziell isoliert«, erklärte V seelenruhig. »Um zu verhindern, dass der ein oder andere Gast seinen Standort verrät.«

»Ich gehe mal davon aus, dass du jene Gäste meinst, die in den Zellen verrotten und nicht den Luxus deines Gästezimmers genießen dürfen.« Ich war stolz auf mich, weil der Sarkasmus in meiner Stimme nicht zu überhören war.

»So ist es.«

»Weiß dein Vermieter überhaupt, was du hier treibst?«

V hob eine Braue, was ich durch die Spiegelung in den Fenstern allzu gut erkennen konnte. Er wirkte leicht belustigt.

Mir ging ein Licht auf. »Die Wohnung gehört dir.«

»Nicht nur die Wohnung, Kleines. Das ganze Gebäude gehört mir.«

Ich öffnete ungläubig den Mund. Wie reich war der Kerl wirklich? Ein anderer Gedanke jedoch unterbrach mein Staunen. Und da ich nun einmal ich war, sprach ich diesen Gedanken direkt aus. »Warum hast du mir nicht gleich die Adresse deiner Wohnung genannt statt die des Clubs? Das hätte mir erspart, Zeugin eines Mordes zu werden.«

Der amüsierte Ausdruck in seinem Gesicht wich und er wirkte grimmig. »Ich verbringe hier noch weniger Zeit als im *Arrow*. Außerdem konnte ich darauf vertrauen, dass mein Bruder mich über dein Auftauchen informieren würde.«

»Eine Handynummer hätte es ebenso getan.« Ich hob andeutungsweise mein eigenes Telefon in die Höhe.

V verschränkte die Arme vor der Brust. »Ich besitze kein Handy.«

Empört lachte ich auf. Wollte er mich verarschen? »Jeder besitzt heutzutage ein Handy.«

»Nein, nicht jeder. Ich habe andere Wege, um zu kommunizieren.«

Sprachlos starrte ich sein Spiegelbild an. Er drehte sich zu mir. »Wir sollten essen. Dabei unterhält es sich leichter.«

Ich drehte mich ebenfalls um. Auf dem überdimensionalen Couchtisch war nichts von Essen zu sehen. Nur ein silberfarbener Kandelaber mit unangetasteten Kerzen.

»Es gibt zwar keinen Handyempfang, aber sehr wohl eine Küche.« V schien das lustig zu finden. »Folge mir einfach.«

Etwas anderes blieb mir auch nicht übrig, da er in großen Schritten zu einer weiteren Glastür ging. Wenn der Ausblick aus dem Wohnzimmer schon beeindruckend gewesen war, so stockte mir nun der Atem, als wir über eine Wendeltreppe nach oben kamen.

Die *Küche* glich mehr einer Rooftop-Bar mit einer Küchenzeile aus rustikalem Holz, einem langen Esstisch aus demselben Holz, petrolfarbenen Polsterstühlen und vielen Grünpflanzen in großen Terrakotta-Kübeln. Sowohl die Decke als auch die Wände bestanden komplett aus Glas, gehalten von rustikalen Holzstreben.

Der Ausblick über die beleuchteten Straßen, die anderen Hochhäuser und den Chicago River war mehr als umwerfend. »Du hast ein Domizil wie dieses und hältst dich doch lieber an anderen Orten auf?«, wollte ich fassungslos von V wissen.

Achselzuckend begab er sich hinter die Arbeitstheke der Küche. »Meine Aufgaben führen mich durch die ganze Welt. Glaube mir, ich wäre gern öfter hier.«

Er sprach, als meinte er einen harmlosen CEO-Job eines namhaften Unternehmens. Dabei war sein Job das Töten von Menschen. Das durfte ich nicht vergessen.

Ein letztes Mal starrte ich mein Handy an. Immer noch kein Empfang. Also legte ich das nutzlose Ding auf dem Esstisch ab und bewunderte die Aussicht aus dem Wintergarten.

Währenddessen deckte V den Tisch mit einfachem Geschirr aus Steinkeramik und silberfarbenem Besteck. Dann holte er außerdem eine Transportbox aus Styropor hervor und stellte sie auf dem Tisch ab. »Ich war mir nicht sicher, was du essen möchtest. Also habe ich bei Melly Essen geholt. Was darf ich dir zum Trinken anbieten?«

Die Ambivalenz seines Verhaltens verursachte mir Kopfschmerzen. Zuerst sperrte er mich in eine finstere Zelle ein und jetzt tat er so, als hätte er mich zu einem netten Date eingeladen. Um das alles durchzustehen, benötigte ich einen klaren Kopf.

»Leitungswasser reicht mir.«

V öffnete den Kühlschrank, kehrte mit zwei Gläsern und einer Karaffe mit Wasser zurück. »Setz dich doch bitte.«

Ich tat wie geheißen, noch immer achtsam. Was, wenn seine Stimmung wieder umschlug? Aus der Styroporbox holte V mehrere Platten hervor, die zusätzlich mit Alufolie abgedeckt waren. Er enthüllte gegrilltes Gemüse, Lachs und mehrere Dips. Außerdem brachte er noch einen Korb mit Fladenbrot, bevor er sich mir gegenüber hinsetzte.

»Ich hoffe, meine Auswahl gefällt dir?« Er kramte etwas aus seiner Hosentasche. Ein Haargummi, mit dem er sein schwarzes Haar zu einem Zopf band.

Fasziniert bemerkte ich, dass seine Gesichtszüge dadurch markanter wirkten. Mein Magen knurrte lautstark. »Ähm ... ja, danke.« Mit einem großen Löffel schaufelte ich mir Gemüse und Fisch auf den Teller. Aber zunächst biss ich in ein Stück Brot, um meinen Magen zu beruhigen.

V gönnte sich eine Gabel vom Lachs und schloss genießerisch die Augen. Er schien gutes Essen sehr zu schätzen. Wenigstens eine Sache, die wir gemeinsam hatten. Ich hatte gerade eine Scheibe gegrillte Aubergine in den Mund geschoben, als V fragte: »Also, kleine Furie, wie hast du herausgefunden, was du bist?«

Die Erinnerung an jenen Moment, als ich das Amulett

meiner Mutter gefunden hatte, ließ mich tief durchatmen. »Ich habe meinen Vater besucht. Und nun, kurz gefasst, es ist genau, wie du gesagt hast. Die Antworten lagen in meiner Vergangenheit. Bei meinen Eltern.«

V betrachtete mich nachdenklich. »Ich wüsste zu gern, wie sich deine Eltern kennengelernt haben. Ein gewöhnlicher Mensch und eine Furie …«

»Ja, das wüsste ich auch gern«, murmelte ich.

»Du hast also weiterhin Fragen?«

Ich nickte.

»Also hatte ich recht. Du bist zu mir gekommen, weil ich der Einzige bin, der dir helfen kann, Antworten zu finden.«

Es ärgerte mich, dass es so war. »Davon bin ich ausgegangen. Aber ich habe meine Meinung geändert: Ich brauche dich nicht, um Antworten zu finden. Sobald du mich aus diesem goldenen Käfig freilässt, werde ich sie selbst suchen.«

In seinen Obsidian-Augen funkelte es. »Der Kerl geht dir nicht aus dem Kopf.«

»Du meinst den Mann, dessen Gedärme und Blut in meinen Haaren und auf meinen Klamotten klebten? Richtig, denn sein Anblick hat sich wie Salpetersäure in mein Gehirn gefressen.«

»Tut mir leid, dass deine Kleidung ruiniert ist. Ich werde sie dir selbstverständlich ersetzen.«

»Scheiß auf die Kleidung!«, rief ich und starrte ihn an. »Du bist ein Mörder. Ich will nichts mehr mit dir zu tun haben!«

»Wie ich schon sagte, hatte ich keine andere Wahl. Es war sein Schicksal. Er hatte es sich selbst zuzuschreiben.«

Unglaublich, wie ruhig er das von sich gab.

»Du bist der Teufel«, keuchte ich.

V lachte tief und grimmig. »Nein. Der Teufel bestraft die Toten. Ich bestrafe die Lebenden.«

Angewidert schob ich den Teller von mir. »Und was habe ich angestellt, dass du mich bestrafst?«

Er deutete auf die Köstlichkeiten auf dem Tisch, auf den Wintergarten, der von Lampions in romantisches Licht getaucht wurde, und die Skyline Chicagos. »Sieht das für dich nach Strafe aus?«

»Lass mich gehen und ich werde darüber nachdenken, was das hier gewesen sein könnte. Und nein, ein Abendessen reicht nicht aus, um alles wiedergutzumachen.«

»Ich kann dich nicht gehen lassen.«

Groll stieg in mir auf. »Warum nicht? Hast du Angst, dass ich direkt zur Polizei gehe und denen erzähle, was du getan hast?«

»Die Polizei? Nein, deren Saftladen ist mir egal.«

»Also?« Warum erklärte er es mir nicht einfach?

V stand so abrupt auf, dass sein Stuhl umkippte, und stützte sich auf der Tischplatte ab. »Ich habe es dir schon einmal gesagt: Wir brauchen deine Hilfe!«

Ich stand ebenfalls auf und stützte mich ebenfalls auf der Tischplatte ab. »Egal, was es ist, ich werde garantiert keinem Mörder bei irgendetwas behilflich sein!«

Hitze breitete sich unter meinen Handflächen aus und der Duft von Verbranntem stieg mir in die Nase. V und ich senkten gleichzeitig unsere Blicke auf meine Hände.

Ruckartig packte er meine Gelenke und riss meine Arme

hoch. »Ich wäre dir sehr verbunden, wenn du die Einrichtung nicht in Brand setzen würdest.«

Unwirsch befreite ich mich aus seinem Griff und prüfte meine Handflächen. Sie sahen unversehrt aus, so wie zuvor auch. Doch in die Holzfläche des Tisches hatten sich meine Handabdrücke eingebrannt.

»Tut es weh?«, fragte V erstaunlich sanft.

Ich schüttelte den Kopf.

»Gut.« Er ging um den Tisch herum.

Ich hob die Hände, war bereit, ihn abzuwehren.

»Verstehe doch endlich, dass ich dir nichts antun werde.« V begab sich hinter die Küchentheke und hantierte mit Flaschen und Gläsern.

Wie sollte ich das je glauben? Er könnte mich mit einem Fingerschnipsen töten, wenn er wollte. Ich schloss die Augen und versuchte, mich zu beruhigen. Angst war nicht hilfreich. Wut hingegen schon.

»Wie wäre es mit einer Abkühlung?«

Überrascht öffnete ich die Augen. V hielt mir ein Glas mit Eiswürfeln und einer trüben Flüssigkeit entgegen, die auffallend nach Anis roch. »Ouzo?«

»Richtig«, sagte er und ich nahm das Glas entgegen.

So viel zu dem Thema, dass ich einen klaren Kopf bewahren wollte. Aber der Alkohol würde hoffentlich meine Nerven beruhigen. Vorsichtig probierte ich das kalte Getränk und hüstelte leicht nach dem ersten Schluck.

»Hat ein alter Freund von der Insel Korfu selbst gebrannt.« V setzte sich wieder auf den Stuhl mir gegenüber und nippte genüsslich an dem Drink. »Möge seine Seele glücklich auf der Insel der Seligen wandeln.«

Die Insel der Seligen … »Das Elysion«, erinnerte ich mich an die Bücher meines Vaters.

V nickte bestätigend. Dann stellte er das Glas ab und sah mir fest in die Augen. »Du wirst mir vermutlich erst vertrauen, wenn ich dir erzählt habe, warum der Mafiosi keinen anderen Tod verdient hatte.«

Vielleicht nicht einmal dann, dachte ich. Doch ich sprach es nicht aus, denn ich brannte darauf zu erfahren, welches Fehlverhalten in Vs Augen einen solch grausamen Tod rechtfertigte.

KAPITEL VIERZEHN

V gab Dips und Brot auf seinen Teller. Offensichtlich hatte er seinen Appetit wiedergefunden. »Der Mann, um dessen Leben du mich angefleht hast, hieß Francesco Cavalieri. Er war das Oberhaupt einer Mafiafamilie, die einen Teil des Chicagoer Untergrunds beherrscht. Hauptsächlich kümmern sie sich um illegale Glücksspiele und Prostitution.«

Die finstere Seite Chicagos. Bis zum heutigen Tage hatte ich glücklicherweise nie Kontakt zu ihr gehabt.

Mein Gastgeber stopfte sich ein großes Stück Brot in den Mund und beobachtete mich. Was erwartete er denn? Dass ich pikiert reagierte? Jeder wusste von der Mafiageschichte dieser Stadt. Sie zu leugnen, wäre naiv gewesen.

»Ich dachte, du hast nichts mit der Mafia zu tun?«, fragte ich.

»Ich sagte, wir sind schlimmer als die Mafia«, berichtigte V mich. »Grundsätzlich lassen wir die Kerle ihr Ding machen und mischen uns nicht ein.«

»Lonis und du?«, wollte ich wissen, da mir noch immer nicht ganz klar war, wer dieses *wir* war.

»Und ein paar andere göttliche Wesen, die sich gerne in der Gegend herumtreiben.«

Bilder von am Ufer des Michigansees tanzenden Satyren und Nymphen tauchten vor meinem inneren Auge auf. Beinahe musste ich über mich selbst lachen. »Und was hat dich dazu gebracht, dich dennoch einzumischen?«

»Das Gebet einer Gläubigen.«

»Einer Katholikin?«

V lächelte breit. »Sicher ist sie Christin durch die Taufe. Doch die alten Götter haben nicht nur in Legenden überlebt. In manchen italienischen Familien haben sich die alten Traditionen über Generationen hinweg erhalten. Silvia Orsini hat meinen Namen gerufen und ich bin ihrem Ruf gefolgt.«

»Gut zu wissen, dass es ausreicht, einfach nur deinen Namen zu rufen. Werde ich mir für das nächste Mal merken.«

V lachte. »Nein, so einfach ist es nicht. Es gehören auch ein Altar und ein paar Opfergaben dazu.«

»Und diese Silvia Orsini hatte all das zur Verfügung?« Irgendwie klang ich in meinen eigenen Ohren eifersüchtig. Ich fragte mich, wie die *Gläubige* aussah.

»Hat sie.« Vs Augen schlossen sich für einen Moment. »Doch sie wird ihren alten Glauben mit ins Grab nehmen. Silvia ist die letzte Überlebende ihrer Familie, eine fünfundachtzigjährige Frau, deren Wurzeln in Alba Longa liegen, gut zwanzig Kilometer südöstlich von Rom.«

Zwanzig Kilometer waren etwa zwölf Meilen. Mir sagte der Ort nichts, aber ich konnte mir die Lage ungefähr vorstellen. In der Highschool hätte ich an einem zweiwöchigen Trip nach Italien teilnehmen können. Ich hatte mich eifrig darauf vorbereitet und mir die Karten von Rom und Italien angesehen. Dad hatte schließlich Einwände erhoben und mich von dem Kurs abgemeldet.

Heute war mir klar, warum er das getan hatte. Jetzt wunderte mich auch nicht mehr, dass ich selten bei Ausflügen dabei gewesen war, die länger als einen Tag gedauert hatten. Dad hätte die Kontrolle über mich verloren.

»Alice?«

»Verzeihung, ich musste nur gerade an etwas denken. Alba Longa, sagtest du? Ist das nicht der alte Name für das Castel Gandolfo, die Sommerresidenz der Päpste?«

Mein Gegenüber nickte anerkennend. »Richtig. Wie so oft hat sich die katholische Kirche einen der heiligsten Orte des alten Glaubens unter den Nagel gerissen.« Er sagte es ohne großen Zorn, eher in einem feststellenden Ton, und nahm einen großen Schluck von seinem Ouzo. Das Glas war danach leer und V stellte es vorsichtig auf dem Tisch ab. »Dort, wo heute katholische Ehrenträger ihre Sommertage verbringen, stand einst ein prächtiger Tempel. Ein Tempel zu meinen Ehren.«

Ein merkwürdiges Kribbeln breitete sich unter meiner Haut aus. Vs Name mochte nicht in vielen der heutigen Bücher über die griechisch-römische Mythologie zu finden sein, doch einst musste er ein wichtiger Gott gewesen sein, als Sohn des Zeus. Was eine weitere Frage in mir aufwarf.

»Wurdest du in Griechenland nicht verehrt?«

»Nein. Meine Heimat ist das heutige Italien. Als die griechischen Götter nach Rom kamen, traf Zeus auf meine Mutter, Veive, eine Göttin der Etrusker.«

Die Etrusker ... Meine Güte. Wie hatte ich vergessen können, dass V Tausende von Jahren alt war? Er hatte das Römische Reich kommen und untergehen sehen. Er hatte die Völkerwanderung miterlebt, das Mittelalter, die Entdeckung *neuer* Kontinente, die Gründung der Vereinigten Staaten ...

Und hier saß ich, eine achtundzwanzigjährige Buchhalterin aus dem Mittleren Westen, die meinte, sie könnte ihm die Stirn bieten.

Ich kippte den Rest vom Ouzo runter. Vielleicht half der Alkohol, dass sich meine Gedanken beruhigten.

»Noch einen?«, meinte V mit hochgezogener Braue.

»Japp, so was von.«

Während der griechisch-römische Gott für Getränkenachschub sorgte, nahm ich mir eine Portion Gemüse und Brot mit Zaziki. Irgendeine Grundlage brauchte ich, damit ich mit dem Schnaps nicht noch vom Stuhl fiel. Wir hatten hier noch einige Punkte zu klären.

»Warum hat dich deine Gläubige um Rache angefleht?« Damit versuchte ich, das Gespräch wieder zu seinem eigentlichen roten Faden zurückzubringen.

V drückte mir das aufgefüllte Glas in die Hand und sah finster auf mich hinunter. »Für ihre Familie. Wie ich bereits erzählte, ist sie die einzige Überlebende. Francesco Cavalieri hat alle umgebracht. Zuerst ihren Sohn, den Kopf der Familie

Orsini. Er hat ihn im East Garfield Park erschossen. Dessen Sohn erhielt eine Warnung, dass sich die Familie Orsini in Zukunft aus den Angelegenheiten der Mafia raushalten sollte. Aber Carlo hörte nicht auf diese Warnung und wandte sich an die Polizei. Daraufhin kidnappte Francesco dessen Ehefrau und seine Tochter. Er schickte ihm ein Video davon, was er mit den beiden anstellte.« V ging um den Tisch herum und ließ sich auf dem Sessel nieder. Er rieb sich über die Stirn, als würde ihm das alles Kopfschmerzen verursachen. »Die Kleine war erst sechzehn. Sie hat sich mit allem gewehrt, was sie hatte. Ein mutiges Mädchen. Doch all der Mut bewahrte sie nicht davor, von fünfzehn Männern vergewaltigt zu werden und schließlich mit einer Machete von ihrem Geschlecht bis zum Bauchnabel aufgeschlitzt zu werden. Während sie verblutete, kümmerten sich die Männer um ihre Mutter. Sie schnitten ihr die Brustwarzen ab und ritzten ihr das Zeichen der Familie Cavalieri in den Leib.«

Angewidert schob ich den Teller von mir und trank einen großen Schluck Ouzo. Langsam gewöhnte ich mich an den Geschmack. Und nun verstand ich, weshalb es Silvia nach Rache sehnte. Diese Mafiosi waren Scheusale der niedersten Art.

»Carlo versammelte seine Freunde und versuchte, seine Frau und seine Tochter zu befreien. Von der Polizei bekam er keine Unterstützung.«

»Weil der zuständige Beamte geschmiert war?«, vermutete ich.

V nickte. »Wahrscheinlich nicht nur einer von denen.

Carlo und seine Freunde kehrten nicht zurück. Seine Großmutter ist jetzt allein. Allein in einem großen Haus, in dem vor wenigen Wochen noch vier Generationen lebten.«

Der Schmerz, den die alte Frau durchlebte, musste unerträglich sein. Kein Wunder, dass sie V angefleht hatte, ihre Familie zu rächen. Dennoch konnte ich Vs Tat nicht gutheißen.

»Was ist mit der Familie von diesem Cavalieri? Wird sie nicht auch nach Rache dürsten?«

»Wird sie. Aber sie würden nur ein leeres Haus mit einer alten Frau vorfinden. Eine alte Frau, die unter meinem Schutz steht.« V schüttelte den Kopf. »Sie hätte mich früher um Hilfe bitten sollen, dann wäre ihre Urenkelin vielleicht noch am Leben.«

Nachdenklich starrte ich in das trübe Getränk und schwenkte die Eiswürfel hin und her. »Rache führt doch nur zu mehr Hass. Und Hass zu mehr Rache. Das wird niemals enden.«

»Genau das ist mein Geschäft, Kleine.« V gab ein leises Grollen von sich, das mehr nach Tier als nach Mann klang. »In diesem Fall habe ich dafür gesorgt, dass die Rache endet. Dem Bruder und somit neuem Oberhaupt der Cavalieris habe ich einen Besuch abgestattet. Ich habe ihm gezeigt, was aus ihm und seiner Familie wird, wenn er Hand an Silvia legt. Meine Argumente waren sicher eindrücklich genug.«

Das konnte ich mir gut vorstellen. Und nun wusste ich auch, wo er gewesen war, während ich in der Zelle verharrt hatte. Was mich wieder zum Grund meines Hierseins brachte.

»Warum lässt du mich nicht einfach gehen?«, fragte ich sanft. »Ich verspreche, dass ich nicht zur Polizei gehen werde. Und ich werde dich auch nicht mehr dafür verantwortlich machen, was geschehen ist. Wir könnten in Frieden unserer Wege gehen.«

V erhob sich, doch nicht, um zu mir zu kommen. Er ging zum Ende des Wintergartens und drehte mir den Rücken zu. »Das geht nicht. Ich brauche deine Hilfe.«

»Wobei kann ich dir schon behilflich sein?« Ich trank den Rest vom Ouzo aus. Der Alkohol benebelte bereits meine Sinne, ich fühlte mich ein kleines bisschen beschwingt.

Da V nicht antwortete, stand ich auf und schritt an seine Seite. Der Blick auf den Fluss und die nächtlichen Straßen Chicagos ließen mich leise aufseufzen. »Sag es mir, V. Wozu brauchst du mich? Du bist dreitausend Jahre alt. Vielleicht noch älter. Du kannst mit einem Blinzeln eine ganze Armee auslöschen. Wofür brauchst du mich?«

»Du hast überhaupt keine Ahnung, welche Kräfte in dir schlummern.« V drehte sich zu mir und nahm meine Hände in seine, die Handflächen nach oben gerichtet. »In dir ruht göttliche Macht.«

»Das bisschen Feuer«, keuchte ich. Ich wollte ihm meine Hände entziehen, doch er hielt sie fest und starrte in meine Augen.

»Es ist mehr als das Feuer, nicht wahr?«

»Was meinst du?«

»Was hast du gesehen? Oder erfahren? Was hat dich so aufgewühlt, dass du zu mir gekommen bist?«

»Die Erinnerung an meine Mutter«, antwortete ich ehrlich. »Wer sie war ... und ... wie sie war.«

»Willst du mir jetzt davon erzählen?« Er ließ meine Hände los und wandte sich wieder dem Ausblick zu.

»Da gibt es nicht viel zu erzählen. Mein Vater hat mich als Kind und Jugendliche hypnotisiert, sodass ich fast alles, was meine Mutter betrifft, vergessen habe. Er meinte, er würde mich damit beschützen. Doch vor wem, frage ich mich.« Ich starrte auf meine Handflächen. »Vor meiner Mutter oder vor mir selbst?«

»Väter«, sagte V leise. »Sie haben oft interessante Vorstellungen davon, was das Beste für ihre Kinder wäre.«

Sein Vater war Zeus, niemand Geringerer als der Herrscher des Olymps. Der Erzeuger vieler Gottheiten und Halbgötter. Seine Geschichten füllten ganze Bibliotheken. Geschichten von Vergewaltigungen, Verschwörungen und Kriegen. Beginnend mit dem Kampf gegen den eigenen Vater.

»Der Begriff *dysfunktionale Familie* trifft es ganz gut«, murmelte ich vor mich hin.

V reagierte mit einem abschätzigen »In der Tat«.

Eine Weile starrten wir gemeinschaftlich schweigend durch die Glasfront. Mein Spiegelbild wirkte blass und unscheinbar. Aber wenigstens war es nicht das Monster, das mir zuvor entgegengeblickt hatte.

»Ich habe sie gesehen«, sagte ich mehr zu mir selbst als zu V. »Ihre scharfen Krallen, ihre Flügel ... ihre Dämonengestalt.«

»Als du ein Kind warst?«

Ich runzelte die Stirn. »Im Spiegel. Nachdem ich ... auf

der Arbeit einen Streit mit Helena hatte. Das war die erste Erinnerung, die zurückkam.«

»Bist du sicher, dass es eine Erinnerung war?«

»Was soll es sonst gewesen sein?« Ich wandte mich ihm fragend zu. »In jenem Moment dachte ich, ich würde den Verstand verlieren und mich selbst in ein solches Monster verwandeln.«

Er drehte sich ebenfalls mir zu. »Sie ist kein Monster. Sie wurde mit dieser Gestalt geboren, um ihre Aufgabe zu erfüllen. Sie hat sich das nicht ausgesucht.« Er sprach plötzlich mit einer Empathie, die darauf schließen ließ, dass er das Gefühl nur allzu gut kannte.

»Du hast dir deine Aufgabe ebenfalls nicht ausgesucht«, stellte ich fest.

Er nickte. »Richtig. Und ich bin nicht als Rachegott geboren worden.« Er ballte die Hände zu Fäusten und seine Mimik spannte sich an. »Mein Vater hat mir diese Aufgabe als Strafe aufgebürdet.«

»Was hast du getan?«

»Das, was jeder Sohn tun würde: Ich habe meiner Mutter beigestanden. Sie war die Göttin der Unterwelt. Zeus hatte ihr versprochen, dass die Olympier nicht in ihr Reich eindringen würden. Doch er hat sein Versprechen gebrochen und ließ Hades das Reich meiner Mutter übernehmen, um seins auszuweiten. Hades strebte danach, der König der Unterwelt zu werden. Und genau das hat er bekommen. Meine Mutter wurde zur Bedeutungslosigkeit verdammt, weil sie revoltierte. Und ich wurde zu einem Leben auf der Erde unter den Menschen verurteilt. Seit Jahrtausenden spiele ich das Spiel der Rache.« V schnaufte verächtlich. »Aber ich bin dieses Spiel so leid. Ich bin die Menschen leid. Ich ertrage es kaum noch, unter ihnen zu weilen, wenn ich Taten wie die der Mafia mit ansehe. Sie sind krepierende Würmer, die sich benehmen, als würde ihnen die Welt gehören. Sie zerstören alles, was ihnen geschenkt wurde, und töten sich gegenseitig.«

Ich trat auf ihn zu und legte ihm eine Hand auf die Brust. »Nicht alle sind so. Meine Freundin Linda ist ein wunderbarer Mensch und auch ihr Freund Sam. Sie gehören zu den Guten.«

V schüttelte den Kopf. »Doch ich sehe das Gute nicht mehr. Nicht nach all den Jahren, die ich das Schlechteste in den Menschen mit ansehen musste.« In seinen schwarzen Augen lag eine seltsame Traurigkeit. »Deswegen brauche ich dich. Du musst mir helfen, diese Welt zu verlassen.«

Mein Herz raste. Der Kummer in seinem Blick löste in mir eine Wärme aus, die ich lange nicht verspürt hatte. »Das ... das kann ich nicht. Ich weiß nicht, wie.«

»Aber ich weiß es. Es gibt einen Gegenstand, den mein Vater gerne wieder in seinem Besitz hätte. Wenn ich es schaffe, ihm diesen Gegenstand zu besorgen, wird er mich begnadigen und mich in den Olymp einlassen. Dann endlich kann ich die Rache hinter mir lassen und mit meinen Brüdern und Schwestern Frieden finden.«

»Ich verstehe immer noch nicht, wie ich dir dabei behilflich sein könnte.«

V legte seine Hand über meine. »Ich weiß, wo dieser Gegenstand ist. Doch ich kann den Ort nicht betreten. Du aber schon.«

Mein Mund fühlte sich trocken an. »Welcher Ort soll das sein?«

»Die Unterwelt, das Reich von Hades.«

Keuchend löste ich mich von ihm. »Unmöglich.«

»Doch«, sprach V sanft. »Es ist möglich. Denn du, Alice, bist seine Enkeltochter.«

»Du schwankst ständig zwischen Angst und Wut«, knurrte V. Er packte mich an den Schultern und zog mich auf die Füße. »Weil du dir selbst nicht vertraust. Weil du nicht weißt, wozu du fähig bist.«

KAPITEL FÜNFZEHN

Der Schrecken saß mir tief in den Knochen, sodass ich mich erst einmal setzen musste. Heftig atmend saß ich am Esstisch und starrte auf die Brandflecken, die meine Hände darauf hinterlassen hatten.

»Kleine, du siehst ziemlich blass aus. Noch einen Ouzo?« V hörte sich an, als würde er lediglich über das Wetter sprechen, nicht über meine Abkunft vom Herrscher der Unterwelt.

»Nein«, krächzte ich.

Mein Gastgeber füllte dennoch die Gläser nach mit der Flasche, die er aus dem Eisfach geholt hatte. »Trink. Denn wenn du jetzt schon am Durchdrehen bist, wirst du den Rest der Geschichte nicht verdauen.«

Ich hielt das eiskalte Glas an meine Stirn und schloss die Augen. »Die Erinnyen«, sprach ich gedämpft. »Ich habe gelesen, sie seien die Töchter der Nacht.«

»Stimmt auch«, antwortete V. »Allerdings scheint der ein

oder andere Dichter durcheinandergekommen zu sein, als er ihre Geschichte aufschrieb. Man kann es ihnen nicht verdenken. Die drei Schwestern können eine durchaus verwirrende Wirkung auf Männer ausüben.«

Ich öffnete die Augen und starrte V an. »Erzähl mir alles, was du über sie weißt.«

V ließ sich auf seinem Stuhl nieder und lächelte triumphierend. »Allmählich kommen wir ins Geschäft, kleine Furie.«

»Hör auf, deine dämlichen Spiele zu spielen!«, fauchte ich. »Sag mir, was du weißt.«

»Sonst was?« Er hob herausfordernd die Brauen.

»Sonst kannst du dir die Sache mit der Unterwelt in die Haare schmieren.«

Sein Grinsen wurde noch breiter. »Eigentlich bin ich kein Freund von Spielen. Aber mit dir finde ich Gefallen daran.«

Er mochte es amüsant finden, dass ich wütend reagierte. Doch für mich ging es hier um meine Existenz. Mein ganzes Leben war eine Lüge gewesen. Und wie es schien, kratzte ich gerade erst an der Oberfläche der Wahrheit. »Was muss ich tun, damit du alles erzählst?«

Er ließ seinen Blick von meinem Gesicht über meinen Hals nach unten wandern. »Oh, da würde mir so einiges einfallen.« Bevor ich erbost darauf antworten konnte, hob er den Blick. »Nun gut. Einige Fragen kann ich dir beantworten, ganz ohne Gegenleistung. Versprich mir jedoch, dass du meinen Tisch nicht in Flammen setzt und dir danach anhörst, worum ich dich bitte.«

Ich nahm einen großen Schluck vom Ouzo, bevor ich

zähneknirschend nickte. Das Getränk beruhigte nicht nur meine Sinne, sondern kühlte auch mein erhitztes Gemüt. »Ich werde mir Mühe geben, nichts in Brand zu setzen.«

»Braves Mädchen.« V lockerte seine Haltung und fuhr sich mit der freien Hand über den Dreitagebart. »Wo fange ich nur an? Ah, genau. Du kennst die Geschichte von Persephones angeblicher Entführung?«

»Soweit ich mich erinnere, überraschte Hades sie auf einer Wiese beim Blumenpflücken und zerrte sie mit sich in die Unterwelt. Ihre Mutter Demeter suchte sie überall, und als sie erfuhr, dass ihre geliebte jungfräuliche Tochter in die Unterwelt entführt worden war, ließ die Göttin der Fruchtbarkeit Felder und Pflanzen verdorren, sodass eine Hungersnot drohte. Zeus schritt ein und so wurde entschieden, dass Persephone die Hälfte des Jahres in der Unterwelt verbringt und die andere Hälfte des Jahres bei ihrer Mutter Demeter.«

»So in der Art wird es gewesen sein«, kommentierte V. »Was jedoch die wenigsten erwähnen, ist, dass Persephone sich ebenfalls in Hades verliebte. Und so gebar Persephone ihrem Gatten drei Töchter. Doch da sie in der Unterwelt geboren wurden, waren ihre Gestalten von Tod und Dunkelheit verflucht.« V hob beide Brauen und wurde ernst. »Die Unterwelt ist kein Ort, an dem Leben entstehen sollte.«

Ein kalter Schauer überkam mich. Es sollte die Erinnyen niemals geben. Und mich genauso wenig. »Was weißt du noch?«

»Nun, deine Mutter und ihre Schwestern haben die Aufgabe übertragen bekommen, Rache zu üben. Besonders an jenen, an denen das Blut der eigenen Familie klebt. Vornehmlich deine Tante Tisiphone. Sie ist die Rächerin des Blutmordes, darauf bedacht, ihre Opfer lange und qualvoll leiden zu lassen. Megaira hingegen kämpft durch Neid und Eifersucht. Wenn sie tötet, dann schnell und brutal.« V schaute mir tief in die Augen. »Doch keine ist so unnachgiebig in ihrer Rache wie deine Mutter Alekto. Sie jagt und verfolgt ihre Opfer, bis diese durch den Tod erlöst werden. Gemeinsam sind die Schwestern in der Lage, Furcht und Verderben über ganze Städte und Länder zu bringen.«

Erneut überkam mich ein eiskalter Schauer. Eifersucht, Rache, Zorn ... Seit wenigen Wochen kannte ich diese Gefühle zu gut. Sie brodelten in mir wie ein Vulkan, der jederzeit auszubrechen drohte.

Und ich hatte keine Ahnung, was geschehen würde, wenn ich es zuließ. Ich verstand nun, welche Gefahr von ihnen ausging. Doch ich musste wissen, welches Ausmaß diese Gefahr annehmen konnte und wie ich sie wieder loswurde.

»Kannst du mir beibringen, wie ich den Zorn kontrolliere?«

Es war eine ernst gemeinte Frage, doch V lachte grollend. »Nein, kleine Furie. Das kann vermutlich nur deine Mutter selbst.«

Genauso wenig würde er mir die Frage beantworten können, wie meine Mutter mit meinem Vater zusammengekommen war. Was hatte die Furie des Zorns zu einem ruhigen und besonnenen Mann wie meinem Vater gezogen?

»Dann bring mich zu ihr«, bat ich V.

Er lächelte finster. »Ich werde dafür sorgen, dass du zu ihr gelangst.«

Ein *Aber* klang in seinen Worten mit und ich erinnerte mich an das, was er zuvor gesagt hatte. »Ich soll dir als Gegenleistung einen Gegenstand besorgen?«

V nickte. »Richtig. Du bringst mir den Gegenstand und ich zeige dir den Weg in die Unterwelt, zu deiner Mutter.«

Nachdenklich spielte ich mit einem Stück Brot. »Das ist ein Handel, nicht wahr?«

»Du begreifst also langsam, worauf das hinausläuft.«

Das tat ich, obwohl sich dadurch noch weitere Fragen auftaten. »Um welchen Gegenstand handelt es sich genau und warum holst du ihn nicht selbst aus der Unterwelt?«

»Ich kann ihn nicht selbst holen, weil Hades jeden meiner Schritte in der Unterwelt beobachtet. Dich jedoch kennt er nicht. Er wird keinen Verdacht schöpfen.«

Was bedeutete, dass V nicht mit mir in die Unterwelt kommen würde. Ich musste den Weg allein gehen. »Was, wenn ich scheitere?«

»Wirst du nicht.«

Er kannte mich doch kaum. Wie wollte er das beurteilen?

V schien meine Zweifel zu spüren. Er lehnte sich nach vorn, stützte die Unterarme auf der Tischplatte ab und sah mich lächelnd an. »Als wir uns zum ersten Mal zum Essen trafen, war ich zugegebenermaßen etwas enttäuscht.«

Ich erinnerte mich zu gut daran. *Ich habe nur gerade festgestellt, dass ich etwas anderes erwartet hatte* – das waren seine genauen Worte gewesen.

»Aber nun«, fuhr V fort und ließ seinen Blick von meinem Scheitel bis zum Bauch gleiten, »bin ich fasziniert davon, deine Entwicklung mit anzusehen. Von der unbeholfenen, leicht naiven Knospe zu einer erblühenden Rose mit spitzen Dornen.«

»Ähm, danke. Schätze ich.«

Er schüttelte den Kopf. »Tu das nicht.«

»Tu was nicht?«

»Dich selbst kleinreden. Sonst wirst du nie erkennen, welche Macht in dir ruht.«

Empört schnaufte ich. »Eine Macht, auf die ich gerne verzichten würde.«

»Ohne diese Macht wirst du in der Unterwelt nicht überleben.«

Unter meiner Haut kribbelte eine leise Vorahnung. »Vielleicht sollte ich dann lieber doch nicht in die Unterwelt reisen. Sicher kann man eine Furie herbeirufen. Mit irgendeinem Zauberspruch oder einem Gebet.«

V erhob sich langsam und kam um den Tisch herum auf mich zu. »Steh auf.«

Instinktiv sank ich tiefer auf den Stuhl und hielt mich an der Sitzfläche fest. »Schon okay, ich werde nicht mehr zweifeln.«

»Doch, wirst du. Du wirst bei jedem Wort, das ich dir über die Unterwelt erzähle, zusammenzucken und dir ins Höschen machen.«

»So schlimm wird es nicht sein«, wimmerte ich.

»Du wirst über den Styx reisen, den Fluss, dessen Wasser einst Alexander den Großen vergiftete. Ein Tropfen und du wirst das Reich des Todes nie wieder verlassen.«

Ich schnappte nach Luft und presste fest die Lippen aufeinander.

V beugte sich über mich. »Und du wirst Kerberos begegnen, dem Höllenhund, der keine Lebenden in die Unterwelt hineinlässt und keinen Toten hinaus. Kommst du ihm zu nahe, reicht allein sein Atem aus, um dich zu vergiften.«

Mein ganzer Körper begann zu zittern, mein Herz raste und stolperte. Kalter Schweiß trat mir auf die Stirn. Schon allein der Gedanke daran, dass alles wahr war, was V erzählte, verursachte eine Panik in mir.

»Du schwankst ständig zwischen Angst und Wut«, knurrte V. Er packte mich an den Schultern und zog mich auf die Füße. »Weil du dir selbst nicht vertraust. Weil du nicht weißt, wozu du fähig bist.«

Mein Kopf schwirrte und ich konnte kaum stehen, so weich waren meine Knie. »Lass mich einfach los«, bat ich. »Ich muss das doch alles erst einmal verdauen.«

»Das dauert zu lange.« V hielt noch meine Schultern gepackt und schubste mich vor sich her zur Glasfront des Wintergartens.

»Was wird das?«, keuchte ich.

»Ich möchte dir die wundervolle Aussicht zeigen.« Seine Stimme troff vor Sarkasmus.

Mit einer Hand umfasste V meinen Oberarm, mit der anderen hantierte er an einem Schalter, der sich im nächsten Holzbalken befand. Die Glasfront direkt vor uns öffnete sich zu beiden Seiten und der eiskalte Februarwind pustete mir ins Gesicht.

»Nein, V«, japste ich.

»Doch, Alice. Überwinde deine Angst. Lass deiner Wut freien Lauf.«

Ich spürte Vs Hand in meinem Rücken.

Und dann verlor ich den Boden unter den Füßen.

Er hatte mich geschubst.

Er hatte mich wahrlich aus dem Penthouse geschubst.

Der kalte Wind zerrte an meinen Haaren und meinem Pulli. Strampelnd versuchte ich, irgendetwas zu tun, ruderte mit den Armen und schloss panisch die Augen. Mein Magen drehte sich und ich drohte mich noch in der Luft zu übergeben, während ich die Glasfront des Hochhauses hinabfiel und die Straßenbeleuchtung immer näher kam.

Bitte werde einfach ohnmächtig, dachte ich. Dann würde ich wenigstens den Aufprall nicht mitbekommen.

Warum hatte V mich geschubst? Er hätte mich auch einfach direkt töten können, als ich in seiner Zelle saß und jederzeit danach.

Ich hatte mich einlullen lassen von seinem Gerede und dem Alkohol. Hatte sogar begonnen, ihm zu vertrauen.

Ich dummes Ding. Ich dumme ...

Zornig schrie ich meine Wut heraus, schrill und aus tiefster Verachtung für den Mann, der mir das angetan hatte. Ich riss die Augen auf und erwartete den Tod mit offenen Armen.

Der Tod aber war noch fern. Ebenso wie die Straße unter mir. Der Wind spielte noch immer mit meinem Haar. Gleichzeitig strich er sanft über meinen Rücken und hielt mich fest. Irritiert warf ich einen Blick über meine Schulter. Riesige, lederne Flügel prangten auf meinen Rücken. Ich hielt sie genauso ausgebreitet wie meine Arme.

»Scheiße.« Das war alles, was mir einfiel. Denn kaum

bewegte ich die Flügel, änderte sich meine Position in der Luft. Ich donnerte weiter nach unten und breitete die Flügel wieder aus.

Ich zitterte noch immer am ganzen Körper. Vor Anstrengung, diese Dinger auf meinem Rücken in Position zu halten, und weil mir wirklich kalt war. Der Wind streichelte über meine nackte Haut, die überhaupt nicht mehr aussah wie meine Haut, grau wie Asche und durchzogen von glühenden Adern.

Verzweifelt biss ich mir auf die Unterlippe, was ich sofort bereute, als ich Blut schmeckte. Tief durchatmend versuchte ich, Herrin der Lage zu werden. Ich bewegte meine Arme in der Hoffnung, die Flügel würden sich mitbewegen. Taten sie. Zwar nicht so ausgiebig wie erhofft, aber ausreichend, damit ich die Position ändern konnte.

Eine Windböe erfasste mich und schleuderte mich gegen die Fassade des Hochhauses. »Shit, verdammter«, fluchte ich, während ich darum kämpfte, die Balance in der Luft wiederzuerlangen. Bei Vögeln sah das immer so einfach aus. Nur ein bisschen mit den Flügeln schlagen und dann vom Wind tragen lassen.

Strauchelnd, immer wieder um mein Gleichgewicht kämpfend, stieg ich allmählich aufwärts. Ich fand heraus, dass ein einziger Flügelschlag ausreichte, um mich drei Stockwerke nach oben zu tragen. Dabei musste ich jedoch eine aufrechtere Haltung einnehmen.

Endlich erreichte ich die Höhe des Penthouses und irgendwie schaffte ich es, mich hineinzuwerfen. Ich überschlug mich und stieß mit einem Flügel gegen einen der Holzbalken, bevor ich auf allen vieren und mit einem Schmerzensschrei auf den Boden knallte. Meine rechte Schulter fühlte sich an, als steckte ein Messer darin. Meine Lunge brannte wie Feuer und ich japste verzweifelt nach Luft.

Ein Schatten fiel über mich. V betrachtete mich mit vor der Brust verschränkten Armen. »Na, wie war der Jungfernflug?«

Mühevoll rappelte ich mich auf. Jede Faser meines Körpers schmerzte. »Du verdammtes Arschloch! Ich hätte sterben können!«

»Bist du aber nicht.«

Wütend stürzte ich mich auf ihn, erwischte ihn mit meinen langen Krallen im Gesicht und lachte triumphierend auf, als ich die blutenden Striemen bemerkte.

Bevor ich einen weiteren Angriff starten konnte, packte V meine Handgelenke. »Hör auf damit. Du verletzt dich noch selbst.«

»Erst wenn ich dich in Fetzen gerissen habe.« Meine Stimme klang unnatürlich schrill und kratzig.

V lachte tief. »Das würde ich dir in dieser Gestalt sogar zutrauen.«

In dieser Gestalt ...

Nach Luft schnappend befreite ich mich aus seinem Griff und wandte mich der Glasfront zu. Der Anblick, den mir mein Spiegelbild offenbarte, ließ mich erneut aufschreien. Diesmal vor Entsetzen.

Die ledrigen Flügel überragten meinen nackten Körper, einen Körper, den ich kaum wiedererkannte. Die Haut war grau wie Asche, meine Krallen lang und spitz. Mein Haar stand in alle Richtungen ab, meine Augen leuchteten in unnatürlichem Grün. Und zwischen meinen Lippen blitzten spitze Eckzähne hervor.

»Was hast du nur aus mir gemacht?« Ich schluchzte und schlug angewidert die Hände vors Gesicht.

Ich hörte Vs Schritte hinter mir, dann spürte ich seine Hände an meinen Handgelenken. »Ich habe dir nur gezeigt, was in dir steckt.« Unnachgiebig zwang er meine Hände von meinem Gesicht.

»Ein Monster«, keuchte ich und presste fest die Augen zusammen, damit ich mein Spiegelbild nicht länger ertragen musste.

V schob sich zwischen meine Flügel und schmiegte sich an meinen Rücken. »Kein Monster. Ein Wesen der Unterwelt. Auf grausame Weise schön und mächtig. Sieh dich an, Alice.«

»Nein!«

Ein kalter Luftzug umgab uns, ein Wirbeln, ein Brennen in meiner Mitte. Erschrocken riss ich die Augen auf. Wir befanden uns nicht mehr im Wintergarten, sondern in einem Zimmer, dessen Wände mit Spiegeln ausgekleidet waren.

V stand noch immer hinter mir.

Unsere Blicke begegneten sich in den Spiegeln.

»Sieh. Dich. An.«

»Geschaffen aus Feuer und Asche«, sprach er.
»In Vereinigung von Fruchtbarkeit und Tod.«

KAPITEL SECHZEHN

»Was siehst du?« Seine Stimme klang streng. Er würde nicht zulassen, dass ich ihm auswich.

Verdammt, ich schaffte es nicht einmal, dem Wesen im Spiegel in die Augen zu sehen. »Eine Dämonengestalt«, murmelte ich und starrte auf die krallenbesetzten Fußspitzen.

»Sieh genauer hin«, flüsterte V nah an meinem Ohr und schmiegte sich enger an meinen Rücken.

Umgeben von unzähligen Spiegeln, die jede unserer Bewegungen reflektierten, gab es keine Geheimnisse. Wohin ich auch sah, begegnete ich meinem eigenen Blick und dem grässlichen Körper.

»Klauen, Reißzähne, wirres Haar … Ein Wesen, um andere zu erschrecken.«

»Ein Körper, der erschaffen wurde, um Unrecht zu rächen«, erklärte V dagegen. Er hielt noch immer meine

Handgelenke, doch nun gab er eines davon frei, um zärtlich über meine Wange zu streicheln.

»Ich möchte diesen Körper nicht«, wisperte ich.

Seine Berührung jedoch wurde noch sanfter. Er fuhr die Linie meines Halses entlang bis zu meinem Schlüsselbein. »Er ist ein Teil von dir. Ihn nicht zu wollen, bedeutet, einen Teil von dir selbst zu leugnen.«

Er verstand nicht, wie sehr mich der Anblick verstörte. »Wenn dieser Teil so schrecklich ist, wie soll ich ihn ertragen?«

»Er ist nicht schrecklich«, sprach V und ließ seine Hand noch weiter nach unten gleiten, bis er meine nackte Brust erreichte. Sein Zeigefinger umkreiste meine Brustwarze, die sich sofort verhärtete. »*Du* bist nicht schrecklich.«

Ein wohliger Schauer überkam mich und ich schloss die Augen.

»Nein, sieh hin, was ich mit dir tue«, knurrte er an meinem Ohr.

Dieses Knurren klang nicht bedrohlich, eher verlangend. Überrascht sah ich in den Spiegel. V umfasste meine Brust und drückte sanft zu. Mit der anderen Hand fuhr er von meinem Handgelenk über meinen Unterarm zu meiner Schulter. Die rötlichen Adern unter meiner grauen Haut pulsierten dabei leicht.

»Geschaffen aus Feuer und Asche«, sprach er. »In Vereinigung von Fruchtbarkeit und Tod.« Er schob mein Haar zur Seite und liebkoste mit dem Mund meinen Hals. Dann widmete er sich meinen lederartigen Flügeln. Seine Finger strichen sanft über den Flügelrand. Mein Atem stockte für

einen Moment, meine Haut prickelte unter seiner Berührung.

Seufzend lehnte ich mich an seine breite Brust und beobachtete weiterhin, wie er ausgiebig meinen Körper liebkoste. Mit jedem Augenblick, der verging, begriff ich, dass es wirklich mein Körper war, den ich dort im Spiegel sah. Er war anders ... neu ... und doch waren die Empfindungen dieselben wie zuvor.

Ich war nackt, doch mir war nicht kalt. Ganz im Gegenteil. Vs Fingerspitzen umkreisten meine Brustwarzen, die hart und dunkelgrau wurden. Er wanderte tiefer über meinen Bauchnabel bis zu meiner Scham. Ein Prickeln durchlief mich.

»Wie ... wie verwandele ich mich zurück?«, keuchte ich.

»Willst du das denn?« Sein Atem streifte warm meinen Nacken. »Oder willst du erfahren, zu was dein Körper noch fähig ist?« Sein Zeigefinger drückte auf den Eingang meiner Scheide.

»Verdammt«, keuchte ich.

»Soll ich aufhören?« Sein Mund berührte die empfindliche Haut unter meinem Ohr.

»Nein.«

Geschickt schob er meine Schamlippen auseinander und führte seinen Finger ein. Hitze durchflutete mich und ich spürte die Feuchtigkeit, mit der ich ihn empfing. Fasziniert beobachtete ich im Spiegel, wie die glühenden Adern in meiner Mitte besonders aufleuchteten.

V nutzte die freie Hand, um meine rechte Brust zu massieren, was eine weitere Welle der Glut in mir auslöste. Stöhnend öffnete ich meine Beine, sodass sein Finger noch tiefer in mich eindrang. V presste sich an meinen Rücken und ich spürte seinen Ständer in aller Härte. Das hier war keine einseitige Sache. Er wollte es genauso wie ich.

Er wollte *mich*.

Ruckartig löste ich mich von ihm und drehte mich zu ihm um. Mein Flügel krachte dabei gegen seine Brust. Überraschung zeigte sich auf seinem Gesicht und er trat einen Schritt zurück.

Ich überwand den Abstand zwischen uns und krallte mich in sein Shirt. »Ist es nicht unfair, dass nur ein Wesen von uns nackt ist?«, sagte ich.

Seine Überraschung wich Erkenntnis. »Ein Umstand, der sich leicht beheben lässt.«

Mit Leichtigkeit riss ich den Stoff entzwei. Mit den Spitzen meiner Krallen fuhr ich über seine glatte Haut, zeichnete die Tattoos nach und sah in Vs Gesicht. Glühende Lava leuchtete in seinen Obsidian-Augen. Eine Erkenntnis traf mich tief in meinem Innersten. Er war ebenso ein Kind von Dunkelheit und Licht, von Feuer und Asche. Wir waren uns ähnlich. Etwas, was ich nicht für möglich gehalten hatte, als wir uns zum ersten Mal trafen.

Vs Muskeln spannten sich unter meiner Berührung an. Seine Atmung wurde schwerer. Doch er ließ mich gewähren, ließ mich ihn erkunden.

Ich legte eine Hand in seinen Nacken, zog ihn zu mir, bis sich unsere Lippen fast berührten. »Wie schnell heilt ein Gott?«

»Probiere es doch aus«, flüsterte er an meinem Mund.

Zart biss ich in seine Unterlippe, sodass er scharf die Luft einsog. Mit einem animalischen Knurren packte er meinen Hintern und hob mich auf seine Hüfte. Unglaublich, dass er mich so einfach tragen konnte, als wäre ich leicht wie eine Feder. Mit einer Hand krallte ich mich in seinem Haar fest, mit der anderen an seiner Schulter. Ich presste mich fest an ihn. Die Flügel halfen mir dabei, das Gleichgewicht zu halten. Sehr praktisch, die Dinger.

V trug mich zur nächsten Wand und drängte mich gegen den kühlen Spiegel. Ein leises Keuchen entwich mir, als ich die kalte Oberfläche an meinem Rücken spürte, während Vs Hitze mich vorn umfing. Seine Erregung drückte gegen meine Mitte. Ich küsste ihn noch leidenschaftlicher, ließ meine Zunge über seine blutende Lippe gleiten und schmeckte Eisen und Salz.

Ich wollte mehr. Verlangend krallte ich mich in seinen Rücken und presste mich fest an ihn. V keuchte auf, was mich noch mehr anspornte. Ich bewegte meine Hüfte leicht kreisend und meine Nässe verteilte sich auf seiner Jeans.

Es dauerte nicht lange, da hatte V das stoffliche Hindernis zwischen uns einhändig beseitigt. Sein Ständer drückte gegen meinen Bauch, während V fest meinen Hintern packte.

»Siehst du dich an?«, raunte er.

Über seine Schulter hinweg sah ich in die Spiegel auf der gegenüberliegenden Seite. Sein fester Hintern, die Muskeln angespannt, boten einen genauso guten Anblick wie sein durchtrainierter Rücken, auf dem bereits rötliche Striemen von meinen Krallen prangten.

Ich nickte, um seine Frage zu bestätigen. Unvermittelt hob

V mich ein Stück hoch und drang in mich ein. Seine Härte füllte mich bis zum Anschlag aus und ich sog scharf die Luft ein.

»Sieht so ein Monster aus?«, flüsterte er.

Mein Haar umgab in hellen Kaskaden mein fahles Gesicht, in dem meine Augen giftgrün leuchteten. Meine Adern, die unter der aschigen Haut leuchtend pulsierten. Und V, der mich so mühelos hielt. Unsere verschlungenen Körper wurden ebenso reflektiert wie jede Bewegung.

V schob sein Becken vor und ich japste nach Luft. Ich ließ mich fallen in dieses Meer aus Hitze und Verlangen. Immer wieder stieß er seinen harten Schwanz in mich, während ich mit meinen Beinen seine Hüfte umklammerte, ihn tief in mich aufnahm. Mein Innerstes zog sich zusammen, pulsierte und schmolz zur gleichen Zeit. Ich konnte kaum noch atmen vor Lust ebenso wie vor Anstrengung.

Vs Bewegung durchrüttelte meinen ganzen Körper. Ich spürte ihn nicht nur in meinem Innersten ... Er war in meinen Brüsten, die sich gegen seine harten Muskeln pressten, in meinen Lippen, die ihn immer wieder liebkosten und von seinem Blut tranken, als wäre es Honig. Und in meinem Kopf.

Alles um mich herum verschmolz. Ich löste mich auf und gab mich meiner Lust und seinem Verlangen hin. Pulsierend näherte sich der Höhepunkt, der sich in mir zu einer erlösenden Explosion bündelte, die ich nur mit einem Schreien ertragen konnte. Doch V hielt nicht inne, um mein Abebben abzuwarten. Er stieß in meinen Orgasmus, trieb ihn höher. Mir wurde schwindelig und ich überließ mich ihm voll und ganz.

Schließlich zog er sich ruckartig aus mir zurück und keuchte. Sein Sperma lief heiß über die Innenseite meiner Schenkel. Mit einem letzten Funken meines Selbst bemerkte ich, dass ich mich in meine menschliche Gestalt zurückverwandelt hatte.

V stellte mich vorsichtig auf die Füße, doch meine Beine zitterten und gaben unter mir nach. Er nahm mich auf seine starken Arme. Erschöpft schmiegte ich meine Schläfe an seine Schulter. Ich erwartete schon, dass die Welt sich wieder um uns drehen würde. Doch diesmal benutzte V eine Tür, die mir zuvor nicht aufgefallen war.

Zu hinüber, um meine Umgebung wahrzunehmen, schloss ich die Augen. V hätte mich überall hinbringen können, es wäre mir egal gewesen und ich wäre auch nicht mehr in der Lage dazu gewesen, mich gegen irgendetwas zu wehren.

Erst als ich kühle Seide unter mir spürte und ich in weichen Kissen lag, öffnete ich die Augen. V beugte sich über mich und küsste meine Schläfe. Dann bedeckte er mich mit einer kuscheligen Decke aus cremefarbener Wolle.

Wir befanden uns in einem Raum mit gedämmtem Licht. Schwarze Seidenbettwäsche umgab mich in einem mehr als achtzig Zoll breiten Bett. V streckte sich neben mir aus und nahm einen Teil der Kuscheldecke.

»Wo sind wir?«, murmelte ich müde und legte meinen Kopf in seine Achsel.

Er legte seinen Arm um mich, sodass ich mich besser an ihn schmiegen konnte. »In meinem Schlafzimmer.«

»Hmm«, machte ich.

»Hmm?«

»Ich hätte nicht gedacht, dass du ein ganz profanes Schlafgemach dein Eigen nennst.«

Er lachte leise und seine Brust vibrierte dabei leicht. »Auch Götter haben es gerne bequem.« Er rekelte sich genüsslich.

»Okay, Schlafzimmer macht Sinn. Aber warum zur Hölle hast du einen Raum mit Spiegelwänden?«

Sein Lachen wurde tiefer. »Das ist mein Fitnessraum. Normalerweise halte ich mich darin fit.«

»Normalerweise?«

»Wenn ich nicht gerade eine kleine Furie ficke. Wobei ...« Er rieb sich den Nacken. »Fühlt sich genauso an wie Workout.«

Ich hob leicht den Kopf, um ihn anzusehen. Schon diese kleine Bewegung ließ meinen ganzen Körper vor Anstrengung zittern.

Vs Lippen waren rot und geschwollen und ich erkannte die Bissspuren, die ich hinterlassen hatte. Zufrieden ließ ich meinen Kopf wieder an seine Schulter sinken. Jeder Schmerz, den ich ihm zugefügt hatte, geschah ihm recht.

»Schubs mich nie wieder aus deinem Penthouse«, warnte ich ihn.

»Der Plan hat doch hervorragend funktioniert.«

»Wie meinst du das?«

»Nun, hätte ich dir lang und breit erklärt, was ich vermute, was in dir steckt, hättest du mir niemals geglaubt. Also ... habe ich Taten sprechen lassen.«

»Was du vermutest?«

»Richtig. Sicher war ich mir nicht.«

Wenn ich die Kraft dazu gehabt hätte, hätte ich ihn in diesem Moment aus dem Bett getreten. Stattdessen konnte ich meine Empörung nur verbal von mir geben. »Hättest du falschgelegen, müsstest du meine Überreste jetzt von Chicagos Straßen kratzen.«

V schob mir eine wirre Haarsträhne aus dem Gesicht. »Du wärst nicht unten aufgeprallt. Ich hätte dich aufgefangen. Ich bin ein Gott. Vergessen?«

»Oh.« Mir kam diese verstörende Sache in den Kopf, bei der wir einfach so den Ort wechselten. So hatte mich bereits Lonis zu V *transportiert* an dem schrecklichen Abend, als ich Zeuge von Vs brutaler Seite wurde. »Wie ... funktioniert das mit dem Dematerialisieren?«

»Hmm, den wissenschaftlichen Vorgang kann ich nicht darlegen. Aber man schließt die Augen, atmet tief durch und wünscht sich an den Ort, an dem man gerne wäre. Oder denkt an die Person, bei der man sein möchte.«

»So einfach?«

»In der Tat.«

»Und sind alle Götter des Olymps dazu in der Lage?«

»Ich gehöre nicht in den Olymp«, erinnerte mich V. »Aber ja, alle Kinder von Zeus verfügen über diese Fähigkeit.«

Schade, dass ich nicht von Zeus abstammte. Diese Art des *Reisens* hätte ich als vorteilhaft empfunden. Ich stammte lediglich von seinem Bruder Hades ab und von seinen Fähigkeiten wusste ich überhaupt nichts.

Ruckartig setzte ich mich auf, als mir etwas klar wurde. Die Bewegung verursachte heftigen Schwindel und ein fieses Stechen im Kopf.

»Alles in Ordnung, Kleines?« Er schien selbst erschöpft zu sein, denn er hatte die Augen geschlossen und den freien Arm über sein Gesicht gelegt.

»Veiovis, wenn Hades und Zeus Brüder sind und du der Sohn von Zeus und ich die Enkeltochter von Hades, dann macht uns das zu …« Ich konnte kaum klar denken, aber irgendwie bekam ich es doch noch auf die Reihe. »Du bist mein Vetter.«

»Zweiten Grades oder so ähnlich«, fügte V murmelnd hinzu. Es schien ihm länger bewusst gewesen sein, denn er hatte noch immer die Augen geschlossen. »Aber es gibt noch eine verwandtschaftliche Verwicklung.« Er sagte nichts weiter. Beinahe dachte ich schon, er wäre eingeschlafen, doch dann nahm er den Arm von seinem Gesicht weg und grinste mich schief an. »Persephone ist meine Halbschwester.«

»What?!«, kreischte ich und rückte von ihm ab. »Du bist mein Onkel?«

»Ebenfalls zweiten Grades. Aber das ist doch nichts Ungewöhnliches.« V schüttelte amüsiert den Kopf. »Hast du dich nie mit dem Stammbaum der griechischen und römischen Götter auseinandergesetzt?«

»So ein großes Thema war es nicht in der Schule.« Ich rückte noch weiter von ihm weg, bis ich das Ende des überdimensionalen Bettes erreicht hatte. Wie zum Schutz zog ich die Wolldecke zu mir heran, um meinen nackten Körper zu bedecken. Dadurch aber zeigte sich Vs Körper in all seiner Pracht.

»Scheiße«, fluchte ich und kniff die Augen fest zusammen.

V lachte leise vor sich hin. »Hätte nicht gedacht, dass du so prüde bist.«

»Weißt du, was ein riesiges Problem zwischen uns ist?«, keifte ich ihn an.

»Du wirst es mir sicher gleich verraten.«

»Und ob ich das tue. Jedes Mal, wenn ich denke, dass ich dir vertrauen kann und alles einfach wundervoll ist, kommst du mit einer neuen Abscheulichkeit um die Ecke.«

Er antwortete nicht. Also öffnete ich die Augen und lugte vorsichtig zu ihm hin.

V rekelte sich zwischen den Bettlaken und deckte sich endlich zu. »Keine Ahnung, wie es dir geht, aber dieser Gott hier braucht Erholung in Morpheus' Reich. Lass uns morgen weiterreden. Vielleicht kannst du dann klarer denken, kleine Furie.«

Wie konnte er so ruhig bleiben, während ich vor Scham und Wut zitterte?

»Mistkerl«, murmelte ich, legte mich hin und wickelte die Decke fest um mich.

»Immer wieder gerne, Kleines.« Seine Stimme war kaum noch in dieser Welt und im nächsten Moment vernahm ich das gleichmäßige Atmen des Schlafenden.

Verdrossen starrte ich an die Decke. Sie war bemalt in den Farben des Universums. Schwarz mit bunten Galaxien. Ein zauberhafter Anblick. Und während ich die Sterne zählte, beruhigte sich mein Gemüt endlich, sodass ich in einen erholsamen Schlaf fiel.

Man kann von Hades halten, was man will.
Aber es ist schon erstaunlich, dass in seinem Garten
die hübschesten Pflanzen gedeihen.

KAPITEL SIEBZEHN

Der Muskelkater, der mich beim Aufwachen plagte, stammte direkt aus der Hölle. Besonders sportlich war ich noch nie gewesen. Von daher hatte ich schon in der Schulzeit nach jedem Sporttag unter Muskelkater gelitten. Und einmal hatte Linda die grandiose Idee zu einer Fahrradtour an der Green Bay gehabt. Mit Übernachtung auf einem Campingplatz. Der Muskelkater, der mich nach diesem Wochenende geplagt hatte, war nicht zu vergleichen mit den Schmerzen, die mich jetzt heimsuchten.

Stöhnend richtete ich mich auf und versuchte, mich zu orientieren. Ich befand mich im überdimensionalen Bett des Rachegottes. Ebenjener schnarchte leise vor sich hin, auf der Seite liegend, das Gesicht mir zugewandt.

Fasziniert beobachtete ich, wie entspannt seine Gesichtszüge im Schlaf wirkten. Die harte Linie zwischen seinen schwarzen Brauen und der grimmige Zug um seine sinnlichen Lippen waren verschwunden. Ich widerstand dem Drang, die

Hand auszustrecken und ihm eine schwarze Haarsträhne aus der Stirn zu streifen, da ich ihn nicht wecken wollte.

Die Ereignisse der letzten Tage schienen auch an ihm nicht spurlos vorbeigegangen zu sein. Wobei ... ich wusste nicht einmal, wie viel Zeit genau zwischen der verhängnisvollen Nacht in der finsteren Gasse und heute vergangen war.

Ob mein Vater sich sorgte? Ganz sicher. Aber mein Erzeuger hatte es nicht besser verdient. Er sollte ruhig etwas vor sich hin schmoren und darüber nachdenken, was er mir, seinem eigenen Kind, angetan hatte.

Aber wenigstens bei Linda wollte ich mich melden. Sie wartete sicher auf eine Nachricht von mir. Was mich wieder darauf brachte, dass mein Handy noch oben im Wintergarten lag und ich vermutlich noch immer keinen Empfang bekommen würde.

Außerdem hatte ich Durst. Richtig großen Durst. Vorsichtig schob ich mich aus dem Bett und wickelte die kuschelige Wolldecke um meinen geschundenen Körper. Mir tat wirklich alles weh. Vom Fußzeh bis unter den Scheitel. Als könnte ich jede verdammte Muskelfaser einzeln spüren.

Meine Füße berührten weichen Teppichboden. Wenigstens das fühlte sich angenehm an. Als ich sicher war, dass ich das Gleichgewicht halten konnte, blickte ich mich im Zimmer um. Die Wände waren in einem dunklen Anthrazit gestrichen. Durch cremefarbene Vorhänge fiel sanftes Licht. Außer dem extrem großen Bett befand sich kein anderes Möbelstück im Raum. Dafür gab es drei Türen. Eine davon war aus Milchglas, die zweite war eine Schiebetür ebenfalls aus Milchglas und die dritte eine weiß lackierte Holztür.

Versuchsweise schob ich die mittlere Tür auf. Dahinter verbargen sich Vs Klamotten in einem eigenen schmalen Raum. Ein nettes kleines Ankleidezimmer mit Spiegel und Deckenstrahlern. Leise schloss ich die Tür und widmete mich der anderen Milchglastür. Diesmal entdeckte ich ein Badezimmer, das genauso groß war wie das Schlafzimmer. Ein Jacuzzi war in der Mitte des Raumes in den Boden eingelassen. Mein Körper sehnte sich nach einem heißen Bad in der Wanne. Der Boden selbst war aus dunklem Stein und – natürlich – mit einer Fußbodenheizung ausgestattet.

Ich schlich zur Toilette, die sich hinter einem Paravent befand, und nachdem ich den körperlichen Bedürfnissen nachgekommen war und mir die Hände am Waschbecken gewaschen hatte, betrachtete ich mein Gesicht im breiten Spiegel, der darüber angebracht war. Mein Haar fiel wirr bis auf meine Schultern, meine Wangen aber wirkten rosig und meine Augen leuchteten heute mehr braun als grün.

Ich nahm die Decke von meinem Körper. Meine Schulter, mit der ich gegen den Fensterbalken geknallt war, war von einem fetten dunklen Fleck geziert. Auch an anderen Stellen fanden sich blaue Flecken und Schrammen.

Und meine Scham fühlte sich ... benutzt an. Auf gute Weise benutzt. Meine Mitte zog sich sehnsuchtsvoll zusammen, als ich daran dachte, wie V mich im Spiegelraum genommen hatte. Fest, fordernd, ohne Rücksicht. Und mein Körper wollte mehr davon.

Seufzend schlang ich die Decke wieder um mich. Dann drehte ich den Wasserhahn auf und trank durstig direkt vom laufenden Wasserstrahl. Als mein Durst gestillt war, wusch ich mir noch das Gesicht und versuchte, mein Haar zu ordnen. Mein Magen knurrte. Das Wasser hatte ihn daran erinnert, dass er leer war.

Zurück im Schlafzimmer schlich ich zur weißen Holztür. V schlief immer noch tief und fest. Jenseits der Tür befand sich ein Flur. Er sah genauso aus wie der, in den ich vom Gästezimmer aus gekommen war. Versuchsweise ging ich in die Richtung, in der ich das Wohnzimmer vermutete. Es war genau dort. Also befanden sich Vs Schlafzimmer und mein Gästezimmer auf demselben Flur. Und der Spiegelraum ebenso.

Ich speicherte diese Erkenntnis in meinem Gedächtnis ab, obwohl ich immer noch nicht ganz einordnen konnte, wie groß dieses Appartement wirklich war. Im Moment wirkte es auf mich wie eine übergroße Villa aus den Südstaaten. Was Schwachsinn war, denn es war immer noch *nur* ein Penthouse mitten in Chicago.

Wenigstens konnte ich mich nun daran erinnern, wie man eine Etage nach oben zum Wintergarten und zur Küche kam. Vielleicht würde ich dort etwas zu essen finden.

Kaum hatte ich den ersten Schritt auf dem Holzboden getan, begrüßte mich der Duft von gebratenen Eiern und Kaffee. Zudem summte jemand die Melodie von »Look What You Made Me Do« von Taylor Swift.

Verblüfft blieb ich stehen, als ich erkannte, wer sich in der Küchenzeile austobte. Lonis hantierte mit einer Bratpfanne am Herd und bewegte sich im Takt der Melodie. Sein braun gebrannter, durchtrainierter Körper steckte in engen Jeans und einem weißen T-Shirt.

Auf dem Tresen befanden sich bereits eine Glaskanne mit Orangensaft, eine Schüssel mit Obstsalat, ein Brotkorb, eine Platte mit diversen Käsesorten und ein Topf, dessen Inhalt nach Butter aussah.

»Oh, sieh an, wer sich blicken lässt«, meinte der Gott des Lichts und der Musik vergnügt, als er sich umdrehte und mich bemerkte. Er füllte Rührei in eine weitere Schüssel auf dem Tresen. Dann sah er mich nochmals an. »Warum trägst du nichts anderes als eine Wolldecke?«

Hitze stieg mir in die Wangen und ich verschränkte die Arme vor der Brust. »Weil ich keine Ahnung habe, wo meine Klamotten sind.«

Er legte den Kopf schief. »Oh, das ergibt Sinn. Oder auch nicht. Als ich dich zuletzt sah, warst du in der Zelle des Schreckens gefangen.«

Stirnrunzelnd ließ ich mich auf einem der Barhocker nieder, die vor dem Tresen standen. Ich zupfte die Wolldecke zurecht, damit dabei wenigstens ein Großteil meines Hinterns bedeckt war. »Zelle des Schreckens?«

»So nenne ich sie. Weil V beliebt, dort allerlei schreckliche Gestalten festzuhalten.«

»Wow, nett.« Missgelaunt griff ich nach der Karaffe mit Orangensaft.

Lonis schob mir ein frisches Trinkglas zu. »Damit möchte ich nicht sagen, dass du schrecklich bist.«

Er hatte mich auch noch nicht in meiner Furiengestalt gesehen. »Können wir einfach das Thema wechseln?«

»Gerne«, flötete mein Gegenüber. »Hast du Hunger?«

Nickend nahm ich einen großen Schluck O-Saft.

»Und magst du Kaffee?«

»Unbedingt.«

»Alles klar. Kommt sofort.« Er betätigte einen modernen Kaffeeautomaten, sodass das herzhafte Mahlgeräusch zu hören war. »Trinkst du Milch? Oder eine pflanzliche Alternative?«

»Milch ist okay.«

Wieder vor sich hin summend öffnete Lonis den Kühlschrank und bereitete mir den Kaffee zu. Dabei konnte ich ihn in Ruhe beobachten. Das Veilchen war verschwunden. Vermutlich heilten Götter schneller als wir Menschen.

Ein stechender Schmerz durchzog meine Stirn und ich musste kurz die Augen schließen und den Schmerz wegmassieren. Denn gerade war mir eingefallen, dass ich ja kein vollständiger Mensch war. In mir floss göttliches Blut, so wie Veiovis es von Anfang an gesagt hatte. Schade nur, dass dieses göttliche Blut nicht dafür sorgte, dass mein Muskelkater aufhörte oder wenigstens die Kopfschmerzen.

»Ist alles in Ordnung?«, fragte Lonis sanft, als er die Kaffeetasse vor mir abstellte.

»Kopfschmerzen. Gehen sicher gleich wieder weg.«

»Hast du die öfter?«

»Nein, es war nur ... eine anstrengende Nacht. Vermutlich hab ich zu wenig getrunken.«

»Verstehe.« Lonis stellte ein Glas Wasser neben meinen Kaffee.

Ich trank das komplette Glas leer. Dabei bemerkte ich, dass der Gott des Lichts mich nachdenklich musterte.

»Hab ich irgendwas im Gesicht?«, wollte ich irritiert wissen.

»Nein, aber tausend Schrammen am Körper. Soll ich dir etwas gegen die Schmerzen geben?«

»Das wäre göttlich.«

Lonis lachte charmant. »Kann man wohl so sagen.«

Er öffnete mehrere Küchenschränke, bis er das Gesuchte fand. Ein Glas mit einer goldfarbenen Kräutermischung. So sah es zumindest für mich aus.

Triumphierend hielt er das Einmachglas in die Höhe. »Wusste ich doch, dass er einen Vorrat davon hier hat. Du wirst sehen, gleich geht es dir besser.«

»Was ist das?« Neugierig sah ich dabei zu, wie er einen Teelöffel davon in eine Schüssel Obst rührte und sie mir dann zuschob.

Lonis hob die Brauen und grinste verschwörerisch. »Ambrosia.«

Die Speise der Götter. In einem von Vaters Büchern hatte ich davon gelesen. Ambrosia war jene Speise, die den Göttern ihre Unsterblichkeit verlieh. Zumindest wenn man den griechischen Autoren glaubte.

»Ist sie für Sterbliche nicht tabu?«, fragte ich irritiert und starrte in die Schüssel vor mir, auf der sich nun ein feiner Goldstaub zeigte.

»Du bist aber keine gewöhnliche Sterbliche, oder?« Lonis schien sich dabei nicht ganz sicher zu sein. Er verschraubte das Glas und sah mich erwartungsvoll an. »Magst du es nicht kosten?«

Ich nahm einen kleinen Löffel von der Mischung und

schob ihn zwischen meine Lippen. Als Erstes schmeckte ich Banane und Trauben ... doch dann explodierte ein süßlich-herber Geschmack in meinem Mund, der mir ein leichtes Kratzen im Hals verursachte. Hüstelnd griff ich nach dem Glas, das Lonis rasch mit Wasser aufgefüllt hatte.

Das Kratzen im Hals wich angenehmer Wärme. Als hätte ich einen leckeren Tee getrunken. Die Wärme breitete sich von meinem Hals über mein Gesicht und meinen Hals bis in meine Brust aus. Die Kopfschmerzen klangen ab und auch der Rest meines Körpers entspannte sich.

Versuchsweise nahm ich einen weiteren Löffel und ließ den köstlichen Geschmack auf der Zunge zergehen.

»Schmeckt es dir?«

Ich nickte und aß den Rest der Schüssel leer.

Lonis grinste vor sich hin und hantierte weiter mit den Küchengeräten. »Ich könnte noch ein paar Pancakes zubereiten, wenn du magst.«

Es befand sich bereits jetzt mehr als genug Essen auf dem Tresen. »Wow, ich glaube nicht, dass das notwendig ist.«

Lonis betätigte noch einmal die Kaffeemaschine, diesmal, um sich selbst eine Tasse zuzubereiten.

»Wie kommt es eigentlich, dass du dich so gut in Vs Küche auskennst?«

»Ich nutze sie hin und wieder, wenn er unterwegs ist.« Er zwinkerte mir verschwörerisch zu. »Hier ist es ruhiger, als in meinem Appartement über dem Club.«

Es war äußerst faszinierend. Lonis war ein ganz anderer Typ als V. Ihm fehlte die Düsternis, das Grüblerische ... er strahlte von innen heraus. Kein Wunder, da er der Gott des Lichts war.

Meine Neugier war jedoch noch immer nicht gestillt. »Lebst du nicht lieber auf dem Olymp?«

Er lachte amüsiert. »Sicher nicht. Versteh mich nicht falsch. Ich verstehe mich meistens gut mit meiner Familie. Aber sie kann auch sehr anstrengend sein.« Mit seiner Kaffeetasse kam er um den Tresen herum und setzte sich auf den zweiten Hocker neben mir. »Außerdem bin ich gerne unter den Menschen.«

»Wirklich?« Da ging es ihm offensichtlich ganz anders als seinem Bruder.

»Ja, ich liebe es, ihnen beim ... Leben zuzusehen. Ja, so kann man es ausdrücken. Menschen haben nichts an ihrer Faszination verloren. Sie feiern, sie streiten. Sie lieben, sie hassen. Sie erschaffen neues Leben, sie töten. Und sie erschaffen Kunst. Eine Kunst, die all ihr Leid und auch ihre Leidenschaft wiedergibt.« Seine Augen bekamen ein tiefes Leuchten, so blau wie die Südsee. Er nahm einen Schluck vom Kaffee und schloss genießerisch die Lider. »Und die Menschen haben Kaffee. Fast so gut wie Ambrosia, wenn du mich fragst.«

Ich trank von meinem Kaffee und musste feststellen, dass im direkten Vergleich Kaffee eher wie dünnes Brackwasser schmeckte.

»Genug von meinen Vorlieben.« Lonis winkte ab. »V und ich haben beide vermutet, dass du ein göttliches Wesen bist. Zumindest zu einem gewissen Anteil.« Er rutschte so zurecht, dass er mich direkt ansehen konnte. »Ich gehe mal davon aus, dass ihr beiden mittlerweile wisst, zu welchem Anteil du göttlich bist und welches meiner umtriebigen Geschwisterchen dich gezeugt hat.«

»Ähm, so ähnlich.« Ich trank lieber noch einen Schluck Kaffee, um meine Gedanken zu sortieren. »Eigentlich war es keiner deiner Geschwister, sondern eine …« Meine Gehirnwindungen versuchten, den Stammbaum zu sortieren. Vielleicht sollte ich ihn mir irgendwo aufmalen, damit ich nicht durcheinanderkam? »Eine von deinen Cousinen.«

»Cousine?« Er kratzte sich nachdenklich am Kinn.

Es war unnötig, daraus weiter ein Geheimnis zu machen. »Meine Mutter ist Alekto, die niemals Rastende.«

Lonis stieß einen Pfiff aus. »Deine Mutter ist eine Furie.« Er ließ seinen Blick über mich gleiten. »Das ergibt Sinn.«

»Echt? Für mich ergibt es immer noch so wenig Sinn wie Stochastik in Mathe.«

Lonis sah nicht so aus, als ob er wüsste, wovon ich sprach.

Ich winkte ab. »Vergiss, was ich gesagt habe. Jedenfalls habe ich herausgefunden, dass ich eine halbe Furie bin. Und somit …«

Seine Augen leuchteten auf. »Einer von Hades' Sprösslingen.« Sein Grinsen wirkte mehr als amüsiert. »Man kann von Hades halten, was man will. Aber es ist schon erstaunlich, dass in seinem Garten die hübschesten Pflanzen gedeihen. Wobei das womöglich eher an meiner lieben Schwester Persephone liegen könnte.«

Hübsch? *Er* nannte mich hübsch?

Sicher nur, um mich aufzumuntern.

»Jedenfalls erklärt das, warum V und du zueinander

hingezogen werdet«, erzählte Lonis weiter. »Ihr seid beide Kinder der Unterwelt.«

Ich nickte. »Ja, ist wohl so.«

Wobei ich noch immer nicht ganz verstand, wie diese gegenseitige Anziehung funktionierte.

Lonis sah mich über den Rand seiner Kaffeetasse hinweg an. »Und hat er dir von seinem Plan erzählt?«

»Nein, wir waren erst mal damit beschäftigt ...« Verdammt, mir wurde heiß, als ich an letzte Nacht dachte. »Wir waren damit beschäftigt, unsere Standpunkte klarzumachen und herauszufinden, welche Fähigkeiten ich besitze.«

Aber wenn Lonis fragte, dann kannte er Vs Plan. Den Plan, von dem ich nur die Hälfte wusste.

»Er erwähnte, dass ich einen geheimnisvollen Gegenstand aus der Unterwelt für ihn besorgen soll.«

Lonis nickte und sein Lächeln verging. »Eigentlich ist es nicht für V.«

»Nicht? Ich dachte, er bräuchte diesen Gegenstand, um zurück in den Olymp zu kehren.«

»Das stimmt. Unser Vater würde ihn mit offenen Armen empfangen, wenn er ihm den Stab überreichen würde.«

»Ein Stab also?«

Der Gott des Lichts senkte den Blick und eine zarte Linie bildete sich zwischen seinen goldfarbenen Brauen. »Den Stab des Äskulap. Sagt dir das etwas?«

Ich nickte. »Ja, natürlich. Mein Vater ist Arzt.«

Lonis lächelte traurig. »In der Tat, dann führt dein Vater das Zeichen der Heilkunst.«

Wieso wirkte Lonis plötzlich so betrübt? Was verband ihn mit diesem Stab?

»Bist du es, der den Stab des Äskulap benötigt?«

»Benötigen? So kann man es ausdrücken.« Er atmete tief durch. »Der Stab gehörte meinem Sohn.«

Natürlich, Asklepios, der Sohn des Apollon. Er war ein bedeutender Heiler des Altertums gewesen und hatte einen Stab mit sich geführt, der von einer Natter umschlungen war. Der Legende nach hatte Asklepios schließlich über so viel Heilwissen verfügt, dass er einen Toten zum Leben erweckte. Hades, der Gott des Totenreiches, war mehr als erzürnt darüber gewesen, sodass er sich an seinen Bruder Zeus wandte. Dieser wähnte ebenfalls das natürliche Gleichgewicht durch die Tat von Asklepios in Gefahr und tötete ihn deswegen mit einem Blitz.

Mein Vater hatte mir die Geschichte erzählt, als ich ihn als Kind gefragt hatte, warum die Ärzte diesen Schlangenstab als Symbol führten.

»Wurde Asklepios nicht in den Olymp aufgenommen?«, fragte ich nach, da ich mir nicht sicher war.

Doch Lonis schüttelte den Kopf. »Zeus vergöttlichte ihn, als ihm seine Tat leidtat. Aber mein Sohn weilt nicht auf dem Olymp.« Er deutete gen Himmel. »Sein Sternbild leuchtet für uns jede Nacht und seine Göttlichkeit bietet denen, die ihm folgen, Trost und Inspiration.«

Deswegen also wirkte Lonis plötzlich so bekümmert. Ich griff nach seiner Hand und drückte sie fest. »Es tut mir leid, dass du deinen Sohn verloren hast.«

Er nickte und räusperte sich, erwiderte aber meinen

Händedruck. »Der Stab war jahrhundertelang verschwunden. Selbst Zeus wusste nichts über seinen Verbleib. Wir nahmen an, er war zerstört worden, als Zeus' Blitz meinen Sohn traf. Doch es gab Gerüchte. V konnte herausfinden, wo sich der Stab befindet. Hades hat ihn mit sich in die Unterwelt genommen und behält ihn für sich.« Er atmete tief durch und sah mir fest in die Augen. »Ich hätte diesen Stab gerne wieder. Er ist das Einzige, was mir von meinem Sohn geblieben ist.«

Und er und V glaubten wirklich, dass ich dazu in der Lage war, diesen Stab aus der Unterwelt zu holen?

Schritte nahten und ich drehte mich um. V hatte den Wintergarten betreten. Er war nur mit einer Boxershorts bekleidet und hatte die Arme vor der muskulösen Brust verschränkt. Er besaß also doch Unterwäsche. Sein Blick lag düster auf Lonis und mir und unseren ineinander verschlungenen Händen.

»Lonis«, knurrte er. »Du hast zwei Sekunden Zeit, dich von ihr zu entfernen. Sonst schenke ich dir eine kostenlose Fahrt in den Tartaros.«

Es ist die menschliche Hälfte in dir, die dich so vollkommen für diese Aufgabe macht. Du wirst den Verlockungen des Schattenreiches nicht nachgeben. Deine Menschlichkeit wird dich davor bewahren, voll und ganz in der Dunkelheit aufzugehen.

KAPITEL ACHTZEHN

Lonis gab einen belustigten Laut von sich. »Bruder, bist du etwa eifersüchtig?«

Vs Miene war so finster, wie ich es noch nicht bei ihm erlebt hatte. Noch schlimmer als in jener Nacht in der dunklen Gasse, in der er dem Mafiosi ein brutales Ende bereitet hatte.

»Ich sagte, du sollst die Hände von ihr lassen.« Mit langsamen Schritten kam er auf uns zu. Sein Gang ähnelte einem Panther, der sich seiner Beute näherte.

Lonis drückte meine Hände fest, bevor er sie losließ, und zwinkerte mir zu. »Er mag dich.« Dann wandte er sich seinem Bruder zu. »Du siehst übrigens ganz schön scheiße aus. Bist du irgendwo unter die Räder gekommen?«

Vs Knurren ging mir direkt unter die Haut. »Das geht dich nichts an.«

Ich drehte mich auf dem Hocker in Vs Richtung, wobei

ich den Saum der Decke zurechtzog, damit ich nicht meine intimste Stelle entblößte.

Vs Blick huschte direkt dorthin und sein Ausdruck wurde noch finsterer. Auf seinen sinnlichen Lippen zeigten sich die dunkelroten Spuren meiner Bisse in dunkler Kruste. Sein Gesicht war von einem tiefen Kratzer geziert, ebenso wie seine Schultern. Und ich war mir sicher, dass auch auf seinem Rücken Kratzer prangten.

So sehr mich sein Anblick dazu reizte, ihm genau diese Kratzer ein weiteres Mal zuzufügen, musste ich zuerst etwas klarstellen. »Falls du glaubst, Besitzansprüche an mich stellen zu dürfen, muss ich dich enttäuschen. Ich kann mich mit Lonis genauso unterhalten wie mit jedem anderen Mann. So lange und auf die Weise, wie es mir beliebt.«

Er rückte noch näher an mich. Sein Atem streichelte meine Schläfe. »Das ist mir klar. Was du aber auch wissen solltest, ist, dass mein Bruder keine Gelegenheit ungenutzt verstreichen lässt.«

Lonis lachte herzhaft. »Als könnte ich mich nicht beherrschen.« Er rutschte vom Hocker und klopfte V auf die zerkratzte Schulter, sodass dieser scharf die Luft einsog. »Trink erst mal einen Kaffee, Kumpel. Danach sieht die Welt schon besser aus.«

V nahm das Angebot an und setzte sich auf den frei gewordenen Hocker. »Espresso, doppelt, ohne Zucker.«

»Alles klar, kommt sofort. Soll ich dir auch etwas Ambrosia einrühren?«

V zog die Brauen zusammen und sah von seinem Bruder

zu dem Glas auf dem Tresen und dann zu mir. »Hat er dir Ambrosia gegeben?«

Ich streckte mich genüsslich. »Wundervolles Zeug. Ich fühle mich wie neu geboren.«

Seine Faust knallte auf den Tresen und ließ mich zusammenzucken. »Es hätte dich töten können!«

Lonis antwortete: »Ganz offensichtlich hat es das aber nicht.«

Kritisch betrachtete ich das Einmachglas. »Das *hätte* interessiert mich allerdings doch.«

»Ambrosia ist nur für die Götter bestimmt«, erklärte V genervt. »Auf Menschen hat es bei Überdosierung eine tödliche Wirkung. Und welche Wirkung es auf Halbgötter hat, ist nie vorherzusehen.«

»Ach, komm schon, Bruder. Sie ist Hades' Enkeltochter. Ich wette mit dir, dass sie selbst gegen das Wasser des Styx immun wäre.«

V schüttelte den Kopf. »Wie lange habt ihr euch hier ohne mich unterhalten?«

»Lange genug, damit Lonis und ich ein paar Informationen austauschen konnten. Unter anderem weiß ich endlich, welchen Gegenstand ich aus der Unterwelt holen soll.« Ich nahm die Kaffeetasse und nippte daran. Das Gebräu schmeckte nun besser. »Du hättest mich auch einfach darum bitten können, anstatt mich tagelang im Unklaren zu lassen und mich in einer Zelle einzusperren.«

»Du hättest mir sicher auch von Tag eins an geglaubt.« Der Sarkasmus in seiner Stimme war nicht zu überhören. »Du bist schon beinahe in Ohnmacht gefallen, als ich dir erklärte, wer Lonis und ich sind.«

Da musste ich ihm recht geben. Obwohl es mir mittlerweile wie in einem anderen Leben vorkam, als ich mit ihm in Mellys Restaurant gegessen hatte.

V hatte seinen Kaffee von Lonis erhalten und trank einen großen Schluck davon. Er schloss die Augen und mit jedem Atemzug war ihm die Entspannung mehr anzusehen. Die Kratzer verblassten. Seine Lippe heilte. V bewegte seinen Kopf leicht zur einen Seite und dann zur anderen, wobei seine Gelenke knacksten. Dann schüttelte er sich und seufzte. »Schon besser.«

»Gut«, meinte Lonis. Er schob ihm einen Teller mit Rührei zu. »Iss etwas, damit sich deine Laune bessert und damit wir endlich die wichtigen Punkte klären können.«

V nahm einen Happen Rührei. »Welche Punkte wären das genau?«, fragte er kauend.

Ich räusperte mich, um die Aufmerksamkeit der beiden Götter auf mich zu lenken. »Wenn ich kurz dazwischenfunken dürfte, falls ihr wieder Pläne über meinen Kopf hinweg schmieden wollt.«

Lonis nickte mir zustimmend zu, V kaute weiter, was ich ebenfalls als Zustimmung deutete.

»Ich habe Fragen. Sehr viele Fragen. Könnt ihr mir die beantworten?«

Lonis kam seinem Bruder zuvor. »Klar. Frag und wir antworten.«

V versteifte sich, als wäre ihm das nicht recht. Er spülte sein Frühstück mit Kaffee runter, sodass die Tasse leer war.

Dann sah er mich an, ließ seinen Blick von meinem Gesicht über den Ansatz meiner Brüste bis weiter nach unten wandern, wo sich ein verräterisches Zucken bemerkbar machte.

»Möchtest du nicht zuerst duschen und dich anziehen?«

Warum hatte ich das Gefühl, dass er mich für einen Moment aus dem Raum haben wollte? Vermutlich, um mit Lonis unter vier Augen über mich und das weitere Vorgehen zu sprechen. Das konnte er sich abschminken.

»Nein, ich fühle mich hervorragend«, antwortete ich übertrieben gut gelaunt. Meine Haare klebten mir im Nacken und ich konnte an mir selbst noch immer den Duft von Sex wahrnehmen. Aber ich würde einen Teufel tun, die beiden hier allein zu lassen, damit sie über mich reden und über mein Leben bestimmen konnten. »Dürfte ich wohl noch etwas Kaffee haben?«, flötete ich in Lonis' Richtung.

»Natürlich, meine Liebe.« Lonis schien amüsiert über meine Reaktion zu sein. Grinsend nahm er meine Tasse und bereitete mir ein weiteres Heißgetränk zu. »Welche Fragen hast du, Alice?«

»Zuerst einmal würde ich gerne wissen: Warum ich? Ihr beiden wart nicht zufällig in der Bar, das hat V mir bereits erzählt. Aber warum geht ihr davon aus, dass ich es bin, die euch helfen kann? Mal abgesehen davon, dass ich offensichtlich eine Furie bin, wovon ich die letzten achtundzwanzig Jahre nichts wusste. «

V schwieg finster vor sich hin. Lonis räusperte sich. »Seitdem V von dem Gerücht gehört hat, dass sich der Äskulapstab im Besitz von Hades befindet, haben wir überlegt, wie wir dorthin kommen. Sicher kannst du dir vorstellen, dass der Herrscher der Unterwelt sofort Bescheid weiß, sobald ein Sohn von Zeus sein Reich betritt. Wir sind nicht so gern gesehene Besucher beim Herrn der Finsternis.« Was Lonis nicht groß zu bekümmern schien. Der Sonnyboy grinste weiter in meine Richtung, nachdem er die Kaffeetasse wieder vor mir abgestellt hatte. »Das Problem ist, dass wir niemandem trauen können. Hermes wäre eine Option gewesen, als Götterbote. Aber Hermes ist auch eine Tratschtante und bald hätte jeder von unserem Vorhaben gewusst. Auch mit uns befreundete Naturgeister schieden aus, denn sie halten sich heutzutage aus den Querelen der olympischen Götter heraus. Zu oft mussten sie Strafen erleiden, wenn sie den Stolz einer Gottheit verletzt hatten. Also blieb uns nur ...« Lonis sah zu V.

Sein Bruder wandte sich mir zu. »Ein Wesen, das niemand kennt. Ein Wesen, das sowohl göttlich ist, um die Reise in die Unterwelt zu überleben, als auch menschlich.«

Der letzte Punkt verwirrte mich. »Warum menschlich? Ich meine, warum ist das wichtig?«

»Du bist ein Kind der Dunkelheit«, erklärte V. »Und genau deshalb kannst du unbeschadet den Hades betreten. Die Finsternis und die Verdammnis können dir nichts anhaben, denn sie sind ein Teil von dir.« Er streckte die Hand aus und fuhr erstaunlich sanft mit dem Zeigefinger die Linien meines Gesichts nach, als hätte er eine Skulptur vor sich, die man nur begreifen konnte, wenn man sich ihre Linien genau einprägte. »Aber weder Finsternis noch Verdammnis füllen dich ganz aus. Es ist die menschliche Hälfte in dir, die dich so vollkommen für diese Aufgabe macht. Du wirst den Verlockungen des Schattenreiches nicht nachgeben. Deine Menschlichkeit wird dich davor bewahren, voll und ganz in der Dunkelheit aufzugehen.«

Ich begriff immer noch nicht ganz, was er meinte, und schaute zu Lonis.

»Du wirst wissen, was er meint, wenn du dort angekommen bist«, fügte er hinzu.

»Wie ist es dort unten?« Ein kalter Schauer überkam mich.

Natürlich gab es Filme und Bücher. Aber niemand von denen, die darüber geschrieben hatten, waren wirklich dort gewesen.

»Kalt«, antwortete V. »Selbst dort, wo die roten Fluten des Flammenflusses entlangfließen, fühlt man sich wie in einer schwarzen Arktis. Der Boden, über den man schreitet, ist scharf wie die Scherben von Obsidian.«

»Wow, klingt verlockend.«

»Doch die Unterwelt selbst ist nicht das Schrecklichste. Es sind die Wesen, die dort leben ... oder eben nicht mehr leben. Sie sind verbittert, voller Zorn und Wut. Vertraust du einem von ihnen, fällt er dir in der nächsten Sekunde mit seinen Krallen in den Rücken.«

Ich erschauderte erneut und sog scharf die Luft ein. »Keine Ahnung, ob ich mir das zutraue. Sicher werde ich hilflos und verloren sein. Ich bin doch nur eine Buchhalterin, weder *Supergirl* noch *Wonder Woman*.«

»Sagt die Frau, die letzte Nacht durch die Straßen Chicagos geflogen ist.« V grinste leicht.

»Geflogen? Du hast mich geschubst!«

Lonis lachte auf. »Will ich genau wissen, was da passiert ist?«

»Nein!«, fauchten V und ich gleichzeitig.

Das amüsierte Gesicht von Lonis wandelte sich und zeigte nun Überraschung, als er von V zu mir und dann zurück sah. »Alles klar. Dann frage ich nicht weiter nach.« Er räusperte sich und richtete kurz den Blick an die Decke. Dann wandte er sich an mich. »Ich kann verstehen, dass dich die Aussicht, den gefährlichsten Ort des Jenseits aufzusuchen, nicht sonderlich begeistert. Es ist ein grausamer Ort, genau wie mein Bruder es schilderte. Du bist die Einzige, die uns helfen kann. Das Wesen, auf das wir seit Jahrhunderten gewartet haben. Und doch werden wir dich zu nichts zwingen. Du entscheidest selbst, ob du gehen willst oder nicht.«

In seinen strahlend blauen Augen lag eine Direktheit, die ich selten erlebt hatte. Bei jedem anderen hätte sie einschüchternd gewirkt, bei ihm jedoch war sie auf sonderbare Weise ... einhüllend ... beruhigend.

Apollon, der Gott des Lichts, war laut mythologischen Überlieferungen nicht nur der am besten aussehende Gott des Olymps, sondern ein wahrer Menschenfreund. Er teilte seine Leidenschaft für Musik und die schönen Künste mit den Menschen. Er verfügte sogar über Heilkräfte. Menschen vertrauten ihm. Genau wie ich. Ich vertraute Apollon mehr als Veiovis. Und es brach mir das Herz, dass er auf das Einzige, das ihm von seinem Sohn geblieben war, verzichten sollte.

»Du würdest deine Mutter treffen«, gab V zu bedenken. »Sie kann dir all deine Fragen beantworten zur Beziehung deiner Eltern und zu dir selbst.«

Fragen hatte ich wahrlich genug. Und nur wenige Antworten. Denn mit jeder neuen Erkenntnis tauchten gefühlt zehn neue Rätsel auf. Die Ungewissheit drohte, mich zu zerreißen. Ich hasste ungelöste Rätsel. Es war ein innerer Drang, sie in jedem Fall zu knacken. Ob es nun mathematische Rätsel oder mein eigenes Leben betraf.

Aber das hier war nicht irgendein Rätsel. Es war der tödliche Weg in die Unterwelt, der mir bevorstand, sollte ich mich dazu bereit erklären, Lonis und V zu helfen.

»Wie genau würde ich dorthin kommen?«, wollte ich wissen. »Und wo ist dieser Stab zu finden?«

Lonis lächelte erleichtert.

V schnalzte mir der Zunge. »Wir werden dir alles ganz genau beschreiben«, versprach er. »Wir bringen dich gemeinsam zu den Tiefen, durch die du in die Unterwelt gelangst. Durch eine Höhle gelangst du direkt zum Fluss Styx, wo der Fährmann Charon die toten Seelen erwartet. Er wird dich über den Fluss des Grauens bringen.«

Ich schauderte. »Fluss des Grauens. Das bedeutet dann wohl, dass ich in dem Wasser nicht schwimmen sollte?«

Die Götter sahen mich entgeistert an.

Okay, die Frage hätte witzig sein sollen.

V schüttelte ernst den Kopf. »Das Wasser des Styx ist so giftig, dass es alles Leben zerstört. Es kann nicht nur Fleisch, sondern auch Metall und Stein zersetzen. Selbst für Götter kann der Styx tödlich enden. Er ist der gefährlichste der fünf Flüsse der Unterwelt.«

Mir wurde kalt und ich zog die Decke enger um meinen

Körper. »Ihr seid euch sicher, dass Charon mich unbeschadet über den Fluss bringen wird?«

V und Lonis tauschten vielsagende Blicke.

Ich seufzte. »Ihr seid also nicht sicher?«

»Doch, sind wir«, behauptete V. »Er muss dich mitnehmen, denn in dir fließt das Blut des Hades. Allerdings wirst du ihm einen teuren Obolus zahlen müssen, weil dein Körper noch lebendig ist.«

»Keine Sorge«, warf Lonis ein. »Ich werde dir die kostbarste Münze besorgen, die Charon je gesehen hat.«

Mein Verstand versuchte zu verarbeiten, was ich gerade gehört hatte. »Also gut, gehen wir mal davon aus, ich schaffe es über den Styx. Wie geht es weiter? Gibt es da nicht diesen Hund mit den drei Köpfen?«

V nickte. »Kerberos, Hades' Wachhund. Er passt am Tor auf, dass kein Lebender das Reich des Hades betritt und kein Toter es verlässt.«

»Das ist toll, denn wenn alles gut läuft, werde ich dann immer noch lebendig sein.«

Die Götter lachten immer noch nicht. Späße waren wohl eher nicht angebracht. Aber das war meine Art, mit dem Gehörten umzugehen. Sonst wäre ich längst vor Panik in Ohnmacht gefallen.

»Du wirst ganz locker an ihm vorbeikommen«, versprach Lonis. »Kerberos hat eine Schwäche für Honigkuchen. Wie es der Zufall so will, kenne ich das Rezept für den goldenen Honigkuchen, mit dem Aeneas ihn bestechen konnte.«

Nun schien auch V überrascht. »Wirklich? Davon hast du mir nie erzählt.«

Lonis winkte ab. »Das ist eine lange Geschichte.«

»Okay, also Hund und Honigkuchen. Was kommt dann?«

V fuhr sich durchs schulterlange Haar und widmete mir einen eindringlichen Blick. »Du betrittst das Totenreich. Die Seelen der Toten erwarten hier ihre drei Richter, die sie entweder in das Elysium, zum Asphodelienfeld oder in den Tartaros schicken. Die Richter werden dich nicht belangen. Direkt hinter ihrem Podest erhebt sich ein Hügel, und auf diesem prunkt der Palast von Hades.«

Mein Herz pochte heftig in meiner Brust. Es war noch immer nicht begreiflich, dass der Herr der Unterwelt mein Großvater sein sollte. »Und in diesen Palast kann ich einfach so hineinspazieren?«

V nickte. »Man wird dich einlassen, sobald man erkennt, wer du bist. Hades wird sich persönlich mit dir beschäftigen wollen. Dann kannst du ihn nach deiner Mutter fragen.«

Ich faltete die Hände vor meiner Brust, als könnte dies mein Herz beruhigen. »Ist er … brutal?«

»Wieso sollte er zu dir brutal sein? Du bist von seinem Blut. Das können die wenigsten Götter von sich behaupten. Er wird höchst interessiert sein an deiner Geschichte.«

»Vergiss, was man über Hades erzählt«, fügte Lonis hinzu. »Grausam und brutal sind alle Götter. Doch Hades' Aufgabe ist der Tod. Deswegen wirkt er ernster als alle anderen zusammen.«

V senkte den Blick. »Doch egal, worüber ihr redet und wie er dich empfängt, erwähne auf gar keinen Fall den Stab des Äskulap. Sonst fliegt der ganze Plan auf.«

»Und wie soll ich den Stab finden, wenn ich nicht danach

frage? Soll ich den Palast heimlich durchsuchen wie eine Einbrecherin?«

»Den Gerüchten nach befindet sich der Stab in der Schatzkammer direkt hinter dem Thronsaal«, erklärte V ruhig. »Wenn du es schaffst, dort hineinzugelangen und den Stab zu finden, musst du die Unterwelt so schnell wie möglich verlassen.«

»Das wird einfach so gehen?«

»Nein, wird es nicht. Du benötigst einen Mistelzweig aus dem Garten von Persephone. Damit gelangst du unbeschadet hinaus aus dem Reich der Toten, zurück in die Welt der Lebenden, wo wir dich erwarten, um dich in Sicherheit zu bringen.«

Stille.

Alles, was die beiden mir erklärt hatten, klang vielmehr nach der Idee zu einem Computerspiel oder einem abenteuerlichen Roman. Nicht nach etwas, was ich einfach so mal erledigen konnte.

»Lass dir Zeit, eine Entscheidung zu treffen«, sprach Lonis sanft. »Wir haben schon Hunderte von Jahren auf dich gewartet. Was machen da schon ein paar Tage?«

Seine Worte ergaben Sinn. Ich sollte nicht sofort eine Entscheidung treffen, nicht bei einer Herausforderung wie dieser.

Erschöpfung machte sich in mir breit, als hätte ich die Reise gerade schon gedanklich erlebt und sie mich komplett ausgelaugt.

»Ich denke, ich werde noch ein wenig darüber schlafen«,

murmelte ich und rutschte vom Barhocker. Hoffentlich würde ich den Weg zurück zum Gästezimmer finden.

»Wie wäre es mit einem Bad?«, schlug V vor.

Fragend drehte ich mich zu ihm um.

Er lächelte leicht. »Der Whirlpool in meinem Badezimmer steht dir zur freien Verfügung.«

Ich winkte ab. »Ich wäre lieber gern allein.«

»Wirst du sein. Ich gebe dir alle Zeit, die du zum Nachdenken benötigst.«

Nickend nahm ich das Angebot an.

Als ich wenig später in dem sprudelnden Wasser lag, mein Nacken auf einem angenehmen Kissen am Beckenrand ruhend, ließ ich mir noch einmal alles durch den Kopf gehen, was ich in den letzten Stunden gehört hatte. Und was ich erlebt hatte.

V hatte recht. Meine Mutter konnte mir die Antworten liefern, die ich benötigte. Und wenn ich ehrlich zu mir selbst war, war ich mehr als begierig darauf, dem Herrn der Unterwelt persönlich gegenüberzutreten. Wenn ich dabei auch noch Lonis und V einen Gefallen tun konnte, umso besser. Lonis verdiente es, diesen Stab zurückzuerhalten. Und V verdiente es, endlich Frieden zu finden auf dem Olymp.

Die Alice von früher hätte dieses Abenteuer niemals gewagt. Ich brauchte Zahlen, Tabellen, klare Strukturen, um mich sicher zu fühlen. Jede Änderung in meinem Leben war ein Abenteuer für mich gewesen.

Aber ich war nicht mehr die, die ich damals gewesen war. Keine Ahnung, wer ich nun war. Die letzten Tage hatten mich verändert. In einer Art und Weise, die ich selbst noch nicht ganz erfassen oder begreifen konnte. Vielleicht befand ich mich in einem Zwischenstadium, wie eine Knospe, die noch nicht erblüht ist, oder wie eine verpuppte Raupe, die sich mitten in der Metamorphose befand. Und um herauszufinden, zu welcher Art von Falter ich mich entwickeln würde, musste ich in die Unterwelt reisen und meiner Mutter gegenübertreten.

KAPITEL NEUNZEHN

Eine längere Vorbereitungszeit wäre schön gewesen. So wie bei jenen jugendlichen Heldinnen, die in Romanen und Filmen zwei bis drei Wochen Training erlebten, bevor sie ihre geheimen Kräfte entfalteten und schließlich die ganze Welt retteten, wozu niemand sonst fähig gewesen war.

Stattdessen wurde ich im wahrsten Sinne des Wortes ins kalte Wasser geworfen. Aber das war vermutlich genau das, was ich brauchte. Ohne lange Überlegungsphase ins kalte Wasser zu springen. Keine Zeit für Grübeleien, keine Zeit zum Zweifeln an mir selbst. Einfach ich und die Herausforderung und dann sehen, was passiert.

Meine Hände zitterten und ich verschränkte die Arme vor der Brust, um es vor den beiden Göttern zu verbergen.

»Und ihr seid euch ganz sicher, dass wir hier richtig sind?«, brüllte ich über das tosende Rauschen der Wasserfälle hinweg.

V trat an meine Seite und packte mich am Oberarm. »Sind wir! Es gibt viele Eingänge zur Unterwelt. Das hier war der nächstgelegene.«

Nervös betrachtete ich die bunte Beleuchtung der Niagarafälle. Ein wundervolles Spektakel, das unter normalen Umständen begeistertes Staunen in mir ausgelöst hätte. Das Wasser schien selbst in den Farben des Regenbogens zu leuchten. Ein Glück, dass das Wasser nicht zugefroren war, wie sonst üblich zu dieser Jahreszeit.

Kritisch beugte ich mich etwas über die Balustrade der Aussichtsplattform. »Wie hoch mag das sein?«

»So etwa zweihundert Fuß«, antwortete V und drückte meinen Arm noch fester, als hätte er Angst, ich würde springen, bevor ich die letzten Instruktionen erhalten hatte.

Lonis trat von hinten an uns heran. »So, Leute, wir haben nicht viel Zeit. Die Security-Typen sind für etwa fünfzehn Minuten ausgeknipst. Die Zugänge für Touristen sind versperrt, sodass wir vor neugierigen Blicken erst einmal sicher sind. Beeilt euch mit der großen Abschiedsszene.«

Irritiert wandte ich mich zu ihm um. »Findest du das lustig?«

Er lächelte. »Tut mir leid, ich hatte gehofft, die Situation etwas auflockern zu können.«

Mir schlotterten die Knie und das lag nicht nur an dem eiskalten Nebel, der durch die Wassermassen zu uns herübergepustet wurde. Menschen waren gestorben, als sie in die Niagarafälle gestürzt waren. Wie lange ein solcher Tod wohl dauerte?

»Du wirst es schaffen«, sprach V mir Mut zu.

»Und wenn nicht?«

»V ist schnell«, wandte Lonis ein. »Er wird dich aus dem Wasser ziehen, sollte etwas schiefgehen.«

Ich nickte zögerlich. Was blieb mir anderes übrig, als den beiden Göttern zu vertrauen?

»Denk daran«, sagte V nun ganz nah an meinem Ohr. »Lass dich nicht von der Angst lähmen, sondern von deiner Wut leiten.«

Er ließ meinen Arm los und kletterte selbst über die Balustrade. Bei ihm sah das ganz einfach aus. Geschickt hielt er dabei sein Gleichgewicht. Dann streckte er die Hand nach mir aus. »Lass mich dir helfen.«

Kurz schloss ich die Augen und atmete tief durch.

Ich konnte das. Ganz sicher.

Aber warum fühlten sich meine Beine dann noch immer an wie Pudding und das Blut pochte so laut durch meine Adern, dass ich es in meinen Ohren lauter rauschen hörte als die Niagarafälle.

Ich atmete tief durch, öffnete die Augen und ergriff Vs Hand. Schon bei dem ersten Versuch, über die Absperrung zu klettern, wäre ich beinahe gefallen.

»Lass bloß nicht los!«, rief ich und klammerte mich an V, als ich es endlich geschafft hatte.

Vor mir lagen die tosenden Wassermassen, die mich in die Unterwelt transportieren sollten. Mir wurde schwindelig und ich schloss erneut die Augen.

V hielt mich fest in seinen Armen. »Lass es uns gemeinsam tun!«

Ich schüttelte den Kopf. Ich brauchte noch einen Moment.

»Auf drei!«, rief V dennoch.

»Nein!«, schrie ich.

Er zählte nicht. Er sprang einfach.

Und nahm mich mit in die Tiefen.

Kaltes Wasser traf mich wie tausend stechende Nadeln. Mein Magen drehte sich. Ich wollte schreien, doch das Wasser war überall.

Ich würde sterben. Ganz sicher.

Und ich hatte mich nicht einmal von meinem Dad verabschiedet.

Noch vor dem Aufprall und dem Eintauchen in das Wasser musste ich das Bewusstsein verloren haben. Ich erwachte auf einem stoppeligen Feld. Das harte, abgemähte Gras stach in mein Gesicht und meine Hände. Mir war eiskalt und ich war durchnässt bis auf die Knochen.

Aber ich lebte. Die Schmerzen, die von meinen Knien aufwärts strömten, waren der beste Beweis dafür.

Stöhnend richtete ich mich auf. Die kurzen, stacheligen Grashalme bohrten sich in meine Handflächen, als ich mich darauf abstützte. Wo war ich nur gelandet?

V hatte erzählt, die Unterwelt wäre kalt und schwarz wie Obsidian. Ich aber befand mich auf einem trockenen, abgemähten Feld. Und kalt war mir deswegen, weil der dicke Pullover, der mich vor der eisigen Februarluft hätte schützen sollen, nun vollgesogen war mit dem Eiswasser der Niagarafälle. Genervt zog ich das Wollding über den Kopf und ließ es auf den Boden fallen. Zwar war mir jetzt noch immer kalt, aber wenigstens war ich das niederdrückende Gewicht der nassen Wolle los.

Mein nasses Haar wuschelte ich einmal durch, damit es nicht an meinem Gesicht klebte. Ich hätte wohl besser an einen Haargummi für dieses Abenteuer gedacht.

Außerdem prüfte ich den Sitz des Gürtels, den Lonis mir besorgt hatte. An dem Lederteil war ein Beutel angebracht mit einem weiteren Gurt, den man um den Oberschenkel befestigte. Zusammen mit der schwarzen Thermoleggings und dem ebenfalls schwarzen Longsleeve kam ich mir ein bisschen vor wie Lara Croft in *Tomb Raider*. Oder wie meine Namensschwester Alice in *Resident Evil*. Nur, dass ich eben keine in *Martial Arts* ausgebildete Computerspiel-Heldin war, sondern eine Buchhalterin aus Chicago, die so tat, als ob.

Ich hatte mich noch nie so sehr wie eine Hochstaplerin gefühlt wie in diesem Moment, als ich mich auf dem stoppeligen Feld irgendwo im Jenseits umschaute. Das Licht um mich herum war leicht gedämpft wie bei einem Sonnenuntergang. Aber eine Sonne war nirgendwo zu sehen. Ich befand mich auf einer unendlichen Ebene, so hatte es den Anschein. Doch hinter mir war das Rauschen eines Flusses zu hören. Ich erhob mich ganz und wandte mich in die Richtung des Wassers. Tatsächlich entdeckte ich dort einen breiten Fluss, etwa eine Viertelmeile von mir entfernt.

Und ich war nicht allein auf dieser Ebene. Menschen wandelten langsam an den Ufern, kaum mehr als schemenhafte Gestalten. Blinzelnd versuchte ich, ihre Umrisse deutlicher zu erkennen, und bewegte mich auf den Fluss zu. Je näher ich dem Ufer kam, desto mehr spürte ich die Kälte, die von jenseits des Flusses kam. Dort lag nichts als finsterste Dunkelheit. Und doch scharten sich die Menschen an einer Stelle am Ufer, dem sich langsam eine Barke über das Wasser näherte.

Doch waren es überhaupt Menschen? Die Umrisse waren beim Näherkommen nicht klarer geworden. Schemenhaft erkannte ich, dass sie Gesichter hatten, doch Kleidung war nicht zu erkennen, so verschwommen wirkten die Umrisse. Es waren sicher Hunderte von Schattenwesen, die am Ufer entlangschlurften. Ihre Bewegungen ähnelten eher Zombies als lebenden Menschen. Manche von ihnen bewegten sich jedoch nicht. Sie standen am Ufer und starrten ins Wasser oder saßen irgendwo abseits, den Blick ins Leere gerichtet. Manche schluchzten leise vor sich hin. Andere weinten jämmerlich. Doch die meisten von ihnen waren ganz still. Und das war noch gruseliger als all das Weinen und Jammern. Die Stille und Leere in ihrem Ausdruck.

Als ich zu der Gruppe kam, die auf die Barke zu warten schien, ergab alles einen Sinn. Denn auf dem Wassergefährt befand sich eine riesenhafte Gestalt, die einen schwarzen Umhang trug. Sein Bart war lang und weiß, während sein Haupt kahl war wie eine Bowlingkugel.

»Charon«, sagte ich. Der Fährmann. Was bedeutete, dass die schemenhaften Gestalten, in deren Mitte ich mich begeben hatte, die Seelen der Verstorbenen waren, die auf die Überfahrt in die Unterwelt warteten.

Sie alle schienen gleichzeitig auf das Wassergefährt drängen zu wollen, doch der Fährmann gab ein drohendes »Achtung!« von sich, bevor er am Ufer anlegte. Seine Anwesenheit sorgte für Ruhe und Ordnung. Einem nach dem anderen nickte er zu, sodass sie zu ihm schritten und ihm ihre Münzen überreichten.

Die Münze! Natürlich.

Hektisch öffnete ich den Verschluss des Lederbeutels und kramte darin herum, bis meine Finger einen kühlen, metallischen Gegenstand ertasteten. Triumphierend holte ich die Goldmünze hervor, in die ein stolzer Grieche eingeprägt war. Zumindest ging ich davon aus, dass es sich um einen stolzen Griechen handelte, da er einen kurzen, gepflegten Bart und ein erhobenes Haupt aufwies.

Geduldig wartete ich darauf, dass sich der Fährmann mir zuwandte. Mein Herz machte vor Nervosität einen Satz, als er mich schließlich mit seinen unergründlich blauen Augen ansah. Es gab diese Redewendung, die ich schon selbst benutzt hatte: jemandem tief in die Seele blicken. Charon tat genau das.

»Du bist nicht tot«, stellte er mit einer dunklen, bedächtigen Stimme fest.

»Stimmt«, gab ich zu und hielt ihm die Münze entgegen. »Würdest du mich bitte auf die andere Seite des Flusses bringen?«

Charon blickte auf die Münze, ohne sie anzunehmen, dann wieder auf mich. »Lebende haben auf meiner Barke nichts zu suchen.«

Blinzelnd versuchte ich, zu begreifen, was er da sagte. »Aber … die Münze.«

»An den Gesetzen von Tod und Leben ändert auch Zeus nichts«, sprach Charon und wandte sich der nächsten Seele zu.

Ehe ich begriff, was ich tat, trat ich ihm in den Weg. »Das muss ein Irrtum sein. Diese Münze sollte mich auf die andere Seite bringen.«

Mit einer schwungvollen Bewegung drehte sich Charon um. Sein Mantel traf mich mit einer Wucht, die unmöglich allein von einem gewöhnlichen Kleidungsstück aus Stoff kommen konnte. Ich taumelte nach hinten und konnte gerade noch mein Gleichgewicht halten.

»Die andere Seite ist nichts für dich«, sagte Charon ruhig, aber bestimmend.

»Aber –«

Charon machte einen Schritt auf mich zu und vor Schreck verlor ich doch das Gleichgewicht und fiel auf den Hintern.

»Das Gesetz ist für alle gleich«, erklärte er. »Lebende gehören nicht auf meine Barke.«

Mit offenem Mund starrte ich ihn an. Das konnte unmöglich sein Ernst sein. Wenn er mich nicht mitnahm, bedeutete das, dass ich direkt an der ersten Hürde meiner Reise scheiterte.

Wow, tolle Glanzleistung, Alice, dachte ich.

Unfähig, einen weiteren klaren Gedanken zu fassen, musste ich mit ansehen, wie Charon Seele um Seele einsammelte, die Münzen entgegennahm und sie in einen Beutel unter seinem Mantel steckte.

Doch ich war nicht die Einzige, die nicht auf seine Barke kommen durfte. Zahlreiche Seelen traten an ihn heran, flehten, bettelten, schimpften, er solle sie endlich mitnehmen. Doch er schüttelte nur den Kopf, wandte sich ab und betrat sein Boot.

»Du musst mich mitnehmen!«, rief ich in einem Aufschwung letzter Hoffnung und rannte auf den Steg zu, an dem die Barke festgemacht war.

»Tritt zurück!«, befahl mir der Fährmann. Mit einem langen Holzstab stieß er sich und sein Boot von dem Steg ab.

Mein Blick richtete sich auf das schwarze Wasser zwischen Steg und Boot. Ich könnte springen. Ein beherzter Satz und ich wäre auf dem Boot. Er würde mich doch ganz sicher nicht runterstoßen.

Ich nahm meinen ganzen Mut zusammen, ging zwei Schritte zurück und setzte zum Sprint an. Noch ehe ich das Ende des Stegs erreichte, traf mich Charons Stab mit voller Wucht im Bauch und schleuderte mich zurück ans Ufer. Nach Luft japsend knallte ich auf den stoppeligen Untergrund und krümmte mich vor Schmerz zusammen. Mehrere Augenblicke konnte ich nicht atmen, so sehr lähmte mich der Schmerz, der tief in mir saß wie eine Schwertklinge.

Erst als ein Schatten über mich fiel, blickte ich auf. Es war eine der Seelen, die es nicht auf die Barke geschafft hatte. Sie beugte sich über mich, sodass ich ihr Gesicht schemenhaft erkennen konnte. Ein alter Mann mit tiefen Runzeln im Gesicht und struppigem Haar.

»Du hast etwas verloren«, sprach er und ich war überrascht, wie deutlich seine Stimme zu vernehmen war. Er hielt mir die Goldmünze entgegen, die mir aus der Hand gefallen war, als mich Charon mit seinem Stab fortgeschleudert hatte.

Ich nahm sie entgegen und betrachtete sie kopfschüttelnd. »Aber eigentlich ist sie wertlos. Sie hat mir nicht geholfen, über den Fluss zu kommen.«

Die Seele hockte sich neben mich. »Wieso bist du hier? Du bist doch lebendig?«

»Das ist ... eine etwas verzwickte Geschichte.« Ich rückte mich so zurecht, dass ich die Seele betrachten konnte. Seine Umrisse waren verschwommen. Ich hätte nicht einmal sagen können, welche Art von Kleidung er trug. Doch sein Gesicht war sehr ausdrucksstark, ebenso wie seine Stimme.

Er lächelte. »Ich habe Zeit, wenn du mir davon erzählen möchtest.«

»Ich ... bin auf der Suche nach etwas. Auf der anderen Seite.« Mehr wollte ich lieber nicht verraten.

Der alte Mann nickte und sein sehnsuchtsvoller Blick richtete sich auf den Fluss. »Dort drüben ... ich wüsste gern, wie es dort so ist.«

»Wieso darfst du nicht auf die Barke steigen?«, fragte ich ihn.

»Ich wurde ohne Münze bestattet.« Er lächelte müde und wandte sich mir zu. »Seelen ohne Münzen ist der Zutritt zur anderen Seite verwehrt. Wir sind dazu verdammt, ruhelos am Ufer des Styx herumzuwandern.«

»Für alle Zeit?«

»Manche sagen, es wären hundert Jahre. Aber mir kommt es vor wie die Ewigkeit.« Wieder schaute er hinüber zur anderen Seite. »Meine Familie wartet dort auf mich. Meine

Frau, meine Kinder. Meine Enkelkinder. Sie sind alle vor mir verstorben.«

»Das ist furchtbar traurig.« Genau das empfand ich für den alten Mann, der neben mir auf dem stoppeligen Feld hockte: Trauer. »Wie lange wartest du hier schon?«

Er schüttelte langsam das Haupt. »Ich weiß es nicht. Das Gefühl für Zeit geht hier unten schnell verloren ohne Sonnenauf- und -untergang, um sich zu orientieren.«

Nachdenklich fuhr ich die Linien der Münzprägung nach. »Gibt es denn keinen anderen Weg hinüber? Schwimmen zum Beispiel?« Denn wenn die Seelen tot waren, konnte ihnen das giftige Wasser sicher nichts mehr anhaben?

»Jene, die es versuchen, tauchen nie wieder aus dem Wasser auf«, erklärte er leise.

Mit schweren Gliedern erhob ich mich. Mein Magen schmerzte noch immer, aber nicht so schlimm wie vorher. Ich atmete tief durch. Irgendwie musste ich es schaffen, über den Styx zu kommen, sonst wäre ich hier ebenso gefangen wie der arme Mann.

Ich trat ans Ufer, so nah es ging, ohne dass das Wasser an meine Fußspitzen kam. Der Styx floss beinahe friedlich vor sich hin. Und doch war er so finster, dass es mich schauderte. Denn in den finsteren Tiefen meinte ich, Bewegungen zu erkennen. Von schemenhaften Gestalten, die versuchten, an die Oberfläche zu gelangen.

»Komm dem Wasser besser nicht zu nah«, sagte der alte Mann, der neben mich getreten war. Sein Blick lag wieder sehnsüchtig auf der anderen Seite des Ufers.

Der Fährmann hatte die Seelen dort entlassen und machte

sich in aller Gemächlichkeit mit dem hölzernen Boot wieder auf den Weg zurück. Wieso sollte er es auch eilig haben? Der Tod war für immer, Zeit spielte keine Rolle.

Nur für mich. Denn wenn ich nicht auf die andere Seite käme, dann würde ich nicht nur mit meiner Mission scheitern, sondern auch den Zweig aus Persephones Garten nicht erlangen können, um wieder nach Hause zu kommen. Ich wäre hier gefangen, wie die verlorenen Seelen.

Seite an Seite beobachteten der alte Mann und ich, wie die Barke zurückkam. Neue Seelen sammelten sich am Ufer des Flusses, um von Charon mitgenommen zu werden. Erneut waren Klagen und Jammern hörbar. Die Stimmen der Toten gingen mir tief unter die Haut. Sie hatten es sich sicher nicht ausgesucht, tot zu sein. Der Tod kam zu jedem, ob man wollte oder nicht. Und jetzt saßen sie auch noch am Ufer gefangen, auf einem ausgedörrten Feld, wo es nichts gab außer Trostlosigkeit. Was für ein scheiß System sich die Götter da ausgedacht hatten!

»Komm«, sagte ich zu dem alten Mann und ging voran zum Bootssteg.

Die Seele blieb an meiner Seite und bestärkte mich so in meiner Entschlossenheit.

Als Charon uns erblickte, schüttelte er den Kopf. »Hast du es nicht begriffen? Dir ist der Weg auf die andere Seite verwehrt.«

»Wer sagt das?«, wollte ich wissen. »Wer hat sich das ausgedacht?«

»Das Reich der Toten und der Lebenden muss getrennt voneinander bleiben. Sonst herrscht Chaos.«

So viel war mir auch klar. »Aber es muss doch eine Lösung geben.«

»Nein, keine«, beharrte Charon mürrisch, während er von den zahlenden Seelen die Münzen entgegennahm und die ohne Münze fortscheuchte.

Irgendwo in mir fand ich den Mut, die Schultern zu straffen und ihm fest in die Augen zu sehen. »Ich bin eine Enkeltochter von Hades höchstpersönlich. Und ich befehle dir, mich mitzunehmen.«

Charon betrachtete mich von oben bis unten, dann schüttelte er den Kopf. »Es ist gleichgültig, wer du bist. Oder was. Die Gesetze gelten auch für die Götter.«

Keuchend trat ich zurück. V hatte mir gesagt, Charon würde mich mitnehmen müssen, weil in mir das Blut von Hades floss. »Hades ist der Herrscher der Unterwelt«, gab ich verzweifelt von mir.

»Ist er«, bestätigte Charon. »Und ich bin der Fährmann. Ich diene nicht Hades. Ich diene dem Schicksal. Und ich sage: Du kommst nicht auf die andere Seite.« Drohend hob er seinen Stab und ich wich noch weiter zurück.

Seine Barke war schon beinahe wieder gefüllt mit toten Seelen. Die Seele des alten Mannes stand neben mir, den Kopf gesenkt.

Also gut. Wenn schon nicht ich über diesen verdammten Fluss kam, dann wollte ich wenigstens jemand anderem die Gunst gönnen.

»Hier, nimm du die Münze. Sie hilft dir mehr als mir.«

Erstaunt sah mich der alte Mann an. »Das kann ich nicht annehmen.«

»Doch, kannst du.« Ich lächelte ihm aufmunternd zu. »So wirst du mit deiner Familie vereint und du wartest doch schon so lange.«

Grimmig betrachtete Charon die Münze, als der alte Mann sie ihm reichte. »Das ist eine Münze von Zeus. Den Helden vorbehalten.«

Die schemenhafte Gestalt des Mannes zitterte.

»Er ist ein Held!«, rief ich. »Nimm ihn jetzt endlich mit!« Zorn stieg in mir auf. Dieses ganze System war eine Farce.

Charon nickte langsam. »Also gut, komm, alter Mann.«

Noch einmal sah die arme Seele zu mir zurück und ich meinte fast, ein Lächeln auf seinen faden Zügen erkennen zu können.

Zum einen war ich froh, dass der alte Mann nun auf die andere Seite kam. Zum anderen wurde ich noch zorniger, da es mir nicht einmal die Münze von Zeus ermöglicht hatte, über den Styx zu kommen. Wie sollte ich denn sonst das verpestete Wasser überqueren?

Ich blieb mit den weinenden Seelen zurück, als Charon die Barke vom Steg abstieß. Wenn ich doch nur durch das Wasser schwimmen könnte. Ich schloss die Augen und versuchte, mich zu beruhigen. Das Kribbeln des Zorns unter meiner Haut erinnerte mich daran, zu wem ... zu was ich werden konnte.

Wie dumm. Wie dumm war ich nur gewesen?

Triumphierend lachte ich auf und sah in den Himmel, der von orangegrauen Schleiern verhangen war. Kein Luftzug streichelte mein Gesicht, keine Wolken stoben über den Horizont.

Und doch war ich mir sicher, dass ich es schaffen würde. Ich musste nur noch etwas wütender werden. Der Zorn auf Charon hielt sich in Grenzen. Immerhin tat er nur seine Pflicht, schon seit Anbeginn der Menschheit. Aber meine Wut auf das System war riesig.

Ich konzentrierte mich auf die Seele des alten Mannes, der so lange ohne seine Familie hatte leben müssen. Auf seine Einsamkeit im Jenseits, weil ihm die Überfahrt verwehrt worden war. Ich empfand Mitleid mit all den verlorenen Seelen, die am Ufer gefangen waren. Und wandelte mein Mitleid in Wut.

Wut, weil sie keine Chance hatten, das System zu ändern.

Wut, weil niemand Mitgefühl mit ihnen hatte.

Schreiend machte ich meiner Wut Luft und das Feuer brannte heiß in meinen Adern. Ich legte die Bauchtasche ab, zog meine Kleidung aus und schrie noch einmal aus tiefstem Herzen. Meine Finger wurden zu Krallen, mein Rücken zerriss und ließ meine Flügel sich entfalten. Die Seelen um mich herum wichen angsterfüllt vor mir zurück.

Ich trat an das Ufer und betrachtete mein Spiegelbild. Da war ich also wieder, die Furie. Und diesmal hieß ich sie mehr als willkommen.

Rasch sammelte ich meine Kleidung und die Tasche ein, drückte sie mit den Händen fest an meine nackte Brust. Dann holte ich Anlauf über den Steg, schloss die Augen und konzentrierte mich darauf, meine Flügel aufzuspannen.

Es könnte schiefgehen. Wenn ich in den Styx fiel, war alles vorbei.

Lass dich nicht von der Angst lähmen, sondern von deiner Wut leiten, erinnerte ich mich an das, was V gesagt hatte.

Ich sprang mit einem Schrei in die Luft. Und plumpste nicht ins Wasser. Erleichtert und triumphierend zugleich öffnete ich die Augen. Meine Flügel trugen mich über das schwarze Wasser. Ich war sogar schneller als die Barke von Charon.

Und als dieser auf der anderen Seite anlegte, erwartete ich ihn hocherhobenen Hauptes. »Siehst du, ich habe es doch auf die andere Seite geschafft«, brüllte ich dem Fährmann entgegen.

Er reagierte mit einem leichten Neigen des Kopfes und schenkte mir keine weitere Beachtung.

Die toten Seelen, die mich erblickten, hielten weit Abstand von mir. Auch mein alter Freund, dem ich die Goldmünze geschenkt hatte. Seine Angst stand ihm deutlich ins Gesicht geschrieben. Dennoch versuchte ich, ihm zuzulächeln. Alles war gut. Jetzt würde alles gut werden.

KAPITEL ZWANZIG

Der Boden auf dieser Seite des Flusses war ganz anders. Schwarzkantiger Obsidian breitete sich unter meinen Füßen aus und reichte bis zu einer Gesteinswand, die so hoch war, dass man das Ende der Wand nicht erkennen konnte, auch wenn man den Kopf in den Nacken legte. Deswegen also hatte es von der anderen Seite so finster ausgesehen.

Die Seelen, die soeben die Barke verlassen hatten, gingen das Ufer entlang, weil es keinen Durchlass durch die schwarze Wand zu geben schien.

Ich schloss die Augen und zählte bis zehn. Die Wut in mir war abgeebbt. Doch meine Gestalt änderte sich erst, als ich eine Kettenaufgabe im Kopf gerechnet hatte. Tief durchatmend kleidete ich mich an, stieg in meine Stiefel und befestigte die Gürteltasche um meine Hüfte. Dann setzte ich mich in Bewegung, um den Seelen zu folgen.

Die Wand kam mir endlos lang vor. Zunächst war ich

davon ausgegangen, dass sich die Wand parallel zum Ufer des Styx entlangzog. Das tat sie nicht. Der Fluss wand sich von der Wand fort. Und als ich schon dachte, ich würde niemals irgendwo ankommen, waren die toten Seelen, die sich die ganze Zeit in meiner Sichtweite vor mir befunden hatten, verschwunden.

Ich beschleunigte meine Schritte, in der Hoffnung, sie noch einholen zu können. Schwer atmend blieb ich stehen, als ich eine Pforte erreichte, die die Steinwand unterbrach. Das steinerne Tor war etwa vierzehn Fuß hoch, aber nur so breit, dass zwei Menschen nebeneinander hindurchpassten. Jenseits des Tores öffnete sich eine blühende Wiese, auf der die toten Seelen weitergingen. Erleichtert lief ich los, um ihnen zu folgen. Doch ein Grollen ließ mich innehalten. Genau unter dem Torbogen blieb ich stehen.

Aus dem Schatten rechts von mir schob sich eine Gestalt in meinen Blickwinkel. Sie überragte mich um Haupteslänge, sodass ich erschrocken zurückwich. Das Wesen lief auf vier Pfoten. Sein schwarzes Fell wirkte struppig und glanzlos. Doch am schlimmsten war der Kopf dieses Ungetüms. Oder Köpfe? Sie bewegten sich so schnell, dass meine Augen die Bewegung kaum erfassen konnten. Zuckend, kaum Form annehmend. Das Grollen kam aus den Tiefen dieses Monsters, das in langsamen Schritten auf mich zukam.

»Kerberos«, sagte ich und keuchte. V hätte ruhig erwähnen können, dass der Anblick des hündischen Wächters einem Albtraum glich.

Der Hund kam immer näher und ich beschloss, mich lieber nicht mehr zu bewegen. Wenn er an mir schnupperte, merkte er hoffentlich, dass von mir keine Gefahr ausging. Fest presste ich die Augen zu und hielt die Luft an. Meine Vermutung stimmte. Kerberos schnupperte an meinem Kopf. Sein Atem stank übler als die Gullydeckel Chicagos. Sabber tropfte auf meine Wange.

»Verdammt, du stinkst wirklich«, brachte ich hervor.

Kerberos knurrte.

Ich hatte schon öfter einen Hund knurren hören. Irgendwie mochten sie mich nicht. Und ich hatte auch nie das Bedürfnis gehabt, einen eigenen Hund zu besitzen. Katzen waren mir lieber. Aber dieses Vieh, dessen Kopf über meinem schwebte und das ganz gewiss die Fähigkeit hatte, mir mit Leichtigkeit meinen Kopf abzubeißen, knurrte noch böser als alle anderen.

»Bitte töte mich nicht«, wimmerte ich.

Wie redete man denn mit einem Hund, dessen Aufgabe es war, das Tor zur Unterwelt zu bewachen? Und wie kam ich an den Honigkuchen in meiner Gürteltasche?

»Du bist ein ganz braver Hund«, versuchte ich mit liebenswürdiger Stimme zu sagen. Weiterer schleimiger Sabber tropfte auf meine Wange. Ich öffnete ein Auge und schielte hinunter zu dem Beutel an meinem Gürtel. »Ich habe da etwas für dich. Aber ... ich wäre dir sehr verbunden, wenn du dein Maul etwas von meinem Kopf entfernen würdest.«

Ein weiteres Knurren.

Knurren ist eine Warnung. So hatte es mein Vater mir erklärt. Das Knurren eines Hundes sollte man stets ernst nehmen.

Kerberos wollte, dass ich von diesem Tor verschwand. So,

wie es seine Aufgabe war. Er wollte mich gar nicht töten. Ganz vorsichtig machte ich einen weiteren Schritt nach hinten. Und dann noch einen. Bis ich aus dem Tor herausgegangen war und das Ausmaß dieses Hundes genauer betrachten konnte.

Der Kopf zuckte immer noch in sämtliche Richtungen und war kaum zu erkennen. Drei, schoss es mir durch den Kopf. In den Büchern meines Vaters stand, Kerberos habe drei Köpfe. Es wäre angenehm gewesen, wenn diese drei Köpfe endlich innehalten würden, damit meine Augen sich an den Anblick gewöhnen konnten. Taten sie aber nicht.

Kerberos stand inmitten des Tores, den Körper angespannt, der schlangenartigen Schwanz, der nicht mit Fell, sondern mit Schuppen besetzt war, steil in die Höhe gestreckt.

Ich streckte eine Hand aus, um zu signalisieren, dass von mir keine Gefahr ausging. Mit der anderen kramte ich in dem Beutel herum. Der Honigkuchen steckte in einem kleinen Plastikbehälter. Ich bekam ihn endlich zu fassen und holte ihn hervor.

Das Grollen des Hundes stockte.

»Oh, du riechst sicher, was da drin ist, oder? Hunde können doch sehr gut riechen.« Zuversichtlich öffnete ich den Behälter und nahm das Stück Kuchen heraus, das so groß war wie meine ganze Hand. Ob das Stückchen überhaupt für das riesige Vieh ausreichte? Auf der offenen Handfläche hielt ich es dem Hund hin. »Hier, für dich.«

Die Haltung des Hundes änderte sich. Er setzte sich und seine Köpfe hörten auf zu zucken. Sie beruhigten sich und mein Gehirn war endlich in der Lage, zu erfassen, dass es doch nur ein Kopf war. Ein Kopf mit einer großen, feuchten Nase. Und halb aufgerichteten Ohren. Und dunkelbraunen Augen.

»Meine Güte, du bist ja eigentlich gar nicht so hässlich«, stellte ich fest.

Zuversichtlich trat ich auf den Hund zu und hielt weiterhin den Honigkuchen vor mich, wie einen Schild. Kerberos hechelte und eine grüne Zunge kam zum Vorschein, von der grüner Schleim tropfte.

»Na gut, die grüne Zunge ist jetzt nicht der Hingucker. Aber goldig bist du trotzdem.« Ich hoffte, meine sanften Worte würden eine beruhigende Wirkung auf ihn haben.

Mein Herz raste vor Aufregung, als meine Hand nun direkt unter dem Maul des Ungetüms war. Mit einem Happs schnappte sich Kerberos den Kuchen und meine Hand gleich mit.

»Verdammt, aua!«, rief ich verzweifelt und zog meine Hand aus dem ekelhaft stinkenden Maul heraus. Ich drehte sie von rechts nach links. Sie war über und über mit Schleim bedeckt, aber ansonsten war sie unverletzt.

Kerberos schmatzte, schluckte und fixierte mich dann mit seinem Blick, als erwartete er noch mehr.

»Ich wusste doch, dass die Portion zu klein war«, brummte ich missmutig.

Kerberos sollte jetzt eigentlich schlafen. Lonis hatte erklärt, dass er ein Schlafmittel in den Kuchen getan hatte. Aber der Hund wirkte ziemlich wach, so wie er mich ansah und inmitten des Tores den Weg versperrte.

»Also, würdest du mich vielleicht durchlassen?«, sprach ich so lieblich wie möglich und ging einen Schritt zur Seite.

Der Hund knurrte und machte einen Satz nach vorn. Er erwischte meine linke Schulter und presste mich gegen den Pfeiler des Tores, dessen Kante mein Shirt aufriss, zusammen mit der Haut. Der stechende Schmerz ließ mich nach Luft japsen. Und doch traute ich mich nicht, mich zu bewegen, da meine Schulter noch immer im Maul des Hundes steckte. Wobei seine Zähne erstaunlich sanft waren. Er hielt mich fest, aber gerade so, dass seine Zähne mich nicht verletzten.

Blut lief von meinem rechten Oberarm über meinen Ellbogen nach unten und tropfte auf den Boden. »Das ist … scheiße.«

Kerberos jaulte und ließ mich abrupt los. Dafür schnupperte er an der kleinen Blutpfütze, die sich zu meinen Füßen gebildet hatte, und tunkte seine schleimige Zunge hinein. Nur um dann zu winseln und vor mir zurückzuweichen.

Verwirrt richtete ich mich auf und hielt mir die verletzte Schulter. Unter meinen Fingern spürte ich mein klebriges Blut, das weiterhin hervorquoll.

Kerberos trat zwei Schritte zurück und legte sich vor mich hin, die Ohren angelegt, das Haupt auf die Vorderpfoten gesenkt. Wenn ich es nicht besser wüsste, würde ich vermuten, dass er reumütig wirkte. Aber … wieso sollte er?

Mein Blick fiel auf die Blutpfütze. Oh, natürlich. Er musste erkannt haben, dass ich von Hades, seinem Herrn, abstammte. Das Blut des Hades war also doch noch für etwas gut.

Kerberos winselte.

»Schon gut«, sprach ich, denn vielleicht verstand er mich wirklich. »Du konntest es ja nicht wissen.«

Der Weg zur Blumenwiese war frei. Aber ich wagte es nicht, einfach loszurennen. Ganz langsam setzte ich einen Fuß vor den anderen, den Hund nicht aus den Augen lassend. Ich war fast an ihm vorbei, da rollte er sich auf den Rücken, alle vier Pfoten von sich gestreckt, und gab ein weiteres Winseln von sich.

Irritiert blieb ich stehen. Kerberos zeigte seinen zotteligen Bauch und fiepte. Mein Blick huschte zur Blumenwiese. Ich war so kurz vor dem Ziel. Aber der Hund schien wirklich ganz dringend nach Bauchkraulen zu verlangen. Ich hatte noch nie einen Hund am Bauch gekrault. Der Versuchung, es jetzt zu tun, konnte ich nicht widerstehen. Langsam ging ich auf ihn zu, ihn weiterhin beobachtend. Eine falsche Bewegung und ich würde um mein Leben rennen. Aber Kerberos wackelte nur ein wenig mit den Pfoten. Also wagte ich es. Ich vergrub meine Hände in den Zotteln seines Fells und rieb über den Bauch.

Der Hund schien meine Berührung sichtlich zu genießen. Er wand sich unter meinen Streicheleinheiten und zeigte mir deutlich, wo er noch gekrault werden wollte. Es blieb nicht nur beim Bauch. Besonders mochte er eine Stelle hinter dem rechten Ohr.

»Guter Junge. Ich wusste doch, dass du ein ganz Lieber bist.«

Kerberos leckte über meine Hände. Der Schleim machte mir kaum noch etwas aus. Wohl aber das Blut, das an meinem rechten Arm klebte.

»Ich denke, ich muss jetzt weiter.« Noch einmal kraulte ich seine Lieblingsstelle und lächelte. »Danke, dass du mich nicht aufgefressen hast.« Zögerlich wandte ich mich von ihm ab. Kerberos blieb an Ort und Stelle liegen, sah mir jedoch schwanzwedelnd nach.

Als ich den Schatten des Tores verließ, betrat ich eine andere Welt. Die Wiese war zwar ebenfalls etwas trocken, nicht so grün, wie ich von Weitem vermutet hatte, doch gelb, rosa und weiß blühende Pflanzen wuchsen hier, sodass der Ort um einiges farbenfroher wirkte als das Stoppelfeld oder der Obsidianboden.

Direkt vor mir befand sich ein kleiner Hügel und darauf so etwas wie ein Tempel, der zu allen Seiten offen war. Am Fuße des Hügels standen die toten Seelen in einer Reihe. Hier also erwartete sie ihr Urteil und die Entscheidung, ob sie in das Elysium eintreten durften, in den Tartaros gestoßen wurden oder auf dem Asphodelienfeld verbleiben würden.

Ein stechender Schmerz in meinem rechten Oberarm erinnerte mich an den Kratzer, den ich im Tor erlitten hatte. Das Licht auf der Wiese war sanft, aber hell genug, damit ich die Verletzung nun besser betrachten konnte. Der Ärmel meines schwarzen Shirts war komplett aufgerissen. Darunter zeigte sich ein tiefer Schnitt, jedoch mit glatten Kanten. Als hätte man mich mit einem Skalpell geritzt. Die Wunde blutete noch immer. Aber soweit ich das beurteilen konnte, war kein wichtiges Gefäß verletzt. Sonst wäre das Blut viel schneller und heftiger herausgespritzt. Dennoch wäre es klug, die Verletzung zu verarzten. In Ermangelung von Verbandsmaterial riss ich den Rest des Ärmels nach unten. Einhändig wickelte ich mir den Stoff um den Oberarm und zog ihn fest zu. Das Ende steckte ich fest und ich hoffte, es würde einigermaßen halten.

Der scheiß Kratzer tat trotzdem weh. Stöhnend ließ ich mich auf den Boden plumpsen und atmete tief durch. Diese Reise in die Unterwelt gestaltete sich viel schwieriger, als V und Lonis es mir erzählt hatten. Ob sie es nicht besser gewusst hatten? Oder mir mit Absicht die Hälfte der Gefahren verschwiegen hatten?

Mir war schwindelig. Wie viel Blut hatte ich eigentlich verloren?

Ich legte mich auf den Rücken und starrte in den gräulichen Himmel. In meinem aktuellen Zustand konnte ich unmöglich einfach so in den Palast von Hades spazieren. Wer wusste schon, welche Herausforderungen mich dort erwarteten?

Nein, ich musste mich zunächst ein wenig ausruhen. Zumindest, bis mir nicht mehr schwindelig war.

Ein Schatten fiel über mein Gesicht. Schon wieder. Blinzelnd versuchte ich, zu erkennen, wer meine Ruhe störte. Ein Mann. Sehr groß und schmal. Aber so verdammt attraktiv, dass ich für einen Moment dachte, ich würde ihn mir nur einbilden. Hatte ich so viel Blut verloren, dass ich bereits halluzinierte?

Sein schwarzes Haar glänzte wie Seide und fiel ihm in die Stirn, was ihn verwegen wirken ließ. Seine großen Augen waren schwarz, soweit ich das erkennen konnte. Sein Gesicht war nicht markant, eher filigran, mit einer empörend perfekten Porzellanhaut. Gekleidet war er in eine schwarze Tunika, wie ich sie so in der Art noch nie gesehen hatte. Bisher kannte ich Tuniken lediglich aus weißen, roten oder erdfarbigen Stoffen.

Ich blinzelte. Nein, er verschwand nicht. Der Mann war echt. Und jetzt ging er in die Hocke und betrachtete mein Gesicht. Aus der Nähe sah er noch viel besser aus. Und auch wenn seine Farben denen von V ähnelte, war er ein ganz anderer Typ. Seine schwarzen Augen waren nicht erfüllt von Lavafunken, sondern von tanzenden Sternen. Das ganze Universum lag in den Augen dieses Mannes.

»Du siehst mitgenommen aus«, sprach er nun mit einer Stimme, die sich leise und doch sehr bestimmend anhörte. »Mal abgesehen davon, dass du überhaupt nicht hier sein solltest.«

»Richtig. Und richtig. Beides stimmt.« Wow, ich war wieder einmal ein rhetorisches Genie.

»Wie bist du über den Styx gekommen?«

»Geflogen.«

Er lachte und tausend Glöckchen erschallten. So also hörte es sich an, wenn Engel lachten.

»Und wie bist du an Kerberos vorbeigekommen?«

»Keine Ahnung. Honigkuchen wirkt übrigens nicht mehr. Sollte man in die Reisebeschreibung mit aufnehmen.«

»Hmm, wem auch immer du vertraut hast, derjenige war wohl schon länger nicht mehr in der Unterwelt. Ich habe Kerberos an Schlafmittel gewöhnt. Es hat keine Wirkung mehr auf ihn.«

Der Schwindel war vergangen und es fühlte sich sicher an, sich wieder aufzurichten. Vorsichtig setzte ich mich auf und betrachtete den Mann nochmals. Er musste ein Gott sein. Ganz eindeutig.

Aus meiner Erfahrung mit zwei Göttern konnte ich nun behaupten, dass ich mich damit auskannte. Wenn ein Mann so gut aussah, konnte er nur göttlich sein. Stellte sich nur die Frage, wer er war. Ich bereute es, dass ich vor meinem Abenteuer nicht noch ein paar Bücher über die griechische Unterwelt gewälzt hatte. Mir fiel nur Hypnos ein, der Gott des Schlafes. Aber wieso sollte Hypnos Kerberos trainieren? Kerberos war der treue Gefährte von ...

»Hades?« Meine Stimme hörte sich an wie ein Krächzen.

Er neigte das Haupt. »In der Tat. Und du bist?« Sein Blick bohrte sich in meine Seele.

Oh, verdammt. Dieser attraktive Kerl war der Herrscher der Unterwelt und des Todes.

Mein Großvater.

Wer war ich schon, dass ich behauptete,
eine Enkeltochter des Herrschers der Unterwelt zu sein?

KAPITEL EINUNDZWANZIG

Fassungslos starrte ich Hades an. Warum sah er so jung aus? Wie ein Held aus einem Anime-Film. Das war doch zum Verrücktwerden. Für einen irrsinnigen Augenblick hatte ich meinen eigenen Großvater als attraktiv empfunden.

Er betrachtete mich geduldig. Da fiel mir ein, dass er immer noch auf eine Antwort wartete.

»Alice«, gab ich von mir. »Alice Miller.«

»Und kannst du mir verraten, Alice Miller, wie es dir gelungen ist, so einfach in mein Reich zu spazieren?«

Ich räusperte mich. »Einfach war es nicht gerade.«

Sein Blick wanderte von meinem verschmierten Gesicht zu der Verletzung an meinem Oberarm. »Das sehe ich. Und doch hätte es gar nicht erst möglich sein dürfen. Lebenden ist mein Reich verwehrt, es sei denn …« Sein Blick fand meinen. »Es sei denn, du bist göttlich.«

»Göttlich?« Ich lachte übertrieben. »So würde ich mich nicht gerade bezeichnen. Eher durchschnittlich.«

Seine fein geschwungenen Brauen zogen sich zusammen. »Jemanden, der es schafft, den tödlichsten Fluss zu überwinden und an meinem Wachhund vorbeizukommen, würde ich nicht gerade als durchschnittlich bezeichnen. Also, wessen Blut fließt in dir? Hat mein notgeiler Bruder Zeus mal wieder feuchtfröhlich seinen Samen verteilt? Hmm, aber sicher hätte Persephone durch ihre Mutter davon erfahren, wenn Zeus einen neuen Halbgott gezeugt hätte. Also, von Poseidon wirst du nicht abstammen. Seine Nachkommen sind alle etwas rustikaler.« Mit einer sanften Geste strich er über meine Wange und entfernte den dort klebenden Schleim. »Demnach muss es eines von Zeus' Kindern sein. Davon hat er immerhin reichlich. Ich tippe auf Ares. Du ähnelst seinen Töchtern, den Amazonen.«

Ich fasste das als Kompliment auf, auch wenn es nicht stimmte. »Mein Vater ist ein Arzt aus Hazel Green, Wisconsin.«

»Ein Mensch also. Interessant. Und weißt du, wer deine Mutter ist?«

Ich wich seinem Blick aus.

Seine Sanftheit verschwand und er packte mein Kinn, zwang mich, ihn anzusehen. »Wer. Ist. Deine. Mutter?!«

Ich schnappte nach Luft und schlug seine Hand fort. »Finde es doch selbst heraus!«

Eine Braue hob sich. Sehr elegant, sehr filigran. »Du wagst es, so mit mir zu sprechen?«

»Ich möchte nur nicht, dass du mich so anfasst.«

»Verstehe.« Er stand auf und fuhr sich durchs seidige Haar. »Es tut mir leid, dass ich grob wurde. Aber Besucher deiner Art ... bringen meistens nichts Gutes. Verstehst du? Das hier ist nicht nur mein Reich. Es ist auch meine Aufgabe. Die Toten zu bewachen und die Lebenden fernzuhalten.«

Seine Worte klangen leicht resignierend. Mir tat es leid, dass ich patzig geworden war. Außerdem war es doch sinnfrei, dass ich daraus ein Geheimnis machte.

»Ich bin wirklich über den Styx geflogen«, erklärte ich und rappelte mich ebenfalls auf. Mir wurde wieder schwindelig und ich japste nach Luft.

Hades stützte mich an der unverletzten Schulter. »Dich hat es aber ziemlich schlimm erwischt.«

»Ja, das stimmt. Ich war nicht so gut vorbereitet auf diese Reise.«

»Wenn du mir schon nicht verrätst, wer deine Mutter ist, verrätst du mir dann wenigstens den Grund, warum du hier bist?«

Jetzt musste ich selbst lachen. »Nun ja, der Grund für mein Hiersein ist tatsächlich, dass ich meine Mutter suche.«

Hades ließ meinen Arm los und ich wankte ohne seine Stütze. »Deine Mutter ist eine Tote?«

»Nein!« Um Himmels willen, er dachte, ich wollte meine Mutter von den Toten erwecken. So wie fast alle anderen *Besucher* ebenfalls geliebte Menschen aus dem Totenreich hatten retten wollen. Aber ich schaffte es auch nicht, es direkt auszusprechen. Ich atmete tief durch und stellte mich Hades' durchbohrendem Blick. »Kerberos ist wirklich sehr gut trainiert. Er hätte mich beinahe davon abgehalten, durch das Tor zu kommen. Aber ... er scheint auch sehr auf das Blut seines Herrn geprägt zu sein.«

Dass ich in Rätseln sprach, hatte ich mir sicher bei V abgeschaut.

»Du behauptest doch nicht etwa, dass du von meinem Blut bist?« Hades klang empört und amüsiert zugleich.

Ich antwortete nicht, weil ich es immer noch nicht zustande brachte, es ihm gegenüber auszusprechen. Wer war ich schon, dass ich behauptete, eine Enkeltochter des Herrschers der Unterwelt zu sein?

Hades umfasste mein Gesicht mit beiden Händen und sah mir tief in die Augen. Ich wusste, dass er nach einer Lüge in meinem Blick suchte, und hielt ihm stand.

»Du sprichst die Wahrheit«, flüsterte er fassungslos. »Du bist von meinem Blut.«

Ich nickte tapfer und wieder wurde mir schwindelig. »Können wir das Gespräch irgendwo anders fortführen? Ich glaube, ich falle gleich in Ohnmacht.«

Hades stützte mich, indem er einen Arm unter meine Achseln schob. Mit zwei Fingern der freien Hand im Mund stieß er einen lauten Pfiff aus.

Leicht benommen nahm ich ein Donnern in der Nähe wahr. Nein, kein Donnern. Das Poltern von Hufen auf dem Boden. Kurz darauf stand ein prächtiges schwarzes Pferd mit langer Mähne vor uns, das von schwarzen Schatten umgeben war.

»Orphnaios, mein Guter«, sagte Hades zu dem finsteren

Wesen und tätschelte seinen Hals. Dann half er mir, auf das Pferd zu steigen.

»Ich weiß nicht, ob das eine gute Idee ist«, bezweifelte ich, da ich mich kaum halten konnte und es weder Zaumzeug noch Sattel gab.

Hades schwang sich geschickt hinter mir auf den Rücken des Pferdes. Einen Arm schlang er um meine Mitte. Die freie Hand umfasste ein Büschel der schwarzen Pferdemähne. »Keine Sorge, ich halte dich fest.«

Er schnalzte mit der Zunge und der Rappe lief los. Geschmeidig und schnell wie der Wind galoppierte er über die blühende Wiese.

Auf einem Felsen weit hinter dem Hügel der Richter erhob sich ein Palast aus dunklem, glänzendem Gestein. Orphnaios' Hufe polterten über eine Brücke, die über einen Strom aus Lava führte. Hitze brannte auf meiner Haut. Dem Herrscher der Unterwelt schien die Hitze nichts auszumachen. Ebenso wenig wie dem Ross. Erst, als wir das Tor des Palastes durchritten hatten, drosselte der Hengst sein Tempo und kam schließlich zum Stehen.

Staunend sah ich mich um. Der Palast von Hades bestand aus Obsidian und einer Art schwarzem Glas, das ich noch nie gesehen hatte. Für mich ähnelte der Stil den antiken Palästen römischer Kaiser, mit ihren Säulen und hohen Hallen. Der Boden schien aus schwarzem Marmor zu bestehen. Doch am erstaunlichsten waren die Efeuranken, die jede der Säulen umgaben und auch die Decken zierten.

»Persephone!«, rief Hades, nachdem er vom Rücken des Pferdes gerutscht war.

Ohne seinen Halt schwankte ich und klammerte mich selbst an der Pferdemähne fest.

Eine wunderschöne Frau kam in die Empfangshalle. Sie trug eine goldfarbene Tunika, die ganz wundervoll zu ihrem rot leuchteten Haar passte. Ihr folgte eine Schar kleiner Seelen, die fröhlich vor sich hin plapperten.

»Ich wusste gar nicht, dass wir Besuch erwarten«, flötete die Schönheit. Ihre Stimme war leicht wie ein Frühlingswind und melodisch wie der Gesang von Vögeln.

»Erwartet haben wir niemanden«, erklärte Hades. »Aber jemand ganz Besonderen gefunden.« Er umfasste meine Taille und half mir dabei, vom Rücken des Hengstes zu gleiten.

Die kleinen Seelen umgaben uns mit großer Aufregung.

»Wer ist sie?«

»Sie ist verletzt!«

»Wo kommst du her?«

»Hast du meine Mama gesehen?«

Mein Herz wurde ganz schwer. Es waren die Seelen verstorbener Kinder, die genauso lebendig herumplapperten, als wären sie in einem Kindergarten.

»Jetzt lasst ihr erst einmal einen Moment Ruhe«, bat Persephone gutmütig. »Geht schon mal im Garten spielen. Ich komme dann gleich nach.«

Schwermütig sah ich ihnen nach, wie sie fröhlich lachend davonstoben. »Sie sind ...«

»Viel zu früh verstorben«, vollendete Persephone meinen Satz. »Und deswegen kümmern wir uns um sie, bis ihre Zeit gekommen ist, zu den elysischen Feldern zu ziehen.« Mit gerunzelter Stirn betrachtete sie meinen verletzten Arm. »Das sieht aber nicht gut aus.«

»Sie hat eine Menge Blut verloren«, erklärte Hades.

»Ist das am Tor passiert?« Persephone betastete vorsichtig den aufgerissenen Ärmel.

Ich nickte und als sie mir direkt in die Augen sah, verstand ich, was Hades in meinen gesehen hatte. Persephones Augen schillerten in einer faszinierenden Mischung aus Grün und Braun. Obwohl meinen die goldenen Sprenkel fehlten, die Persephones Augen einen übernatürlichen Glanz verliehen, war die Ähnlichkeit unverkennbar.

Meine Knie gaben unter mir nach und ich wäre zu Boden gestürzt, wenn Hades mich nicht noch fester gehalten hätte. Persephone stützte nun meine verletzte Seite.

»Schnell, Hades. Bringen wir sie in die Krankenkammer. Ich muss sie umgehend behandeln.«

Sie geleiteten mich durch die Eingangshalle in eine noch größere Halle, die von einem breiten Podest und zwei Thronsesseln dominiert wurde. Irgendwo zur Linken war eine offene Tür, hinter der sich ein luftiger Raum mit hohen Fenstern befand, die nur von seidenen Vorhängen bedeckt waren.

Vorsichtig halfen Hades und Persephone mir, mich auf ein schmales Bett zu legen. Die Matratze war erstaunlich bequem. Die Kammer war mit einem breiten Regal und einem Arbeitstisch ausgestattet, alles aus Stein gefertigt.

Persephone eilte zum Regal, um einen der dort lagernden Tiegel hervorzuholen. »Also gut, was brauchen wir«, sagte sie mehr zu sich selbst als zu uns.

Hades nahm auf einem Steinquader neben dem Bett Platz. »Wie wäre es mit Ambrosia?«

Persephone drehte sich schwungvoll zu uns um. »Bist du wahnsinnig? Ambrosia könnte sie töten!«

Hades zwinkerte mir verschwörerisch zu. »Ich habe so das Gefühl, dass es ihr sehr gut bekommen würde.«

»Liebling, du weißt doch, dass Sterbliche Ambrosia nicht vertragen.« Persephone hantierte weiter mit Tiegeln und Fläschchen herum.

»Persephone liebt es, Tinkturen und Salben anzufertigen«, erklärte mir Hades. »Auch wenn sie hier unten kaum jemanden damit verarzten kann.«

»Hekate freut sich stets über meine Mischungen«, merkte seine Gemahlin pikiert an. »Sie teilt sie mit den Sterblichen, die Hilfe erflehen.«

»Unser Gast ist aber keine Sterbliche.« Hades nahm meine Hand und tätschelte sie väterlich. »Sie ist eine Halbgöttin.«

Persephone warf mir einen kritischen Blick zu. »Und du bist dir sicher, dass Ambrosia sie nicht umbringen wird?«

Ich antwortete für ihn. »Bisher habe ich Ambrosia gut vertragen.«

»Nun denn, Ambrosia soll es sein.« Sie wirkte beinahe ein wenig enttäuscht, weil sie keines ihrer Mittelchen an mir verwenden durfte. Dann kam sie mit einem Steinbecher zu mir, dessen Inhalt köstlich nach Honig duftete. »Ich hoffe, du magst Honigwein?«

»Sehr gern«, sagte ich und nahm den Becher entgegen. Vorsichtig nippte ich an dem Getränk und spürte die Süße des

Honigs auf meiner Zunge. Mit geschlossenen Augen ließ ich die Wirkung in mir entfalten. Ambrosia und Honig waren wirklich die beste Kombination, die sich je jemand ausgedacht hatte.

Hades hielt noch immer meine Hand. Seine Anwesenheit beruhigte mich. Seltsam. Es war alles so anders, als ich es mir vorgestellt hatte. Und auch anders, als V und Lonis es berichtet hatten.

»Sie ist wirklich erschöpft«, flüsterte Persephone.

Hades stimmte zu. »Wir sollten sie schlafen lassen.«

»Aber wer ist sie?«

»Alice. Und wir können sie später immer noch ausfragen. Wenn es ihr besser geht.« Hades löste seine Hand von meiner.

Ich nahm es nur noch am Rande wahr, denn die Erschöpfung kam über mich wie ein dichter Nebel. Oder war es der Honigwein, der diese benebelnde Wirkung auf mich ausübte?

Was auch immer es war, ich hieß die Entspannung mehr als willkommen.

Keine Ahnung, wie viel Zeit vergangen war, als mich aufgeregte Stimmen weckten. Im Thronsaal war eine heftige Diskussion im Gange. Der Schlaf und die Ambrosia hatten ihr Werk getan. Ich fühlte mich frisch und erholt. Auch wenn ich ein Bad oder eine Dusche hätte gebrauchen können. Denn noch immer klebte Kerberos' Schleim an meinem Ohr und meine Kleidung stank nach Blut und sonstigen Ausdünstungen.

Vorzeigbar sah ich also nicht aus, aber ich war trotzdem neugierig, was sich im Thronsaal abspielte. Ich schälte mich aus dem gemütlichen Bett und schlich zum Türbogen, der lediglich mit einem schweren Vorhang verhangen war. Mir war ohnehin aufgefallen, dass es keine Einrichtungsgegenstände aus Holz in diesem Palast gab. Zumindest in dem kleinen Teil, den ich bisher gesehen hatte.

Frauenstimmen geiferten wild durcheinander. Anders konnte man es wirklich nicht nennen. Die Stimmen klangen so schrill, dass man kaum etwas verstehen konnte.

Der Vorhang bewegte sich und ich schrak zurück. Doch es war nur eine kleine Kinderseele, die durch den Vorhang schlüpfte. Ein Junge sah mich mit großen Augen an. Seine Locken standen in alle Richtungen ab.

»Versteckst du dich auch vor dem Streit?«, flüsterte er.

Ich ging in die Hocke, damit wir auf Augenhöhe waren. »Ja, kann man so sagen. Was ist denn da los, hast du etwas mitbekommen?«

»Die Furien sind da«, erklärte der Junge und spähte durch einen Schlitz zwischen Steinwand und Vorhang. »Sie können sehr wütend werden.«

Die Furien ... meine Mutter ... Ich schnappte nach Luft.

Der kleine Junge nahm meine Hand. Es fühlte sich an wie ein kitzelnder Windhauch und ich war überrascht, dass tote Seelen etwas berühren konnten.

»Du brauchst keine Angst haben«, erklärte er ernst. »Die Furien sind zwar laut, aber wenn man sich an die Regeln hält, sind sie auch lieb zu einem.« Prüfend sah er mich an. »Du bist doch brav, oder?«

»Meistens«, antwortete ich ehrlich und versuchte ebenfalls, zwischen Vorhang und Stein hindurchzuschauen.

»Ich heiße Zander. Und du?« Der kleine Junge schien gerade mehr Interesse an mir zu haben als an den Geschehnissen im Thronsaal.

Seine Neugier wirkte erfrischend und ich lächelte ihn an. »Mein Name ist Alice.«

»Du bist aber nicht tot?«

»Nein, ich lebe.« Mein Lächeln verging. Es kam mir falsch vor, dass ein kleiner Junge wie Zander hier unten verweilte.

»Dann bist du nur zu Besuch?«

»Ja, das kann man so sagen.«

»Spielst du gerne Ball? Hades hat uns einen Ball gebastelt aus Efeuranken, die er zusammengeknotet hat.«

»Ich befürchte, ich bin nicht sonderlich geschickt im Ballspielen. Welches Spiel spielst du am liebsten?«

»Fußball. Wie Ronaldo. Als ich noch lebte, wollte ich werden wie er.«

Mein Herz zerbrach in tausend Teile. »Wollen wir nachher zusammen Ball spielen? Du kannst mir deine besten Tricks zeigen.«

»Jaaaa!«, rief Zander begeistert aus.

Wir hatten vergessen, dass wir uns hinter dem Vorhang versteckt hatten. Plötzlich herrschte Stille im Thronsaal. Schritte nahten.

Zander umklammerte meinen Hals und drückte sich, so fest es einer kleinen toten Seele möglich war, an mich. »Jetzt gibt es Ärger«, raunte er.

»Ja, ich glaube auch.«

Der Vorhang wurde zur Seite gerissen und vor uns stand eine Frau mit hellem graublondem Haar und leuchtend grünen Augen. Vor Schreck plumpste ich auf den Hintern und die Kinderseele kicherte.

»Alekto, du hast uns erschreckt!«

Die Frau, die um kein Jahr älter wirkte als ich selbst, verschränkte die Arme vor der Brust. »Alice Miranda Miller, was zum Tartaros hast du hier zu suchen?!«

KAPITEL ZWEIUNDZWANZIG

Mein Wiedersehen mit meiner Mutter lief genau so, wie ich es mir in meinen Albträumen vorgestellt hatte.

Vorsichtig löste ich mich aus der Umarmung des kleinen Geistes, bevor ich mich meiner Erzeugerin stellte. Auge in Auge. »Hmm, lass mich überlegen. Womöglich möchte ich einfach mal mit meiner Mutter Kaffee trinken. Oder über die guten alten Zeiten reden. Ach, Moment, an die erinnere ich mich ja gar nicht, denn mein Vater hat ja einen Großteil meiner Erinnerungen mit Hypnose gelöscht.«

Die Frau mit den leuchtend grünen Augen betrachtete mich mit verhärteter Miene. »Frech bist du auch noch.«

»Von wem ich das wohl habe?«

Zander huschte zwischen uns. »Streiten ist doof. Hört auf damit!«

Unterstützung bekam er von Persephone, die mit einem

sanften Lächeln zu uns kam. »Hört auf den Jungen. Es gibt nichts, was man nicht in Ruhe klären könnte. Zander, geh doch ein bisschen mit den anderen Kindern spielen. Alekto und Alice haben einiges zu klären.« Der Kleine raste davon, sodass die Herrscherin der Unterwelt sich meiner Mutter und mir zuwandte. »Kommt mit in den Thronsaal. Wir reden als Familie darüber.«

Alekto schnaufte verächtlich. »Natürlich klären wir das als Familie. So, wie alles als Familie geklärt wird.«

Die Spannung in der Luft war unverkennbar. Hier schwangen Konflikte mit, von denen ich keine Ahnung hatte und die vermutlich schon länger schwelten, als ich auf der Welt war.

Zögerlich folgte ich den beiden in die große Halle. Hades hatte auf seinem Thronsessel Platz genommen. Seine Haltung wirkte erstaunlich lässig. Er hielt eine Schale mit Trauben in der Hand, kaute gemächlich vor sich hin und eine schwarze Haarsträhne war ihm in die Stirn gefallen, was ihn noch jünger wirken ließ.

Die anderen beiden Frauen, die uns hier erwarteten, konnten hingegen nicht angespannter wirken. Sie alle schienen im Alter meiner Mutter – oder meinem eigenen – zu sein. Eine von ihnen war ebenso rothaarig wie Persephone, die andere hatte schwarzes Haar wie Hades. Was mich besonders erstaunte, war jedoch ihre Kleidung. Die Rothaarige trug enge schwarze Jeans, die ihre Kurven betonte, ein gelbes Shirt und eine schwarze Lederjacke. Ihre Locken fielen fast bis zum Hintern. Die Schwarzhaarige indes trug einen kurzen schwarzen Bob, dazu weite Boyfriend-Jeans und ein schwarz-weiß gestreiftes Shirt. Beide standen vor der Empore, auf der sich die Thronsessel befanden, und funkelten mich böse an.

Persephone hakte sich bei mir unter. Eine kleine Geste, die mir jedoch zeigte, dass ich nicht allein war in dieser Situation.

»Das ist sie also?«, wollte die Schwarzhaarige wissen. »Die Brut, die du mit einem Menschen gezeugt hast?«

»Hüte deine Zunge«, gab meine Mutter zurück. »Sie ist meine Tochter. Und so werdet ihr sie behandeln.« Sie seufzte tief und deutete auf die Schwarzhaarige. »Alice, das ist deine Tante Tisiphone. Und die grimmige Rothaarige ist Megaira.«

»Grimmig?«, empörte sich Megaira. »Hast du dich mal im Spiegel angesehen?«

Persephone schüttelte tadelnd den Kopf. »Würdet ihr bitte aufhören, euch gegenseitig Beleidigungen an den Kopf zu werfen? Alice soll doch nicht den Eindruck erhalten, sie wäre bei uns nicht willkommen.«

Megaira rollte deutlich mit den Augen und Tisiphone gab ein verächtliches Schnauben von sich.

»Alice ist bei uns sehr willkommen«, schaltete sich Hades in das Gespräch ein. Er stellte die Schüssel Trauben auf der Lehne seines Thronsessels ab, erhob sich und trat auf meine Mutter zu. »Es wäre nur schön gewesen, wir hätten vorher von der Existenz unserer Enkeltochter gewusst.«

»Warum hätte ich euch von ihr erzählen sollen?«, gab Alekto zurück. »Ihr verachtet die Menschen. Seit zweitausend Jahren darf ich mir anhören, wie sehr ihr sie hasst. Wie ihr euch über sie lustig macht.«

»Das würden wir nie tun«, sprach Persephone traurig.

»Du nicht, Mutter.« Alekto machte eine Handbewegung, die ihre beiden Schwestern betraf. »Die beiden. Die Plagen, die mir seit dem Tag meiner Geburt am Hintern kleben.«

Unwillkürlich musste ich lachen. Oh ja, verdammt. In gewisser Hinsicht kam ich ganz nach meiner Mutter.

Irgendetwas machte diese Erkenntnis mit mir. Dads Sanftheit hatte mich stets in eine wohlig warme Decke gehüllt. Ich hatte mich bei ihm sicher gefühlt, umsorgt. Dad würde mich vor allem beschützen, sogar vor mir selbst, wie sich herausstellte. Gleichzeitig war es eine Bürde gewesen. Denn ich wusste tief in mir, dass ich nie vollkommen wie er sein konnte. Die Sanftheit und Ruhe, die er ausstrahlte, waren mir wie ein unerreichbares Ideal vorgekommen. Im hitzigen Gemüt meiner Mutter jedoch erkannte ich mich selbst wieder.

Tisiphone grinste. »Und was genau hat dich dazu getrieben, dich mit einem Menschen einzulassen? Wolltest du das Exotische ausprobieren? Oder das Langweilige?« Sie schlenderte zu Hades' Thron, ließ sich darauf plumpsen und nahm die Schüssel mit den Trauben zur Hand.

»Das geht dich überhaupt nichts an«, fauchte meine Mutter.

»Muss ja ein echt toller Fang sein, wenn du ihn vor uns verheimlicht hast.« Der Spott in Megairas Stimme war nicht zu überhören.

»Das reicht jetzt!«, polterte Hades' Stimme durch den Thronsaal. Dann atmete er tief durch und strich sich die Haarsträhne aus der Stirn. »Ich schlage vor, dass wir uns alle kurz beruhigen. Geht euch bequeme Sachen anziehen, Töchter. Eure Mutter und ich kümmern uns um das Abendessen.«

»Eigentlich waren wir gerade dabei, einen Frauenvergewaltiger in Paris zu foltern«, erklärte Tisiphone. »Ich würde mein Werk gern vollenden.«

Hades schlenderte zu ihr und nahm ihr die Obstschüssel ab. »Den Vergewaltiger kannst du morgen auch noch quälen.«

»Und wenn er uns entwischt?«, gab sie zurück.

»Dann werdet ihr ihn wiederfinden und doppelt leiden lassen.«

Megaira verschränkte die Arme vor der Brust. »Er hat aber nur einen Schwanz, den wir ihm abschneiden können.«

»Ich bin mir sicher, dass euch dreien eine kreative Lösung einfallen wird.« Er sah von Megaira zu Tisiphone und dann zu meiner Mutter.

Sie nickte, runzelte die Stirn und warf mir einen nachdenklichen Blick zu. »Ja, ich denke, wir sollten zunächst diese Sache hier klären.«

So also sah sie mich? »Ich bin keine Sache!«

Persephone streichelte mir sanft über die Wange. »Das weiß sie. Sie hat sich nur unglücklich ausgedrückt. Alekto, zeig deiner Tochter, wo sie sich frisch machen kann.«

Ich sollte mit meiner Mutter gehen, für die ich nicht mehr war als eine Störung ihres normalen Tagesablaufs? »Ich würde lieber helfen, das Essen vorzubereiten.«

Meine junge Großmutter schüttelte den Kopf. »Das ist nicht notwendig. Und du könntest wirklich frische Kleidung gebrauchen.«

Resignierend folgte ich Alekto. Megaira rauschte an mir vorbei und stieß mit voller Absicht gegen meine verletzte Schulter. »Du stinkst«, fauchte sie.

»Jetzt lass sie doch in Ruhe«, ging Tisiphone dazwischen. Sie brachte sogar ein Lächeln zustande. »Sie kann ja nichts dafür, dass unsere Schwester all ihren Stolz verloren und sich mit einem Menschen eingelassen hat.«

Wow, das war eine wirklich wundervolle Familie.

Hades und Persephone waren mir warmherzig und offen erschienen. Niemals hätte ich geglaubt, dass der Herrscher und die Herrscherin der Unterwelt mich mit offenen Armen aufnehmen würden. Aber ich hatte auch nicht damit gerechnet, dass meine Tanten mich so sehr hassen würden. Mal abgesehen von meiner Mutter, die vor mir her marschierte, als wär es ihr egal, ob ich hinterherkam oder nicht.

Der Weg führte vom Thronsaal durch einen Gang, der von Fackeln erleuchtet wurde. Am Ende befanden sich mehrere Bögen, die von samtenen Vorhängen bedeckt waren. Alekto eilte durch einen dieser Vorhänge, in dem ich mich beinahe verhedderte, als ich mit ihrem Tempo mithalten wollte. Noch mit den Stoffbahnen kämpfend registrierte ich, dass wir ein herrschaftliches Gemach betreten hatten. Ein Himmelbett aus hellrosafarbenem Gestein stand auf der einen Seite des Raumes, mehrere Truhen aus demselben Gestein auf der anderen. Cremefarbene Samtvorhänge verhüllten weitere Torbögen.

»Das ist ein wunderschöner Raum«, sagte ich.

»Schön, aber ohne Privatsphäre.« Alekto kniete vor einer der Truhen und wühlte darin herum.

»Die nicht vorhandenen Türen sind mir ebenfalls schon aufgefallen.«

Sie warf mir einen kritischen Blick über die Schulter zu. »Wir sind alle eine wundervolle Familie. Wer braucht da schon Türen, die man schließen könnte?« Sie klang mehr als sarkastisch.

»In jeder Familie gibt es mal Knatsch«, meinte ich. »Das Wichtigste ist doch, dass man sich hinterher wieder verträgt.«

»Ernsthaft?« Sie schüttelte den Kopf.

»Dad hätte das jedenfalls so gesagt.«

Ihre Haltung versteifte sich und sie hielt damit inne, die Truhe zu durchsuchen. »Ist er noch am Leben?«

Sie sah mich dabei nicht einmal an.

»Als ich ihn das letzte Mal sah, erfreute er sich bester Gesundheit. Wenn er auch damit klarkommen muss, dass ich mich von ihm nicht mehr manipulieren lasse.«

Alekto holte zwei Kleidungsstücke hervor, stand auf und betrachtete mich prüfend. »Wir haben die gleiche Größe.« Sie hielt ein dunkelgrünes und ein rostfarbenes Seidengewand in die Höhe. »Welches möchtest du haben?«

»Das grüne.«

Sie warf es mir zu und ich fing es gerade so auf.

»Wird dir gut stehen. Du hast die Augen meiner Mutter.« Sie sagte es ganz beiläufig, als würde sie nur über das Wetter reden und nicht darüber, dass ich der Göttin des Frühlings ähnelte.

Verdammt. Das kam mir erst jetzt in den Sinn.

Ich war nicht nur eine halbe Furie, sondern auch noch die Enkeltochter einer wunderschönen Göttin. Schade, dass ich außer der Augenfarbe nicht noch mehr von ihr geerbt hatte.

»Woran denkst du?«, wollte Alekto wissen. Aus einer anderen Truhe hatte sie zwei Tücher hervorgeholt, die sie zusammen mit dem rostfarbenen Kleid auf dem Bett ablegte. Dann streifte sie sich die schwarzen Uggs von den Füßen und kickte sie in eine Ecke.

»Ach, nicht wichtig.«

Meine Mutter stemmte die Hände in die Hüften. »Wenn es dich beschäftigt, muss es dir wohl wichtig sein. Du möchtest nur nicht mit mir darüber reden.«

»Gut erfasst.« Ich wich ihrem Blick aus und betrachtete das grüne Gewand in meinen Händen. »Ist das eine Toga?«

»Eine Stola. Sehr gemütlich. Nur leider nicht so praktisch bei der Arbeit.« Sie zog sich ganz ungeniert vor mir aus. Erst ihre Jeans, dann folgte der enge rosafarbene Pulli.

»Oh«, machte ich überrascht und drehte mich weg, da sie keine Unterwäsche trug.

»Ich bin deine Mutter. Kein Grund, prüde zu sein. Aber vielleicht möchtest du zuerst baden, bevor du dich umziehst?«

»Sehr gern.« Ich drehte mich wieder zu ihr um und sie zeigte zum ersten Mal so etwas wie ein Lächeln, als sie zu den cremefarbenen Vorhängen deutete.

»Wenig Privatsphäre, aber dafür luxuriös.« Sie ging wieder voran und überließ es mir, ihr zu folgen.

Hinter den Vorhängen lag ein Patio, ein Innenhof, dessen Boden von schwarzem Lavagestein bedeckt war. In der Mitte des Innenhofes befand sich ein großes Becken mit dampfendem Wasser.

Alekto stieg in das Wasser und seufzte. »Es hat seine Vorteile, so nah an den Lavaströmen zu wohnen.«

Zögerlich betrachtete ich das Becken, das genauso groß war wie mein Schlafzimmer in Chicago. Das Ganze war schon mehr ein Pool als eine Wanne. Das klare Wasser wirkte höchst einladend.

Ich entledigte mich meiner Stiefel und meiner Kleidungsstücke. Das aufgerissene Longsleeve klebte trotz des getrockneten Blutes nicht an meiner Haut. Mit ein wenig Abstand zu meiner Mutter stieg ich in das Becken und genoss die Wärme, die mich sofort einhüllte.

Alekto war so weit runtergerutscht, dass nur noch ihr Gesicht zu sehen war. Den Nacken hatte sie an den Beckenrand gelehnt und die Augen geschlossen.

»Das ist das Beste am Nachhausekommen«, murmelte sie.

»Schon sehr angenehm«, stimmte ich zu. Das heiße Wasser lockerte meine angespannten Muskeln. Und auch meine Stimmung hellte sich ein wenig auf.

»Warum bist du damals gegangen?«, flüsterte ich.

»Du kommst ohne Umschweife direkt auf den Punkt. Das gefällt mir.« Sie holte tief Luft, die Augen immer noch geschlossen. »Und du hast Antworten verdient, wenn du schon den langen Weg in die Unterwelt gestiegen bist. Du musst mir übrigens nachher unbedingt erzählen, wie du das geschafft hast.«

»Werde ich. Sobald du mir erzählt hast, wie du meinen Vater kennengelernt hast, wie ich zur Welt kam und warum du uns schließlich verlassen hast.«

»Einmal das komplette Programm.«

»Gegen Popcorn hätte ich nichts einzuwenden.«

Sie öffnete ein Auge und sah amüsiert zu mir rüber. »Wenigstens hast du Humor.«

Wenigstens? Sie hatte noch keine Ahnung von meinen Furienfähigkeiten.

Sie schloss das Auge wieder. »Wie du sicher durch meine entzückenden Schwestern eben mitbekommen hast, sind wir nicht unbedingt Fans von Menschen.«

»Ja, ist mir aufgefallen.«

»Nun, wenn man Jahrtausende lang ihre Verbrechen, ihre dunkelsten Seiten miterlebt, ist das wohl auch nicht weiter verwunderlich.«

Ein Déjà-vu überkam mich.

V ... Ich hatte kein einziges Mal mehr an ihn gedacht, seitdem mich Hades auf der Asphodelienwiese gefunden hatte. Dabei wäre ich ohne Veiovis überhaupt nicht hier, der Rachegott, der seiner Aufgabe müde war.

»Meine Meinung über die meisten Menschen weicht nicht groß von der meiner Schwestern ab«, fuhr meine Mutter fort. »Ich hielt insbesondere Männer für abscheuliche Wesen, denen man nichts Besseres als den Tod wünscht.«

»Einige von ihnen sind wirklich auch eine Herausforderung.«

»In der Tat. Doch eines Tages traf ich einen jungen Mann, der anders war. Klingt kitschig, aber es entspricht der Realität. Dein Vater ist voller Güte, voller Wärme. Er sah das Gute in jedem Menschen, der ihm begegnete. Er behandelte eines der Opfer, für das ich Rache nehmen wollte. Eine junge Frau, die von ihrem eigenen Bruder verprügelt worden war.« Sie atmete tief durch. »Du musst wissen: Gewalt in der eigenen Familie ist das schlimmste Verbrechen. Oder das zweitschlimmste. Das Schlimmste ist die Gewalt gegen Kinder. Jedenfalls war dein Vater der Notarzt, der sich um das Mädchen kümmerte. Ich war in der Nähe und beobachtete fasziniert, wie sanft und fürsorglich er mit ihr umging. Nachdem ich meine Aufgabe erledigt und dem Bruder des Mädchens eine gehörige Lektion verpasst hatte, begegnete ich Simon ein weiteres Mal.« Sie lächelte, ganz leicht, doch ich sah es. »Es war ein Zufall, denn ich wollte einfach nur für einen Moment die Sonne am Michigansee genießen. Er hatte an jenem Tag denselben Gedanken und setzte sich ganz in die Nähe. Und irgendwie kamen wir ins Gespräch, er wusste ja nicht, wer ... oder was ich war. Simon erzählte mir von seinen Plänen, eine eigene Praxis zu eröffnen, und von seinem Studium, als er für ein Jahr für Ärzte ohne Grenzen in Afrika unterwegs gewesen war.« Alekto hob den Kopf und sah mich an. Sie wirkte ein wenig verträumt, als wäre sie in Gedanken wieder ganz bei dem Sommertag am Michigansee. »Dein Vater war nicht nur gut aussehend, sondern auch ein wundervoller Gesprächspartner. Noch nie in Tausenden von Jahren war ich einem solchen Mann begegnet. Weder unter den Menschen noch unter den Göttern. Ich wollte unbedingt mehr über ihn wissen und genoss seine Nähe. Also trafen wir uns regelmäßig. Seine wundervolle Art brachte mir den Glauben an das Gute in den Menschen wieder. Und wir verliebten uns.«

Es war eine rührende Geschichte. Und ich konnte viel davon nachvollziehen.

»Seine Gesellschaft war meine Insel der Ruhe«, fuhr meine Mutter fort. »Fernab der brutalen Rache, fernab meiner

Familie bot Simon mir etwas, von dem ich nie gedacht hätte, dass ich es haben wollte: Frieden. Und eine eigene Familie. Also beschloss ich, ihm die Wahrheit zu sagen, denn nichts weniger hatte er verdient. Er hörte mir aufmerksam zu. Selbst als ich ihm meine wahre Gestalt zeigte, ließ er sich nicht davon abbringen, mich zu lieben.« Seufzend schüttelte sie den Kopf. »Wir glaubten wirklich, dass wir es schaffen würden. Dass unsere Liebe stärker war als alle Hindernisse. Und als du zur Welt kamst, schien unser Glück perfekt.«

Dann sagte sie erst einmal nichts mehr. Ich ließ ihr den Moment der Erinnerung und dachte daran, wie sehr es mir für meine Eltern leidtat. Ich war auch einmal hoffnungsvoll gewesen und war bitter enttäuscht worden. Aber für sie beide musste es noch schlimmer gewesen sein, weil sie so viel aufs Spiel gesetzt hatten für ihre Beziehung.

»Wie hast du es geschafft, unsere Existenz vor deinen Schwestern geheim zu halten?«

Sie lächelte ein wenig. »Ich musste kreativ sein. In der Sommerzeit habe ich behauptet, ich würde unsere Mutter in der Welt der Menschen besuchen. Was ich auch tat, aber meistens nur für einen Tag. Außerdem konnte ich mich nicht einfach so dematerialisieren ohne Tisi und Meg. Deswegen musste ich andere Ausgänge aus der Unterwelt nehmen.«

»Durch die Niagarafälle?«

Sie nickte. »Mühsam, aber machbar.«

Das musste ich mir merken, wenn ich selbst wieder an die Oberfläche kommen wollte.

»Dieses Doppelleben hätte jedoch nicht für alle Ewigkeit funktioniert«, sprach Alekto leise weiter. »Ich bin gegangen, um dich zu schützen, Alice. Denn auch die größte Liebe dieser Welt konnte nicht ändern, wer ich wirklich bin: eine Furie, geboren, um Rache zu nehmen. Und nicht irgendeine Furie, sondern Alekto, die niemals Rastende. Alekto, die von Zorn getrieben wird. Es bedeutete, dass du und dein Vater jedes Mal in Gefahr wart, wenn ich wütend wurde. Ich musste gehen, um euch beide zu beschützen und ganz besonders dich, meine eigene Tochter.« Sie richtete sich auf, ihr Blick war betrübt. »Ich wollte dich vor mir selbst beschützen. Und ich wollte dir die heile Welt deines Vaters erhalten. Ich wusste, dass du bei ihm besser aufgehoben warst als bei mir. Er würde dich mit Liebe überschütten, dich zu einem wundervollen Menschen heranziehen. Meine Anwesenheit hätte das nur zerstört.«

Ich setzte mich ebenfalls auf. »Es gab niemals eine heile Welt für mich. Nicht mit dir als meine Mutter.«

»Du verstehst nicht, wie schwer mir die Entscheidung gefallen ist.«

Ich schüttelte den Kopf. »Doch, das verstehe ich sehr gut. Aber du verstehst nicht, dass ich niemals auch nur den Hauch einer Chance gehabt hätte, ein normales Leben zu führen. In mir fließt dein Blut genauso wie das meines Vaters. Ich bin eine Furie. Genau wie du.«

Ihre Brauen zogen sich in der Mitte ihrer glatten Stirn zusammen. »Aber wie kann das sein? Du hast als Mädchen überhaupt keine Anzeichen gezeigt. Ich war mir sicher, dass du meine Last nicht tragen musst.«

»Mein Vater sagte, es sei in der Pubertät zum ersten Mal passiert. Meine Wutausbrüche. Und deswegen hat er mich mit Drogen ruhiggestellt. Faszinierend, nicht wahr? Zu was der von dir ach so geliebte und hochgelobte Mann imstande war.«

»Wieso hat er das getan?« Sie schien es nicht glauben zu können.

»Aus denselben Gründen, aus denen du deine eigene Tochter verlassen hast. Er wollte mich beschützen.«

KAPITEL DREIUNDZWANZIG

Unsere Zweisamkeit wurde gestört, als Tisiphone aus einem anderen Bogen zu uns geschlendert kam. Offensichtlich lagen noch andere Gemächer um den Innenhof verteilt und man hatte unser Gespräch mit anhören können.

Meine Tante hatte sich umgezogen und trug nun eine schwarze Stola aus Seide, passend zu ihrem rabenschwarzem Haar. Ihre Taille wurde durch eine verschlungene Silberkordel betont.

»Du bist also eine von uns«, sprach sie, den kritischen Blick auf mich gerichtet. »Das ändert einiges.«

So viel zum Thema Privatsphäre. Mir war bewusst, dass sie mich in meiner ganzen Nacktheit durch das Wasser sehen konnte. Schützend verschränkte ich die Arme vor der Brust.

»Was ändert es?«, wollte ich wissen.

»So ziemlich alles. Du hast die Gabe, Rache zu üben.«

Ich rutschte tiefer ins Wasser. »Als Gabe würde ich es nicht bezeichnen, eher als Fluch.«

Sie hob eine fein geschwungene Braue und sah Hades dadurch noch ähnlicher. »Ich sehe, du hast noch einen weiten Weg vor dir.«

Alekto erhob sich ruckartig, sodass das Wasser von ihr in meine Richtung schwappte. »Lass sie in Ruhe. Für sie ist das alles neu und fremd. Du kannst nicht davon ausgehen, dass sie sofort Feuer und Flamme für unsere Lebensweise ist.«

»Sie hätte unser Leben von Anfang an teilen sollen.« Tisiphone wirkte unnachgiebig. »Denkst du wirklich, sie wäre in der Welt der Menschen besser aufgehoben als bei uns? Unter all den Versagern, Mördern und Vergewaltigern?«

Kein Wunder, dass meine Mutter ihre Beziehung zu meinem Vater vor ihren Schwestern verheimlicht hatte, wenn diese mit derlei tiefsitzenden Vorurteilen behaftet waren.

Dennoch wagte ich es nicht, zwischen die Schwestern zu gehen. Sollten sie beide ausflippen, wollte ich lieber das Weite suchen.

»Ich denke, ich habe genug gebadet«, murmelte ich und schlüpfte aus dem Wasser. Mittlerweile war es mir auch egal, dass sie dabei meine intimsten Stellen zu Gesicht bekamen.

Zurück im Gemach meiner Mutter nahm ich eines der Handtücher, die sie auf dem Bett bereitgelegt hatte, und wickelte es um meinen Oberkörper. Meine Haare waren nass und tropften auf den rauen Marmorboden. Nachdenklich betrachtete ich meine nackten Fußzehen.

Die Eindrücke, die mich in der Unterwelt überkamen, verursachten einen regelrechten Sturm in mir. Ich hatte kaum

Zeit, zu verarbeiten, was sich mir hier offenbarte. So wenig Zeit, dass ich erst jetzt realisierte, dass es nicht kalt war.

Vs Schilderung kam mir zurück in den Sinn.

»Selbst dort, wo die roten Fluten des Flammenflusses entlangfließen, fühlt man sich wie in einer schwarzen Arktis. Der Boden, über den man schreitet, ist scharf wie die Scherben von Obsidian.«

Ja, ich hatte mich am Obsidian des Tores verletzt, und ja, der Palast von Hades schien komplett aus schwarzem Gestein zu bestehen. Aber es war nicht kalt.

Hatte er mich mit seiner Schilderung nur schockieren wollen?

»Tisi kann ziemlich direkt sein.«

Schuldbewusst zuckte ich zusammen, als ich die Stimme meiner Mutter hinter mir vernahm. Ich hatte noch nichts über V erzählt und darüber, dass ich es nur mit seiner Hilfe hierhergeschafft hatte.

»Das liegt sicher in der Familie«, antwortete ich und wandte mich von ihr ab, um mich anzuziehen. In Ermangelung von Unterwäsche streifte ich den glatten Stoff der dunkelgrünen Stola über meinen nackten Körper. Ich hatte noch nie so einen angenehmen Stoff auf meiner Haut verspürt.

»Und doch kann ich ihr nicht absprechen, dass sie in einem Punkt recht hatte«, sprach Alekto. »Ich hätte dich nicht aus den Augen lassen sollen. Wenn du wirklich die Kräfte einer Furie in dir trägst, hättest du mich gebraucht.«

Überrascht drehte ich mich zu ihr um. Sie hatte sich ebenfalls bereits angekleidet. In dem rostfarbenen Gewand sah sie aus wie eine strahlende Sommergöttin, nicht wie eine hitzige Furie.

»Deine Einsicht kommt etwas spät«, meinte ich mit einem bitteren Geschmack auf der Zunge.

Sie nickte und senkte den Blick. »Es tut mir schrecklich leid. Wirklich.«

Die Bitterkeit verging nicht. Hätte sie mich doch nur einmal in all den Jahren aufgesucht. Es hätte so viel verändert.

»Mom, hast du eigentlich jemals an mich gedacht?«

Sie hob den Blick und ich erkannte das Glitzern von Tränen in ihren Augen. »Jeden verdammten Tag. Als ich ging, habe ich einen Teil meines Herzens zurückgelassen. Und ja, verdammt, auch eine Furie hat ein Herz, das man ihr brechen kann.«

Ich sollte wütend auf sie sein. Das kleine Mädchen in mir, das von seiner Mutter verlassen worden war, schrie nach Gerechtigkeit. Gleichzeitig wusste ich, dass diese Gerechtigkeit niemals kommen würde.

Was passiert war, lag in der Vergangenheit. Mein Vater hatte sein Bestmöglichstes getan, damit es mir gut ging. Er hatte mich als alleinerziehender Vater zum Mittelpunkt seines Lebens bestimmt. Seine Methoden waren nicht gut gewesen. Niemand sollte das seinem Kind antun. Aber er war mit der Situation überfordert gewesen. Wie sollte man auch als Normalsterblicher damit umgehen, dass jeder kleine Wutausbruch eines Teenagers diesen in ein mit scharfen Krallen ausgestattetes Monstrum verwandeln könnte?

Das bedeutete nicht, dass ich seine Taten entschuldigte. Es bedeutete nur, dass ich anfing, ihn zu verstehen. Genau wie meine Mutter. Es war ein Anfang. Sie hatte sich mir geöffnet und ich hatte ihren Teil der Geschichte erfahren. Vielleicht konnte mein eigenes Herz irgendwann heilen.

Versöhnlich lächelte ich meine Mutter an. »Meinst du, Hades und Persephone könnten unsere Hilfe beim Tischdecken gebrauchen?«

Alekto wischte sich eine Träne aus dem Gesicht. »Sicher, sie würden es nur niemals zugeben.«

Seite an Seite kehrten wir zurück in den Thronsaal und zum ersten Mal hatte ich die Muße, ihn mir richtig anzusehen. Der raue Boden fühlte sich warm an unter meinen nackten Füßen. Der Thronsaal war umgeben von ionischen Säulen aus Obsidian. An den Wänden befanden sich kleine Nischen, in denen Sitzmöglichkeiten, ebenfalls aus schwarzem Gestein, standen. Zwischen den Efeuranken, die die Säulen umgaben, blühten hier und da einzelne lilafarbene Blüten.

»Ist das Passiflora?«, fragte ich. Die Passionsblume gehörte eigentlich nicht zu den klassischen Pflanzen der griechischen Antike.

»Stimmt«, sagte meine Mutter. »Meine Schwestern und ich haben sie Mutter vor etwa dreihundert Jahren geschenkt. Seitdem wächst und gedeiht sie zwischen dem Efeu, als wären sie füreinander erschaffen.«

In der Mitte des Saals stand nun ein langer Tisch, der mir vorher aufgefallen wäre, denn er bestand aus einem halbdurchsichtigen lilafarbenen Gestein.

»Holzmöbel sind wohl nicht nach Hades' und Persephones' Geschmack?«

»Das liegt daran, dass es in der Unterwelt so wenig Holz

gibt.« Meine Mutter zwinkerte mir zu. »Oder hast du hier irgendwo einen Wald gesehen?«

»Ähm, nein. Aber so viel habe ich noch nicht gesehen.«

»Das sollten wir nachholen. Wenn du magst, führe ich dich nach dem Essen ein wenig herum.«

Ich nickte und freute mich darüber, dass sie mir gegenüber so offen war. Der anfängliche Schock über mein plötzliches Auftauchen schien überwunden zu sein.

»Der Tisch besteht aus poliertem Amethyst«, erklärte meine Mutter weiterhin. »Edelsteine haben wir hier unten mehr als genug. Nicht, dass wir etwas mit diesen vermeintlichen Reichtümern anfangen könnten. Doch sie sehen ganz hübsch aus, findest du nicht?«

Der Tisch war in der Tat etwas Besonderes. Genau wie die Herrscher der Unterwelt, die gerade mit einer Schar von kleinen Seelen in den Thronsaal kamen. Sie alle brachten Schüsseln und Platten hinein, ebenso wie blaue Glasflaschen und Becher.

»Ah, das ging ja schnell«, rief uns Persephone zu. »Hattet ihr die Möglichkeit, euch ein wenig zu unterhalten?«

Alekto lächelte mich warmherzig an. »Ja, das hatten wir.«

Ich bemerkte, dass auch Persephone und Hades liebevolle Blicke tauschten, bevor sie die kleinen Seelen baten, alles auf dem Tisch abzustellen.

Hades selbst trug eine Platte mit gegrilltem Gemüse und Persephone zwei Schüsseln mit Brot. Griechische Götter mochten also nicht nur keine Unterwäsche, sondern liebten gutes Essen, so viel klar.

Zander huschte zu mir und umarmte meine Beine.

»Sieht so aus, als hättest du einen neuen Freund«, sagte meine Mutter.

»Stimmt, sieht ganz so aus.« Ich streichelte dem kleinen Jungen über die schattenhaften Locken und fragte mich, welche Farbe sie wohl gehabt hatten, als sie noch nicht verblasst waren und er noch lebte.

Wie lange er wohl schon in der Unterwelt verweilte? Und woran war er gestorben? Seine Eltern vermissten ihn sicherlich schmerzlich. Wenn sie doch nur wüssten, dass es ihrem Sohn hier gut ging. Dass es zwei Götter gab, die sich höchstpersönlich um ihn kümmerten, und dass er viele Freunde hatte, mit denen er spielen durfte.

Zander ergriff meine Hand und führte mich zum Tisch. »Sieh mal, es gibt auch Ravani, das ist mein Lieblingsdessert!«

»Ravani? Das kenne ich noch gar nicht.« Neugierig betrachtete ich den honiggelben Kuchen.

»Grießkuchen mit Zitronensirup«, erklärte meine Mutter. »Die Kinder lieben das süße Gebäck.« Sie schnitt mit einem Messer kleine Teile vom Kuchen ab und verteilte sie an die Kinder. Die Kleinen waren mit der Süßspeise beschäftigt, sodass Alekto leise fortfuhr: »Es ist die Erinnerung, die sie lieben. Wir versuchen, ihnen die wundervollen Erinnerungen an ihr früheres Leben zu erhalten.«

Ich nahm das alles auf, noch nicht fähig dazu, es wirklich zu verarbeiten.

»Setzt euch doch«, bat Persephone. »Ich hoffe, es ist etwas dabei, was dir schmeckt, Alice.«

»Vielen Dank, das sieht alles ganz wunderbar aus.« Ich nahm neben meiner Mutter auf der steinernen Bank Platz.

Ihre Schwestern schlenderten ebenfalls in den Thronsaal. Tisiphone lächelte mir freundlich entgegen, während Megaira mich mit einem kritischen Blick bedachte. Sie setzten sich uns gegenüber an die Tafel, während Hades und Persephone die Stühle an den Kopfenden einnahmen.

»Wer bereitet das alles denn zu?«, fragte ich und erntete prompt ein übertriebenes Lachen von meiner Tante Megaira.

»Du glaubst doch nicht etwa, dass Hades und Persephone höchstpersönlich in der Küche stehen und kochen?«

Hades schüttelte tadelnd den Kopf. »Halte dich zurück. Ihre Frage ist völlig legitim.« Er nahm ein Stück Brot, tunkte es in eine rosafarbene Creme und erklärte: »Es sind Opfergaben, die in unseren Tempeln und den Altären der Menschen dargeboten werden. Eigentlich sind wir nicht auf Essen oder Getränke angewiesen. Ambrosia ist es, was uns am Leben hält. Aber wir schätzen jede Opfergabe und nehmen sie gerne an.«

Persephone nickte, dennoch zog sie ein wenig die Augenbrauen zusammen, als wollte sie etwas hinzufügen. Stattdessen schenkte sie aus einer blauen Karaffe klares Wasser in einen Steinbecher, den sie mir zuschob.

Dankbar nahm ich ihn entgegen. Die Flüssigkeit schmeckte kühl und erfrischend, als stammte sie direkt aus einer Quelle.

»Nun, kleine Nichte, erzähl doch mal«, forderte Megaira mich auf. »Wie ist es dir gelungen, den Eingang zur Unterwelt zu finden?«

Ich verschluckte mich fast am nächsten Schluck Wasser und hüstelte. Alle Augen waren auf mich gerichtet und mir wurde flau im Magen.

Es schien mir keine gute Idee zu sein, von V und Lonis zu berichten. Denn sonst würden weitere Fragen gestellt werden. Fragen, deren Beantwortung mich in ernsthafte Schwierigkeiten bringen konnte. Schließlich war ich nicht nur hier, um meine Mutter zu finden, sondern auch, um einen kostbaren Gegenstand zu stehlen.

»Ich habe in den Büchern meines Vaters davon gelesen.«

Megaira lachte empört auf. »Ganz sicher nicht.«

»Mein Vater hat sehr viele Bücher zur griechischen und römischen Mythologie angesammelt.« Wenigstens das stimmte. »Und er hat seine eigenen Notizen dazu angefertigt. Es hat eine Weile gedauert, aber ich kam darauf, dass man über die Niagarafälle in die Unterwelt gelangen könnte.«

Meine Mutter schnappte nach Luft. »Du bist in die Niagarafälle gesprungen?«

»Das war, nachdem ich herausgefunden habe, dass ich eine halbe Furie bin und notfalls meinen Aufprall mit meinen Flügeln abfedern könnte.«

Tisiphones dunkle Augen leuchteten auf. »Du bist also wirklich dazu in der Lage? Wie groß sind deine Flügel?«

Ihre positive Reaktion bestärkte mich. »Etwa so hoch wie ich, vielleicht ein bisschen größer. Sie sehen aus ... wie Leder. So in der Art.«

Meine Tante nickte eifrig. »Und bekommst du auch Krallen?«

»Ja, ziemlich scharfe sogar. Und wenn ich wütend werde ... in Menschengestalt ... kann ich Wände wackeln lassen und Gegenstände mit meinen Händen verbrennen.«

»Du hättest sie niemals bei ihrem Vater lassen dürfen«,

sagte Hades zu Alekto. »Deine Tochter hätte in der Menschenwelt großen Schaden anrichten können.«

»Aber ich wusste doch nicht, dass sie diese Kräfte in sich trägt«, verteidigte sich meine Mutter. »Wir alle waren schon als Kinder Furien. Alice zeigte überhaupt keine Anzeichen.«

Tisiphone beugte sich über den Tisch in meine Richtung. »Du musst bei uns bleiben. Wir bilden dich aus. Denn wir können jede Unterstützung gebrauchen.«

»Ich will nicht, dass sie mit uns kommt«, fauchte Megaira. »Wir wissen doch überhaupt nichts über sie. Außerdem glaube ich ihr nicht, dass sie es ganz allein geschafft hat, den Eingang zur Unterwelt zu finden, dann auch noch an Charon vorbeizukommen und Kerberos zu überlisten.«

Hades trank etwas Wasser, lehnte sich in seinem Stuhl zurück und musterte mich nachdenklich.

Ich war dankbar, dass Persephone vom Thema ablenkte.

»Erzähl doch mal, wie lebst du so in der Menschenwelt? Hast du einen Beruf? Einen Freund?«

»Ich ... ich lebe in Chicago.« Meine Stimme klang nicht so sicher, wie ich es gerne gehabt hätte. »Ich arbeite als Buchhalterin. Zumindest bis vor Kurzem. Keine Ahnung, ob ich den Job noch habe.« Nervös lachte ich. »Einen Freund hatte ich ebenfalls. Aber der hat mich mit meiner Arbeitskollegin betrogen. Und eigentlich fing genau damit alles an.«

Die Gemüter der anderen hatten sich ein wenig beruhigt. Sie alle sahen mich jetzt wieder aufmerksam an. Die Sache mit Miles kam mir vor, als sei sie in einem anderen Leben passiert. Da sie jedoch tatsächlich dazu geführt hatte, dass ich nun hier an der Tafel von Hades und Persephone saß, entschied ich, ihnen davon zu erzählen. Als ich beim Amulett angekommen war, fasste Alekto sich an die leere Stelle an ihrem Ausschnitt.

»Mein Amulett ... Ich hatte mich schon gefragt, wo ich es verloren habe.«

»Dad muss es gefunden haben und hat es dazu benutzt, mich zu hypnotisieren.«

»Vielleicht hat er es auch mit Absicht an sich genommen«, gab Tisiphone zu bedenken.

»Ich habe es mitgebracht.« Fragend sah ich zu Persephone. »Wo finde ich meine Gürteltasche?«

»Wir haben sie in der Krankenkammer gelassen. Soll ich sie dir holen?«

Zander hatte offensichtlich einiges von dem Gespräch am Tisch mitbekommen, der kleine Geist huschte davon und war schneller wieder da, als ich blinzeln konnte.

»Ist das die Tasche?« Er hielt mir das Lederzeug entgegen und ich nickte.

»Vielen Dank, das ist sehr hilfsbereit.«

Sein kleines Gesicht strahlte und er huschte wieder davon, um mit den anderen Kindern zu spielen, die fröhlich im Thronsaal herumtobten.

Das Amulett war der letzte Gegenstand, den ich in der Tasche mit mir geführt hatte. Nachdem ich es herausgeholt hatte, hielt ich den goldfarbenen Granatapfelanhänger meiner Mutter entgegen. Die dunklen Edelsteine, mit denen er besetzt war, funkelten leicht.

Meine Mutter nickte, umfasste meine Hand und schloss ihre um meine. »Behalte das Amulett. Es soll dir gehören.«

Megaira schnaufte verächtlich. »Sie hat den Anhänger nicht verdient. Noch nicht zumindest.«

Tisiphone stieß ihr mit dem Ellbogen in die Seite. »Ich sage doch, wir sollten sie mitnehmen und sie ausbilden. Damit sie sich den Anhänger verdient.«

»Ich vertraue ihr nicht«, knurrte meine rothaarige Tante und funkelte mich böse an.

Nun fühlte sich auch meine Mutter von ihrem Argwohn angegriffen. »Kann es sein, dass die Eifersucht aus dir spricht, liebe Schwester?«

»Eifersucht? Eifersucht?! Auf ein Balg, das mit einem Menschen gezeugt wurde? Ganz sicher nicht!«

»Simon ist anders als die anderen Menschen«, gab meine Mutter zurück.

»Ja, klar. Deswegen hat er auch seine eigene Tochter hypnotisiert und ihr Drogen verabreicht!«

»Hört auf damit!«, fauchte Tisiphone. »Eure Streitereien gehen mir auf den Nerv.«

Megaira griff nach einer Gabel und richtete sie auf ihre Schwester. »Dann schlag ich vor, dass du dich raushältst.«

»Wag es nicht!« Tisiphones Stimme klang gefährlich und ich bemerkte, dass sie sich an der Tischkante festklammerte.

Das Gefühl kannte ich nur zu gut. Jeden Moment konnte sie sich in eine Furie verwandeln.

»Ihr werdet euch an dieser Tafel nicht in die Haare bekommen«, merkte Hades an.

»Megaira soll sich beruhigen«, fügte Alekto hinzu.

»Beruhigen? Mit einem Menschen an unserem Tisch?« Die Gabel richtete sich auf mich.

Die Situation war lächerlich und gleichzeitig beängstigend. Wollte ich eine ausgewachsene Furie am Hals haben? Ganz sicher nicht. Ich war nur eine halbe Furie und mir war bewusst, was meine Krallen anstellen konnten.

Alekto schlug ihr das Besteck aus der Hand. Megaira sprang auf und wollte über den Tisch springen, wurde aber von Tisiphone festgehalten.

Hades erhob sich langsam, doch in sehr bedrohlicher Weise. »Ihr hört sofort auf!«

Seine Stimme polterte so laut durch die Halle, dass sogar die kleinen Geister zusammenzuckten und ihr Spiel unterbrachen. In der darauffolgenden Stille hätte man eine Nadel auf den Boden fallen hören können.

Persephone stand ebenfalls auf, doch sie wirkte nicht angespannt, sondern lächelte warmherzig. Sie reichte mir die Hand. »Komm, meine Liebe. Lass uns in den Garten gehen, bis sich alle wieder beruhigt haben.«

Mehr als bereitwillig kam ich ihrer Aufforderung nach, stand von der Bank auf und ergriff ihre Hand. Ihre Berührung fühlte sich warm und tröstend an.

Wir hatten kaum drei Schritte getan, als der Streit auch schon wieder von vorn losging.

»Warum musste sich Alekto auch nur mit einem Menschen einlassen?«, sagte Megaira. »Das ergibt überhaupt keinen Sinn!«

»Es gibt etwas, das nennt sich Liebe. Aber das ist dir natürlich ein Fremdwort.«

»Liebe? Zu einem Menschen?!«

»Vielleicht war Amor im Spiel«, warf Tisiphone ein. »Er hat manchmal einen sehr merkwürdigen Sinn für Humor.«

»Nein! Meine Gefühle waren echt!«

Persephone legte einen Arm um meine Schultern und führte mich aus dem Thronsaal durch einen Bogen zur linken Seite des Thrones. Im Vorbeigehen bemerkte ich zudem eine goldbesetzte zweiflügelige Tür direkt hinter dem Thron. War das die Schatzkammer, von der V erzählt hatte?

»Lebhafte Familie, nicht wahr?« Persephones Stimme klang liebevoll und amüsiert zugleich.

Ich ließ mich von meiner Großmutter in einen wunderschönen Garten führen, der von weißem Gemäuer umgeben war. Ionische Säulen stützten hier einen Pavillon inmitten des Gartens. Kräuter und Blumen in den unterschiedlichsten Farben verströmten einen angenehmen Duft. Es roch eindeutig nach Frühling. Was nicht verwunderlich war, denn Persephone war die Göttin des Frühlings und dieser Garten gehörte ganz ihr, so viel war klar.

Wir spazierten zwischen blühenden Holunderbüschen und Flieder hindurch, die ich staunend betrachtete.

»Hübsch, nicht wahr?« Persephone pflückte ein kleines Ästchen mit den weißen Blüten des Holunders und hielt ihn mir hin.

Der süßliche Duft war betörend und ich spürte, wie ich allmählich ruhiger wurde.

»Meine Töchter haben mir einige dieser Pflanzen geschenkt. Und ich selbst bringe mir auch jedes Jahr ein paar neue Pflanzen mit, wenn mein Besuch bei meiner Mutter vorübergeht.«

»Ist die Legende also wahr?«, fragte ich zögerlich. »Hat Hades dich entführt und seitdem bist du an die Unterwelt gefesselt?«

Sie lachte sanft und ihre Wangen färbten sich rötlich. »Nein, meine Liebe. Ganz so war es nicht. Meine Mutter erzählt es gerne auf diese Weise und auch Zeus möchte Hades gern als übergriffigen Mistkerl hinstellen.« Sie schenkte mir einen bedeutungsvollen Blick. »Aber so viel kann ich dir versichern: Hades ist nicht derjenige der Brüder mit den ganzen unehelichen Kindern.«

Wir schritten weiter und Persephone erzählte mir ihre Geschichte.

»Meine Mutter ist sehr liebevoll. Doch ihre Liebe zu mir war einfach zu viel. Sie machte mich zum Inhalt ihres Lebens, bewachte jeden meiner Schritte und ließ nicht zu, dass ich meine eigenen Erfahrungen machte. Und so sehr ich meine Mutter ebenfalls liebte, wünschte ich mir, auch eigene Wege gehen zu dürfen.«

Ein Elternteil, das einen so sehr liebte, dass es einen vor jedem Unheil bewahren wollte. Das kam mir ziemlich bekannt vor.

»Demeter verbot mir gar den Kontakt zu meinen eigenen Geschwistern. Zu gern hätte ich mehr Zeit mit Apollon verbracht und mit ihm über Musik und Poesie gesprochen. Oder mit Hermes über seine Reisen durch die Welt. Meine Mutter sah in allen eine Gefahr, selbst in meinen Brüdern. Und so hielt sie mich fern vom Olymp genauso wie von der Welt der Menschen.« Sie seufzte tief. »Einsame Blumenwiesen und friedliche Haine waren meine Welt. So wunderschön diese Orte auch sind, eine junge Frau möchte mehr sehen. Sie möchte die Welt erkunden, mit all ihrer Schönheit und mit all ihren Gefahren.«

Wir gelangten zum Mittelpunkt des Gartens, in dem der antike Pavillon stand. Hier wuchs ein kleines Bäumchen, an dessen zarten Ästchen schwere dunkelrote Früchte hingen. Wir nahmen auf der Steinbank Platz, die sich unter dem Pavillon befand, und Persephone fuhr fort.

»Hades verkörperte all das: Schönheit und Gefahr. Seit unserem ersten Treffen auf der Wiese mit den gelb blühenden Narzissen war ich fasziniert von ihm. Er war anders als die Götter des Olymps. Ruhiger, bedachter.« Sie lächelte in sich hinein, als erinnerte sie sich genau an ihre erste Begegnung. »Und in seinen Augen erkannte ich, dass er das finsterste Los des Lebens kannte: den Tod.« Ihr Blick wurde ernster. »Anders, als es erzählt wird, trafen wir uns öfter. Heimlich natürlich. Denn weder sollte meine Mutter wissen, dass ich mich mit einem anderen Gott unterhielt, noch sollte Zeus erfahren, dass Hades die Unterwelt verließ, um sich mit mir zu treffen. Doch ich wollte mehr als diese heimlichen Treffen und bat Hades, mir sein Reich zu zeigen. Nur zögerlich nahm er mich mit. Er befürchtete, dass ich von seiner Welt abgeschreckt werden würde, und versicherte mir, dass es dort nichts gab außer Kälte und Finsternis.«

Das erinnerte mich an das, was V über die Unterwelt gesagt hatte, und ein kalter Schauer lief mir über den Rücken.

»Schon auf der Asphodelienwiese wurde mir klar, dass Hades die Schönheit seines eigenen Reiches nicht mehr wahrnahm. Er war davon überzeugt, dass kein Leben in seinem

Reich gedeihen konnte, da es dem Tod geweiht war. Ich bewies ihm das Gegenteil, ließ mit all der Macht, die seit meiner Geburt in mir ruhte, Efeu um die schwarzen Säulen seines Palastes wachsen. Und genau hier …« Sie deutete auf das kleine Bäumchen. »… pflanzten wir gemeinsam den Granatapfelbaum, dessen Kerne ich von der Oberwelt mitgebracht hatte.«

Ich betrachtete den Anhänger auf meiner Handfläche. Der Granatapfel war das Zeichen ihrer Liebe.

»Hades mag der Herrscher des Totenreiches sein, doch ich bin die Göttin des Frühlings und des Neuanfangs. Tod und Geburt gehören untrennbar zueinander, genau wie Hades und ich.« Sanft berührte Persephone meine Hand, die um den Granatapfelanhänger lag. »Da meine Tochter deinen Vater ebenso liebte, wie ich Hades liebe, trägst du diesen Anhänger zu Recht. Ihre Liebe war größer als jedes Hindernis, das man zwischen sie stellte.«

Ich dachte zurück an den Streit zwischen meiner Mutter und ihren Schwestern. Wie konnte überhaupt aus etwas so Schönem wie der Liebe von Hades und Persephone etwas so Grausames wie die Furien entstehen?

»Ich wünschte, ich hätte mehr von seiner Sanftheit geerbt und nicht so sehr den Zorn und die Wut meiner Mutter«, gestand ich leise.

Persephones Blick suchte meinen. »Hadere nicht mit dir, meine Liebe.«

Ich tat es trotzdem und sah hinunter auf meine nackten Fußzehen.

Meine Großmutter seufzte und nahm meine Hand. »Komm, ich möchte dir etwas zeigen.«

Sie führte mich zu einer der hinteren Ecken ihres Gartens, wo kniehohe Minze lilafarben blühte. Dicke Bienen summten um die Blüten herum und sammelten fleißig Nektar. Inmitten des Totenreiches fühlten sich in Persephones Garten selbst Bienen wohl.

»Jedes Wesen besteht nicht nur aus Schwarz und Weiß. Wir sind nicht alle nur gut oder nur schlecht«, erklärte Persephone. »Selbst die Natur kann furchtbar wütend werden. Es gibt Pflanzen, die einen Menschen töten können. Es gibt aber auch Pflanzen, die einen Menschen retten können. Die Sonne spendet warme Strahlen und lässt alles gedeihen, doch ihre Strahlen können auch so heiß werden, dass alles verdorrt.«

Fragend betrachtete ich die Minze, deren Duft erfrischend und schwer zugleich in der Luft hing.

»So sehr ich Hades vertraue, so sehr vertraue ich niemandem sonst.« Persephones Stimme war ernst geworden, sogar ein wenig bitter. »Eines Tages versuchte jemand, mir alles wegzunehmen, was ich mir hart erkämpft hatte: meine Selbstständigkeit, meinen Thron und ja, auch meine Liebe.« Ihr Blick richtete sich auf die unschuldig blühende Minze. »Sie war eine Nymphe, wunderschön und zart anzusehen. Die Tochter des Flusses Kokytos, der hier durch die Unterwelt strömt. Sie war ein wunderschönes Wesen mit langem, fließendem Haar, das in verschiedenen Grüntönen schimmerte, und violetten Augen. Anmutig und verführerisch, wie es nur Nymphen sein können.« Sie zögerte und hob dann den Blick. »Sie wollte Hades. Und sie wollte meinen Thron, meinen

Platz an seiner Seite einnehmen, weil sie glaubte, viel besser dafür geeignet zu sein, weil sie selbst ein Kind der Unterwelt war. Hades wies sie ab. Dennoch kam sie in den Palast in jener Zeit, in der ich meine Mutter besuchte. Jeden Abend, jede Nacht suchte sie seine Nähe. Unsere kleinen Kinderseelen berichteten mir von ihren Verführungsversuchen und dass Hades sie beständig ablehnte. Als ich zurückkehrte in die Unterwelt und sie dabei erwischte, wie sie sich zu Hades in die heißen Gewässer unseres Bades legen wollte, überkam mich mein Zorn, meine Eifersucht, meine ganze Wut und ich verwandelte sie in eine Pflanze.«

Begreifend betrachtete ich das Gewächs, dessen Duft und Zartheit die ganze Welt kannte. Weil meine Großmutter in ihrer Wut eine Nebenbuhlerin auf diese Weise ausgeschaltet hatte.

»Der Zorn steckt in uns allen, meine Liebe. In jedem Wesen, das Liebe empfinden kann, steckt auch Wut. Sie gehören zusammen.« Sie umfasste meine Schultern und sah mich fest an. »Die Wut ist ein Teil von dir, wie sie ein Teil von mir ist. Und du allein entscheidest, wie du sie nutzt.«

»Die Wut ist ein Teil von dir, wie sie ein Teil von mir ist.
Und du allein entscheidest, wie du sie nutzt.«

KAPITEL VIERUNDZWANZIG

Noch Stunden später dachte ich an Persephones Worte zurück.

Meine Mutter und ihre Schwestern hatten ihren Streit vorerst beigelegt und waren nach Paris aufgebrochen, um ihren Job zu vollenden. Persephone, Hades und ich hatten noch ein wenig mit den Kinderseelen gespielt. Hades war ein erstaunlich guter Fußballer. Und dann war es Zeit für alle gewesen, sich schlafen zu legen.

So lag ich allein im Himmelbett meiner Mutter und fand nicht in den dringend benötigten Schlaf.

»Die Wut ist ein Teil von dir, wie sie ein Teil von mir ist. Und du allein entscheidest, wie du sie nutzt.«

Diese ganze Reise war anders verlaufen, als ich es vermutet hatte. Persephone und Hades hatten mich mit offenen Armen empfangen. Sie waren nicht die grausamen, kalten Herrscher, die ich mir vorgestellt hatte. Sie kümmerten sich auf rührende Weise um die Seelen der toten Kinder und boten ihnen ein behagliches Heim.

Ebenso ihren Töchtern, mit denen wir gegessen und gestritten hatten. Wie in jeder anderen Familie auch, nur auf eine leicht schräge Weise, weil sie Furien waren und einem jeden Moment mit ihren Krallen an den Hals springen konnten.

Auf eine sehr überraschende Weise fühlte ich mich wohl. Sie waren meine Familie. Sie vervollständigten mich. Ich hatte gefunden, wonach ich gesucht hatte. Gleichzeitig nagte das schlechte Gewissen an mir, weil ich ihnen nicht vollständig die Wahrheit gesagt hatte. Und weil ich jemandem etwas schuldig war.

Ohne Veiovis hätte ich es niemals geschafft, in die Unterwelt zu kommen. Ohne ihn hätte ich nie das Puzzleteil meines Lebens gefunden, das mir immer gefehlt hatte. Ich war es ihm schuldig, auch meinen Part des Deals zu erfüllen.

Ich schob die Decke fort und schlüpfte aus dem Bett. Man mochte glauben, dass es in der Unterwelt weder Tag noch Nacht gab. Doch der Himmel hatte sich im Garten rasch von dem helleren Grau in Finsternis gewandelt. Das Innere des Palastes wurde nun stellenweise von phosphoreszierenden grünen Steinen erhellt, die in die Obsidiandecke eingearbeitet waren. Im grünen Lichtstein schlich ich barfuß zurück in den Thronsaal.

Die kleinen Geister schlummerten in den Wandnischen. Ich bewegte mich noch vorsichtiger, um sie nicht aufzuwecken. Es zog mich zu der goldenen Tür hinter dem Thron. Sie war vollkommen glatt gestaltet und schimmerte im grünen

Licht. Weder Gravierungen noch irgendein Knauf oder Hebel waren zu sehen, um die Türflügel zu öffnen. Behutsam legte ich meine Handflächen gegen das glatte Metall. Nichts rührte sich, auch nicht, als ich fester dagegendrückte.

Eine Bewegung an meinem nackten Bein ließ mich zusammenzucken.

»Was machst du da?«, wollte Zander flüsternd wissen.

»Ach, nichts. Ich war nur neugierig, was sich hinter dieser schönen goldenen Tür befindet.«

»Das ist die Schatzkammer. Niemand darf da rein.« Zander klang verschwörerisch, als hätten wir nun ein gemeinsames Geheimnis.

»Oh, das ist ja spannend. Ich habe noch nie eine Schatzkammer gesehen.«

»Nur Hades darf in die Kammer.«

»Warst du nicht einmal drin? Nur, um zu gucken?«

»Dürfen wir nicht. Hades hat gesagt, dass da ganz viele gefährliche Dinge drin sind, nicht nur Schätze. Und dass es deswegen viel zu gefährlich ist, wenn Kinder reingehen.«

»Und er hat nie erzählt, was es da so gibt?« Meine Neugier wurde immer größer. Welche Schätze hielt Hades hier nur versteckt?

»Es gibt einen Helm«, flüsterte Zander geheimnisvoll. »Der macht Hades unsichtbar.«

»Wow, das ist ja cool.«

»Ja, und es gibt ein Schwert, das seinem Träger unendlich viel Macht verleiht.«

Bei allen guten Göttern, Hades hatte doch nicht Excalibur, das berühmte Schwert von König Artus, in seinem Besitz?

»Gibt es da auch irgendeinen Stab? So einen, der von einer Schlange umwunden ist?«

»Keine Ahnung. Davon hat Hades nie erzählt.«

Das Licht im Palast veränderte sich. Orangefarbene Strahlen drangen durch die hohen Torbögen herein.

»Bald ist es Tag«, flüsterte Zander. »Wollen wir zusammen spielen?«

Der Kleine war herzerfrischend. »Klar, wenn alle anderen wach sind, können wir das gerne machen.«

Ein lautes Heulen durchbrach den Morgen. Entsetzen überkam mich, denn es war von Schmerz erfüllt.

»Was war das?«, fragte ich Zander.

Der Kleine presste sich an mich. »Das ist Kerberos. Etwas stimmt nicht.«

Schwere Schritte näherten sich aus dem Schlafbereich und Hades erschien im Thronsaal. Zum ersten Mal sah ich ihn nicht in der Toga, sondern in einer nachtschwarzen Rüstung, die eines römischen Generals würdig gewesen wäre. Direkt vor mir hielt er an und blickte finster auf mich nieder. »Was wird das hier?«

»Ich ... ähm, konnte nicht schlafen. Also habe ich mich ein bisschen umgesehen.«

Wieder ertönte das Heulen aus der Ferne. Nein, kein Heulen, ein jämmerliches Jaulen, das tief durch mich hindurchdrang und mir eine eiskalte Gänsehaut über den Rücken jagte.

Persephone eilte in einer luftigen, rot-goldenen Tunika in den Thronsaal. »Was geschieht hier?«

»Kerberos schlägt an. Das bedeutet, jemand ... oder etwas

ist am Tor.« Hades klang grimmig.

»Werden wir angegriffen?«, fragte Zander mit zittriger Stimme und drängte sich Schutz suchend an mich.

Hades zögerte mit der Antwort. Wir alle sahen ihn mehr als beunruhigt an.

»Was auch immer passiert ist, ich werde es gleich herausfinden.«

Persephone griff nach seiner Hand. »Ich werde dich begleiten.«

Doch er schüttelte den Kopf. »Nein, das wird nicht nötig sein. Aber rufe unsere Töchter zurück. Sie werden jetzt hier gebraucht.« Sein Blick richtete sich auf mich. »Kannst du dich bitte um die Kinder kümmern?«

»Natürlich.«

Er lächelte kurz, dann straffte er die Schultern und lief entschlossen aus dem Thronsaal. Persephone trat zu einer Art Taufbecken aus dunklem Gestein. Sie bewegte die Handfläche über dem Wasser und flüsterte die Namen der Furien.

Die Kinderseelen waren alle erwacht und hatten sich um uns herum versammelt. Ihren zarten Gesichtern war anzusehen, dass sie Angst hatten.

»Hey, Kids, wollen wir etwas spielen?«, schlug ich möglichst fröhlich vor. »Mögt ihr alle Verstecken?«

Ich schaffte es, die Kleinen von ihrer Angst abzulenken. Zumindest für eine kurze Zeit. Wir nutzten den ganzen Thronsaal als Spielwiese, wobei Nischen und Vorhänge hervorragende Versteckmöglichkeiten boten.

Die Ablenkung währte jedoch nicht lange. Inmitten des Thronsaals materialisierten sich die Furien aus einer schwarz glitzernden Staubwolke. Für sie schien es eine Abkürzung direkt in die Unterwelt zu geben.

»Was ist passiert?«, fragte meine Mutter direkt. Sie trug nicht mehr ihre Stola, sondern moderne Jeans und einen langen grauen Mantel.

Persephone trat auf ihre Töchter zu. »Konntet ihr eure Mission in Paris beenden?«

Tisiphone wischte die Hände an ihrer Jeans ab. »Ja, das konnten wir. Der Typ wird keine Frau mehr belästigen.«

»Und auch sonst keinen Menschen mehr«, fügte Megaira grollend hinzu.

Persephone seufzte. »Gut, dann ist wenigstens das erledigt. Jemand ist am Tor. Jemand, der dort nicht sein sollte. Euer Vater ist losgeeilt, um nachzusehen. Bitte folgt ihm.«

Die Furien wechselten sorgenvolle Blicke. Auch in mir stieg die Anspannung. Ein fester Knoten drückte mir auf den Magen. Die Kinder scharten sich um mich und ich sah hilflos zu Persephone. Etwas stimmte hier ganz und gar nicht. Jeder spürte es. Die Furien rannten aus dem Thronsaal und ich starrte ihnen wie gelähmt hinterher.

Persephone kümmerte sich weiter um die Kinder. »Keine Sorge. Hades kommt sicher gleich zurück und dann wissen wir, was los ist. Wollen wir schon einmal gemeinsam das Frühstück vorbereiten? Nach der ganzen Aufregung werden wir sicher alle hungrig sein.«

Doch ich konnte ihr nicht folgen. Sollte Hades nicht schon längst wieder zurück sein, wenn alles in Ordnung war?

»Können wir nicht lieber im Garten spielen?«, fragte Zander und zupfte am Stoff meines Nachthemdes.

»Das ist eine gute Idee«, antwortete Persephone statt mir, da ich noch immer sorgenvoll zum Eingang des Thronsaals sah. Aufmunternd streichelte sie mir über die Wange. »Möchtest du nicht auch ein wenig im Garten umhergehen? Das wird dich auf andere Gedanken bringen.«

»Ähm, ja, natürlich.«

Gemeinsam mit einem Teil der Kinder ging ich in den Garten. Auf der Bank unter dem Pavillon nahm ich Platz und beobachtete die Kleinen, wie sie an Blumenblüten schnupperten und Fangen spielten. Sie waren so unschuldig, so rein. Ich hatte das dringende Bedürfnis, sie vor allem Übel zu beschützen.

Man sollte meinen, dass sie das Schlimmste schon hinter sich hatten. Sie warteten nur noch darauf, dass sie in den nächsten Abschnitt übergingen. Doch ich war mir sicher, dass Hades und Persephone einen großen Anteil daran hatten, dass es ihnen gut ging. Dass ihre kleinen Seelen nicht noch weiter Schaden nahmen.

Ich hatte die Traurigkeit all jener gesehen, die den Tod hinter sich gelassen hatten und doch nicht in den nächsten Abschnitt übergehen durften. Jene Seelen am Ufer des Styx. Wenigstens diese Traurigkeit blieb den Kindern erspart.

Ein warmer Windhauch kitzelte meinen Nacken und eine Gänsehaut überzog meine Haut.

»Hallo, Kleines. Wie ich sehe, hast du es dir gemütlich gemacht.«

Ich zuckte heftig zusammen und wollte mich nach der Stimme umdrehen.

»Nein, dreh dich nicht um. Niemand soll wissen, dass ich hier bin.«

Nervös faltete ich die Hände ineinander und hielt den Blick auf einen Strauch Lavendel gerichtet. Tausend Fragen hallten durch meinen Kopf. Keine davon wollte über meine Lippen kommen.

Wie hatte V es geschafft, in die Unterwelt einzudringen, wo er mir lang und breit erklärt hatte, dass es ihm nicht so ohne Weiteres möglich war?

»Ich habe mir Sorgen gemacht«, flüsterte er nah an meinem Ohr. »Deswegen bin ich hier. Um zu sehen, ob dir etwas zugestoßen ist. Geht es dir gut?«

Ich nickte.

»Konntest du mit deiner Mutter sprechen?«

Erneut nickte ich.

»Soll ich dich hier rausholen und zurück in die Oberwelt bringen?«

Ich zögerte. Er bot mir an, mich nach Hause zu bringen. Zurück nach Chicago. Doch ich hatte überhaupt nicht das Bedürfnis, nach Hause zurückzukehren. Ich war gerade erst eingetroffen und hatte noch so viele Fragen, so viel zu entdecken.

Langsam schüttelte ich den Kopf.

Schweigen.

War er noch hinter mir oder hatte er sich zurückgezogen? Beinahe hätte ich mich zu ihm umgedreht.

»Wir müssen den Stab des Äskulap finden«, raunte er schließlich.

Wieder nickte ich, erfüllt vom schlechten Gewissen. Er

sollte nicht denken, dass ich meinen Part des Deals vergessen hatte.

Meine Aufmerksamkeit wurde von Zander abgelenkt, der weinend auf mich zugerannt kam. »Du musst schnell mitkommen!«

Seine kleine Hand griff nach meiner, eine Berührung so zart wie der Flügelschlag eines Engels. Den Mann hinter mir schien er nicht zu bemerken.

»Alles in Ordnung«, sprach ich beruhigend. »Ich komme mit dir. Was ist denn passiert?«

Auch die anderen Seelen waren ganz außer sich, als hätten sie etwas gehört oder gesehen, von dem ich nichts mitbekommen hatte. Ich stand von der Bank auf und drehte mich um. Niemand war außer mir und den Kindern unter dem Pavillon. War V wirklich hier gewesen?

Gemeinsam mit den Kindern eilte ich zurück in den Thronsaal. Der Anblick, der sich uns dort bot, schnürte mir die Kehle zu. Für einen Moment blieb die Welt stehen. Auf eine sehr schreckliche, grausame Weise.

Inmitten des Raumes lag in einer grünlichen Pfütze Kerberos. Regungslos. Hades kniete über ihm und streichelte seine Ohren. Die Furien standen regungslos daneben, ihre Gesichter waren von Entsetzen erfüllt. Einige der kleinen Kinderseelen weinten bitterlich. Persephone hantierte hektisch mit Tuch und Wasser.

Langsam trat ich auf sie zu. Mein Verstand war unfähig, das zu begreifen. Kerberos war verletzt. Deswegen hatte er so schrecklich gejault.

»Die Kinder sollten das nicht sehen«, sagte Megaira

tonlos. »Kommt alle mit mir mit. Sofort. Wir gehen in die Küche.« Die Kleinen folgten ihrem Befehl.

Niemand schenkte mir Beachtung, als ich näher kam und um Kerberos herumlief, sodass ich das ganze Ausmaß seiner Verletzung erkennen konnte. Sein Bauch war aufgerissen. Ein Teil seiner Gedärme war im Schleim seines grünlichen Blutes zu sehen. Hades flüsterte ihm tröstende Worte zu, doch ich konnte nicht erkennen, ob der Wächter des Tores noch atmete.

Meine Mutter legte mir einen Arm um die Schultern. »Du solltest das ebenfalls nicht sehen.«

Ich schüttelte ihren Arm fort. Doch, ich musste das sehen. Denn ich wusste genau, wer Kerberos so zugerichtet hatte, um an ihm vorbei in die Unterwelt zu gelangen.

KAPITEL FÜNFUNDZWANZIG

»Welch grausames Wesen ist nur zu so etwas fähig?«, fragte Tisiphone, die Arme vor der Brust verschränkt, den Blick fest auf Kerberos gerichtet.

»Es kann nur ein Gott gewesen sein«, vermutete meine Mutter. »Ein sehr mächtiger Gott. Nicht einmal Zeus würde es wagen, uneingeladen in die Unterwelt zu kommen.«

Hades richtete sich auf und sah eine nach der anderen von uns an. »Wer auch immer es ist: Er ist noch hier. Wir sollten uns also vorbereiten.«

Mich fröstelte es bei der Erkenntnis, was er da sagte. V hatte Kerberos nicht einfach nur ausgeschaltet. Er hatte auch ein Zeichen hinterlassen. V war nicht gekommen, um mich leise und heimlich aus der Unterwelt zu retten. Er war auch nicht gekommen, um unauffällig den Stab des Äskulap zu stehlen. Er war gekommen, um ein Zeichen zu setzen.

Er suchte die Konfrontation mit Hades. Denn wie viel

Hades an seinem treuen Hund gelegen war, musste allen klar sein.

»Wird er wieder gesund?«, fragte ich bangen Herzens an Persephone gerichtet.

Sie war damit beschäftigt, die Verletzung zu reinigen. »Mit viel Geduld und einer ausreichenden Menge Ambrosia, so hoffe ich.«

»Wir werden das Schwein finden«, knurrte Tisiphone. »Er kommt nicht ungestraft davon.«

Hades nickte in ihre Richtung. »Nimm deine Schwestern und such die Asphodelienwiese ab. Ich werde zu Charon reiten und ihn fragen, ob er etwas gesehen hat.«

»Kann ich irgendetwas tun?«, wollte ich wissen.

Ich konnte nicht dumm rumstehen und darauf warten, was V als Nächstes tat. Genauso wenig schaffte ich es aber auch, ihnen meinen Verdacht zu schildern. Wenn es wirklich V gewesen war, würde seine Tat auf mich zurückfallen. Keine Ahnung, was sie dann mit mir anstellen würden.

Hades blickte nur kurz zu mir. »Wenn es dir nichts ausmacht, könntest du Persephone zur Hand gehen?«

Es machte mir nichts aus. Mein Ekel vor dem stinkenden Schleim war gering im Vergleich zu meiner Sorge um Kerberos. Er hatte doch nur seine Arbeit gemacht. Wie hatte V ihm das nur antun können?

»Bring mir bitte Verbandsmaterial aus der Kammer«, bat mich Persephone.

Ich nickte und eilte los, erleichtert darüber, dass ich etwas zu tun bekam. Als ich mit einem Armvoll Leinenverbänden zurückkehrte, waren Hades, meine Mutter und Tisiphone verschwunden.

»Sind das genügend Verbände?«

Persephone nickte. »Setz dich an seinen Kopf. Sprich ihm Mut zu.«

Ich legte die Verbände neben ihr auf dem Boden ab und setzte mich zu Kerberos. Sein Atem war kaum hörbar. Doch als ich meine Hand vor seiner Nase bewegte, spürte ich einen ganz leichten Luftzug. Er lebte also wirklich noch.

Erleichtert berührte ich die Stelle hinter seinem Ohr. »Du schaffst das, Großer. Wir machen dich wieder gesund.«

Ein ganz leises Winseln war zu hören. Es brachte mich zum Lächeln, denn irgendwie schien mich Kerberos zu verstehen. Ich kraulte ihn vorsichtig an der Stelle hinter dem Ohr, die er besonders mochte.

»Das machst du sehr gut«, merkte Persephone an. »Er mag dich.«

»Ich mag ihn auch.«

Das zottelige Fell unter meinen Händen fühlte sich klebrig an. Es war mir egal. Schleim konnte man wegwaschen, Schmerzen jedoch nicht.

Persephone hatte die Reinigung der Wunde abgeschlossen. »Er muss jetzt ganz tapfer sein«, sagte sie. »Die Gedärme habe ich bereits sortiert, aber ich muss sie zurück an Ort und Stelle schieben.«

»Hörst du, mein Lieber? Du musst tapfer sein. Wir bekommen das hin. Alles wird gut.«

Aber ich konnte nicht hinsehen, als Persephone beherzt mit beiden Händen die Gedärme des Hundes zurück in den

Bauch schob. Ich konzentrierte mich ganz auf die schlaffen Ohren. Kraulte sanft, sprach ihm Mut zu. Kerberos war so geschwächt, dass er nicht einmal zuckte.

Persephone vernähte schließlich die Wunde und ich half ihr, den Verband anzulegen. Die Göttin des Frühlings war über und über mit dem schleimigen Blut des Hundes bedeckt. Sie schien es nicht einmal zu bemerken, sondern betrachtete kritisch ihr Werk.

»Es ist gut, dass er schläft. Im Schlaf erholt er sich und die Ambrosia kann sein Werk tun.«

»Lassen wir ihn hier auf dem Boden liegen?«, fragte ich und sah mich bereits nach einer besseren Alternative um.

»Nein, du hast recht. Wir bringen ihn in die Kammer. Dort ist es ruhiger.«

Wir mussten ihn zu zweit tragen und schafften es nur, weil Persephone über mehr Kraft verfügte, als es den Anschein hatte. In der Kammer legten wir Kerberos zunächst auf den Boden. Für das Bett, in dem ich zuvor gelegen hatte, war er viel zu groß.

Um es ihm jedoch gemütlicher zu gestalten, nahmen wir sämtliche Kissen und stopften sie Kerberos unter das mächtige Haupt und bedeckten seinen zotteligen Körper mit einem leichten Tuch.

Erst als ich meine Hände an meinem Kleid abwischen wollte, fiel mir auf, dass ich noch immer das Nachthemd trug, das mir meine Mutter geliehen hatte.

Persephone bedachte mich mit einem gütigen Lächeln. »Danke für deine Unterstützung. Es ist schön, dass du hier bist.«

Mein Hals schnürte sich zu. Sie konnte nicht ahnen, dass ich genau wusste, wer Kerberos das angetan hatte.

Während wir zurück in den Thronsaal gingen, hielt ich den Blick auf den Boden gerichtet. Sobald ich V wiederbegegnen würde, musste ich ihm klarmachen, dass er verschwinden sollte. Ich würde ihm den Stab des Äskulap bringen, aber er durfte nicht zur Gefahr für meine Familie werden.

Familie. Genau so fühlte es sich an. Ich hatte meine Mutter gesucht und eine ganze Familie gefunden. Mit all den Streitereien und dem Zusammenhalt, der zu einer Familie dazugehörte. Und meine Familie verdiente es, dass ich ehrlich zu ihr war.

»Persephone, ich muss dir etwas sagen.« Wir waren schon wieder zurück im Thronsaal und ich blieb abrupt stehen.

Sie sah mich liebevoll lächelnd an. »Sprich nur. Du kannst dich stets an mich wenden. Ich werde dir immer zuhören.«

Meine Kehle schnürte sich noch enger zu. Ich hatte ihre Güte nicht verdient. Überhaupt nicht.

Noch ehe ich es schaffte, einen Ton hervorzubringen, wurden Stimmen laut. Die Furien und Hades kehrten in den Thronsaal zurück. Und sie waren nicht allein.

Hades schritt voran. In seiner glänzenden schwarzen Rüstung sah er aus wie ein römischer Feldherr, der gerade einen ganzen Kontinent unterworfen hatte. Grimmig und zu allem bereit. Hinter ihm schleiften Alekto und Tisiphone einen Gefangenen mit sich. Sie hatten ihm an Händen und Füßen silberne Ketten angelegt, sodass er nur mühevoll mit ihnen Schritt halten konnte. Als Nachhut folgte Megaira, deren Miene erfüllt war von Hass und Abneigung.

Der Gefangene hob den Blick in meine Richtung. Sein lädiertes Gesicht war von einem tiefen Cut über der rechten Braue gezeichnet und die Lippe war blutig und geschwollen. Er hielt meinen Blick fest und schüttelte kaum merklich den Kopf.

Persephone schnappte nach Luft. »Du! Du wagst es, diesen Ort noch einmal zu betreten?«

V antwortete nicht, sondern ließ den Kopf hängen, ganz der unterworfene Gefangene. Hades nahm auf seinem Thron Platz. Meine Mutter und meine Tante stießen V vor ihm zu Boden.

»Wir haben ihn in der Nähe der elysischen Felder entdeckt«, erklärte Hades voller Groll. »Die Erklärung, weshalb er gegen alle Obliegenheiten verstoßen und die Unterwelt betreten hat, ist er uns noch schuldig.«

V lachte finster. »Darf ich meine alte Heimat nicht besuchen?«

Megaira gab einen schrillen Ausruf von sich und verpasste ihm einen Tritt gegen die Rippen, sodass V auf die Seite fiel. »Du wurdest verbannt!«

»Verbannt aus meinem eigenen Zuhause.« V rappelte sich auf und erhob sich zu voller Größe. Einen nach dem anderen funkelte er böse an. »Das hier war der Palast meiner Mutter. Ihr habt ihn an euch gerissen, wie ihr alles an euch reißt.«

Ich hielt Abstand, beobachtete, was geschah, und war unfähig, irgendetwas beizutragen. Der Zwist zwischen Veiovis und Hades schien älter als die Welt. Tief verwurzelt in einer Fehde, von der ich nichts wusste.

»Was treibt dich her?«, wollte Persephone wissen. Ihre Stimme klang ungewohnt streng, als sie ihren Platz auf dem Thron neben Hades einnahm. Obwohl sie noch immer von Kerberos' Blut bedeckt war, strahlte sie Würde und Schönheit aus.

Ich erkannte, wie sich Vs ganzer Körper anspannte. Doch er antwortete nicht.

Meine Mutter packte Vs Haar und riss seinen Kopf nach hinten. »Die Herrscherin der Unterwelt hat dir eine Frage gestellt, Bastard.«

V lachte verächtlich. »Sie ist nicht die rechtmäßige Herrscherin.«

Alekto riss seinen Kopf noch fester nach hinten. Megaira verpasste ihm einen festen Tritt in die Kniekehle, sodass er zu Boden ging. Tisiphone strafte ihn mit einer schallenden Ohrfeige.

Ich wollte protestieren, mich für ihn einsetzen. Es schien mir nicht gerecht, dass sie zu dritt gegen ihn vorgingen. Doch dann erinnerte ich mich daran, was er Kerberos angetan hatte, und presste fest die Lippen aufeinander.

Nein, er hatte die Abreibung verdient. Und es musste ihm klar gewesen sein, dass er nicht unbehelligt in die Unterwelt spazieren konnte. Er hatte es mir selbst gesagt.

Wieso also war er gekommen? Ich verstand es immer noch nicht.

Hades schüttelte den Kopf und unterbrach das Tun seiner

Töchter. »Bringt ihn in das Verlies. Wir werden schon noch aus ihm herausbekommen, weshalb er gekommen ist.«

Megaira und Tisiphone packten V unter den Achseln und schleiften ihn fort. Wie versteinert starrte ich ihnen nach.

Hades wartete noch einen Moment, dann wandte er sich seiner Gemahlin zu. »Geht es dir gut?«

Sie nickte, schloss aber die Augen. »Es war nur alles sehr anstrengend. Ich bin müde.«

Liebevoll streichelte er mit dem Handrücken über ihre Wange. »Ich werde mich um ihn kümmern. Er wird uns keinen Ärger bescheren.«

Meine Mutter kam auf mich zu. Der Ausdruck in ihrem Gesicht war sanft. »Es tut mir leid, dass du das miterleben musstest.«

Ich verschränkte die Arme vor der Brust, da ich leicht fröstelte. »Er muss ... sehr gefährlich sein, wenn ihr ihn so behandelt.«

»Das ist er. Noch dazu ein Ärgernis, das wir nicht so leicht aus der Welt schaffen können.« Sie atmete tief durch. »Er ist ein abtrünniger Sohn von Zeus. Sein Vater würde es uns übel nehmen, wenn wir ihn einfach mal eben in den Tartaros stoßen, wobei das bei allen Göttern die gerechte Strafe für ihn wäre.«

Mein Herz stolperte. Der Tartaros wäre das Ende für V. Niemand konnte dem ewigen Verderben entkommen, soweit ich mich erinnerte. Nicht einmal ein Gott.

Meine Mutter umfasste mein Gesicht und sah mich forschend an. »Ich sollte dich nach Hause bringen. Auch wenn ich liebend gern mehr Zeit mit meiner Tochter verbringen würde.«

Entschlossen schüttelte ich den Kopf. »Nein, das ist nicht nötig. Ich habe keine Angst.«

Sie seufzte. »Das freut mich zu hören. In dir steckt eine unglaublich starke Persönlichkeit. Und ich bin stolz auf dich.«

Das schlechte Gewissen lastete schwer auf mir und ich ließ die Schultern sinken. Ich konnte es nicht mehr ertragen, dass sie mir gegenüber so offen war. Nicht im Moment jedenfalls.

»Ich werde mir das Blut abwaschen und mich umziehen.«

Kleines, mach dir nichts vor. Sein unschuldiges Gesicht straft seine Taten Lügen. Hades ist nicht der sanftmütige, melancholische Bookboyfriend oder wie ihr das heutzutage nennt.

KAPITEL SECHSUNDZWANZIG

Während ich kurz darauf im warmen Wasserbecken lag, machte ich mir Gedanken darüber, wie ich es schaffen konnte, allein mit V zu reden. Er musste mir erklären, was er vorhatte. Sonst würde ich ihn auffliegen lassen. Auch wenn die Geschichte auf mich selbst zurückfiel. Ich würde nicht weiter Teil seiner Machenschaften sein, wenn ich dadurch meine Familie belog. Das konnte ich nicht länger ertragen.

Es wäre jedoch unklug gewesen, mich heimlich in das Verlies zu schleichen, um dort mit ihm zu reden. Zu groß war die Gefahr, dass mich jemand dabei sah. Schon allein die Kinderseelen, mit denen ich so gerne spielte, folgten mir auf Schritt und Tritt und hätten mich sicher an Persephone oder Hades verraten. Ich musste also auf die passende Gelegenheit warten.

Diese ergab sich nach dem Abendessen, als Hades entschied, noch einmal die Asphodelienwiese abzusuchen, und seine Töchter dazu mitnahm. Sie wollten herausfinden, ob V allein gehandelt hatte oder ob noch jemand in die Unterwelt gelangt war. Persephone indes verweilte an der Seite von Kerberos, der sich nur langsam von seiner furchtbaren Verletzung erholte.

Ich hatte beim Abendessen von den anderen erfahren, dass es im Verlies eiskalt war und sie ihm keine Decke geben würden – als Teil der Folter. Es wäre zu auffällig gewesen, in einem dicken Pulli oder sonstigen Klamotten meiner Mutter aus den Truhen loszustiefeln. Deswegen erlaubte ich mir lediglich ein Paar Ballerinas, die ich unter ihren Habseligkeiten fand, damit ich mich nicht verkühlte.

Der Weg zum Verlies führte durch den Thronsaal. Immer wieder sah ich mich um, ob mich auch wirklich niemand bemerkte. Dann schlüpfte ich durch den Vorhang, hinter den auch die Furien gegangen waren, als sie V ins Verlies geschleppt hatten.

Dahinter verbarg sich ein langer Flur, der kaum erhellt war, da es keine Öffnungen nach draußen gab. Nur das phosphoreszierende grüne Gestein, das in der Decke eingebracht war, spendete ausreichend Licht, damit ich nicht stolperte. Der Gang erinnerte mich an jenen in Vs Appartement. Nur war hier alles noch finsterer und kälter.

Am Ende erreichte ich einen Treppenabgang. In den Stein gehauene Stufen, die unter die Erde führten. Mit jeder Stufe wurde es kühler. Die Kälte drang durch die Ballerinas und durch die dünne Seide meiner Stola. Als ich unten angekommen war, formte mein Atem kleine Wölkchen, so kalt war es.

Die Wände waren hier gröber gehauen. Während ich langsam den nächsten Gang entlangschritt, achtete ich darauf, den scharfen Kanten des Obsidians zu meiner rechten Seite nicht zu nahe zu kommen. Auf der linken Seite befanden sich einzelne Zellen, jede von ihnen mit Gittern verschlossen. Sie waren leer. Niemand wurde hier gefangen gehalten.

Erst ganz am Ende in der letzten Zelle fand ich V. Nur schemenhaft konnte ich seine zusammengesunkene Gestalt erkennen. Er hockte auf dem Boden, die Hände über seinem Kopf mit Ketten an soliden Haken in der Wand befestigt.

Lange beobachtete ich ihn. Ihn, der mich einst selbst in einer Zelle gefangen gehalten hatte, um mich dazu zu zwingen, ihm zu helfen.

»Du hättest nicht in das Verlies kommen dürfen«, murmelte er. Er hatte mich erkannt, ohne mich anzusehen.

»Und du hättest nicht in die Unterwelt kommen sollen«, entgegnete ich.

Hier unten war es wirklich verdammt kalt. Eine Gänsehaut überzog meinen ganzen Körper und ich verschränkte die Arme vor der Brust.

»Ich musste. Sollte ich dich etwa den Fängen von Hades überlassen?«

Er glaubte nicht wirklich, dass er mich vor meinem eigenen Großvater beschützen musste?

»Hades würde mir nichts tun. Im Gegenteil. Er ist ganz anders als das, was man anhand der alten Legenden erwarten würde.«

Jetzt erst hob V den Kopf und starrte mich an. Im spärlichen grünen Licht glühten die Funken der Lava in seinen

Augen. »Kleines, mach dir nichts vor. Sein unschuldiges Gesicht straft seine Taten Lügen. Hades ist nicht der sanftmütige, melancholische Bookboyfriend oder wie ihr das heutzutage nennt.«

Entrüstet lachte ich auf. »Unterstellst du mir, ich hätte romantische Gefühle für meinen Großvater?«

»Du lässt dich jedenfalls sehr leicht von Äußerlichkeiten beeindrucken.«

Die Gehässigkeit seiner Worte stieß mir sauer auf. »Du bist ekelhaft. Einfach nur absolut abscheulich.«

»Schon gut. Geh einfach. Wir müssen uns nicht weiter unterhalten.« Auch sein Atem bildete kleine Wölkchen.

So einfach wurde er mich nicht los. »Wieso hast du Kerberos angegriffen?«

»Angegriffen?« Er lachte hämisch. »Ich habe mich nur verteidigt. Das Biest wollte mich umbringen.«

»Er hat nur seine Pflicht erfüllt!«

»Woher sollte ich wissen, dass Honigkuchen nicht mehr funktioniert? Und überhaupt: Wie hast du es geschafft, an dem Kläffer vorbeizukommen?«

»Freundlichkeit«, fauchte ich. »Ein Fremdwort für dich, ich weiß.«

Er seufzte. »Schon gut. Ich gehe davon aus, dass Kerberos dich am Gestank deines Blutes erkannt hat.«

Ich berührte die Gitterstäbe, wollte sie mit meinen Händen umfassen, doch das Metall war so kalt, dass es sich direkt in meine Haut fraß. Mit einem Schmerzenslaut ließ ich die Gitterstäbe los und betrachtete meine Handflächen.

»Ich sagte dir doch, dass die Hölle eiskalt ist«, murmelte V.

Oben war es nicht so. Nur hier unten. V nahm es auf eine seltsam resignierende Weise an.

»Du warst bereits in einer dieser Zellen, oder?«

Er nickte. »Nachdem Hades meine Mutter besiegt hatte, sperrten sie mich hier ein. Etwa hundert Jahre. Sie haben mich für die Taten meiner Mutter büßen lassen und wollten verhindern, dass ich ebenfalls revoltiere.«

Hundert Jahre in der düsteren Kälte. Ich fühlte mich schon nach zehn Minuten, als würden meine Fußzehen nie wieder auftauen. Beinahe hatte ich Mitleid mit dem Kerl. Kein Wunder, dass V in seinem Appartement dafür gesorgt hatte, dass es überall Fußbodenheizung oder flauschige Teppiche gab.

»Wieso fliehst du nicht einfach?«, wollte ich wissen. »Du kannst dich doch dematerialisieren.«

Er lachte tief und ließ die Ketten klirren. »Reines Silber, geschmiedet in den Feuern von Hephaistos. Ich komme hier nicht raus.«

Dann machte es noch weniger Sinn, dass er in die Unterwelt gekommen war. Es musste ihm doch klar gewesen sein, dass man ihn erwischen und einsperren würde.

»Was willst du hier, V? Sag die Wahrheit.«

»Den Stab des Äskulap. Ich hatte den Verdacht, dass du deinen Part des Deals nicht einhalten würdest, nachdem du Bekanntschaft mit Hades und Persephone gemacht hast. Sie können sehr einnehmend sein.«

»Ich hätte den Stab schon noch gefunden«, sagte ich. »Du hättest mir nur mehr Zeit lassen müssen. Das hier ist alles neu für mich. Ich musste mich erst mal orientieren.«

»Und? Fertig orientiert?«

»Ich brauche noch mehr Zeit.«

Erneut klirrte er mit den Ketten. »Zeit?! Die werden mich hier nicht wieder hundert Jahre sitzen lassen, Kleines.«

»Was denkst du, was sie mit dir anstellen?«

»Vermutlich das, was sie mit allen Göttern tun, die nicht ihrem Willen folgen: in den Tartaros stoßen.«

»Das würden sie nicht tun.«

»Genau das haben sie mit meiner Mutter getan.«

Stille.

Ich wusste nicht mehr, was ich glauben oder denken sollte. Ein Teil meines Herzens wollte V glauben. Ein anderer Teil aber warnte mich, dass etwas ganz und gar nicht stimmte.

»Du solltest nach oben gehen«, sprach er schließlich. »Du holst dir in der Kälte hier noch den Tod.«

Und ihn zurücklassen? Ich war hin- und hergerissen.

Verwirrt trat ich von der Gittertür zurück.

»Es war übrigens sehr klug von dir, unsere Bekanntschaft nicht zu erwähnen«, fügte er noch hinzu. »Sie würden dich genauso einsperren wie mich, wenn sie es wüssten.«

Aber sie wussten es nicht. Und ich würde es ihnen nicht sagen. Nicht, solange ich nicht verstand, was hier wirklich vor sich ging.

Aber vielleicht gab es auch einen Weg, wie ich es ihnen niemals sagen musste. »Wenn du den Stab des Äskulap hättest, würdest du dann verschwinden?«

»Du kennst doch den Plan.«

»Und du würdest niemandem verraten, dass ich dir geholfen habe?«

»Ich würde nichts tun, um dich in Gefahr zu bringen.« Seine Stimme klang heiser.

Ich musste ihm glauben. Sonst würde ich an allem zweifeln, selbst an meinem eigenen Verstand.

Entschlossen trat ich auf die Gitterstäbe zu.

»Du wirst es nicht schaffen«, warnte er mich.

»Doch, das werde ich.«

Das Schloss befand sich genau in der Mitte der Gitterstäbe. Ich legte meine Hand darauf und schloss die Augen, versuchte, den Schmerz zu ignorieren, den der Frost auf meiner Haut verursachte.

Irgendwo in mir steckte noch immer das Feuer. Ich musste es nur wecken. Also konzentrierte ich mich auf die Wut, die ich empfunden hatte, als ich die Verletzungen von Kerberos gesehen hatte. Auf meinen Zorn, als ich begriffen hatte, dass V es gewesen war, der diese Verletzungen verursacht hatte. Ich durfte nie vergessen, zu welch abscheulichen Taten er fähig war.

Das Feuer breitete sich unter meiner Haut aus und vertrieb das Eis. Das Glühen übertrug sich von meinen Händen auf das Metall, bis das Schloss nachgab. Mit einem triumphierenden Laut auf den Lippen öffnete ich das Gitter.

»Nicht schlecht. Du wirst immer besser, kleine Furie.«

Ich betrat die Zelle und betrachtete den Gefangenen vor mir auf dem Boden. Er musste den Kopf in den Nacken legen, um mich anzusehen. Sein Blick glitt langsam von meinem Halsausschnitt über meine Brüste weiter hinunter zu der Stelle zwischen meinen Beinen, die verräterisch zuckte, als wären es nicht seine Augen, die mir Aufmerksamkeit schenkten, sondern seine warmen, kräftigen Finger.

»Hör auf, mich so anzusehen«, bat ich heiser.

»Warum? Du bist der einzige Lichtblick in dieser finsteren Hölle. Ich mag es, wie sich deine vollen Brüste unter dem zarten Stoff abzeichnen. Du hast die schönsten Brüste von allen Göttinnen, die mir je begegnet sind. Und von allen Menschen.«

Er wollte mich mit seinen Worten provozieren, das war mir klar. Das funktionierte aber auch in die andere Richtung. »Ach, das denkst du also?« Ich ging einen Schritt auf ihn zu und beugte mich leicht nach vorn, sodass ich ihm einen hervorragenden Blick auf das bot, was er nicht haben konnte. »Schade nur, dass du in Ketten liegst, armer V. Was würdest du tun, wenn du hier nicht gefesselt in der kalten Hölle sitzen würdest?«

»Löse die Ketten und ich zeig es dir.«

Ich musste mich auf die Zehenspitzen stellen, um die Haken zu erreichen, an denen die Ketten angebracht waren. Sie fühlten sich genauso eisig an wie das Gitter zuvor.

»Keine Ahnung, ob ich das noch mal schaffe.«

Als ich mich zurück auf die Fersen sinken ließ, streifte meine Hüfte Vs Schläfe. Er schloss die Augen und ich bemerkte, dass er schluckte.

Der Anblick löste ein angenehmes Gefühl in mir aus. War das … Triumph? Ein Hauch von Macht?

Zum ersten Mal, seitdem wir uns begegnet waren, befanden wir uns der Situation, dass er mir unterlegen war. Er war gefesselt. Ich stand über ihm.

»Was denn? Bringt dich meine Anwesenheit so sehr aus der Fassung?«

»Löse die Ketten«, raunte er. »Bevor jemand kommt und dich erwischt.«

Mir war sehr wohl bewusst, dass wir uns in einer prekären Lage befanden. Und genau das machte die Situation noch prickelnder. Außerdem genoss ich es zu sehr, ihn zappeln zu lassen.

Ich beugte mich über ihn. »Du hast doch gesagt, du magst es, Spiele mit mir zu spielen«, flüsterte ich hauchzart in sein Ohr. »Oder gilt das nur, wenn du mit mir spielst, aber nicht andersherum?«

Ruckartig bewegte er den Kopf in meine Richtung. »Befrei mich. Jetzt.«

»Sonst was?« Ich packte mit einer Hand seinen Kopf und riss ihn nach hinten, zwang ihn, mir direkt in die Augen zu sehen. »Willst du um Hilfe rufen?«

Er antwortete nicht, doch sein Blick ruhte auf meinen Lippen. »Lass mich frei und du bekommst, was du willst«, flüsterte er heiser.

»Das bekomme ich auch so«, entgegnete ich und senkte meine Lippen auf seinen Mund. Herausfordernd küsste ich ihn, stieß mit meinen Zähnen gegen seine Lippen.

Er konnte nichts tun, um mich davon abzuhalten. Dieses Gefühl von Macht erfüllte mich mit Befriedigung. Und ich wollte mehr davon.

Nach all der Macht, die er über mich ausgeübt hatte, sollte es nur einmal andersherum sein. Er sollte spüren, wie es sich anfühlte, wenn das eigene Schicksal in den Händen eines anderen lag.

Ich öffnete meine Beine und setzte mich auf ihn. Es hatte seine Vorteile, keine Unterwäsche zu tragen. Meine Mitte traf direkt auf die Beule in seiner Hose.

»Wie fühlt es sich an, mir ausgeliefert zu sein?«, fragte ich herausfordernd.

Er hob sein Becken, sodass sich sein Ständer noch fester gegen mich presste. Ich ließ einen Träger meiner Stola über die Schulter nach unten rutschen und richtete mich so auf, dass sich meine nackte Brust direkt vor Vs Mund befand. Meine Brustwarze war hart vor Kälte und vor Lust. V öffnete den Mund und ich schob meine Brust hinein. Gierig saugte er daran. Ließ seine Zunge um die Knospe kreisen und biss hinein. Die Lust schoss in meinen Schoß und ich stöhnte gierig auf. Ich wollte mehr davon.

Während er weiter an meiner Brustwarze saugte, machte ich mich an seiner Hose zu schaffen. Mir gelang es, den Gürtel zu öffnen, und ich zog den Bund seiner schwarzen Hose nach unten. Gerade so weit, dass sie über seine Oberschenkel reichte und ich seinen aufgerichteten Schwanz betrachten konnte. Er wollte mich. Jetzt und hier. Genau wie ich ihn.

Vergessen war die Kälte um mich herum. Ich glühte vor Verlangen und raffte den Saum meiner Stola bis zu meinem Bauchnabel.

V verschlang mich mit seinem glühenden Blick. »Lass mich frei«, forderte er. »Damit ich deinen Hintern packen und dich nehmen kann.«

Ich lachte zufrieden. »Nein, Kleiner. Diesmal ist es mein Spiel.«

Während ich mich über ihn schob, beobachtete ich sein Gesicht. Eine faszinierende Mischung aus Wut und Leidenschaft. Sämtliche Muskeln seines markanten Kiefers waren angespannt. Mit einer Hand umfasste ich seinen Schaft und hielt ihn in Position. Langsam ließ ich mich auf ihn nieder, nahm ihn in mir auf und seufzte tief, als er mich ganz ausfüllte. Ich war mehr als feucht, triefend nass und er glitt geschmeidig in mich. Für einen Moment genoss ich das Gefühl des Ausgefülltseins. Dann wollte ich mehr. Ich bewegte mein Becken, nur ganz vorsichtig, testete aus, wie tief er in mich passte.

V stöhnte gequält. Ich ließ mein Becken kreisen. Sein Schwanz traf auf meinen G-Punkt und entfachte ein unlöschbares Feuer in mir. Halt suchend packte ich Vs Schultern und krallte mich an ihm fest. Meine Bewegungen wurden schneller. Sein Penis stieß immer wieder in mich. Ich schloss die Augen und ritt ihn. Ritt ihn so heftig, dass ich kaum noch atmen konnte. Ließ mich forttreiben von dem heißen Rhythmus unserer Becken, die immer wieder aneinanderstießen. Sterne tanzten vor meinen Augen. Ich wollte mehr. Ich wollte alles von ihm.

Als ich endlich in einer heftigen Explosion kam, stöhnte ich auf, biss mir auf die Unterlippe, damit ich nicht schrie. V grollte tief und hob sein Becken, stieß immer wieder in mich. Er zerrte an den Ketten, hob ein letztes Mal sein Becken und füllte mich mit seinem heißen Saft.

Mir schwirrte der Kopf von der erfüllten Lust und den

Wellen, die der Orgasmus mir beschert hatte, als sich Vs Lippen auf meine legten und er meinen nackten Hintern umfasste. »Danke für die Rettung, Kleines«, knurrte er an meinem Mund.

Benebelt öffnete ich die Augen. V hatte die Haken nebst Fesseln aus der Wand gerissen. Sie lagen auf dem Boden zusammen mit einem Haufen Obsidian-Scherben.

Fassungslos sah ich mit an, wie er sich die Hose hochzog und eine der Scherben aufhob. Dann legte er einen Arm um mich. »Schließ die Augen, Kleines.«

KAPITEL SIEBENUNDZWANZIG

Mir wurde übel, als wir uns in einem schnellen Wirbel vor dem goldenen Tor zur Schatzkammer materialisierten.

Keuchend trat ich vor V zurück. »Was … was wird das hier?«

Er lächelte leicht, schob mir den Träger zurück über die Schulter, sodass ich nicht mehr halb nackt vor ihm stand, und deutete mit einem Nicken auf das goldglänzende Tor. »Wir holen uns jetzt den Stab.«

»Aber … ich …« Verdammt, meine Gedanken waren noch immer nicht sortiert. Panik breitete sich in mir aus. Mein Herz raste und mir wurde schwindelig. Eine feuchte Spur von Vs Sperma lief mir die Beine hinunter. Verwirrt wusste ich nicht, ob ich es eklig oder anturnend fand.

V indessen war ganz ruhig. Er griff nach meiner Hand und hauchte einen Kuss auf die Innenseite meines Handgelenks. Dann nahm er die Scherbe, die er in der Zelle aufgehoben hatte, und verpasste mir einen brennenden Schnitt. Unnachgiebig hielt er meine Hand fest, als ich mich seinem Griff entwinden wollte. Blut trat aus der Wunde hervor und tropfte auf den Boden.

V nickte zufrieden. »Das Blut von Hades. So kostbar. So nutzbar.«

»Nutzbar?« Meine Stimme klang in meinen Ohren fern. Würde ich in Ohnmacht fallen?

V hob meine Handfläche an das Gold. Wie durch Magie öffnete sich das Tor. Es waren zwei Flügel, die sich nach innen öffneten.

»Nur Hades kann das Tor öffnen«, erklärte V. »Oder eben, wer sein Blut in sich trägt.« Er ließ meine Hand los, den Blick ganz auf den Raum gerichtet, der sich uns nun offenbarte.

Der Saal dahinter war fast genauso groß wie der Thronsaal. Mehrere Säulen standen in Reihen darin. Auf jeder dieser Säulen lag ein Gegenstand.

V schritt voran. Ehrfürchtig tief durchatmend. »Dieser Mistkerl. Sieh dir die Schätze an, die er hortet. Menschen und Götter suchen seit Generationen danach.«

Er deutete auf einen goldenen Apfel. »Der Erisapfel. Der arme Paris musste ein Urteil fällen, welche von drei Göttinnen die Schönste sei.«

»Und bekam Helena zur Braut«, erinnerte ich mich. »Die Ursache für den Trojanischen Krieg.« Zögerlich ging ich hinter V her.

Antike Waffen, Kessel, ein Stück Fell ... Ich vermochte überhaupt nicht zuzuordnen, was das alles war.

V schritt zu einer Statue, die ein edles Stück Stoff über der

Schulter trug. Er zog es ihr weg und warf es mir zu. »Hier, um dich zu säubern.« Er lächelte verwegen. »Etwas anderes habe ich leider gerade nicht zur Hand.«

»Danke.« Der Schal fühlte sich sehr kostbar an. Wie Seide. Andererseits wollte ich auch nicht weiter mit Sperma zwischen meinen Beinen herumlaufen. Vorsichtig tupfte ich mich ab, faltete den Schal zusammen und stopfte ihn hinter eine Kiste mit der festen Absicht, ihn sobald wie möglich zu waschen.

In der Mitte des Saals befand sich ein besonderes Stück. Ein glänzender schwarzer Helm. V nahm ihn an sich und grinste. »Ob Hades sein gutes Stück vermissen würde?«

Suchend blickte ich mich um. Es war nur noch eine Sache von Minuten, bis wir hier erwischt werden würden.

Dann entdeckte ich ihn. Am Ende des Saals, ganz unscheinbar an die glänzende schwarze Steinwand gelehnt, war der mannshohe Stab mit einer Schlange, die sich darum wand.

»V«, flüsterte ich und deutete auf den Stab.

Mit dem Helm unter dem Arm schritt er auf den Stab zu. Er packte ihn und hob ihn prüfend in die Höhe, betrachtete ihn von allen Seiten. »Ja, das ist er.« Seine Augen glitzerten und er lächelte breit. »Wir haben es geschafft.«

»Was bei allen Göttern?«, vernahm ich die entsetzte Stimme von Persephone am Eingang zur Schatzkammer.

Erschrocken starrte ich in ihre Richtung und drückte die verletzte Hand an meine Brust.

»Lebe wohl, Kleines«, flüsterte V.

Als ich mich zu ihm umdrehte, war er verschwunden,

samt Helm und Stab des Äskulap. Zitternd stand ich da, unfähig zu begreifen, was da gerade geschehen war.

Persephone eilte zu mir und umfasste sanft meine Schultern. »Geht es dir gut? Was hat er dir angetan?«

»Ich ... ich weiß nicht.«

Sie lächelte mich an, doch ihre Augen waren voller Sorge. »Wir bekommen das hin. Versprochen.« Sie legte mir einen Arm um die Schultern und führte mich aus der Schatzkammer.

Wir hatten kaum einen Schritt in den Thronsaal gemacht, als Hades und die Furien zurückkehrten. Der Herrscher der Unterwelt sah von Persephone zu mir und dann zu dem offenen Tor.

»Veiovis hat sie überwältigt«, erklärte Persephone ruhig. »Sie ist verletzt und steht unter Schock.«

Alekto war sofort bei mir und nahm meine verletzte Hand. »Dieser Mistkerl. Er wird dafür büßen.«

Auch Tisiphone begab sich zu mir. »Das hätte er nicht tun dürfen. Wenn er sich mit einer von uns anlegt, dann legt er sich mit allen an.«

Hades schüttelte den Kopf. Sein Blick ruhte kritisch auf mir. Ich konnte ihm nicht standhalten und schloss die Augen.

Er ging an mir vorbei hinein in seine Schatzkammer. »Es muss von Anfang an sein Plan gewesen sein, sich Zugang zu den Artefakten zu verschaffen.«

Megaira würdigte mich nur mit einem kurzen Kopfschütteln, bevor sie ihrem Vater in die Kammer folgte. »Was hat der Bastard gestohlen?«

»Einen Helm«, brachte ich tonlos hervor. »Und den Stab des Äskulap.«

Persephone versteifte sich und ließ mich los. »Er hat den Stab gestohlen?«

Ich nickte. Mein Hals war wie zugeschnürt, ich konnte nichts mehr sagen.

Sie wandte sich an Hades. »Du weißt, was das bedeutet.«

Er fuhr sich durchs dunkle Haar, sodass eine Strähne in seine Stirn fiel. »Ich muss Zeus informieren.«

»Aber …« Ich schluckte. »Er kann doch keinen Unsinn mit dem Stab treiben, oder?«

Der Herrscher der Unterwelt trat vor mich und sah finster auf mich hinab. »Du hast keine Ahnung.«

Megaira kam an seine Seite. Ihr Blick war voller Verachtung für mich. »Wie konnte der Kerl überhaupt aus seiner Zelle entkommen?«

Meine Mutter stellte sich schützend vor mich. »Sie trifft keine Schuld.«

Hades schob sie zur Seite und stellte sich so nah vor mich, dass ich das Sternenfunkeln in seinen Augen erkennen konnte. »So langsam fügen sich die Puzzleteile zusammen.«

Meine Knie schlotterten. Ich wollte fort. Fort von hier, der Unterwelt, dem Herrscher …

»Hades, du machst ihr Angst«, sprach Persephone sanft.

Er nickte. »Sie sollte auch Angst haben. Denn wenn meine Vermutung stimmt, dann wird ihre Strafe länger dauern als ein Menschenleben.«

»Vater!«, rief meine Mutter aus. »Du irrst dich, sie ist unschuldig.«

Er griff unter seinen Brustharnisch und holte eine glänzende goldene Münze hervor. »Erkennst du diese Münze?«

Auf der Seite, die er mir vor die Nase hielt, prangte das Gesicht eines stolzen Griechen mit Bart.

Ich nickte. Es war die Münze, die ich dem alten Mann gegeben hatte, damit er die Überfahrt über den Styx zahlen konnte.

Hades schnaufte verächtlich und warf die Münze von sich. Klirrend rollte sie über den Boden.

Persephone hob sie auf. »Zeus?«

»Richtig, meine Liebste. Eine Münze von Zeus, über die nur er selbst oder eines seiner Kinder verfügt. Alice wollte mit dieser Münze die Überfahrt über den Styx zahlen. Doch Charon ließ es nicht zu. Er erzählte mir, dass sie die Münze daraufhin an einen alten Mann weitergab.«

Alekto packte meinen Oberarm. »Woher hast du diese Münze?«

Sie alle starrten mich an, warteten auf eine Antwort.

Ich nahm all meinen Mut zusammen. »Lonis hat mir die Münze gegeben, damit ich in die Unterwelt reisen kann.«

»Lonis?« Hades sah fragend zu Persephone.

»Du meinst meinen Bruder Apollon?«, hakte sie nach.

Ich nickte. »Er hat mir die Münze gegeben und auch den Honigkuchen, um Kerberos zu bestechen. Nur, dass der Honigkuchen nicht wirklich gewirkt hat.«

Megaira funkelte mich böse an. »Du lügst! Wieso sollte sich Apollon mit einer wie dir einlassen?«

»Mit einer wie mir?«

»Die Tochter eines ... Menschen.« Das letzte Wort klang aus ihrem Mund wie eine Beschimpfung.

»Lass sie in Ruhe«, fauchte meine Mutter.

»Deine Tochter lügt uns an!«, gab Megaira zurück. »Schon seit ihrem ersten Schritt in die Unterwelt!«

»Ich lüge nicht«, beharrte ich.

Hades schüttelte den Kopf. »Wer gab dir Ambrosia?«

»Was?« Wie kam er denn jetzt darauf?

»Als wir dir Ambrosia verabreichten, sagtest du, du hättest es bisher gut vertragen. Also, wer hat dir Ambrosia verabreicht?«

»Apollon. Ich war verletzt und er hat mich damit geheilt.« Es war keine Lüge und ich hielt dem Blick von Hades diesmal stand.

Megaira schnaubte. »Warum hat sie das nicht von Anfang an gesagt? Das Miststück lügt doch, sobald es den Mund aufmacht.«

Wut stieg in mir auf. Sie hatte nicht das Recht, so über mich zu reden.

Meine Mutter verengte die Augen zu Schlitzen. »Hüte deine Zunge, Schwester!«

Megaira schrie so schrill, dass es in den Ohren fiepte, und verwandelte sich vor meinen Augen in eine Furie. Sie war viel größer und Furcht einflößender als ich, mit flammenrotem Haar und langen schwarzen Krallen.

»Fass sie nicht an!«, brüllte meine Mutter und verwandelte sich ebenfalls.

Auf sie folgte Tisiphone, deren Furiengestalt mit ihrem

tiefschwarzen Haar und unnatürlich dunklen Augen grässlicher wirkte als wir alle.

Wut kam in mir auf, als sich die beiden Schwestern auf meine Mutter zubewegten. Ich ließ meinem Zorn freien Lauf und befreite meine innere Furie. Schützend stellte ich mich an die Seite meiner Mutter.

»Seht sie euch an«, keifte Megaira. »Sie ist eine Verräterin!«

»Ich bin keine Verräterin!«, brüllte ich zurück. »Warum hasst du mich so?«

»Weil du ein Mischling bist.« Megaira spuckte auf den Boden und trat auf mich zu.

Meine Mutter positionierte sich vor mir und fing ihren Angriff ab. Die beiden rangen miteinander, fletschten die Zähne und ihre Krallen hinterließen tiefe Blutspuren.

»Hört auf damit.« Tisiphone warf sich dazwischen und bekam die doppelte Ladung ab.

Megaira schaffte es, sich von den anderen beiden zu befreien, und stürzte mit ausgebreiteten Flügeln auf mich zu. Ich fletschte die Zähne und schlug ihr meine Krallen tief in die Schulter. Die Furie schrie schrill auf und fuhr ihre Pranke durch mein Gesicht. Ihre Krallen hinterließen eine brennende Spur in meiner Haut. Geschwächt ging ich zu Boden. Megaira stürzte sich auf mich und biss in meine Schulter. Schmerzerfüllt jaulte ich auf.

Ein großer Schatten fiel über uns. Megaira wurde gepackt und von mir fortgezogen. Ich zuckte zusammen, als mich kräftige Hände unter den Armen fassten und mich auf die Beine zogen.

»Das reicht jetzt«, befahl Hades mit tiefer Stimme und funkelte uns alle böse an. Er stand inmitten der vier Furien. Seine Aura reichte, um uns alle zur Ruhe zu bringen.

Persephone eilte davon und kam mit mehreren Tüchern zurück. Eine nach der anderen von uns verwandelte sich zurück in ihre menschliche Gestalt.

Nachdem ich eines von Persephones Tüchern um meinen nackten Körper gewickelt hatte, packte mich Hades im Nacken. »Du wirst uns jetzt die Wahrheit erzählen«, sagte er ruhig, aber doch mit einem merklichen Drohen in der Stimme. »Wie konnte Veiovis aus der Zelle entkommen?«

Ich hielt den Blick gesenkt. Welchen Sinn hatte es noch, ihnen irgendetwas zu verschweigen?

»Er konnte entkommen, weil ich ihn freigelassen habe. Aus Versehen.«

»Ich wusste es!«, fauchte Megaira.

Hades' Griff wurde fester. »Aus Versehen?«

»Ich wollte mich mit ihm unterhalten. Wollte herausfinden, was er treibt.«

»Und warum wolltest du es herausfinden?«

Die Angst schnürte mir die Kehle zu, doch ich musste es sagen. Sonst würde alles noch schlimmer werden. »Weil wir einen Deal abgeschlossen haben. Dieser Deal beinhaltete nicht, dass er hier in der Unterwelt auftaucht.«

»Alice, wie konntest du nur?« Meine Mutter klang enttäuscht.

»Ohne ihn wäre ich überhaupt nicht hier«, erzählte ich weiter. »Er und Lonis haben mich in Chicago gefunden. Dank V habe ich herausgefunden, wer ich wirklich bin. Und er hat mir gezeigt, wie ich die Furie in mir erwecke. Er hat mir außerdem gezeigt, wie ich in die Unterwelt komme, um meine Mutter zu finden.«

Hades drückte meinen Kopf nach unten. »Und dein Part des Deals?«

Sein Griff schmerzte, aber ich konnte es ertragen. Ich hatte mittlerweile schon viel Schlimmeres ausgehalten. »Ich sollte ihm den Stab des Äskulap bringen.«

Ruckartig ließ er mich los, sodass ich auf die Knie fiel. Als ich mich aufrichtete, sah ich in entsetzte und wütende Gesichter.

»Was hast du nur angerichtet?« Meine Mutter schüttelte den Kopf.

Megaira sah so aus, als wollte sie sich jeden Moment wieder auf mich stürzen, während Tisiphone kritisch die Stirn runzelte. Persephone hatte die Hände vor den Mund geschlagen. Ihr Anblick ließ mein Herz brechen. Sie war so freundlich gewesen und hatte mich mit so viel Herzlichkeit aufgenommen. Ich hatte sie schwer enttäuscht.

»Er will den Stab nicht für sich«, erklärte ich in die Runde. »Er möchte ihn an Lonis übergeben. Weil es das Einzige ist, was ihm von seinem Sohn geblieben ist.«

Hades sah nicht so aus, als würde er mir glauben.

»Apollon war damals am Boden zerstört«, sagte Tisiphone, »als sein Sohn starb. Erinnert ihr euch?«

Persephone nickte. »Ja, das war er.«

Ermutigt straffte ich die Schultern. »V hätte nicht in die Unterwelt kommen sollen. Wir hatten vereinbart, dass ich den

Stab nach draußen bringe. Deswegen habe ich ihn zur Rede gestellt. Und auch, weil er Kerberos verletzt hat.«

»Was sollte Veiovis davon haben, wenn sein Bruder den Stab zurückbekommt?«, wollte meine Mutter wissen. »Er hat doch sicher nicht selbstlos gehandelt.«

»V hat mir gesagt, dass er seiner Aufgabe müde ist. Als Rachegott. Er will die Menschen hinter sich lassen und auf den Olymp ziehen. Wenn es ihm gelingt, den Stab des Äskulap zu beschaffen, wird Zeus ihn auf dem Olymp aufnehmen.«

Erwartungsvoll sah ich in die Runde. Ich hatte die Wahrheit gesagt. Alles, was ich wusste, lag nun auf dem Tisch.

Hades verschränkte die Arme vor der Brust. »Wie ist es dir gelungen, das Gitter zu öffnen und die Ketten zu lösen? Der Schlüssel befindet sich bei mir.«

Ich hob die Handflächen in die Höhe. Auf meiner rechten Hand prangte noch immer der Cut, den V mir verpasst hatte. »Keine Ahnung, wie es mit euren Superkräften aussieht, aber wenn ich richtig wütend werde, kann ich Metall zum Glühen bringen.« Den Umstand, dass V die Ketten aus der Wand gerissen hatte, während wir wilden, hemmungslosen Sex hatten, ließ ich lieber unerwähnt.

»Eindrucksvoll«, kommentierte Hades, klang aber überhaupt nicht beeindruckt.

Megaira lachte gehässig. »Wer sagt ihr, dass sie reingelegt wurde?«

Diese miese Kuh wollte mich ständig provozieren. »Ich wurde nicht reingelegt.«

Hades packte mein Handgelenk und ließ mich meinen

eigenen Cut ansehen. »Veiovis wusste, dass er mein Blut braucht, um das Tor zur Schatzkammer zu öffnen. Er hat dich dazu benutzt.«

Ich entwand mich seinem Griff. »Er hat mich nicht benutzt.«

»Doch, das hat er. Und du hast dich bereitwillig reinlegen lassen.«

Groll stieg in mir auf. »Es stimmt nicht. Ich wusste ungefähr, worauf ich mich einließ.«

»Du hast also von Anfang an zugestimmt, dass dieser Abschaum von Rachegott mich hintergeht und bestiehlt?«

So, wie er es ausdrückte, klang es nicht besonders schmeichelhaft. »Ich wollte seinem Bruder helfen«, beharrte ich. »Und ich wollte V helfen, damit er diesen scheiß Job als Rachegott nicht mehr machen muss.«

Hades lachte hämisch. »Oh nein, er hat dich hinters Licht geführt. V liebt seine Aufgabe. Er gibt sich dem Quälen und Foltern mit bewundernswertem Feuereifer hin. Unzählige Opfer betreten die Unterwelt mit seinem Namen auf den Lippen.«

»Sie sind keine Opfer«, widersprach ich. »Sondern selbst Mörder. Und V ist ihrer überdrüssig. Er möchte in den Olymp zurückkehren.«

»Sein Vater wird ihn dort niemals aufnehmen«, knurrte Hades. »Sonst wäre er längst dort.«

Hades musste sich irren. Es konnte nicht anders sein. »Warum sonst sollte V den Stab des Äskulap stehlen?«, wollte ich wissen.

»Weißt du, welche Kräfte in diesem Stab stecken?«

»Er kann Menschen heilen.«

»Nicht nur Menschen. Auch Götter. Überdies steckt in ihm jedoch die Macht, Tote wieder zum Leben zu erwecken.«

»Wen würde V wieder zum Leben erwecken wollen?«

Hades hob diesmal beide Brauen und schien darauf zu warten, dass ich selbst darauf kam.

Persephone legte mir die Hände auf die Schultern. »Er möchte seine Mutter zurückholen ... Veive.«

»Aber ... sie ist im Tartaros«

»Richtig. Wenn Veiovis seine Mutter zurückholt, öffnet er die Tore für all jene, die im Tartaros verweilen. Sie alle kehren zurück in die Welt der Menschen. Das betrifft nicht nur Menschen, sondern auch Götter.«

Meine Mutter trat auf mich zu. »Und mit ihnen die Titanen. Sie werden die Erde auslöschen und sich an den Olympiern rächen.«

Unmöglich. Das konnte nicht Vs Plan sein. »Das wird er nicht tun. Ich kenne V. Er würde nicht den Untergang der Welt herbeiführen.«

Hades umfasste mein Kinn und sah mir fest in die Augen. »Genau das ist sein Plan. Und dazu hat er dich benutzt.«

Ich schlug seine Hand fort und ging einen Schritt zurück, sodass ich gegen Persephone stieß. Ihr Blick drückte Bedauern aus. Teilte sie etwa Hades' Verdacht?

Vehement schüttelte ich den Kopf. »Ihr irrt euch. V bringt den Stab zu seinem Bruder. Er wird den Untergang der Welt nicht herbeiführen.«

Meine Mutter versuchte, versöhnlich zu klingen. »Wie kannst du dir da sicher sein? Du kennst ihn noch nicht lange.

Aber ich kenne ihn schon mein ganzes Leben. Er hat geschworen, unsere Familie auszurotten. Koste es, was es wolle. Und du, meine Tochter, gehörst dazu.«

Niemals. Das würde er mir nicht antun. Er hatte mir einiges angetan. Das aber würde er niemals tun.

»Ich kann es euch beweisen«, sagte ich. »Kommt mit mir zu Apollon. Er kann bestätigen, was ich gesagt habe.«

Persephone wirkte traurig. »Dann hat er unseren Bruder genauso getäuscht wie dich.«

»V ist sicher schon bei ihm. Der Stab ist in Sicherheit.« Tränen brannten in meinen Augen. Wieso glaubte mir denn niemand?

Meine Mutter seufzte. »Sie hält es für wahr.«

»Dann lasst es uns prüfen«, schlug Tisiphone vor. Sie lächelte mich aufmunternd an. »Wir sind auch nicht ohne Fehler. Wir könnten uns irren. Wenn Alice davon überzeugt ist, dass Veiovis den Stab zu Apollon gebracht hat, sollten wir nachsehen, ob er ihn hat.«

Alle sahen zu Hades. Es war seine Entscheidung. Er ließ sich Zeit und schlenderte zu seinem Thron. Dort angekommen, hatte er eine Entscheidung getroffen. »Alekto und Tisiphone, ihr begleitet Alice zu Apollon. Megaira, du bleibst bei mir. Für dich habe ich eine andere Aufgabe.«

Persephone seufzte erleichtert. »Aber vorher sollten sich die Mädchen etwas anziehen.«

KAPITEL ACHTUNDZWANZIG

Aus dem Inneren des Clubs drang laute Technomusik, jedes Mal, wenn die Tür sich öffnete und die Security-Typen jemanden einließen. Die Schlange vor dem *Arrow* war so lang, dass sicher nicht alle Gäste in dieser Nacht hineingelangen würden.

Flankiert von meiner Mutter und meiner Tante betrachtete ich etwas abseits das Spektakel. Alekto hatte mir eine schwarze Hose, einen weit ausgeschnittenen grünen Pullover und einen schwarzen Mantel geliehen. Sie selbst trug einen grünen Mantel und darunter ein schwarzes Kleid mit Leggings. Tisiphone hatte sich ihre übliche Schlabberjeans, einen weiten Pulli und eine dicke gelbe Steppjacke angezogen.

»Wir hätten uns vielleicht doch schicker kleiden sollen«, meinte meine Tante und klemmte sich eine dunkle Haarsträhne hinters Ohr.

»Wir sind nicht hier, um uns zu vergnügen«, erinnerte sie

Alekto. »Wir gehen da nur kurz rein und verschwinden wieder, so schnell es geht.«

»Die Musik ist aber erstaunlich gut.« Tisiphone wippte leicht im Takt.

Meine Mutter rollte mit den Augen. »Und wie kommen wir da nun hinein? Es sieht ganz so aus, als müsste man auf einer Gästeliste stehen.«

»Fragen wir doch einfach den Türsteher, ob er uns einlässt«, schlug ich vor. Eigentlich war mir nicht zum Lachen zumute. Aber ich erinnerte mich noch sehr gut an das letzte Mal, als ich hier stand und mich gefragt hatte, wie ich in diesen Club kommen sollte.

Ich ging voran, direkt auf den Türsteher zu. Es war derselbe Typ wie damals. Breitschultrig und mit einem eleganten grauen Anzug gekleidet.

»Guten Abend«, flötete ich und lächelte. Vielleicht erkannte er mich wieder?

Er betrachtete mich prüfend, ebenso wie meine Begleiterinnen. »Sie werden heute nicht erwartet«, stellte er fest.

»Ist eher ein Überraschungsbesuch«, verkündete ich gut gelaunt. Ich drehte mich um und suchte nach der Überwachungskamera. Fröhlich winkte ich hinein.

Es dauerte etwa zwei Minuten, bis der Türsteher eine Ansage über sein Headset bekam. Er nickte mir zu und trat zur Seite. »Kommen Sie. Alle drei. Der Boss wartet an der Bar auf Sie.«

Zufrieden ging ich an ihm vorbei in das Innere des Clubs. Sofort wurde ich von der warmen, nach Parfüm, Alkohol und

Schweiß duftenden Luft umhüllt. Neugierige Blicke folgten uns, als wir uns zur Bar durchkämpften.

Lonis trug ein weißes T-Shirt, unter dem seine braun gebrannte Haut und seine Muskeln bestens zur Geltung kamen. Breitbeinig saß er auf deinem der Barstühle und empfing uns mit einem breiten Grinsen. »Welch hübsche Überraschung. Alekto, Alice, wie ich sehe, habt ihr euch gefunden.« Sein Blick wanderte zu meiner Tante und betrachtete sie von oben bis unten. »Und Tisi. Unser letztes Aufeinandertreffen ist schon eine Zeit lang her. Die neue Frisur steht dir außerordentlich gut.«

»Spar dir deine Schleimereien«, meinte Tisiphone grimmig und verschränkte die Arme vor der Brust. »Wo steckt dein Bruder?«

»Welcher von den vielen?«

Meine Mutter trat an ihn heran und packte sein Kinn. Es war ein merkwürdiger Anblick und ich wollte am liebsten woanders hinsehen.

»Süßer, du weißt genau, wen wir meinen.«

Lonis wurde ernst und rutschte vom Barhocker. »Kommt mit.«

Er führte uns nach oben in sein Büro und schloss sorgsam die Tür hinter sich. Der Raum war gemütlich eingerichtet mit mehreren türkisfarbenen Sofas, einem niedrigen Tisch, auf dem Snacks und Wasserflaschen bereitstanden. Tisiphone ließ sich direkt auf eines der Sofas fallen und bediente sich an den Snacks.

»Du weißt also nicht, wo V steckt?«, fragte ich.

Das war seltsam. Warum ist er nicht direkt nach dem

Diebstahl zu Lonis gegangen? Das war doch der eigentliche Deal.

»Nein, sollte ich denn?« Er wirkte leicht amüsiert und sah von mir zu meiner Mutter.

»Er hat den Stab des Äskulap an sich genommen«, erklärte ich. »Er sollte also längst hier sein.«

Lonis runzelte die Stirn. »Warum hat er den Stab nicht direkt zu mir gebracht?«

Meine Mutter gab einen missgelaunten Laut von sich. »Ich kann mir denken, warum.«

Nein, ich wollte es immer noch nicht glauben. Ich griff nach Lonis' Händen und drückte sie fest. »Hat er den Stab vielleicht in ein sicheres Versteck gebracht?«

Das Runzeln auf seiner Stirn wurde noch tiefer. »Wartet kurz.« Er befreite sich aus meinem Griff und trat zurück. Dann atmete er tief durch und sein Körper verwandelte sich in einen hellblauen Wirbel.

Bei dem Anblick wurde mir schwindelig. Rasch nahm ich neben Tisiphone Platz.

»Schon praktisch, wenn man sich überall hinzaubern kann.« Meine Tante griff in eine Schüssel Chips. »Wir können das nur als Dreiergespann.«

Ich erinnerte mich an die schwarze Glitzerwolke im Thronsaal, aus der sich die Furien materialisiert hatten.

Auch meine Mutter setzte sich und nahm eine der Wasserflaschen zur Hand. »Denkt ihr, wir können uns auf Apollon verlassen?«

»Er hat uns noch nie etwas angetan«, meinte Tisiphone. »Und er behandelt uns stets mit Respekt. Von allen Olympiern ist er wohl der vertrauenswürdigste.« Sie kaute genüsslich Chips und spülte sie mit einem Schluck Wasser runter.

Wir warteten sicherlich eine halbe Stunde. Mit jedem Atemzug, der verging, wurde ich nervöser. Was stimmte hier nicht? Warum war V nicht hier?

Als Lonis wieder auftauchte, schüttelte er den Kopf. Sein goldfarbenes Haar wirkte wirr und er marschierte sofort zum Tisch, um sich eine Wasserflasche zu nehmen. Nachdem er getrunken hatte, sah er uns ohne jeden Schalk an. Ein seltener Anblick.

»V ist nicht hier.«

»Das sehen wir«, scherzte Tisiphone. »Aber wo steckt er?«

»Ich meine, er ist nicht *hier*. Hier in dieser Welt. Ich habe jedes unserer Verstecke abgesucht, jedes Appartement, von dem ich weiß. Von Chicago bis Rom. Und ich kann ihn nirgendwo spüren.«

Zwei Seiten einer Medaille. Das hatte Lonis zu mir gesagt.

»Du kannst ihn nicht spüren?«, vergewisserte ich mich.

Er nickte. »Ich kann herausfinden, wo er steckt, wenn ich nach ihm ... suche. Seine Gegenwart ist für mich spürbar. Aber er ist nirgendwo in der Menschenwelt.«

Meine Mutter sprang auf. »Besteht die Möglichkeit, dass er zum Olymp gereist ist?«

»Nein. Er ist dort nicht erwünscht.« Bedauernd sah er zu mir. »Er hat uns reingelegt. Uns beide. Es tut mir leid.«

Langsam erhob ich mich. Meine Glieder fühlten sich wie gelähmt an. »Ja, mir tut es auch leid.«

»Das bedeutet, Veiovis hat die Unterwelt nie verlassen«, sagte Alekto finster. »Wir müssen sofort zurück.«

Für einen Moment schloss ich die Augen. Jede Hoffnung war dahin, dass V uneigennützig gehandelt hatte. Dann griff ich nach der Hand meiner Mutter. »Es tut mir so leid.«

»Du kannst nichts dafür. Er ist ein Monster und hat dich einfach nur benutzt.«

Es fühlte sich verdammt scheiße an. Denn tief in mir hatte ich es gewusst. Ich hatte es von Anfang an gewusst. Ich hatte es nur nicht wahrhaben wollen.

Tisiphone wischte die Chipskrümel an ihrer Jeans ab und winkte Lonis zu. »Bis bald mal. Sofern wir die Apokalypse aufhalten können.«

»Immer wieder gern, Tisi.«

Sie kam zu uns und ergriff eine Hand meiner Mutter und eine von mir. Gemeinsam verwandelten wir uns in den schwarzen Wirbel der Furien und tauchten mitten im Thronsaal wieder auf.

Hades saß auf seinem Thron, die Arme rechts und links auf dem Sessel. Sein Blick wurde finster, als er uns erblickte. »Ihr habt ihn nicht gefunden.«

Alekto senkte den Kopf. »Er ist nicht in der Oberwelt. Er muss noch hier sein.«

Erbost sprang er auf. »Durchsucht den Palast.«

»Er hat deinen Helm«, gab Tisiphone zu bedenken. »Wir werden ihn nicht finden.«

Ein Schrei aus dem Garten lenkte uns ab.

»Persephone«, keuchte Hades. Er rannte los und seine Schritte hallten durch den Thronsaal.

Meine Mutter hob den Zeigefinger in meine Richtung. »Du wirst hierbleiben. Verstanden?«

Ich nickte unsicher. Sie und Tisiphone eilten hinter Hades her.

Die Welt drehte sich in die falsche Richtung. Anders konnte es nicht sein. Ich sank auf den Boden und schlug die Hände vors Gesicht. Tränen rannen über meine Wangen. Alles um mich herum wirbelte durcheinander.

Ich war so ein Dummkopf. Wieso war ich nur auf V hereingefallen? Der Typ war eine wandelnde *Red Flag*, schon seit unserem ersten Treffen.

Ein kratzendes Geräusch durchdrang den Thronsaal. Verwirrt hob ich den Blick und stellte fest, dass sich die Welt tatsächlich drehte. Nein, nicht die Welt und nicht die Wände des Thronsaals, sondern ich. Ich bewegte mich kreisförmig. Oder vielmehr der Boden, auf dem ich hockte. Er bewegte sich langsam zur Seite, sodass ein Spalt im Boden entstand. Fassungslos robbte ich an den Rand des Spalts.

»Bleib besser sitzen«, sagte V. Seine Stimme erklang aus der Richtung des Throns.

»Zeig dich, du Mistkerl!«, brüllte ich.

Zwischen den beiden Thronsesseln von Hades und Persephone erschien V mit dem Helm von Hades unter dem Arm. Die freie Hand lag auf der Armlehne, wo sich scheinbar ein Schalter für diese Bodenöffnung befand.

»Ich hatte gehofft, sie würden dich in Sicherheit bringen.« Seine Stimme klang resignierend. »Du hättest nicht in die Unterwelt zurückkehren sollen.«

»Nein, der einzige Fehler, den ich gemacht habe, war, dir immer wieder zu vertrauen«, gab ich zurück. Ich rutschte näher an den Abgrund. Unter dem Thronsaal befand sich eine tiefe, finstere Leere. Stinkende Luft drang nach oben und ließ mich würgen.

»Der Tartaros«, erklärte V ruhig. Er griff hinter Hades' Thron und holte den Stab des Äskulap hervor. »Gefängnis der Titanen, Strafe für Götter und Menschen gleichermaßen.«

Bitterkeit stieg in mir auf. »Also stimmt es, was die anderen sagen. Du willst die Apokalypse herbeiführen.«

Er lachte tief. »Nein, ganz sicher nicht. Ich beabsichtige lediglich, Unrecht wiedergutzumachen.«

»Und das wäre?« Ich stand auf und entfernte mich einen Schritt von dem Schlund, der zwischen V und mir lag.

Lässig schritt er an den Abgrund und starrte hinein. »Meine Mutter war die Herrscherin der Unterwelt. Sie hatte die Abmachung mit Zeus, dass sie weiterhin einen Teil der Unterwelt beherrschen würde. Doch Zeus hielt sich nicht an seinen Teil der Abmachung. Er gab ihren Anteil an Hades. Und so kam es zum Krieg. Veive hatte einen Teil der etruskischen Götter auf ihrer Seite. Doch sie wurden unterworfen und als Rebellen in den Tartaros geworfen.« Sein Blick richtete sich auf mich. »Du hast deine Mutter gefunden. Nun stehe mir nicht im Weg, wenn ich meine eigene Mutter zurückrufe.«

»Was passiert, wenn du sie zurückrufst? Glaubst du, Hades und Zeus werden neu verhandeln oder euch ziehen lassen?«

V schüttelte den Kopf. »Das soll nicht dein Problem sein.«

»Wird es aber. Sobald du eine der finsteren Kreaturen aus dem Tartaros holst, die Unheil über die Menschheit bringen.«

Er richtete die Spitze des Äskulapstabes in meine Richtung. »Stell dich mir nicht in den Weg, Kleines.«

»Doch, genau das werde ich!«, brüllte ich.

V hob den Stab über den Kopf. Feuer loderte in seinen Augen und sein Gesichtsausdruck wurde hart wie Stein.

Ich rief meine innere Furie, ließ meiner Wut freien Lauf. Doch noch bevor ich mich verwandeln konnte, war ein lautes Knurren zu hören. Kerberos hatte sein Krankenlager verlassen und schritt mit aufgestelltem Nackenfell auf V zu.

»Mistvieh«, zischte V. »Ich hätte dich nicht verschonen sollen.« Er richtete den Stab des Äskulap auf Kerberos.

Der Wächter setzte zum Sprung an und überwältigte V. Sie stürzten, im Kampf vereint zu einem undurchdringlichen Knoten. Der Stab des Äskulap fiel klirrend zu Boden. Meiner Wut freien Lauf lassend, vollendete ich die Wandlung zur Furie. Ohne meine Flügel hätte ich es nicht geschafft, über den Abgrund zu springen. So aber schaffte ich es und nahm den Stab des Äskulap an mich.

Kerberos winselte und sank zu Boden, als V ihm einen heftigen Schlag gegen den Kopf verpasste.

»Gib mir den Stab zurück«, knurrte V.

»Nein, das kann ich nicht tun.« Mit dem Stab in der Hand sprang ich zurück über den Schlund und brachte so ausreichend Abstand zwischen V und mich.

Schritte nahten.

»Ich werde deiner ganzen Familie berichten, wie du mir geholfen hast«, drohte V. »Wie du dich mir hingegeben hast, dich bereitwillig von mir hast ficken lassen. Wie es ein Leichtes war, dich zu überzeugen, mir zu helfen.«

»Tu es doch«, sagte ich. Seine Worte sollten mich verletzen. Doch sie prallten an mir ab. »Sie wissen genau, dass jedes Wort aus deinem Mund eine Lüge ist.«

Hades war der Erste, der zurück in den Thronsaal kam. Sein finsterer Blick richtete sich auf V. »Dein Spiel ist zu Ende.«

Tisiphone und meine Mutter kamen ebenfalls zurück. Sie stützten eine sichtlich verletzte Persephone.

»Was hast du ihr angetan?«, wollte ich von V wissen.

Er hob die Achseln. »Nichts, was mit ein bisschen Ambrosia nicht wieder zu heilen wäre. Doch sie bot mir die Ablenkung, die ich brauchte, um den Tartaros zu öffnen. Ich wusste, Hades würde keinen Moment zögern, um seine geliebte Gemahlin zu retten.« V wich einige Schritte vor Hades zurück.

Hades ging weiter auf ihn zu. »Es reicht, Veiovis. Lass es uns endlich beenden. Im Kampf Mann gegen Mann. Dann werde ich Gnade walten lassen und dich nicht zu deiner Mutter in den Tartaros stoßen.«

»Gnade nennst du das?« V lachte hämisch. »Dieselbe Gnade, die Zeus meiner Mutter entgegengebracht hat? Nachdem er sie vergewaltigt und ihr ganzes Reich an sich genommen hatte?«

Ich klammerte mich fest an den Stab des Äskulap, als könne er mich vor allem beschützen. V hatte mir nie erzählt, dass sein Vater seine Mutter vergewaltigt hatte. War er so gezeugt worden? Nicht aus Zuneigung, sondern aus Gewalt?

»Zeus' Taten sind nicht meine«, beharrte Hades.

»Aber du hast auch nichts getan, um ihn davon abzuhalten. Du hast ihn gewähren lassen und dir dann die Früchte genommen, die er übrig gelassen hat. Das Reich meiner Mutter und meinen Anspruch auf den Thron der Unterwelt.«

»Dieser Ort war kalt. Er war finster und voller Horror, erinnerst du dich nicht daran?« Hades legte den Kopf schief. »Veive hat die toten Seelen gequält, hat sie leiden lassen, noch bevor ein Richter ein Urteil über das Schicksal der Toten sprechen konnte. Sie war niemals eine gerechte Herrscherin. Sie war ein Monster.«

»Lügner«, fauchte V. Er richtete sich an mich. »Gib mir den Stab. Du hörst, wie er über meine Mutter redet. Er ist nicht besser als sein Bruder. Ich verlange nur Gerechtigkeit.«

Ich schüttelte den Kopf. Ganz bestimmt würde ich ihm nichts geben.

Auch Hades sah hinüber zu mir und hob eine Hand in meine Richtung. »Du hältst das Schicksal der Welt in deinen Händen. Ich hoffe, dessen bist du dir bewusst.«

Meine Handinnenflächen schwitzten, doch ich hielt den Stab noch fester und nickte.

V grinste plötzlich gehässig. »Hades, warum sagst du deiner Enkelin nicht, wo Megaira ist.«

Der Herrscher der Unterwelt runzelte die Stirn. »Halt den Mund.«

»Du willst dich selbst als den strahlenden Gott hier darstellen. Als den gerechten Mann ohne Fehl und Tadel.« V schnaubte. »Du bist genauso hinterhältig wie deine Brüder.«

Warum sollte Hades mir sagen, wo Megaira steckte? Als ich sie zuletzt gesehen hatte, hatte er ihr gesagt, er habe eine andere Aufgabe für sie. Was sollte das mit mir zu tun haben?

V grinste auf boshafte Weise. »Durch den Helm der Unsichtbarkeit war es mir ein Leichtes, zu beobachten, zu was du und deine abscheuliche Brut fähig seid. Megaira hat deinen Vater in ihren Fängen.«

Es war eine weitere Lüge aus Vs Mund. Anders konnte es nicht sein. Ungläubig schüttelte ich den Kopf.

Hades sagte nichts dazu. Er fixierte V mit seinem Blick.

Meine Mutter ließ Persephone los und trat vor. »Vater, wo ist Megaira?«

Er sah zu mir hinüber. »Gib mir den Stab, Liebes.«

Ich umklammerte ihn noch fester. »Nein. Du weichst ihrer Frage aus. Was verheimlichst du?«

Er knirschte mit den Zähnen. Zumindest sah es so aus. Schließlich rief er nach seiner Tochter. »Megaira!«

Sie erschien aus jenem Bereich des Palastes, in dem die Schlafzimmer lagen. Und sie war nicht allein. An ihrer Seite schwebte mein Vater in liegender Position. Bewusstlos, die Hände und Füße gefesselt.

Entsetzen machte sich in mir breit. »Warum hat sie meinen Dad? Was ist mit ihm?«

Hades winkte ab. »Keine Sorge, es geht ihm gut. Er schläft nur ein wenig.«

Meine Mutter eilte an die Seite meines Vaters. »Was habt ihr ihm angetan?«, flüsterte sie.

»Was denn?«, ätzte Megaira. »Hängst du etwa noch an ihm? Es war so leicht, ihn zu überwältigen. Ein Schwächling. Ein Niemand. Du hast wirklich überhaupt keinen Geschmack, Schwester.«

Hades verschränkte die Arme vor der Brust. »Alice hat

sich nicht sonderlich weise gezeigt, was ihre Einschätzung von Veiovis und seinen Absichten betrifft. Ich dachte mir, es sei gut, ein Druckmittel zur Hand zu haben.«

»Und deswegen entführst und fesselst du meinen Vater?« Ich konnte es kaum glauben.

Persephone richtete sich mühsam auf. »Hades. Das war keine kluge Idee. Ihr Vater hat nichts mit der Sache zu tun. Er ist unschuldig.«

Hades schnaubte. »Er ist genauso wenig unschuldig wie Veiovis. Hat er seine eigene Tochter nicht mit Drogen und Hypnose behandelt, damit sie alles über sich und ihre Mutter vergisst?«

»Lass ihn sofort frei!«, forderte ich.

Hades streckte die Hand in meine Richtung aus. »Dann gib mir den Stab des Äskulap.«

Mein Blick huschte zu V. Er zeigte wirklich so etwas wie Bedauern. »Siehst du, Kleines. Das ist die Familie, zu der du so sehnlichst gehören möchtest. Sie schrecken nicht davor zurück, ihrem eigenen Fleisch und Blut zu drohen.«

Kerberos rappelte sich langsam auf. Er schüttelte den Kopf, sodass die Ohren flatterten, und trat an die Seite von Hades, den Eindringling V anknurrend.

V musste wissen, dass er verloren hatte. Und doch stand er da, die Schultern gestrafft, den Blick auf mich gerichtet, und schien unerschütterlich in seinem Vorhaben.

Alles hing nun von mir ab und von meiner Entscheidung, was ich mit dem Stab des Äskulap anstellen würde.

Mein eigener Großvater hatte meinen Vater entführt, um mich unter Druck zu setzen. Und der Mann, dem ich vertraut und den ich begehrt hatte, wollte nichts anderes, als die Apokalypse hervorrufen.

Männer wollten über mein Leben bestimmen seit dem Tag meiner Geburt. Es war an der Zeit, dass ich meine eigenen Entscheidungen traf.

Langsam schritt ich zurück von dem Schlund, der mich und die anderen trennte und ließ sie nicht aus dem Blick.

»Fass sie«, befahl Hades Kerberos.

Der Hund knurrte nun in meine Richtung, sprintete los und sprang über den Abgrund.

»Nein!«, brüllte V und sprang hinterher.

Er erwischte Kerberos im Flug. Gemeinsam knallten sie auf den Boden. Nur kurz blickte er in meine Richtung. »Lauf!«

Und ich lief. So schnell ich konnte, rannte ich hinaus aus dem Palast. Hinter mir vernahm ich Schritte und die Geräusche eines Kampfes.

Ich wagte es nicht, zurückzublicken, lief weiter, bis mir die Lunge brannte. Hades war direkt hinter mir. Er war viel schneller als ich und ich hatte kaum eine Chance, zu entkommen.

Doch ich hatte eine Idee.

Ich hatte den Ausgang des Palastes erreicht und somit die Brücke, die über den Lavafluss führte. Mit meinen letzten Reserven sprang ich.

»Alice!«, rief Hades hinter mir entsetzt.

Ich kniff fest die Augen zusammen, konzentrierte mich auf meine Flügel und spürte bereits die Hitze der Lava unter meinen Füßen. Solange ich die Hitz ertragen konnte, ließ ich mich fallen. Dann spannten sich meine Flügel auf und trugen mich nach oben. Erleichtert atmete ich aus. Ich schwebte gut neun Fuß über der Brücke, den Stab noch immer fest in meinen Händen haltend.

»Sei vernünftig und gib mir den Stab zurück«, bat Hades. Er klang nicht befehlend, eher tatsächlich bittend.

»Nein«, antwortete ich. »Ich werde nicht zulassen, dass irgendwer über diesen Stab verfügt.«

»Es ist meine Aufgabe, über ihn zu wachen. Genau wie über die anderen Schätze in der Unterwelt. Ebenso wie über die Verstoßenen im Tartaros.« Er wirkte nicht wütend. Eher müde und erschöpft. »Der Stab entscheidet über Tod und Leben. Er darf nicht in die falschen Hände geraten. Er ist zu mächtig.«

Wenigstens darin waren wir uns einig. Und doch konnte ich ihm nicht verzeihen, dass er meinen Vater entführt hatte, um mich unter Druck zu setzen.

Mein Blick richtete sich auf den Lavastrom, der um den Palast herum floss. »Welcher Fluss ist das?«

Hades runzelte die Stirn. »Der Phlegethon. Er fließt unter dem Palast in den Tartaros.«

»Und wie heiß sind seine Flammen?«

»So heiß, dass jedes Metall innerhalb weniger Augenblicke zerschmilzt. Ein Mensch wäre tot, noch bevor er begreift, was ihm geschieht.«

Meine Hände umfassten den metallenen Stab. »Niemand sollte diese Macht besitzen.«

Er nickte und streckte die Hände aus. »Gib ihn mir, damit ich ihn zurück an seinen Platz bringen kann.«

Aber in seiner Schatzkammer war der Stab nicht sicher. Das hatte Vs Vorgehen gezeigt. Was, wenn noch andere von der Existenz und dem Aufenthaltsort des Stabes erfuhren? Wollte Hades jedes Mal gegen die Apokalypse kämpfen? Und wie oft würde er den Kampf gewinnen müssen, bis er eines Tages verlor und die Menschheit somit in ihren Untergang riss?

Ich nahm all meinen Mut zusammen, flog direkt über den Feuerfluss und übergab den Stab des Äskulap der glühenden Flüssigkeit. Die Hitze brannte auf meiner Haut, doch ich musste sichergehen, dass es funktionierte. Das Metall glühte, verformte sich und zerschmolz. In wenigen Augenblicken war der Stab des Äskulap zerstört und mit ihm die Magie, die in ihm wohnte.

Entkräftet landete ich auf der Brücke vor Hades. Ich zog meine Flügel ein und trat direkt vor ihn. Mein Gesicht brannte von der Hitze des Feuerflusses und ich hatte sicher ein paar Brandblasen zu befürchten. Doch das nahm ich gerne in Kauf.

Tapfer hielt ich dem finsteren Blick meines Großvaters stand. »Niemand. Nicht einmal du.«

Er verschränkte die Arme vor der Brust. »Du hast es gewagt, dich mir zu widersetzen?«

Ich hob beide Schultern. »Ist wohl offensichtlich.«

Dann geschah etwas, womit ich nicht gerechnet hatte.

Er lachte.

Hades lachte aus vollem Halse. »Du bist wahrlich von meinem Blut. Komm, lass uns zurückgehen in den Thronsaal und gemeinsam entscheiden, was wir mit deinem Liebhaber anstellen.«

Verblüfft blinzelte ich. »Er ist nicht mein Liebhaber.«

Hades grinste breit und zwinkerte mir zu. »Das ist mein Palast. Denkst du tatsächlich immer noch, ich bekomme nicht mit, was hier vor sich geht?«

Mein Gesicht glühte, diesmal jedoch nicht von meiner Beinahebegegnung mit dem Feuerfluss.

Für einen einzigen Augenblick hatte er nicht gehandelt, um sich selbst einen Vorteil zu verschaffen, sondern, um jemand anderen zu retten.

KAPITEL NEUNUNDZWANZIG

Wir kehrten zurück in den Thronsaal.

Persephone hatte ihren Platz auf dem Thron eingenommen und hielt sich die Rippen. Sie wirkte etwas blass, lächelte aber, als sie uns erblickte. Tisiphone und Megaira hielten V fest, der vor Persephone auf dem Boden kniete. Kerberos hechelte an ihrer Seite und ließ den Übeltäter nicht aus den Augen. Meine Mutter und mein Vater waren nicht zu sehen.

Hades marschierte direkt zu seiner Gemahlin und küsste ihre Hand, bevor er sich auf seinen Thronsessel setzte.

»Alice hat den Stab zerstört«, verkündete er. »Und hat uns somit vor großem Leid bewahrt. Sie hatte den Mut, etwas zu tun, was ich niemals gewagt habe.«

Ich trat an Kerberos' Seite und hoffte, dass er nicht mehr sauer auf mich war. Der Hund schnüffelte an meinem struppigen Furien-Haar und leckte mir dann übers Ohr. Wenigstens er hatte mir direkt vergeben.

Meine Mutter kam in den Thronsaal. Sie hatte ein Kleid dabei, das sie mir reichte. »Deinem Vater geht es den Umständen entsprechend«, flüsterte sie mir zu. »Er schläft in unserem Bett.«

Ich nahm meine Menschengestalt an und zog den leichten grünen Stoff über.

»Wirst du sie nicht bestrafen?«, fauchte Megaira. »Sie hat mit ihm gemeinsame Sache gemacht.«

Hades schüttelte den Kopf. »Alice hat kein Unrecht getan, außer jemandem zu vertrauen, den sie kaum kannte.«

Autsch, das tat weh.

»Und uns kennt sie ebenfalls noch nicht gut genug, um die Situation richtig einschätzen zu können«, fügte Persephone hinzu. Sie griff nach der Hand von Hades. Sie schienen sich auch ohne große Erklärungen einig zu sein.

»Alice, da du die Welt vor großem Unheil bewahrt hast und es dein Vertrauen war, das Veiovis missbraucht hat, steht dir der Richterspruch über ihn zu.«

Unsicher trat ich vor Hades' Thron, um V zu betrachten. Er hatte ein paar neue Schrammen im Gesicht und ließ den Kopf hängen.

Megaira hob den Kopf. »Ich sage, wir werfen ihn zu seiner Mutter in den Tartaros. Dann sind wir in Zukunft vor ihm sicher.« Ihre Stimme war voller Hass.

»Es ist aber nicht deine Entscheidung«, erinnerte sie Persephone sanftmütig.

Tisiphone schnalzte mit der Zunge. »Er wird immer wieder eine Bedrohung für uns sein. Er wird niemals Ruhe geben.«

Ihre Bedenken konnte ich gut verstehen. Nachdenklich betrachtete ich Vs zusammengesunkene Gestalt. »Sieh mich an«, bat ich.

Träge hob er den Blick.

Seine Augen waren schwarz. Ohne die Lavafunken, die in ihnen getanzt hatten. Ohne Leben. V hatte aufgegeben. Er wusste, dass er verloren hatte.

»Du hast mich hintergangen«, sagte ich. »Du hast meine Familie bedroht. Du hast die ganze Welt bedroht.«

Er ließ den Kopf sinken. Sein Anblick sollte mich wütend machen. Mein Zorn sollte größer sein als jemals zuvor. Aber alles, was ich fühlte, war Mitleid.

Man hatte ihm alles genommen. Man hatte ihn auf die Erde verbannt und mit einer Aufgabe versehen, die er nie wollte. Natürlich rechtfertigte das nicht, dass er als Rache die Welt zerstören wollte. Eine schlimme Kindheit sollte keine Entschuldigung für irgendetwas sein.

Aber ich konnte auch den Moment nicht vergessen, in dem er mich davor bewahrt hatte, von Kerberos gepackt zu werden. Für einen einzigen Augenblick hatte er nicht gehandelt, um sich selbst einen Vorteil zu verschaffen, sondern, um jemand anderen zu retten.

Wären wir hier unter normalen Menschen, würde ich sagen, er brauchte ganz dringend eine Therapie. Seine Seele musste heilen. Vielleicht gab es dann noch Hoffnung für ihn. Und man musste die Welt vor ihm und seinem Hass beschützen.

»Also«, sagte Hades. »Wie lautet dein Urteil?«

Es gab nicht einmal eine Verhandlung.

Niemanden, der für V sprach.

Außer mein eigenes Herz.

»Jemand muss auf ihn aufpassen«, sprach ich aus, was ich dachte. »Damit er nicht noch mehr Unheil anrichtet.«

»Und wer soll das bitte sein?«, wollte Megaira wissen. »Doch nicht etwa du selbst?« Sie lachte empört. »Damit er dich wieder mit seinen hübschen Augen bezirzen und um den Finger wickeln kann.«

Ich schüttelte den Kopf. So naiv war ich nun wirklich nicht. Ich war mir meiner Schwäche für Vs Anziehungskraft sehr bewusst. In dieser Hinsicht durfte ich mir selbst nicht trauen. Jemand anderem aber doch.

Ich blickte von Megaira zu Tisiphone und zu meiner Mutter. »Ihr habt gesagt, dass ihr Unterstützung gut gebrauchen könnt. Ich unterstelle V und seine Fähigkeiten daher eurer Aufsicht.«

»Was?!« Megairas Ausruf war ein schriller Aufschrei.

Ich rechnete damit, dass sie sich jeden Moment in eine Furie verwandeln und mich angreifen würde.

Auch Tisiphone reagierte empört. »Das kann doch unmöglich dein Ernst sein. Wir sollen den Babysitter für ihn spielen?«

»Zumindest mal für hundert Jahre oder so.« Ich hob die Schultern. »Er ist wirklich gut darin, Rache zu üben. Das müsst ihr zugeben. Ich habe gesehen, wie er einen Mann ausweidete, der eine ganze Familie auf dem Gewissen hatte. Ist das nicht genau euer Ding?«

Tisiphone blieb der Mund offen stehen. Megaira keifte

Schimpfworte vor sich hin. Und meine Mutter? Sie starrte versonnen auf den Boden, als hätte sie nichts dazu zu sagen.

»Mom?«

Sie schüttelte den Kopf. »Ich kann das alles nicht mehr.« Als sie aufblickte, rannen Tränen über ihre Wangen. »Ihr habt den Mann entführt, den ich liebe. Ihr habt meine Tochter bedroht und in Lebensgefahr gebracht. Wie soll ich es ertragen, noch einen Atemzug in diesem Palast zu verweilen?«

Der Schmerz meiner Mutter saß tief. Ich konnte ihn in mir selbst spüren und mein Herz brach für sie.

»Was soll das heißen?«, wollte Megaira wissen.

»Dass ich eine Pause brauche. Das soll das heißen. Sonst drehe ich durch und stürze mich noch selbst in den Tartaros.«

»Aber ... wir können nicht ohne dich sein.« Tisiphone klang weniger vorwurfsvoll, eher verzweifelt. »Die Furien sind immer ein Dreiklang. Ohne dich schaffen wir das nicht.«

Persephone erhob sich von ihrem Thron. Langsam und bedächtig ging sie zu Alekto und betrachtete das Gesicht ihrer Tochter. Dann warf sie einen Blick zurück zu Hades. »Wir müssen sie gehen lassen. Sonst verlieren wir sie ganz.«

»Das geht nicht. Jemand müsste ihren Platz einnehmen, damit die Furien weiterhin ihrer Arbeit nachgehen können.«

Persephone sah zu mir und lächelte warmherzig.

Megaira schüttelte vehement den Kopf. »Nein, nicht sie. Ich weigere mich, mit ihr zusammenzuarbeiten.«

»Wieso nicht?«, wollte Tisiphone wissen. »Sie ist gut. Und ihre Krallen sind beeindruckend. Ich mag sie. Außerdem ist sie eine von uns. Wir sollten sie ausbilden und ihr zeigen, welches Potenzial noch in ihr steckt. Also, falls sie das möchte, meine ich natürlich.«

»Das kann ich nicht von ihr verlangen.« Meine Mutter klang unglaublich müde.

Sie hatte sich eine Auszeit verdient. Zusammen mit meinem Dad. Denn ich hatte sehr wohl verstanden, dass sie ihn noch immer liebte.

»Ich mach's«, sagte ich. »Lasst mich die dritte Furie im Bunde sein. Im Gegenzug lasst ihr meine Eltern in Ruhe.«

Hades hob beide Brauen. »Überraschende Wendung. Aber ich finde sie gut.«

Ich packte V am Kopf und zwang ihn, mich anzusehen. »Nun, Kleiner, dann werde ich wohl doch noch ein wenig Zeit mit dir verbringen.«

Er blinzelte, seine Brauen zogen sich zusammen. Und dann ... grinste er. »Klingt nach Spaß.«

Ich atmete tief durch und sah in die Runde. »Wann geht es los?«

Wir brachten meine Eltern zum Haus meines Vaters. Er konnte sich an nichts erinnern und reagierte mehr als überrascht, als er meine Mutter vor sich stehen sah.

Die beiden hatten einiges zu besprechen und ich begab mich im Anschluss mit Tisiphone und Megaira nach Chicago, um noch ein paar Dinge zu regeln.

Ich wollte meine Freundin Linda nicht einfach so im Dunkeln lassen. In unserer gemeinsamen Wohnung erklärte ich ihr, dass ich die Familie meiner Mutter gefunden hatte und für einige Zeit bei ihnen leben würde. Wir verabschiedeten uns mit einer festen Umarmung und ich ließ sie mit Sam zusammen zurück, der mir versprechen musste, gut auf sie aufzupassen.

Dann stand noch ein Besuch in meiner alten Arbeitsstelle an. Mein kleines Buchhalterinnen-Herz hätte es nicht geschafft, ohne ordentliche Kündigung den Abgang zu machen.

Es war ein Dienstagvormittag, als ich im Büro meines Chefs, Mr. Horowitz, stand.

»Ich bedaure zutiefst, dass Sie uns verlassen möchten«, sagte er.

Ich saß entspannt in dem Stuhl ihm gegenüber. Ich bedauerte es überhaupt nicht, den Job aufzugeben. Aber das wollte ich ihm nicht so direkt sagen, denn er war immer freundlich und fair mir gegenüber gewesen.

»Danke, dass ich so viel bei Ihnen lernen durfte«, sagte ich stattdessen.

Er nickte bedächtig. »Vielleicht überdenken Sie Ihre Entscheidung noch mal? Wie wir jetzt wissen, lag der Fehler in der Abrechnung nicht bei Ihnen. Die Geschäftsleitung würde sich gerne bei Ihnen entschuldigen.«

»Wirklich?« Das war allerdings eine Überraschung. »Was ist passiert?«

Mr. Horowitz wich meinem Blick aus. »Wir kamen einer Person auf die Schliche, die die Zahlen mit Absicht gefälscht und die Belege hat verschwinden lassen.«

Jemand hatte die Zahlen absichtlich manipuliert? Interessant. Und irgendwie hatte ich auch einen Verdacht, wer das gewesen sein könnte.

»War es Helena aus der Marketing-Abteilung?«

Er nickte. »Ja, war sie. Sie hat den Fehler mittlerweile zugegeben. Wir haben ihr natürlich gekündigt. Sie räumt gerade ihre Sachen zusammen.«

»Danke, Mr. Horowitz.« Ich erhob mich und reichte ihm zum Abschied die Hand. »Alles Gute für Sie.«

»Danke, für Sie ebenfalls.«

Beschwingt verließ ich sein Büro. Doch statt die Arbeit zu verlassen, begab ich mich auf die Etage, in der Helenas Büro lag. Oder ihr ehemaliges Büro. Denn sie war gerade dabei, ihre Habseligkeiten in einen Karton zu räumen. Sie sah sehr mitgenommen aus. Ihr schickes Kostüm wirkte zerknittert und ihr Make-up verschmiert, als hätte sie geweint. Ihr schönes dunkles Haar verdeckte die Hälfte ihres Gesichts.

Erschrocken zuckte sie zusammen, als sie mich erblickte. »Alice. Bist du gekommen, um deinen Triumph auszukosten?«

Ihre Spitze traf mich diesmal nicht. Im Gegenteil. Ich spürte, dass es ihr ganz und gar nicht gut ging.

»Es tut mir leid, dass es so kommen musste«, sagte ich und trat vor ihren Schreibtisch. Die Abdrücke meiner Hände hatten sich dort tief hineingebrannt. Es kam mir wie in einem anderen Leben vor, als ich hier gestanden und meinen ersten Furienmoment erlebt hatte.

»Ja, mir tut es auch leid.« Sie schniefte und hob kurz den Blick.

Da erkannte ich ein Veilchen, das unter ihrem rechten Auge prangte. »Was ist passiert?«

»Nichts.« Sie winkte ab.

»Sicher?«

Sie atmete tief durch. »Hast du erfahren, dass ich es war, die die Zahlen gefälscht hat?«

Ich nickte.

»Es war Miles' Idee. Eigentlich hätte ich niemals auf ihn hören sollen. Aber er fand es praktisch, dass wir ein gemeinsames Wochenende in New York auf Kosten der Firma verbringen konnten. Er wusste außerdem, dass du diejenige sein würdest, die die Kosten prüfen würde. Seiner Meinung nach würde es dir ganz sicher nicht auffallen. Und falls doch, könnten wir dir den Fehler zuschieben.«

»Wow. Ich hoffe, du hast mit diesem Mistkerl Schluss gemacht.«

Sie lächelte traurig. »Habe ich. Und zum Abschied habe ich das hier bekommen.« Sie deutete auf das Veilchen unter ihrem Auge.

Wut brannte in mir auf. Nicht, weil Helena mich in Schwierigkeiten gebracht hatte. Für die Liebe tat man manchmal wirklich unkluge Dinge. Nein, ich war wütend wegen Miles. Er hatte mich wie Dreck behandelt. Etwas, worüber ich nun hinwegsehen konnte. Worüber ich nicht hinwegsehen konnte, war, dass er einer anderen Frau Gewalt antat. Einer Frau, die ihre Karriere für ihn geopfert hatte und jetzt ohne Job dastand.

Ich atmete tief durch, um mich zu beruhigen. »Miles hat dich nicht verdient«

Sie runzelte die Stirn. »Wie bitte?«

»Du bist zu schön und zu klug für ihn, Helena. Der Mistkerl hat dich nicht verdient.« Ich streckte die Hand aus und lächelte sie an. »Entschuldige bitte, dass ich auch nicht immer nett zu dir war. Können wir Frieden schließen?«

Überrascht starrte sie meine Hand an. Dann breitete sich ein zaghaftes Lächeln auf ihrem hübschen Gesicht aus, als sie meine Hand ergriff. »Ich entschuldige mich ebenso für all die Gemeinheiten, die ich dir an den Kopf geworfen habe.«

»Lebe wohl, Helena. Und ich versichere dir, Miles wird dir nichts mehr antun.«

»Was hast du vor?«

»Hmm, ich lass mir etwas einfallen.« Ich zwinkerte ihr vergnügt zu und schlenderte aus ihrem Büro und meinem alten Leben.

Vor dem Hochhaus warteten meine beiden Tanten auf mich. Megaira stand grimmig mit vor der Brust verschränkten Armen da und beobachtete die Menschen um uns herum. »Ich hasse Menschen.«

»Ja, das machst du sehr deutlich«, sagte ich. »Jeden Tag und mit jedem dritten Satz.«

Tisi nippte an einem Kaffee-to-go-Becher und seufzte genüsslich. »Aber das Zeug hier schmeckt absolut köstlich. Wer kam bitte auf die glorreiche Idee, Karamell und Hafermilch mit Espresso zu mischen?«

»Wie nett, dass du nur dir selbst einen Kaffee geholt hast«, merkte ich an.

Sie lachte belustigt. »Du klingst ganz wie deine Mutter.« Dann trank sie den Rest vom Kaffee und entsorgte den Becher im nächsten Mülleimer. »Mädels, ich habe eine Idee, wem wir als Erstes einen Besuch abstatten könnten. Meg, erinnerst du dich an den Mädchenhändler, den wir vor zwei Jahren unter den Fittichen hatten?«

Ihre Schwester verzog das Gesicht. »Ist er wieder aktiv geworden? Ich wusste, es war ein Fehler, ihn nur drei Tage zu foltern.«

Tisi lachte grimmig. »Nein, er handelt nicht mehr mit Menschen. Er hat sich eine andere Handelsware gesucht.« Sie zückte ein nagelneues Smartphone aus der Tasche ihrer dicken Steppjacke. »Wie man hier so schön lesen kann, hat er sich nun auf Waffen spezialisiert.«

»Waffen?« Meg schüttelte den Kopf. »Das ist nicht unser Fachgebiet.«

»Unseres nicht. Aber ich glaube, wir kennen jemanden, der sich darum kümmern könnte.« Sie sah mich verschwörerisch grinsend an. »Wäre es nicht eine hervorragende Bewährungsprobe für deinen Loverboy?«

»Er ist nicht ...« Ich räusperte mich. Wenn ich mir eines merken musste, dann, dass in der Unterwelt keine Geheimnisse existierten. »Aber du hast recht. V kann sich um diesen Waffenheini kümmern.«

Noch verharrte er im Verlies von Hades, bis ich meine Angelegenheiten hier geregelt hatte. Der arme Kerl durfte ruhig noch etwas frieren, bis wir ihn erlösten.

Ich kratzte mich am Kinn, weil mir noch etwas anderes einfiel. »Bevor wir uns um fiese Waffenhändler kümmern, könnten wir da einem alten Bekannten einen Besuch abstatten? Einem Kerl, der meint, Frauen schlagen zu müssen?«

Meg richtete sich auf und ihre Augen funkelten. »Das klingt mehr nach meinem Geschmack.«

Ich suchte in seinem Blick nach einem Funkeln, doch da war nichts. Er war gebrochen. Aber wenigstens lebte er.

KAPITEL DREISSIG

Zwei Nächte später hatten wir nicht nur Miles eine deftige Abreibung verpasst, sondern auch einen Waffenring zerschlagen. V hatte keine Gnade walten lassen, bis jede einzelne Waffe unbrauchbar gemacht worden war und der Waffenhändler mehrere Finger und Zähne eingebüßt hatte. Der Rachegott hatte sich seinem Schicksal ergeben, wie es schien. Und da ich seine schicke Wohnung nicht gern ungenutzt lassen wollte, feierten wir anschließend eine kleine Party auf seiner Dachterrasse.

V schwieg und starrte in sein Whisky-Glas, während Tisi und Meg lustige Geschichten von früher erzählten. Ganz besonders schien es Tisi zu erfreuen, dass Lonis mitfeierte.

Die Brüder hatten sich ausgesprochen. Immerhin hatte V nicht nur mich angelogen, sondern auch Apollon. Vermutlich stand V nun tief in Apollons Schuld. Doch der Sonnengott ließ es sich nicht anmerken. Er war charmant und locker wie immer. Ganz im Gegensatz zu seinem Trübsal blasenden

Bruder, der mit seinem Getränk zur Glasfront des Wintergartens ging und in die Nacht hinausschaute.

Lonis mischte mir gerade einen neuen Cocktail und räusperte sich dezent. »Es tut mir leid, dass er dich so behandelt hat. Und ich bin sehr froh, dass du es heil aus der Unterwelt zurückgeschafft hast.«

Über den Tresen hinweg sah ich ihn verwundert an. Er klang überhaupt nicht so, als wäre er enttäuscht von mir. Oder gar wütend. »Und mir tut es leid, dass ich dir das letzte Andenken an deinen Sohn nicht zurückbringen konnte.«

Er lächelte leicht und schob mir den Negroni zu. »Es ist besser so, glaube mir. Ich hätte Vs Plan selbst durchschauen sollen. Aber die Erinnerung an meinen Sohn ließ mich leichtfertig werden.« Lonis nahm sein eigenes Glas, in dem sich eine rote Flüssigkeit befand, und prostete mir zu. »Du hast sehr viel Mut bewiesen, Alice. Du hast dich sowohl gegen den Herrscher der Unterwelt als auch gegen einen unnachgiebigen Rachegott gestellt und somit großen Schaden von dieser Welt ferngehalten.«

Ich prostete ihm ebenfalls zu und nippte an dem Cocktail. Der herrlich bittersüße Geschmack ließ mich aufseufzen. »Danke, Lonis. Danke, dass du mir verzeihst.«

»Es gibt nichts zu verzeihen.« Er zwinkerte mir zu und deutete mit einem Kopfnicken in Richtung seines Bruders. »Er jedoch hat einiges wiedergutzumachen.«

Dann wandte er sich meinen beiden Tanten zu, die am Tisch saßen und laut lachten. »Ich sehe, dass eure Gläser fast leer sind. Wie wäre es mit einer weiteren Runde Drinks?«

»Du bist einfach der Beste«, flötete Tisi vergnügt.

Meg schüttelte den Kopf. »Lob ihn nicht noch, er ist eingebildet genug.«

Meine Aufmerksamkeit huschte zurück zu V, der sich weiterhin abseits hielt. Ich stellte mein Getränk auf dem Tresen ab und schlenderte zu dem nachdenklich gewordenen Gott der Rache.

Wir spiegelten uns in der Fensterfront und ich stellte fest, wie sehr ich mich seit unserer ersten Begegnung äußerlich verändert hatte. Statt Schlabberpulli trug ich heute einen eng anliegenden grünen Pullover mit tiefem Ausschnitt, der meine Rundungen betonte. Früher hätte ich mich nicht getraut, so etwas zu tragen. Heute fühlte ich mich mehr als wohl darin. Mein Haar fiel in sanften Wellen über meine Schultern, was meine Figur noch mehr betonte.

Vs hatte sich ebenfalls verändert. Er war noch immer der groß gewachsene, breitschultrige Kerl, der verboten heiß aussah. Aber seine Augen waren düster. Und er wirkte viel in sich gekehrter als früher.

»Geht es dir so schlecht mit uns?«, fragte ich sein Spiegelbild. »Oder denkst du dir einen neuen Plan aus, wie du Hades überwinden und die Macht an dich reißen kannst?«

Er schüttelte den Kopf und kippte den Rest des Whiskys runter. Das leere Glas stellte er auf dem Boden ab, bevor er sich mir zuwandte. »Nein, nichts davon. Ich überlege nur die ganze Zeit, wie ich dir danken kann.«

Ich hüstelte verlegen. »Mir danken? Dafür, dass ich dich dazu verdonnert habe, für immer unter uns zu dienen?«

Seine Brauen zogen sich zusammen. »Danken dafür, dass du mein Leben verschont hast.«

Ich blinzelte. »Ist das dein Ernst?«

Er nickte. »Jeder andere dort unten, Hades, Persephone, deine Mutter und deine Tanten, sie hätten mich liebend gern in den Tartaros gestoßen. Aus Rache. Und weil sie dann ein Problem weniger hätten. Aber du nicht.«

»Vielleicht möchte ich einfach nur erleben, wie du vor dich hin leidest«, sagte ich herausfordernd. »Mich an deinem Leid ergötzen.«

»Selbst wenn es so ist, bin ich trotzdem noch am Leben. Und das verdanke ich dir.«

Was sollte ich darauf antworten? Dass ich ihn, trotz allem, was er mir angetan hatte, nicht sterben sehen wollte? Das wäre ein Anfang gewesen. Aber ich brachte es nicht über mich, es auszusprechen.

V streckte die Hand aus. »Darf ich dir etwas zeigen?«

»Eine weitere Folterkammer?«, scherzte ich.

»Einen besonderen Ort.«

Ich suchte in seinem Blick nach einem Funkeln, doch da war nichts. Er war gebrochen. Aber wenigstens lebte er. Das schien er sehr zu schätzen. Mein Herz raste bei seinem Anblick. Ich vertraute mir selbst weniger als ihm. Dennoch ergriff ich seine Hand. Er zog mich in den Wirbel seines dunklen Schattens.

Wir landeten an einem Ort, der sich viel wärmer anfühlte als Chicago im Winter. Über uns funkelten die Sterne an einem wolkenlosen Himmel. Wir befanden uns inmitten einer alten Ruine. Einzelne Säulen aus weißem Gestein reckten sich noch empor, ebenso wie Überreste einer Wand und eines Mosaikbodens.

Staunend drehte ich mich einmal im Kreis. »Sind wir in Griechenland?«

»In Italien.« Langsam schritt V durch die Überreste dessen, was einst ein Tempel gewesen sein musste. »Genauer gesagt, nur ein paar Meilen weiter nördlich von Rom.« Er breitete die Arme aus. »Und das hier war einst mein Tempel.«

Ehrfürchtig berührte ich die alten Säulen und betrachtete die Überreste des Tempels. Hier also war V einst angebetet worden. Lange bevor er zum Rachegott geworden war.

»Sie kamen, um mich um Hilfe zu bitten«, erzählte V leise. »Um Heilung für Krankheiten. Um Frieden. Und darum, dass es ihren Liebsten gut ging, ohne Hunger oder Kälte.« Er blieb stehen und hob eine Scherbe auf, die einst zu einer Vase gehört haben musste. »Ich war der Schutzgott des Hauses Iulia und wachte über sie für viele Generationen. Später teilten Lonis und ich uns diese Aufgabe.«

»Das Haus Iulia?« Ich war mir nicht sicher, ob ich den Namen richtig verstanden hatte.

»Die Julier«, erklärte V. »Oder auch Gaius Julius Cäsar.«

»Du warst der Schutzgott seiner Familie?«

V nickte. »Ich habe sie zu ihrer Macht und ihrem Reichtum gebracht.«

Und doch stand er nun gebrochen vor mir.

Mein Herz blutete für ihn.

»Zeus ... oder auch Jupiter, wie die Römer ihn nannten, hatte mir eine glorreiche Zukunft vorausgesagt. Doch als meine Mutter aus der Unterwelt verdrängt wurde, setzte ich all das aufs Spiel, um ihr beizustehen. Ich habe alles verloren.

Und wäre ich nicht der Sohn von Zeus gewesen, hätte man mich schon damals in den Tartaros gestoßen.«

Ich nahm auf einem verwitterten Steinblock Platz, um V weiter zuzuhören.

»Meine Wut und meine Sehnsucht nach Rache haben mich über die Jahrhunderte verändert. Sie haben mich verbittert. Ja, ich übte Rache. An jenen, die Rache verdienten. Doch ich hoffte, eines Tages ebenjene Rache auch für mich selbst ausüben zu können. Ich war so blind vor Wut, dass ich mein eigenes Leben dafür opfern wollte.« Er atmete tief durch und stopfte die Hände in die Hosentaschen. »Und habe dabei vergessen, wer ich einst war. Ein Gott, der Gutes tut. Ein Gott, der gütig ist. Der die Heilkunst genauso gut beherrschte wie Asklepios. Der die Menschen und ihre Künste genauso sehr liebte wie Apollon.« Er drehte sich zu mir und schüttelte den Kopf. »Als du vor mir gestanden und mir in die Augen gesehen hast, wusste ich, was du siehst: Dunkelheit. Und ich hätte damit gerechnet, dass du mich in den Tartaros stößt. Aber das hast du nicht. Es ist genauso, wie ich vermutet hatte, als ich den Plan geschmiedet habe, dich in die Unterwelt zu schicken. Deine menschliche Seite ist gütig. Sie ist warmherzig.«

Er kniete vor mir nieder und ließ den Kopf hängen. »Du hast mich an den Gott erinnert, der ich einst gewesen bin. Wie soll ich dir das jemals danken?«

Ich rutschte ein wenig nach vorn und umfasste sein Gesicht, sodass er mich ansah. »Danke mir, indem du mich nie wieder belügst.«

Er nickte. »Nie wieder. Ich verspreche es dir.«

Als ich ihm fest in die Augen sah, veränderte sich die Dunkelheit darin. Ein zartes Glühen, kaum mehr als die Funken eines Lagerfeuers, zeigte sich. Und dieses Glühen, da war ich mir sicher, galt mir.

Ich beugte mich vor und küsste V sanft und fordernd zugleich. Er erwiderte meinen Kuss mit ebensolcher Zärtlichkeit. Unsere Zungen fanden einander, spielten ein behutsames Spiel. V legte seine Hände in meinen Rücken und ich schmiegte mich an ihn. Er richtete sich auf, küsste mich noch intensiver. Ich spürte, wie seine Muskeln durch den Stoff seines Shirts gegen meine Brust drückten, und seufzte tief.

V umfasste meinen Hintern und schob mich ganz vorn auf die Kante. Dann löste er sich von meinen Lippen, küsste meinen Hals und den tiefen Ausschnitt meines Pullovers. Ich ließ ihn los und stützte die Hände hinter mir auf dem Stein ab, drückte meinen Rücken durch und meine Brust ihm entgegen. Doch V wanderte noch weiter nach unten. Geschickt öffnete er meine Jeans und zog den Bund nach unten. Ich hob das Becken und ließ ihn bereitwillig meine Hose runterziehen. Als mein nackter Hintern wieder auf dem Stein landete, stöhnte ich.

»Ist dir zu kalt?«, fragte V und unterbrach sein Tun.

Ich schüttelte den Kopf. »Nichts im Vergleich zum Verlies in der Unterwelt.«

V lachte leise und kniete sich so vor mich, dass sein Kopf über meinem Schoß ruhte.

Fragend sah ich ihn an. »Was wird das?«

»Genugtuung«, murmelte er. »Lehn dich zurück und genieß es.«

Ich legte mich auf den Stein und öffnete meine Beine. Vs Haare kitzelten die Innenseite meiner Schenkel. Er presste seinen Mund auf meine Vulvalippen und ich seufzte zufrieden. Meine Hände vergruben sich in seinem Haar, als er begann, an meinen Schamlippen zu saugen. Seine Zunge glitt in mich, kitzelte und drückte gegen meinen empfindlichsten Punkt.

Hitze ballte sich in meiner Mitte und ich gab mich ganz Vs geschickten Liebkosungen hin. Während V immer wieder seine Zunge in mich steckte und meine Schamlippen liebkoste, betrachtete ich den Sternenhimmel über uns.

Ich fühlte mich frei und lebendig wie noch nie zuvor in meinem Leben.

Die Ewigkeit war mein.

DANKSAGUNG

An erster Stelle danke ich V und seiner Unnachgiebigkeit. Seit unserem ersten Aufeinandertreffen vor etwa vierzehn Jahren hat er nicht aufgegeben. Was mit einer Kurzgeschichte startete und zunächst zu einem Romantasy-Projekt heranwuchs, wurde schließlich zu jener Geschichte, die sie heute ist: dunkel und verführerisch. Das haben wir alles V zu verdanken, der mir immer wieder zuflüsterte, dass er mich in meinen Albträumen heimsuchen wird, wenn ich nicht endlich seine Geschichte aufschreibe. Und zwar genauso düster, wie er sie haben möchte.

Dann danke ich meiner Familie, die mich dazu ermutigt hat, dieses dunkle Abenteuer zu wagen und mich nicht von irgendwelchen imaginären Hindernissen aufhalten zu lassen. Mein Mann würde an dieser Stelle übrigens behaupten, dass die Darstellung der Furien nicht nur meiner Fantasie entspringt. Ich lass das mal unkommentiert stehen. ;-)

Ich danke Jane S. Wonda und dem ganzen Team von Black Edition dafür, dass ihr meinen Göttern ein Zuhause gegeben habt. Ich wusste tatsächlich lange nicht, wohin mit dieser Geschichte. Ohne Jane würde sie wahrscheinlich immer noch in einer dunklen Schublade herumliegen (und V würde mich noch immer in meinen Albträumen aufsuchen ;-)). Danke an meine Lektorin Franziska dafür, dass du dich so liebevoll um Alice und meine ganzen kleinen stilistischen und inhaltlichen Fehler gekümmert hast.

Sara Bow, du Liebe: Ohne deine inspirierende Begeisterung für die griechische Mythologie hätte ich es wohl auch nicht gewagt, das Projekt weiter fortzuführen. Danke für all die Kristalle, die während des Schreibens neben meinem Laptop standen, sodass auch sie ihren Weg in die Geschichte gefunden haben.

Ganz besonders möchte ich auch meinen Testleserinnen danken, die die Ersten waren, die einen Blick auf Alice und V werfen durften. Ohne euer Feedback wäre ich wohl irgendwann verzweifelt. Lieben Dank für eure Mühe und eure Unterstützung! Anne-Kathrin, Beate, Katja, Anna Cathari, Resi, Sarah und Sofija. Ganz viel Liebe geht raus an euch!

Außerdem möchte ich mich an eine Gruppe von Menschen wenden, die mir immer wieder im Leben begegnet sind, die vor allem aber in meiner Schulzeit mein Leben »bereicherten«. Ich meine all jene Mobber und Hater, die für nachhaltige Komplexe und Rachegefühle gesorgt haben, von denen ich einige in diesem Buch zur Geltung bringen konnte. Danke dafür. Ich hoffe, euch rutscht jede Nacht die Decke runter, sodass ihr mit eiskalten Hintern aufwacht.

Schließlich danke ich meinen Leserinnen und Lesern, die mich seit Jahren auf dieser Reise begleiten. Auch jenen, die neu in meine Welt getreten sind. Ich hoffe, ihr hattet genauso viel Spaß beim Lesen wie ich beim Schreiben. Gehabt euch wohl und bis zur nächsten Geschichte. Mögen die Sterne besonders hell für euch funkeln.

DIE KLEINE ROSE WIRD IN FLAMMEN AUFGEHEN!

Kleine Rose
Er war immer da, seit meiner Kindheit – ein Traum, ein Schatten, der mich jagt, als wäre ich für ihn bestimmt. Jeder Schritt führt tiefer in seine Falle. Kein Entkommen. Irgendwann werde ich ihm gehören und es ist nur eine Frage der Zeit.

Der Flammenspieler
Sie gehört mir. Ihre grünen Augen brennen wie Feuer in meiner Seele. Wo sie ist, bin ich – immer einen Schritt voraus. Sie ist mein Feuer, meine einzige Obsession. Und ich werde sie mir holen, auch wenn es bedeutet, dass die Welt am Ende in Schutt und Asche liegt.

Elara Pavlou hat alles, wovon andere träumen – Schönheit, Ruhm, ein Leben im Rampenlicht. Doch tief in ihrem Inneren tobt eine Sehnsucht, die sie nicht stillen kann. Sie sucht nach etwas Echtem, nach dem Nervenkitzel, der sie aus ihrer glänzenden, aber leeren Welt befreit. Ihrem Seelenverwandten. Was sie nicht weiß: Jemand hat sie schon längst auserwählt. Für ihn ist sie jedoch bereits alles: sein im Traum erschienenes Gegenstück. Sein Verlangen, ihr näherzukommen, wird zur Besessenheit.

Jedoch ahnt sie nicht, dass hier noch ein weiterer Schatten seine gefährlichen Finger im Spiel hat, die sich nach Elara verzehren ...

Twinflame Dreamers
Von L. M. Bicker
ISBN: 978-3-9894271-9-8

Mehr von SPIEGEL-Bestsellerautorin Jane S. Wonda

»Ich werde dir eine Geschichte erzählen. Sie beginnt mit einem Geheimnis, das England bis ins Königshaus erschüttern könnte, und endet mit einem noch viel größeren. Du denkst, ich sei nichts weiter als ein Gangster, der mit Drogen und Kartellen spielt und dabei gewinnt. Du denkst, ich besäße nur meinen Club und ein paar Leute, die mir gehorchen. Du glaubst, meine Kontakte reichten nicht um die Welt, und du glaubst, mein Blut sei so rot wie deines. Aber du täuschst dich. Du hast keine Ahnung, wen du wirklich vor dir hast.«

Blaues Blut und schwarze Abgründe – Die überarbeitete Neuauflage des eBook-Bestsellers DARK PRINCE

Dark Prince – Gefährliches Spiel | 978-3-9859597-2-3
Band 1 einer Reihe

»Du dachtest, du könntest nach dem Land deiner Vorfahren suchen, 2000 Meilen von deiner Heimat entfernt. Du dachtest, du könntest mit deiner Freundin in einen Saloon spazieren, ohne dass dich jemand bemerkt. Du dachtest, du könntest meine Warnung ignorieren, obwohl ich freundlich genug war, dir eine auszusprechen. Du dachtest, ich wollte nur nett sein, als ich dir meine Hilfe anbot. Und selbst als du am nächsten Morgen an mein Bett gefesselt aufwachst, denkst du noch, dir wird nichts passieren. Wie falsch du liegst ...«

Der düstere Reihenauftakt, zum ersten Mal als veredelte Klappenbroschur. Lass dich entführen in die Prärie Montanas. Atemberaubend spannend, ein Pageturner!

Smoke – Du bist sein Besitz | 978-3-98595-461-2
Band 1 einer Reihe

„Wir wollen nicht wissen, wie verwerflich unsere Liebe für die wirklich bösen Jungs ist. Wir wollen es nur genießen.“

- Jane S. Wonda,
Gründerin von PureBelle & Black Edition

Erfahre mehr über Jane und ihre Bücher und entdecke wondavolle Goodies und Buchboxen unter:

WWW.WONDAVERSUM.DE

@JANES_WONDA @JANES.WONDA

JANE S. WONDA

TRIGGERWARNUNG

Dieses Buch behandelt folgende potentiell triggernde Themen:

- Hypnose
- Manipulation
- Verabreichung von Beruhigungsmitteln
- Rohe Gewalt
- Gedärme
- Vergewaltigung (Erwähnung)
- Entfernte Verwandtschaft 2. Grades zwischen den Love Interests
- Gewalt an Frauen
- Entführung
- Erbrechen
- Mobbing
- Mord
- Ungeschützter Sex
- Folter
- Tote Kinder
- Gefangenschaft
- Stalking